Antti Tuomainen

PALM BEACH, FINLAND

ROMAN

Aus dem Finnischen von
Niina Katariina Wagner und
Jan Costin Wagner

ROWOHLT HUNDERT AUGEN

Die Originalausgabe erschien 2017
unter dem Titel «Palm Beach Finland» bei Like, Helsinki.

1. Auflage Februar 2019

Satz Karmina PostScript (InDesign) bei
Pinkuin Satz und Datentechnik, Berlin
Druck und Bindung CPI books GmbH, Leck, Germany
ISBN 978 3 498 06556 0

Hallo Annu, du bist die beste kleine Schwester der Welt

Anmerkung

Alles, was folgt, beruht auf tatsächlichen Ereignissen mit echten Menschen. Nichts ist verändert worden.

In Finnland scheint immer die Sonne.

GROUCHO: Then let's get down to business. My name is Spaulding.
CHANDLER: Roscoe W. Chandler.
GROUCHO: Geoffrey T. Spaulding.
CHANDLER: What's the «T» stand for? Thomas?
GROUCHO: Edgar.

MARX BROTHERS, *Animal Crackers*

«... und ich fürchte, dass niemand dem grausamen Tod wird entrinnen können.»

HOMER, *Odyssee*

I

TRÄUME

Es war ein Missgeschick. Ein durchaus ärgerliches Ereignis. Es resultierte aus einem Ungleichgewicht in der Statik der Dinge. Ein Missverständnis. Nur deshalb wurde ein Genick gebrochen. Nur deshalb war dieses Geräusch zu vernehmen. Als würde ein trockenes Holzstück zerbersten.

Sie trafen sich an dem Schild. Kari «Chico» Korhonen war als Erster vor Ort. Er bemühte sich darum, den Eindruck zu erwecken, auf niemand Bestimmten zu warten, aber es fiel ihm schwer. Er betrachtete das Schild, als würde er es zum ersten Mal sehen. Er lief daran vorbei, warf betont zufällige Seitenblicke. Zehn Schritte in Richtung Strand, Blick nach rechts.

PALM BEACH, FINLAND
It's the hottest beach in Finland

Er drehte sich um, als sei ihm plötzlich eingefallen, dass er etwas Wichtiges vergessen hatte. Zehn Schritte in Richtung Stadt, Blick nach links:

PALM BEACH, FINLAND
It's the hottest beach in Finland

Chico dachte, dass es sich anfühlte wie einst vermutlich die Erfindung des Farbfernsehens. Auf ähnliche Weise hatte Jorma Leivo, der Besitzer dieser Ferienanlage, am großen Rad gedreht. Innerhalb von zwei Monaten war aus dem *Kähärä-Urlaubsressort* also *Palm Beach, Finland* geworden. Als sei aus einem grauen Ei ein kunterbunter, fidel trällernder Vogel geschlüpft.

Chico gefielen die neuen Farben: Türkis, Hellblau, Rosa, Hellgrün. Die ganze Anlage erstrahlte in geradezu blendendem Licht. Die Strandhäuschen, das Restaurant, die Umkleidehütten, der Kiosk, der Laden, in dem man auch Surfbretter ausleihen konnte, die Pizzeria. Alles glänzte neu, wie gerade erst gestrichen. Auch das Schild war imposant. Es erschlug einen geradezu, mit einem geschätzten Ausmaß von zwanzig mal fünf Metern. Neongrell. Die Buchstaben, die den schmissigen Werbeslogan formten, sahen aus wie Säulen. Vermutlich durften selbst die Esten in Tallinn dieses Schild bewundern.

Der Badestrand war übersät von Sonnenschirmen, auch sie waren vielfarbig. Darüber, ob diese Schirme unbedingt von Nutzen waren, ließ sich natürlich streiten. Böiger Wind wehte, das Wasser war eiskalt. Die Liegestühle unbesetzt. Aber es gab eine neue Promenade, die Chico gerne entlangschlenderte. Palmen, gerade erst eingepflanzt. Also, die waren natürlich aus Plastik, aber immerhin.

Etwas änderte sich. Das Leben. Etwas begann.

Wie anders sollte Chico das interpretieren?

Die Begegnung mit Jorma Leivo.

Zugegeben, diese erste Begegnung hatte stattgefunden, als Chicos kleiner, harmloser Diebstahl aufgeflogen war. Eine Art Arbeitsunfall. Chico hatte beobachtet, dass eine fettleibige Dame ans Wasser gewatschelt war. Er hatte sich ihrer Handtasche genähert, einige ihrer Verzehrcoupons an sich genommen und war zurück an seinen Platz bei der Strandwacht gelaufen. Leivo hatte ihn dort bereits erwartet. An seinen Erläuterungen – Liquiditätsengpässe, hohe Saisonpreise für Einheimische usw. – war Leivo wenig interessiert gewesen. Stattdessen hatte er gesagt, dass er durchaus Verwendung haben könnte für einen Mann der Tat. Als er dann noch erwähnt hatte, dass man zuweilen ein Vermögen übersehen könne, wenn man den Centstücken hinterherjage, hatte Chico ein wohliges Gefühl überkommen. Als würde sich eine Tür öffnen. Kleine Ereignisse konnten zuweilen große nach sich ziehen, das wusste er. Er hatte Biographien gelesen, er wusste, wie es Eric Clapton und Bruce Springsteen einst ergangen war.

«Entschuldigung.»

Er drehte sich um. Sah in Robins Gesicht, in seine braunen Augen.

«Was soll das heißen: Entschuldigung?»

Robin starrte ihn an. Sein Kopf war annähernd vollständig von einem millimeterhohen Teppich umhüllt. Es war unmöglich zu sagen, wo eigentlich der Bart begann und das Haupthaar endete. Und wo genau sich das Gesicht befand. Es war auch unmöglich zu erraten, dass Robin von Beruf Koch war. Dass er in dem hellblauen Restaurant am Strand werkelte – in der einstigen *Strandreuse*, dem heutigen *Beverly Hills Dining*.

«Ich dachte, dass man so was sagt, wenn man sich verspätet hat. Oder wenn wir uns hier zufällig begegnen sollen, also, als würden wir uns gar nicht kennen. Dann würde ich sagen: Entschuldigung, wie spät haben wir es?»

«Aber du weißt doch, wie spät es ist. Da du ja auch weißt, dass du dich verspätet hast, nicht wahr?», sagte Chico. «Und wir kennen uns ja ziemlich gut. Leivo hat gesagt, dass das Treffen *top secret* sein soll, deshalb ist es angemessen, wenn wir uns ein wenig unauffällig verhalten. Aber nicht übertreiben. Okay? Immer schön den Anweisungen vom Boss gehorchen.»

Robin wendete seinen Kopf, sah zum Strand, zur Stadt.

«Ich sehe niemanden. Niemand sieht mich. Wir können los», sagte er.

Robin dachte nicht zum ersten Mal, dass Chico nicht alle

Tassen im Schrank hatte. Aber er war zuverlässig. Und er war ein Freund aus Kindertagen. Wenn man jemanden ein Leben lang kannte, kannte man ihn wirklich, nicht wahr? Es war sieben Minuten vor sieben, als sie sich auf den Weg machten, um Jorma Leivo zu treffen.

Jorma Leivo sah aus wie einer dieser verrückten Erfinder, die man aus Filmen kannte. Sein Schädel war kahl, an den Seiten wucherten die Haare, lockig und wirr nach allen Seiten abstehend. Mit seinen blauen Augen blickte er sein Gegenüber stechend und durchdringend an, man wollte umgehend ausweichen. Seine Kleidung erinnerte Chico immer an Modekataloge aus der Kindheit. Er trug ein schneeweißes Jackett mit Schulterpolstern. Darunter ein pinkfarbenes Hemd. Er schwitzte und sprach mit einer kehligen, zugleich sanft einladenden Stimme. Alles in allem wirkte er weltmännisch und wie ein Geschäftsmann. Das verhieß Gutes.

«Es sollte nichts allzu Ernstes sein, ihr versteht», sagte Leivo gerade. Er musterte sie beide. «Ein Fenster geht zu Bruch. Ein Regenwasserfass kippt um. Eine Scheune brennt ab. Ein Fahrrad wird entwendet. Jemand pinkelt in den Briefkasten. Seid kreativ. Ärgernisse aller Art. Am besten täglich. Und gerne so, dass auf das eine immer ein noch ärgerlicheres Ärgernis folgt. Ihr versteht. Eine steil ansteigende Kurve. Sie steigt und steigt.»

Chico wartete.

«Ich muss die Villa und das Grundstück binnen eines Monats in meinem Besitz haben», fuhr Leivo fort. «Je schneller, desto besser. Ein Monat ist Deadline. Ihr fangt heute an. Fragen?»

Chico gab sich alle Mühe, den Anschein zu erwecken, derartige Gespräche andauernd zu führen. Er lehnte sich zurück, schlug das rechte Bein über das linke.

«Wir sind Profis in diesem Gewerbe», begann er.

«In welchem Gewerbe?», fragte Leivo.

Chico sah Leivo an. Er fühlte sich ein wenig aus dem Konzept gebracht. Suchte nach einer Antwort. «Also ...»

«Es ist geheim. Geheime Informationen.» Das war die Stimme neben ihm. Robin. Worte aus Robins Mund. Robin hatte so gesprochen, wie er das häufig tat, als würde sich ein Tonband in Bewegung setzen, von dem zufällige Inhalte willkürlich abgerufen wurden.

Leivo betrachtete Robin. Lehnte sich zurück. Er schien darüber nachzudenken, was Robin eigentlich sagen wollte. Das war nicht gut. Chico hatte das Gefühl, am Steuer eines LKW zu sitzen, kurz vor dem Abgrund, mitten im Wendemanöver.

«An welches Honorar hatten Sie denn so gedacht? Bezüglich unserer Tätigkeit?», fragte er.

Leivo wendete sich wieder ihm zu.

«Siezen wir uns?»

«Äh. Ich dachte, weil du ja der Boss bist.»

«Jetzt duzen wir uns?»

Chico hielt inne. Dachte angestrengt nach.

«Irgendwie schwierig, sich mit jemandem, den man siezt, übers Duzen zu unterhalten», sagte er und bereute sein Gefasel sofort. «Oder umgekehrt.»

Leivo legte seine Hände auf den Tisch. Ballte eine Faust. Öffnete die Hände, schloss sie wieder.

«Das hier ist inoffiziell. Ich bin euer Chef, aber nur solange du als Rettungsschwimmer und du als Koch tätig bist», sagte er. Er sah zuerst Chico an, dann Robin. «Verstehen wir uns?»

Chico konnte die Farbe riechen, die Wände waren frisch gestrichen. Für einige Sekunden herrschte in dem hellrosa Raum eine tiefe Stille.

«Ich zahle ergebnisorientiert», sagte Leivo. «Fünftausend.»

Chico richtete sich auf, wechselte das Bein, schlug das linke übers rechte. Er hoffte zweierlei. Erstens dass es ihm gelingen würde zu verbergen, wie viel ihm die Summe bedeutete – nämlich alles –, und zweitens dass Robin die Schnauze halten würde.

Chico würde es schaffen. Der vierzigste Geburtstag konnte kommen. Er war neununddreißig, und das bedeutete rein gar nichts mehr. Nächstes Jahr zur selben Zeit würde er vor Kraft strotzen. Eric Clapton war siebzig. B.B. King trat noch mit siebenundachtzig auf. Nächstes Jahr. Debütalbum. Gigs in Clubs. Dann Konzerte in Eissporthallen. Ach was, in Stadien. Verkaufsstände mit Tour-T-Shirts. Er würde es Eric noch vor seinem Fünfzigsten gleichtun können, und er würde diese vollbusige Tätowierte aus England oder Amerika kennenlernen ...

«Klingt anständig», sagte er.

«Natürlich müsst ihr teilen», sagte Leivo.

«Fünftausend geteilt durch zwei ist zweitausendfünfhundert», sagte Robin.

Zweitausendfünfhundert. Das reichte nicht ganz für die neue Les Paul. Nicht für die, auf der er im Instrumentenladen schon ein wenig herumgezupft hatte. Er brauchte dieses Teil.

«Eure Sache, wie ihr aufteilt», sagte Leivo. «Es ist wichtig, dass wir einander verstehen. Diese Unterredung hat niemals stattgefunden. Ihr habt niemals irgendetwas von dem getan, was ihr bald tun werdet. Ich weiß davon nichts und werde davon nichts zu hören bekommen. Ich habe euch niemals Geld gezahlt. Ihr habt niemals Geld von mir erhalten. Und hiermit ist dieses Treffen beendet.»

Leivo erhob sich. Chico blieb sitzen. Leivo sah ihn an, eine Spur ungeduldig.

«Irgendwas unklar?»

«Wie wäre es mit einem Vorschuss?», fragte Chico.

«Ohne Resultate?»

Chico suchte Robins Blick. Der betrachtete interessiert seine Beine. Immerhin saß er noch.

«Ein Vorschuss macht die Sache gewissermaßen bindend, er schafft eine Verpflichtung», sagte Chico. Ja, das klang gut.

Leivo schwieg. Einige Sekunden lang. Dann fischte er seine Geldbörse aus der Brusttasche.

«Von welcher ... Verpflichtung sprechen wir denn hier so?»

Chico lehnte sich zurück, bemüht lässig. «Fünfhundert», sagte er. «Für jeden.»

«Aha. Klar», sagte Leivo, und gerade als Chico Siegestaumel zu spüren begann, fügte er hinzu: «Fünfzig. Pro Mann. Und damit sind wir hier fertig.»

Leivo löste zwei Fünfziger aus einem fetten Geldbündel und schob sie über den Tisch. Chico reagierte intuitiv. Er sprang auf und griff sich das Geld. Erst dann wurde ihm bewusst, dass er wieder mal überreagiert hatte. Der Anblick von Geld hatte diese Wirkung auf ihn. Er konnte nicht anders.

Die Scheine in seiner Hand waren ein wenig feucht.

Die Villa stand am höchsten Punkt einer durchaus idyllischen Halbinsel. Zur Rechten und zur Linken verliefen feine, schöne Sandstrände. Weiter links, vom Festland aus gesehen, mündete der Strand in ein breites, dichtes Waldgebiet, an das wiederum das Ferienressort grenzte, das seit einiger Zeit den Namen *Palm Beach, Finland* trug. Chico wusste, dass Jorma Leivo sich bereits eine Kaufoption für das Waldstück gesichert hatte. Chico und Robin lagen auf dem Bauch, unter Kiefernbäumen. Sie beobachteten die Villa. Die Dunkelheit des Abends hatte sich herabgesenkt.

«Was hat Leivo eigentlich gegen Olivia?», flüsterte Robin.

«Nichts, denke ich», flüsterte Chico.

«Warum will er dann, dass wir in ihren Briefkasten pinkeln?»

«Wir pinkeln nicht in Olivias Briefkasten.»

«Was machen wir dann?»

Chico kam nicht dazu, die Frage zu beantworten. Im Erdgeschoss waren die Lichter angegangen. Olivia war nach Hause gekommen. Genauer gesagt war Olivia ja schon vor Monaten nach Hause zurückgekehrt, nach dem Tod ihres Vaters. Der hatte in seinem Kajak einen Infarkt erlitten, war vom Wind an Land getrieben worden und hatte den Kindern am Strand Angst eingejagt, gekrümmt sitzend, mit seinem starren Gesicht und einem ewigen Lächeln im Gesicht. Das Ruder hatte er noch hochkant in seinen Händen gehalten. Irgendjemand hatte ein Foto gemacht, das Chico gesehen hatte. Am folgenden Tag war Olivia Koski in ihre Heimatstadt zurückgekehrt. Woher auch immer sie gekommen war. Allein und offenbar gewillt zu bleiben.

Und jetzt war also das Licht im Haus eingeschaltet worden. Chico sah den Schatten eines Menschen an der Wand.

Chico hatte einen Plan. Er nahm einen ziemlich großen Stein in die Hände, zeigte ihn Robin, der ebenfalls nach einem Stein griff. Chico erklärte seinen Plan, der womöglich auch schon im Zeitalter der Höhlenmenschen Anwendung gefunden hatte.

Losrennen, Stein werfen, Flucht. Er kündigte an, bis drei zu zählen. Robin rannte bei zwei los, Chico folgte. Sie rannten aus dem Wald auf das Grundstück und warfen ihre Steine gleichzeitig. Das hell erleuchtete Fenster im Erdgeschoss zerbarst mit einem lauten Klirren. Chico und Robin waren bereits auf dem Weg zurück in den Schutz des Waldes, als sie ein weiteres Geräusch hörten. Eine eigenartige Mischung aus jammerndem Schmerzensschrei und Hilferuf. Sie hielten inne, standen wie Salzsäulen in der Dunkelheit. Da war es wieder.

«Wir hätten doch in den Briefkasten pinkeln sollen», flüsterte Robin. «Das tut niemandem weh und macht Spaß.»

Chico versuchte angestrengt nachzudenken. Eines war sicher: Das hier gehörte nicht zum Plan.

«Wir müssen ...», sagte er, wusste aber nicht weiter. Irgendetwas mussten sie tun. Irgendwas. «Wir müssen sichergehen, dass nichts Schlimmeres passiert ist.»

Da war wieder das Geräusch. Und ein Klappern und Poltern.

Sie gingen zum Haus, an der Fassade entlang zur Treppe, die auf die Veranda führte. Sie gingen nach oben. Die Veranda war recht gemütlich eingerichtet, mit Sofas. Niemand zu sehen. Das Geräusch kam aus dem Innern des Hauses. Die Tür knarrte, als Chico sie aufschob. Er zuckte zusammen, presste die Zähne aufeinander. Er hielt inne, spürte Robin dicht hinter sich. Das Licht kam von rechts, es drang aus der Küche. Chico konzentrierte sich, aber er hörte nichts. Kein Geräusch. Kein Klappern, kein Poltern. Er lief vorsichtig weiter. Im Türrahmen blieb er stehen, spähte in den Raum hinein.

Er sah Fliesen, eine dunkelrote Arbeitsfläche, Geschirrschränke, ein eingeworfenes Fenster. Und Blut. Blut und Scherben. Überall. Unter dem Fenster hatte das Blut eine Pfütze gebildet. Spritzer und Streifen, hier und da. An der weißen Tür des

Kühlschranks prangte ein fetter roter Streifen. Und die Blutspur führte ... genau vor Chicos Füße.

Er schmeckte Metall, ein elektrischer Mixer streifte seine Augen, seinen Mund, er begann zu fallen, zu stürzen, versuchte, sich auf den Beinen zu halten, aber es ging nicht. Seine Füße taten nicht, was er wollte, er wankte hin und her, auf der Stelle stehend. Dann fiel er auf den Rücken. Er sah Bilder, in schneller Abfolge, hell, dunkel. Dunkle lange Haare, ein von Blut bedecktes Gesicht. Olivias schlanker Körper, sie trug schwarze Jeans und einen schwarzen Rollkragenpullover. Sie hatte den Mixer, der Mixer war weiß und aus Kunststoff, er reflektierte das grelle Küchenlicht. Chico sah in den Augenwinkeln Robin, der ebenfalls einen Schlag mit dem Mixer abbekam, seitlich am Kopf. Er ging auf der Türschwelle in die Knie. Als würde er darum betteln, die Küche betreten zu dürfen.

Chico war verwirrt und wütend zugleich. Sie hatten sich Sorgen gemacht, hatten nachsehen wollen, ob hier im Haus alles in Ordnung war. Und zum Dank bekamen sie einen verdammten Küchenmixer in die Fresse. Er hörte Schritte, ahnte, was kommen würde, und hatte keine Zeit zu reagieren. Vor seinen Augen tanzten große schwarze Würfel, der Schlag des Mixers war wie der Schlag eines Bären gewesen: In gewisser Weise fast betörend schmerzhaft.

«Wir sind gekommen, um zu helfen», stammelte er.

Aber Olivia schien gar nicht zuzuhören.

Sie hatte sich abgewendet, hob den Mixer hoch, holte aus und ließ ihn auf Robin niedersausen, der sich tapfer auf seinen Knien hielt. Chico hatte das Gefühl, sein Ohr würde brennen, er hörte ein fürchterliches Quietschen.

Es war an der Zeit, die Situation ein wenig zu beruhigen.

Er stützte sich auf dem Tisch ab, zog sich hoch. Die dunkle

Gestalt näherte sich. Er tauchte ab, griff nach Olivias Beinen, es gelang ihm, sie aus dem Gleichgewicht zu bringen. Er rief Robin zu, dass er sie festhalten solle. Er warf sie Robin entgegen, Robin attackierte sie, Olivia ließ endlich den Mixer fallen.

Sie lag am Boden, auf dem Bauch. Chico hielt ihre Füße fest, Robin ihren Kopf unter seinem Arm. Chico erteilte hektisch Anweisungen. Wie gut, dass die Frau ziemlich leicht und Robin so stur war, er hielt sie fest, ohne auch nur für Sekunden seinen Griff zu lockern.

Chico hatte einen Plan, das war schon sein dritter an diesem Abend: Sie würden die Frau rausbringen, an die frische Luft. Sie würden sich unterhalten, ein paar Vereinbarungen treffen. Chico war durchaus bereit, die Fenster zu erstatten. Ihr Honorar würde dafür locker reichen. Natürlich war das nicht der eigentliche Plan gewesen, aber ...

Chico rief Robin zu, dass es keinen Sinn habe zu fliehen, die Frau kenne sie. Robin schien zu begreifen.

Sie standen mühsam auf, die Frau versuchte sich loszureißen, sie schlug, zappelte, wand sich.

«Halt sie fest», schrie Chico. «Wir bringen sie raus.»

Robin nickte, drehte sich um, suchte eine Position, in der er den Körper anheben konnte. Chico machte dasselbe, stützte sich auf das andere Bein, schrie angestrengt: «Jetzt!» Die Blutpfütze, in der Olivia gelegen hatte und in der nun Chico mit seinen Adidas-Turnschuhen stand, war spiegelglatt. Er rutschte aus, hielt sich intuitiv an Olivia fest, während er fiel. Im selben Moment zerrte Robin auf der anderen Seite am Kopf.

Das Knacken erinnerte an das Zerbrechen eines trockenen Holzstücks. Olivia erschlaffte. Robin umklammerte immer noch mit aller Kraft den Kopf, Chico hielt die Füße, während er sich mühsam durch die Blutpfütze schleppte. Er brüllte Robin an, befahl ihm, augenblicklich aufzuhören mit dem Mist und loszulassen. Olivia sank zu Boden.

Chico richtete sich auf, Robin stand schon an der Tür.

«Ich habe sie anders in Erinnerung», sagte Robin.

Wie wahr, dachte Chico. Wundert dich das? Er bewegte sich tastend auf Robin zu, warf Seitenblicke auf den am Boden liegenden Körper. Die Haare hingen im Gesicht, aber er konnte doch die Gesichtszüge erahnen. Die Haut war seltsam weiß und straff. Das Auge, das konzentriert eine aus dem Boden aufragende Fußleiste zu betrachten schien, war hellblau. Kleine Ohren. Ein dünner Schnauzbart, ein Kinnbart, wie die feinen Borsten eines Pinsels geformt.

In diesem Fall lag Robin mal richtig. Auch Chico hatte Olivia anders in Erinnerung. Der Grund war ziemlich einfach. Es war nicht Olivia.

Zwei Wochen später

1.

Die größten Herausforderungen, die schmerzhaftesten Umstände einer Scheidung wurden einem offenbar von Menschen auferlegt, die mit der Sache gar nichts zu tun hatten. Menschen, die ihre eigenen Erfahrungen teilen wollten, die davon berichten wollten, was sie erlebt hatten, wie es ihnen ergangen war, wie sie es geschafft hatten.

Jan Nyman empfand es tatsächlich als Herausforderung. Er konnte ja schlecht mitteilen, dass ihn all das nicht interessierte (es interessierte ihn in der Tat nicht), es fiel ihm schwer, seine eigene Situation als Überlebenskampf oder etwas ähnlich Dramatisches zu betrachten, und er hatte über Tuula absolut nichts Negatives zu sagen. Ganz im Gegenteil.

Jetzt hatte sich also sein Boss zu Wort gemeldet, hatte ihn in sein Büro zitiert. Am Telefon hatte er es eilig und ein wenig mysteriös klingen lassen. *Geh nicht durch die Kantine, geh nicht zu deinem Schreibtisch, komm direkt zu mir ins Büro.* Eigenartig. Es blieb ihm wohl nichts anderes übrig, als sich überraschen zu lassen.

«Wir waren ja, also Maiju und ich, eine Woche lang in so einer Art Camp. Paartherapie, du verstehst», sagte Muurla jetzt, nachdem er eingangs erwähnt hatte, ebenfalls Erfahrungen in Sachen Trennung und Scheidung zu besitzen. «Unsere Hoffnung war natürlich, unsere Beziehung wieder in die Spur zu bringen. Wir waren da mit sechs anderen Ehepaaren. Leute, die auch am Abgrund einer Scheidung standen. Die konnten sich kaum noch ertragen, die hätten nicht mal gemeinsam auf einen Bus warten wollen. Und plötzlich saßen wir alle in diesem Wald und sollten alte Wunden aufreißen. Man kam da also nach einer höllisch anstrengenden Autofahrt auf diesem Bauernhof an. Nachdem man sich 412 Kilometer lang angeschrien hatte. Dann wird man von aufgekratzten, hysterischen Damen begrüßt, bekommt irgendeinen Tee kredenzt. Einen Willkommenstee, aus Pilzextrakt, der nach Ohrenschmalz oder Schweiß am Handgelenk stinkt. Die Damen faseln von Sex. Erzählen jedem, der es nicht wissen will, dass Jari keinen mehr hochbekommt und dass sie deshalb fremdgehen mussten und dass sie es genossen haben. Die Kerle sitzen daneben, mit glühenden Ohren, es herrscht sozusagen knisternde Stimmung, während der Tee langsam abkühlt. Der Seminarleiter war ein Typ mit wachsweicher, samtiger Stimme, der sich zu fein war, mit uns anderen Kerlen in die Sauna zu gehen. Ich dachte erst, dass es mit Autorität zu tun hat, dass er einen gewissen Abstand zu seinen Kunden wahren will. Er hat uns immer angestarrt, als würde er bei unserem Anblick mehr und mehr die Hoffnung verlieren. Sein Gesicht war rot, er hat die Lippen zusammengepresst, mit pochenden Schläfen. Als wir Volleyball gespielt haben, hat er missbilligend abseitsgestanden. Am vierten Tag schließlich war ich dran mit dem Beheizen der Sauna. Ich war unterwegs, schleppte eine Ladung vom besten trockenen Holz, als ich ein komisches Stöhnen hörte, es kam aus der Umkleide. Ich sehe rein, und da liegt einer der Typen, nicht dieser Jari, sondern ein anderer, aus Espoo, bäuchlings auf einer Bank. Und der Typ, der Seminarleiter mit der samtigen Stimme, liegt über ihm und greift ihn an den Arsch, dass sich die Balken biegen. Du verstehst. Er hatte sein Hemd noch an, bis zum obersten Kragenknopf. Ich habe das Holz zurück zum Stapel gebracht, bin zu Maiju gegangen, habe ihr einen Kuss auf die Wange gegeben und gesagt, dass wir die

Scheidungspapiere fertig machen können. Dann sind wir heimgefahren, bester Laune übrigens. Heute sind wir gute Freunde. Das ist eine recht ungewöhnliche Geschichte, denke ich.»

Muurla schwieg, in Gedanken versunken. Nyman hatte nicht die Absicht, die Geschichte in irgendeiner Weise zu kommentieren. Noch nicht mal mit einem *Aha, ja, verstehe.* Er sah aus dem Fenster.

Das Landeskriminalamt in Vantaa befand sich auf einem großen Grundstück, das wiederum auf der Südseite, auf der Muurlas Büro untergebracht war, an ein ebenfalls großes, unbebautes Nachbargrundstück angrenzte. Es war ein Feld, ein grünes Feld, umgeben von kleinen, niedlichen Birken. Der Blick aus dem Fenster fühlte sich nach Sommerurlaub an. Nyman hatte seinen Urlaub noch nicht antreten können, auch wenn er vielleicht äußerlich so aussah, als sei er auf dem Sprung. Neue weiße Sneakers, legere Bluejeans, ein rötlich-graues Flanellhemd, ein Dreitagebart, der die Gruben an seinen Wangen betonte. Seine dunklen, ziemlich langen Haare waren feucht vom Duschen und lagen etwas wirr. Er sah eigentlich immer so aus. Tuula fand, dass er einem Countrysänger glich, der Langstreckenrennen lief. Oder einem Läufer, der sang. Er war allerdings keins von beiden, kein Läufer, kein Sänger. Er war vielmehr der beste Mitarbeiter im Dezernat für verdeckte Ermittlungen. Vermutlich war das auch der Grund dafür, dass er hier bei Muurla saß. Er suchte Muurlas Blick. Muurla kehrte langsam ins Hier und Jetzt zurück.

Er verschränkte seine Hände auf dem Tisch, wie zum Gebet. «Die vollständige Ermittlungsakte findest du im Intranet, lies sie in Ruhe. Hier die Kurzfassung: Eine Leiche in einer kleinen Stadt, eine Ermittlung lokaler Behörden, ohne Ergebnis, das obligatorische Team des Landeskriminalamts kam und ging, ohne

Ergebnis. Der Fall ist in jeder Hinsicht mysteriös, die Hintergründe liegen im Dunkeln.»

Nyman betrachtete Muurla, mit seinem breiten Gesicht saß er hinter seinem breiten Schreibtisch. Seine unebene Haut erinnerte Nyman immer unwillkürlich an alte, abgenutzte Sofas. Muurla war von Beginn an sein Vorgesetzter gewesen, schon als er, nach Jahren bei der Mordkommission in Helsinki, hier in Vantaa angefangen hatte. Nyman wusste wenig über Muurla, er kannte nicht mal sein genaues Alter. Vielleicht zeugte das ja davon, dass die Abteilung für verdeckte Ermittlungen tatsächlich funktionierte. Vermutlich war er um die sechzig. Nyman arbeitete gerne unter Muurla. Muurla wollte ausschließlich Ergebnisse, er gab keine guten Ratschläge und erteilte keine unsinnigen Befehle. Er ließ nie den Chef raushängen. Möglicherweise lag es einfach daran, dass Muurla nicht das Format eines Chefs besaß, aber darüber wollte Nyman gar nicht weiter nachdenken.

«Ich vermute, dass es noch weitere Gründe gibt, uns hinzuzuziehen?», sagte er.

«Es sieht nach der Arbeit von Profis aus», sagte Muurla. «Also, gewissermaßen. Die Sache stellt sich in etwa wie folgt dar: Der Typ ist also im Haus, eingeladen oder uneingeladen. Es kommen weitere Gäste hinzu, eingeladen oder uneingeladen. Sie kennen sich oder sie kennen sich nicht. Sie folgen einem Plan oder agieren aus dem Moment heraus. In jedem Fall liegt am Ende ein Mann mit gebrochenem Genick in der Küche. So etwas würde nicht jedem gelingen, du verstehst. Auch nicht der Besitzerin des Hauses, die mit der Sache zu tun haben kann oder nicht. Sie wurde natürlich mehrfach verhört. Und sie blieb immer bei derselben Darstellung: Sie kam nach Hause, alles war verwüstet, und am Boden lag ein Mann, den sie noch nie gesehen hat. Das lässt sich, Stand jetzt, nicht widerlegen. Sie ist tatsächlich zur

Tatzeit außer Haus gewesen. Aber wusste sie, was in ihrer Abwesenheit passieren würde? Das ist eine andere Frage. Und falls ja, was genau wusste sie?»

«Und der Tathergang deutet auf Profikiller hin?»

«Ja», bestätigte Muurla. «Laut Gerichtsmedizin müssen es mindestens zwei gewesen sein, die wussten, was sie tun. Amateure können auf diese Weise niemanden zu Tode bringen. Es muss alles gewissermaßen austariert sein, man muss ein paar Dinge wissen, über Anatomie, Timing, Zusammenwirken. Vielleicht kommen gewisse Kampfsportkenntnisse hinzu. Nicht die gelben Gürtel, sondern die schwarzen. Und noch was: Es wurde nichts entwendet. Die Täter kamen, erledigten den Job und gingen wieder, bevor die Herrin des Hauses zurückkehrte. Die Misshandlung des Opfers, die Verwüstung, das alles mögen Täuschungsmanöver sein. Der Mann wurde in jedem Fall mit besonderem Geschick getötet. Und da ist noch etwas, das diese Ermittlung rätselhaft macht.»

Nyman wartete. Muurla beugte sich vor, schob seine Ellenbogen auf Nyman zu, näherte sich.

«Es gab da in der Frühphase eine kleine Irritation», sagte Muurla und fokussierte Nyman mit seinen tiefgrauen Augen. Nyman kannte diesen Blick. Bald würde Muurla ihn aus seinem Büro entlassen, mit einer *Mission Impossible*, die er wie selbstverständlich erledigen sollte.

«Auf Basis des Notrufs hatte die Streife, die zuerst vor Ort war, die Sache missverstanden. Die dachten, dass alles noch im Gange sei, sind also mit Schwung da rein und haben den Mann mit seinem gebrochenen Genick ein wenig unsanft angepackt. Weil sie dachten, dass er vielleicht irre ist oder unter Designerdrogen steht und deshalb mit Steinen geworfen und das Fenster zerstört und die Einrichtung verwüstet hat und dann vielleicht eingeschlafen ist. So was in der Art, man kennt das ja. Die Uniformierten haben also ein wenig Unordnung am Tatort hinterlassen. Hinzu kommt, dass das Haus kürzlich in den Innenräumen renoviert wurde, es waren also jede Menge Leute in letzter Zeit da. Die Kriminaltechnik hatte es ein wenig schwer, und es wurde auch einiges eher nach alter Schule gemacht, also *old school*, wie mein Sohn immer zu sagen pflegt. Übrigens, wo wir vom Nachwuchs sprechen, vielleicht ist es ganz gut, dass du keine Kinder hast, jetzt, weil ja die Scheidung ...»

«Wer bin ich?», fragte Nyman, bevor Muurla Gelegenheit hatte fortzufahren. Er hatte innerhalb des vergangenen Monats sicher etwa vierhundert Geschichten gehört, die auf die eine oder andere Weise mit Scheidungen zu tun gehabt hatten. Keine davon hatte er hören wollen.

«Jan Kaunisto», sagte Muurla. Er betastete eine Klarsichthülle, die vor ihm auf dem Tisch lag. Zuoberst darin lag ein finnischer Reisepass. «Mathematiklehrer. Sommerferien.»

«Bestens», sagte Nyman. Er hörte seiner eigenen Stimme an, wie trocken und lakonisch das klang. Immerhin durfte er seinen eigenen Vornamen nutzen, das erleichterte die Einfühlung in die fiktive Identität.

«Auf deinem Konto findest du ein Monatsgehalt und Urlaubsgeld», sagte Muurla. «Hier ist auch noch deine Kreditkarte. Alles andere besorgst du dir selbst, Telefon und so weiter. Fragen?»

«Viele. Aber ich vermute, dass die Ermittlungsakten einige Antworten parat haben.»

Muurla überreichte Nyman die Klarsichthülle. Sie sahen einander an. «Willst du hören, wie ich die Sache sehe?», fragte Muurla.

Nyman schwieg. Muurla wertete das offenbar als lautes *Ja.*

«Diese Frau hat kürzlich einen Mann kennengelernt», sagte

Muurla. Er verschränkte seine Arme vor der Brust. So sah er aus wie ein ziemlich feister Rentner. «Aber dieser Mann stellt sich als Enttäuschung heraus. Die Frau begreift, dass er nicht freiwillig das Feld räumen wird. Sie kennt einige Leute, in der Stadt. Sie hat einen Job für sie, der erledigt werden muss. Sie machen, wofür sie bezahlt werden. Sie täuschen einen Einbruch und irgendeine Auseinandersetzung vor.»

«Aha. Und dann?»

«Was?»

«Falls die Frau Killer angeheuert haben sollte, sind die ja nicht weg. Die kommen wieder. Sie wollen Geld. Und dann wollen sie noch mehr Geld. Sie kommen, wenn nötig, auch, um die Angelegenheit vollständig zu Ende zu bringen.»

Muurla dachte nach.

«Wie gut, dass du bald vor Ort sein wirst», sagte er schließlich. Er nickte irgendjemandem zu, den nur er sehen konnte. Nickte vor sich hin. «Glaub mir, es ist diese Frau, die da die Strippen zieht.»

2.

Der Mann, mit dem Olivia Koski das Haus umrundete, trug eine Schirmmütze. Er war korpulent und redete wie ein Wasserfall, ohne Unterlass. Olivia versuchte, konzentriert zu bleiben, denn immerhin war es möglich, dass sich irgendwo im Gefasel des Mannes auch die eine oder andere wichtige Information verbarg. Der Mann hatte sich als Esa vorgestellt und war sofort danach in diesen Redefluss geraten. Als hätte eine Nadel eine Schallplatte berührt, und jetzt drehte und drehte sich die Scheibe, während sie im Kreis liefen. Auf dem ziemlich neuen, gelb und schwarz lackierten Kleintransporter stand *Klempner Kuurainen & Partner.* Demnach war Esa entweder Kuurainen oder der Partner.

Er hielt auf der Südseite des Hauses plötzlich an. Stand still. Wendete sich Olivia zu. Er stand kerzengerade, die Arme hingen an seinem Körper herab, er blinzelte in der hellen Mittagssonne und sah aus wie ein Junge, der beflissen eine Aufgabe lösen wollte.

«Hier würde ich sie verlegen», sagte er. «Die neue Wasserleitung. Eine für kaltes, eine für warmes. Seit wann haben Sie die Probleme mit dem Wasser?»

Olivia dachte an ihren Vater. An dessen Vater. An dessen Vater. Liebenswerte, kluge Leute, die allesamt linke Hände gehabt hatten, vielleicht die ungeschicktesten Hände in der Geschichte der Menschheit.

«Seit hundert Jahren», sagte sie.

Esa lachte.

«Seit 1910 in etwa», sagte Olivia.

Esa schwieg. Betrachtete den Boden. «Ich würde hier graben und die Rohre verlegen. Wie läuft denn das Wasser zur Zeit?»

Olivia musste nicht allzu lange nachdenken. Der Morgen war ihr noch in lebhafter Erinnerung. Sie hatte schlotternd in der Dusche gestanden, mit Shampoo in den Haaren und klappernden Zähnen.

«Es ist eiskalt», sagte sie. «Und es ist durchaus möglich, die Tropfen an einer Hand abzuzählen.»

«Aha. Also in den letzten Zügen», sagte Esa. Er nickte. Olivia hatte den Eindruck, dass es ihm schwerfiel, seine Begeisterung zu verbergen. «Eine in der Tat eilige Angelegenheit.»

«Wie eilig?»

«Schwer zu sagen. Der Zulauf kann nächste Woche seinen Geist aufgeben, aber eigentlich auch schon bei der nächsten Toilettenspülung. Und ohne Druck und wenn es mal dickeres Zeug gibt, dann weiß man ja nicht, ob es durchgeht. Sie verstehen. Ich will damit nicht sagen, dass das Problem bei Ihnen liegen würde, werte Frau Koski, schlank, wie Sie sind, aber wenn man mal bei einem Buffet ordentlich zuschlägt und zu Verstopfung neigt ...»

«Fräulein.»

«Wie bitte?»

«Fräulein», sagte Olivia. «Ich bin nicht verheiratet. Auch wenn ich möglicherweise in dem Alter sein sollte, in dem, nun ja.» Olivia fühlte sich erschöpft. Sie versuchte erst gar nicht, das zu verbergen. Die vergangenen zwei Wochen waren noch anstrengender gewesen als die Wochen und Monate davor, die sie wegen der Beerdigung und all der anderen Dinge schon für ziemlich anstrengend gehalten hatte. Hatte sie sich zu viel zugemutet? Der Gedanke ging ihr nicht zum ersten Mal durch den

Kopf. Jetzt stand sie hier im Garten und musste sich Prognosen und Einschätzungen bezüglich ihrer Verdauung anhören.

«Wasser», sagte sie. «Darum geht es mir. Ich hätte gerne fließend Wasser im Haus. Das war der Grund meines Anrufs.»

«Richtig», sagte Esa. «Wir müssen entscheiden, ob wir eine Komplettsanierung machen oder ob wir hier lokal arbeiten.»

«Komplettsanierung?»

«Dann lägen wir bei etwa siebzigtausend», sagte Esa.

Das war ihr nicht neu. Olivia hatte nie selbst ein Haus bauen oder renovieren lassen, aber sie hatte sehr wohl mit Hausbau und Renovierungen zu tun gehabt. Das war, bezüglich der Preisverhandlungen, ein weites Feld, auf dem alle möglichen Vorstellungen geäußert, Vereinbarungen getroffen und Versprechungen gemacht wurden. Nichts davon musste stimmen oder in irgendeiner Weise tatsächlich verwirklicht werden. Ganz unabhängig von der Frage, ob die von Esa genannte Summe auch nur annähernd angemessen war, würde es zum guten Schluss dann noch teurer werden.

«Wir machen es lokal. Genau hier, an dieser Stelle», sagte Olivia.

Esa bemühte sich darum, seine Enttäuschung zu verbergen. Etwa eine Sekunde lang wirkte er konsterniert, dann hatte er sich wieder gefangen, das kannte sie von Leuten dieses Gewerbes. Er würde jetzt versuchen, sich sein Geld auf andere, nicht weniger fragwürdige Weise zu holen.

«Auch dann sprechen wir natürlich von einem erheblichen Aufwand. Das Haus ist alt, die Bausubstanz ist alt. Eine Herausforderung. Das Material, die Maschinen ...»

«Das heißt?», fragte Olivia.

Esa verschränkte die Arme vor der Brust, schien irgendwas im Kopf zu rechnen. Olivia wusste nicht, was genau in den

Köpfen dieser Männer in diesen Momenten vorging, aber ganz sicher hatte es nichts mit Berechnungen oder dem Auftrag hier zu tun. Das Resultat war der beste Beweis.

«Fünfzehntausend», sagte Esa.

«Euro?»

Esa sah sie nachdenklich an.

«Euro», sagte er.

Olivia schwieg, einige Sekunden lang.

«Warum klingt das in meinen Ohren, als wäre das zur Hälfte heiße Luft? Ein Angebot, das Sie mir einfach so vorlegen, weil ich alleine lebe und mich in Sachen Sanitärtechnik nicht auskenne? Es scheint, dass sich Männer immer auf Stereotype und aufs Klischee verlassen.»

Esa schwieg. Entweder hatte die Sonne seine Wangen gerötet, oder es kam von innen. Er wirkte verwirrt und ein wenig aufgeregt. Der Wind rauschte in den Baumkronen.

«Stereo ...», murmelte er.

«Genau», sagte Olivia. «Meine Frage lautet: Warum?»

Esa ließ seinen Blick zur Seite schweifen. «Warum, warum. Da ist nicht zur Hälfte heiße Luft. Zehntausend. Das ist mein letztes Angebot.»

Olivia hielt inne. Dann nickte sie. Sie hatte nicht die Absicht zu sagen, dass auch das etwa zehntausend mehr waren, als sie zur Zeit besaß.

«Ich sende Ihnen einen Kostenvoranschlag per Mail», sagte Esa. «Sobald Sie akzeptiert und die Vorauszahlung geleistet haben, fangen wir an. Auch wenn sich das für uns nicht lohnen wird, wir müssen hier sozusagen fast die Kundin dafür bezahlen, dass wir ihr Grundstück umgraben dürfen.»

Auf dem Weg zum Kleintransporter lamentierte Esa auf diese Weise weiter. Alle würden ihm etwas nehmen, das Finanzamt, die Frauen, die Zulieferer, jetzt sogar auch die Kunden. Olivia kannte dieses Gerede zur Genüge. Sie würde Esa nicht fragen, ob er denn glücklicher wäre, wenn all das verschwinden würde. Wenn er nach Herzenslust seine Löcher graben könnte, ohne Steuerbehörden, Frauen, Subunternehmer und Kunden. Das wäre vermutlich sein größtes Glück. Männerglück.

Esa drehte sich am Wagen noch mal um, einmal um die eigene Achse, und betrachtete das Haus. Olivia wusste, was Esa sah. Die nagelneu glänzenden Fenster.

«Ein wenig wurde hier ja schon renoviert», sagte er. Olivia glaubte, Genugtuung herauszuhören.

Sie schwieg. Wartete darauf, dass Esa in seinen Transporter klettern und losfahren würde. Endlich stieg er schwerfällig ein, ließ den Motor an und tuckerte schwankend von ihrem Grundstück. Olivia hatte Lust zu schreien. Irgendetwas. Irgendjemanden wollte sie anschreien.

Eine kleine Stadt. Alle wussten, was passiert war. Oder besser: Niemand wusste, was passiert war, aber alle wussten, wo es passiert war.

Olivia ging in die Küche, die inzwischen wieder in groben Zügen so aussah, wie sie einmal ausgesehen hatte und aussehen sollte.

Drei Tage lang war die Küche wie das Setting eines Kinofilms gewesen. Überall hatten Glasscherben und Gegenstände auf dem Boden gelegen. *Ihre* Gegenstände. Viele Flächen waren rot gewesen, teilweise vom Fingerabdruckpulver, teilweise vom getrockneten Blut eines Fremden. Überall hatten Klebezettel mit

Notizen der Ermittler gehangen. Sie hatte die Polizisten natürlich gefragt, wer der Tote sei, wer er *gewesen* sei. Aber die Polizisten, insbesondere die beiden, die sie zuletzt befragt hatten, hatten merkwürdigerweise dieselbe Frage an sie gerichtet. Sie hatte es nicht gewusst, die Polizisten hatten es nicht gewusst. Niemand schien irgendeine Ahnung zu haben.

Sicher war, dass irgendjemand Bescheid wusste. Olivia wusste nur, dass sie nichts wusste.

Es war anstrengend gewesen, den Fußboden zu reinigen. Überall hatten Glasscherben verstreut herumgelegen, zwischen den Fliesen, auf dem Tisch, den Stühlen, den Arbeitsflächen. Im Brotkorb. Die Pfeffermühle hatte Blutspritzer abbekommen.

Nach dem ersten Schock – nachdem sie aus der Stadt zurückgekehrt, den Mann tot aufgefunden und mit pochendem Herzen ins Freie gerannt war, um ein wirres Telefonat mit dem Polizeinotruf zu führen – hatte sie begonnen, die ganze Sache sachlich kühl zu betrachten. Das hatte sie selbst überrascht. Sie konnte tatsächlich in einem Haus leben, in dem ein Mann umgebracht worden war. Ein Verwandter hatte gemutmaßt, dass es mit dem anderen Schock zusammenhängen könnte. Mit dem Schock, den der Tod ihres Vaters ausgelöst hatte.

Litt sie noch an einem Schock infolge des Todes ihres Vaters?

Als sie davon erfahren hatte, hatte sie eine Woche lang geweint. Sie hatte zutiefst bereut, dass sie nicht mehr mit ihrem Vater gesprochen hatte, über Dinge, die sie unbedingt noch hätte besprechen wollen. Allerdings fiel ihr dann gar nichts ein, was sie unbedingt noch hätten besprechen müssen. Mit der Zeit wurde ihr bewusst, dass sie mehr als genug gesprochen hatten. Sie wusste, dass ihr Vater ihr immer das Beste gewünscht hatte, so wie er das zu Lebzeiten auch häufig gesagt hatte. Das war alles.

Und dann war die andere Sache passiert. Hier, in diesem Haus, in dieser Küche.

Sie musste wieder ans Geld denken. Wie immer war alles weg. Wie immer aus ein und demselben Grund. Sie war einmal verheiratet gewesen, und einmal hatte sie eine Ehe ohne Trauschein geführt. Beide *Ehen*, wenn man diese seriöse Begrifflichkeit denn anwenden wollte, hatten achteinhalb Jahre gedauert. In beiden Fällen war sie es gewesen, die schließlich gesagt hatte: *Es funktioniert so nicht, Kristian / Marko.*

Manchmal dachte sie, dass es an ihr liegen könnte. Das irgendetwas nach achteinhalb Jahren mit ihr passierte. Aber ebenso oft war sie davon überzeugt, dass beide Bindungen vor allem einen Vorzug hatten, nämlich dass sie am Ende «nur» um ihr gesamtes Geldvermögen gebracht worden war.

Kristian: Ein Fotograf, der nicht mal eine eigene Kamera besessen hatte. Olivia war jung gewesen, *sehr* jung. Kristian hatte ein paar Probleme gehabt, die mit Inspiration und mit Geld zu tun gehabt hatten. Diese Schwierigkeiten hatte Kristian gefühlt seit neunundzwanzig Jahren gehabt. Olivia hatte ihm zugehört, seinen Kopf gekrault und an der Uni studiert. Sie hatte ihr Studium unterbrochen, weil ja jemand hatte arbeiten und in die Rentenkasse einzahlen müssen. Jemand hatte ja den gemeinsamen Haushalt und Kristians Arbeitszimmer im selben Wohnblock finanzieren müssen. Eines schönen Tages, nach getaner Arbeit, hatte sie sich neben Kristian auf das von ihr bezahlte Sofa gesetzt, auf dem er gerade einen Zombiefilme-Marathon absolvierte (er hatte es als «arbeiten» bezeichnet). Sie hatte ihren Spruch aufgesagt: «Diese Beziehung scheint auf diese Weise nicht zu funktionieren.»

Marko: Ein Bürokomplex, an einem entlegenen Ort, den niemand kannte und an dem niemand arbeiten wollte. Marko hatte seine Nächte in seinem Geschäftsführerzimmerchen verbracht, die Lichter des Industriegebietes betrachtend, warmen Salmiaklikör pichelnd. Er hatte immer darauf gewartet, dass sein Telefon klingeln würde. Vielleicht saß er immer noch dort, auf ein Telefonat wartend, das nicht kommen würde.

Olivia hatte ihre Schlüssel auf den Tisch fallen lassen, neben die Salmiaklikör-Flasche. Marko hatte gerade mit der Maus den Cursor in einem leeren Kalender auf und ab bewegt, und Olivia hatte gesagt: «Diese Beziehung scheint auf diese Weise ...» Sie hatte die Tür hinter sich geschlossen und war gegangen.

Danach hatte sie für eine Weile in einer WG gelebt, gemeinsam mit ihrer ehemaligen Klassenkameradin Minna, in der Wallinstraße in Kallio bei Helsinki. Und dann war sie, nach dem Tod ihres Vaters, hierher zurückgekehrt, in dieses Haus.

Eine wichtige Erkenntnis lautete: Männer sind ein kostspieliges Hobby. Egal ob sie charmant, grob, witzig, dumm, strahlend wie Sterne, schwerfällig wie der Griff eines Hammers, gut aussehend oder *nicht-ganz-so-gut-aussehend-aber-o. k.* waren, zuverlässig oder unzuverlässig oder was auch immer – wichtig war in jedem Fall, die eigene Geldbörse fest im Blick zu behalten.

Sie selbst war neununddreißig Jahre alt, gerne lustig und guter Dinge. Und sie verfügte hinter ihren langen dunklen Haaren über ein durchaus klarsichtiges, scharfsinniges Hirn, wenn auch nicht im Zusammenhang mit Männern. Mehr als einmal hatte sie gehört, dass sie breitschultrig sei, große Füße habe, eine wohlgeformte lange Nase, dass sie großartig aussehe, sonnengebräunt sogar exotisch, stattlich geradezu und dass ihre Augen in der Tat nussbraun seien. Sie hatte in ihrem Leben eine Menge Fehler gemacht, für alle trug sie selbst die Verantwortung. Sie hasste niemanden und nichts und hegte keinen Groll. Sie nagte allerdings so ziemlich am Hungertuch und war deshalb ein wenig verzweifelt. Und sie besaß etwas, das sie unbedingt behalten wollte. Sie ahnte eine Wende, eine Chance. Sie würde dieses Haus keineswegs aufgeben, sondern es im Gegenteil renovieren lassen und alles wiederherstellen. Es würde ihr Zuhause sein, egal wie viele Tote in der Küche oder sonstwo entdeckt werden würden.

Vielleicht fühlte sie sich ja deshalb so erstaunlich gelassen.

Sie blieb noch für eine Weile ans feste, glatte Holz des Türrahmens gelehnt stehen. Zwischen dem Eingangsbereich und der Küche war ein kleiner Flur, eher eine verlängerte Türschwelle. An der dem Garten zugewandten Seite dieses schmalen Ganges war ein Haken, an dem nichts hing. Olivia betrachtete diesen Haken, die leere, ein wenig dunkle Stelle darunter. Sie hatte alles, was sie gesucht hatte, beim Aufräumen gefunden, nur nicht den einen Gegenstand, aus dem Besitz ihres Vaters und Großvaters, der an dem Haken gehangen hatte. Sie begriff nicht, warum jemand ihn hätte stehlen sollen. Falls er denn überhaupt gestohlen worden war.

Der helle Tag fiel durch die Fenster ins Haus, schenkte Licht, ließ die Küche blank und sauber erscheinen, erleichterte das Gemüt. Es bestand kein Grund zur Unruhe, kein Grund zur Panik.

Oder?

Manchmal hörte sie ein Quietschen, ein Klappern, dann erschrak sie. Natürlich hatte das mit der Küche und dem toten Mann zu tun. Immer wieder mal dachte sie für einige kühle Sekunden, dass da noch jemand im Haus war. Dann beruhigte sie sich wieder. Sie war an einem sicheren Ort, sie wusste das. Was nicht bedeutete, dass es keine Probleme gab.

Ihr Vater war ein Träumer gewesen, ein ungekrönter Weltmeister im «Alles-nur-nicht-pragmatisch-Sein». An die Wasserleitung hatte er keinen Gedanken verschwendet. Aber sie würde halten, sie würde nicht in Stücke brechen, wenigstens nicht bevor Olivia die 10 000 Euro aufgetrieben hatte. Vor einiger Zeit hätte sie noch zu hoffen gewagt, dass lediglich 9000 fehlen würden, aber nachdem sie endlich alle ausstehenden Rechnungen beglichen hatte, fehlten also seit heute 10 000.

Sie sah auf die Uhr an der Wand und zuckte zusammen.

In vierzehn Minuten begann ihre Schicht. Der einzige Job, den sie auf die Schnelle hatte bekommen können. Die Arbeit war schlecht bezahlt, und die Kollegen und Umstände waren einigermaßen eigenartig. Insbesondere in jüngster Zeit. Das Komplizierteste an der Sache war die Arbeitskleidung. Von Beginn an hatte es sich komisch angefühlt, und dieses Gefühl hatte sich auch nicht verflüchtigt, so wie Olivia gehofft hatte.

Vielleicht würde es heute anders sein.

Vielleicht würde sie sich heute nicht fühlen wie ein Schinken in der Metzgerei-Vitrine, wie eine Nudistin am Südpol.

Sie lief in den Flur, nahm das Kostüm aus dem Garderobenschrank, hielt es in den Händen. Nein, es fühlte sich nicht anders oder besser an.

Olivia zog sich aus und blieb für eine Weile nackt im Flur stehen. Genau so fühlte sich ihre Arbeitskleidung letztlich an. Sie atmete tief ein, nahm das «Kostüm» und streifte es über. Sie befestigte die Gummibändchen an ihren Pobacken und hoffte, dass sich gleich doch noch eine andere, neue Wahrnehmung einstellen würde.

Irgendwie passierte das auch.

Sie betrachtete sich im Spiegel. Den neongelben Text konnte sie inzwischen vermutlich mit geschlossenen Augen lesen. Sie schloss die Augen. Ein kurzes Flackern, dann Dunkelheit. Der Text war nicht mehr zu sehen. Stattdessen spürte sie den vertrauten kalten Schauer, «kühle» Sekunden, in denen sie plötzlich klar sah. Es war heller Tag, sie stand auf einer freien, weiten Fläche, vielleicht am Strand, und ein Mann kam auf sie zu. Er hob seinen Arm, schien etwas sagen zu wollen.

Sie öffnete die Augen. Überrascht, verwirrt. Der Mann verschwand, verflüchtigte sich, ebenso wie die Kälte, die sie umfangen hatte.

Die Buchstaben, die auf dem Badeanzug prangten, auf Höhe ihrer Brust, formten den neuen Namen des Feriendorfes, aber sie schienen mehr zu beinhalten als das.

Olivia blieb noch für eine Weile vor dem Spiegel stehen.

Sie fühlte sich jetzt besser, mit geöffneten Augen.

3.

Der Mann roch penetrant nach Aftershave und hatte absurd wirre Haare. Er hatte sich als Geschäftsführer Jorma Leivo vorgestellt. Jetzt wendete er ihm den Rücken zu und lief stramm voran. Nyman folgte ihm. Leivo, der Geschäftsführer, der ein schneeweißes Jackett trug, deutete zum Strand.

«Feinster weißer Sand, internationales Flair», sagte er. «Alles, was Sie in Saaaaaant Tropetz bekommen, bekommen Sie auch hier. Nur besser. Kanus, Tretboote, Ruderboote, Surfbretter, Liegestühle. Hundertzwanzig Liegestühle. Es lohnt sich, beizeiten zu reservieren, wir sind fast ausgebucht. Nun ja, im Moment ist nur ein Liegeplatz belegt, wie Sie sehen, aber das ist abhängig von den Tageszeiten. Volleyball, Tennis, Minigolf. Taiker-Wuuts-Level. Tanzstunden. Unser Lehrer ist in Mexiko gewesen, Weltklasse-Salsa. Restaurant à la carte, Buffetleckereien, Meeresfrüchte. Pizzeria, Biere aus der Region. Die bekommen Sie nicht mal in Deutschland. Gutgelaunte Leute, top Strandleben, Fünf-Sterne-Level. Hier bei uns ist es der Himmel, der die Grenzen setzt. Ach was, nicht mal der. Ein Kasino ist in Planung, soll nächstes Jahr eröffnet werden. Im Stile des Muuuulin Rouuke, Sie verstehen. Titten mit Stil. Windräder, demnächst dann der Helikopterlandeplatz für die VIPs. Filmstars, Formel-1-Fahrer und so weiter. Einkaufszentrum ebenfalls in Planung. Für die Gattinnen. Man muss nicht schön oder reich sein, alle dürfen shoppen gehen. *It's the hottest beach in Finland.*»

Leivo wendete sich Nyman zu, nickte, als wolle er das Gesagte noch mal zu guter Letzt unterstreichen.

«Palm Beach, Finland», sagte Nyman. Er folgte Leivos Blick aufs Meer.

«Genau», sagte Leivo. «Meine Idee. Und mein Strand.»

«Hieß das nicht früher anders?»

«In der Tat. Früher war auch das Niveau nicht annähernd dasselbe.»

«Was genau hat denn zur Anhebung des Niveaus beigetragen?»

Leivo blieb stehen. Drehte sich um, machte eine weit ausladende Geste mit dem Arm, deutete mit ausgestrecktem Zeigefinger auf ein etwa 150 Meter entferntes, gigantisch großes, leuchtendes Schild, auf dem neonhelle Buchstaben prangten.

«Zukunft», sagte er.

Nyman las.

«Aha.»

Leivo betrachtete jetzt Nyman, er wirkte äußerst zufrieden mit sich und der Welt. Sie liefen weiter. Die Sonne stand hoch, die wärmste Zeit des Tages war angebrochen. Was jedoch nicht hieß, dass es heiß gewesen wäre. Böiger Wind frischte die Wellen auf, die schaumig gegen den menschenleeren Strand schlugen. Das offene Meer lag weit und blau vor ihnen. Nyman dachte vage, dass es an diesem Fleckchen Erde vermutlich etwa siebeneinhalb mal im Jahr wirklich sommerlich warm wurde.

«Aus welcher Branche sind Sie, wenn ich fragen darf?»

«Lehrer. Mathematik.»

«Ah. Ferien. Lange Ferien», sagte Leivo. «Großartige Sache. In den Sommermonaten.»

Nyman war nicht ganz sicher, ob sich Leivo einen Scherz mit ihm erlaubte oder ob er einfach nur gedankenlos vor sich hin faselte, wie so viele das zu tun pflegten. In jedem Fall schien Leivo sehr warm zu sein, an seinem Gesicht floss der Schweiß in Rinnsalen herab. Von den Schläfen über die Wangen in den Kragen seines Hemds. Einzelne Tropfen fielen vom Kinn aufs weiße Jackett. Nyman fragte sich, ob Leivo gesoffen hatte. Möglicherweise war der Schweißausbruch die Folge übermäßigen Alkoholkonsums. Das würde auch das Aftershave erklären, das Leivo so dick aufgetragen hatte, als wolle er die üblen Gerüche einer ganzen Papierfabrik übertünchen. Allerdings erweckte Leivo ansonsten keineswegs den Eindruck, kürzlich getrunken zu haben. Im Gegenteil. Er strotzte vor Dynamik und Lebenskraft. Mit der Wärme des Tages konnte sein Schwitzen in keinem Fall zusammenhängen, Nyman spürte den eisigen Wind, der sich unter sein Flanellhemd schob und an seinen Armen eine Gänsehaut verursachte. Er wurde in seinen Erwägungen unterbrochen, offenbar waren sie angekommen.

Nyman sah sechs Häuschen, in kunterbunten Farben. Jedem Häuschen seine eigene Farbe. Türkis, Rosa, Minzgrün, Lila und Purpur, Violett, Hellblau. Die Häuser standen in einer Reihe, umgeben von einem schmalen Kiefernwäldchen. Die bemerkenswert kleinen Terrassen hatten Blick aufs offene Meer. Nyman studierte die Schilder oberhalb der Eingangstüren. *Castillo, Zito, Trudy, Gina, Switek.* Und da war auch sein Domizil, *Tubbs.*

«Sie haben Glück gehabt», sagte Leivo, während er die Tür zu Nymans mintgrüner Bleibe aufschloss. Er überreichte Nyman den Schlüssel. «Unser letztes freies Häuschen. Wie ein Direktflug nach Miami. Florida. Fünf-Sterne-Ausblick. Internationales Flair. Zugleich geschmackvoll finnisch. Die gehen weg wie warme Semmeln. Wie vereinbart: Eine Woche Festbuchung und dann am ersten Tag der neuen Woche Option auf Verlängerung. Es würde sich lohnen, frühzeitig zu verlängern, es gibt einen gewissen Andrang.»

Nyman blickte hinüber zu den anderen Häusern. Sie schienen leerzustehen. Er sah weder Autos in den Einfahrten noch benutzte Handtücher auf der Veranda, noch irgendwelche Utensilien, die auf erfülltes Strandleben hätten hindeuten können. Jorma Leivo schob sich wieder in sein Blickfeld.

«Ausgebucht», sagte er. «Vorauszahlung.»

Dann wendete er sich ab und deutete in die Gegenrichtung. An der Stadt vorbei auf eine Halbinsel, die aus der Entfernung vor allem grün (Bäume) und braun (Erde) aussah. Nyman konnte weder Häuser noch Menschen ausmachen.

«Wir bauen aus», sagte Leivo. «Ein Luxusyachthafen und Luxusdomizile, für unsere Clubkartenkunden. Die Karten gehen in Kürze in die Herstellung, tausend Euro das Stück, echt Gold. Warum nach Spanien schweifen, wenn ...»

«Palm Beach, Finland so nah liegt», vervollständigte Nyman, weil Leivo darauf zu warten schien.

Leivo nickte beflissen. Er überreichte Nyman ein Paket. Nyman hielt es in den Händen. Ein viereckiges, grellrosa Päckchen.

«Ich hatte keine Gelegenheit, ihn aufzublasen», sagte Leivo. Nyman hatte den Eindruck, als sei das die erste komplett ehrliche Aussage dieses Mannes. «Das ist unser rosa Flamingo. Jeder unserer Gäste bekommt einen.»

«Besten Dank», sagte Nyman.

Leivo nickte zufrieden.

«Das Ding macht Laune. In mancherlei Hinsicht. Wollen Sie, dass ich ihn aufblase?»

Nyman dachte ernsthaft darüber nach, als in Leivos Brusttasche ein Hit aus den achtziger Jahren zu dudeln begann. Leivo nahm das Telefon, betrachtete das Display, runzelte die Stirn. Für einen Moment schien er Nyman zu vergessen. Dann straffte er sich, drückte den Anruf weg und ließ das Handy zurück in seine Tasche gleiten. Er hob den Blick, lächelte. Wie alles andere an diesem Mann war auch dieses Lächeln irgendwie deplatziert. Am falschen Ort, falls es einen richtigen überhaupt gab.

«Sagen Sie, wie ist das mit den Namen der Häuschen?», sagte Nyman, als Leivo sich bereits abgewendet hatte. «Wo ist denn das Haus *Crockett*?»

Leivo hörte die Frage nicht mehr, er lief schon auf dem Weg zurück, auf dem sie gekommen waren. Sein Jackett klebte an seinem Rücken, war ein wenig verrutscht. Nyman fror und zitterte. Es konnte kein Zweifel daran bestehen, dass es ein kühler Tag war, dem Sonnenschein zum Trotz.

In der guten Stunde, die er nun hier verbracht hatte, hatte er noch nicht den Eindruck gewonnen, dass es die High Society nicht mehr nach Nizza zog und dass hier großer Andrang herrschen würde. Aber nun gut, abwarten. Er hatte schon Merkwürdigeres gesehen. Er würde keine voreiligen Schlüsse ziehen. Während des Aktenstudiums hatte ihn das Gefühl beschlichen, dass in diesem Fall bereits zu viele voreilige Entscheidungen und verfrühte Einschätzungen getroffen worden waren. Er hatte die Ermittlungsakte im Bus und im Zug gelesen, auf der Reise hierher.

Er betrat sein Häuschen durch die Tür, die Leivo bereits für ihn geöffnet hatte. Intuitiv schloss er sie sofort wieder, dann sah er sich im Innern des Hauses um. Der Raum war geschätzte zwölf Quadratmeter groß. An der Wand stand ein Stockbett. Nyman erinnerte sich vage, vor etwa dreißig Jahren zuletzt in einem solchen Bett genächtigt zu haben. Er würde unten schlafen. Dann ging er in die Küche, die sehr klein war, ebenso wie das Badezimmer. Falls man die kleine Nasszelle überhaupt so nennen durfte. Die Dusche hing über dem Toilettensitz. In der miniaturartigen Küche fand er immerhin einen Geschirrschrank mit Töpfen und Geschirr, das den Stempel der Firma *Clas Ohlson* trug. Durch das Fenster über dem Esstisch fiel sein Blick auf die hellen Stämme der Kiefern.

Nyman sah sich um. Nein, das war nicht Nizza, das war nicht das *Ritz Carlton*, aber es war deutlich angenehmer als draußen im eisigen Wind. Es gefiel ihm.

Er öffnete seine Sporttasche und befüllte den Kleiderschrank, der am Fußende des Bettes stand. T-Shirts, Unterhosen, Socken, ein Hemd zum Ausgehen, Badehosen, Shorts, ein Wollpullover für kältere Abende sowie einige seiner bevorzugten Flanellhemden und zwei Jeans.

Er hatte Lust auf einen Kaffee, aber es mangelte an Filtertüten und Pulver. Er nahm sein Tablet und studierte noch einmal die Ermittlungsakte. Er fand, was er gesucht hatte.

Die Fotos waren natürlich ohne Wissen derjenigen gemacht worden, die abgebildet waren. Dennoch sahen einige merkwürdigerweise so aus, als würden sie posieren. Vielleicht war das ja normal, in diesen digitalen Zeiten. Die Menschen hatten sich daran gewöhnt, andauernd Selfies zu schießen. Sie verbogen sich in alle Richtungen, einfach nur auf den Verdacht hin, dass irgendwo der Auslöser einer Kamera lauern könnte. Viele der Abgebildeten trugen Badeanzüge oder Badehosen. Was nachvollziehbar war, unter den gegebenen Umständen. Die meisten Leute kannte Nyman bereits. Natürlich Jorma Leivo, der übrigens ein bescheidenes Strafregister angesammelt hatte. Vor zehn Jahren einige Betrügereien mit der Buchhaltung; einige Jahre später hatte er einmal eine allzu unfreundliche Drohung ausgesprochen und war nahezu zeitgleich mit 0,6 Promille am Steuer erwischt worden, allerdings mit moderater Fahrgeschwindigkeit, auf einer einsamen Landstraße. Auch auf den

Fotos schwitzte er. Offenbar schwitzte er, mehr oder minder, immer.

Nyman betrachtete besonders aufmerksam die Menschen, die in Gesellschaft der Frau fotografiert worden waren. Er prägte sich die Gesichter und die Namen ein. Seitdem die Frau verdächtigt wurde, mit der Leiche in ihrer Küche zu tun zu haben, war sie natürlich beschattet worden. Die Bilder zeigten sie am Strand, im Kreise der Kollegen. Nyman sah sich die Kollegen an. Da war ein Surfer-Typ. Gut aussehend. Wie ein Filmstar, meistens mit einer Hand an der Hose. Unabhängig davon, ob er gerade Jeans oder Badehosen trug, schien eine Hand immer die Nähe seines Gemächts zu suchen. Wie bei vielen dieser gut aussehenden Kerle war sein Blick irgendwie leer, vielleicht sogar unterschwellig verängstigt. *Wer bin ich? Wie sehe ich aus? Blicke ich in die richtige Richtung?* Wie ein Killer wirkte er in der Tat nicht, aber was wusste man schon. Nyman hatte die Erfahrung gemacht, dass Menschen einen immer wieder überraschen konnten.

Ein Bild wich von den anderen deutlich ab. Das aktuellste, vor vier Tagen aufgenommen. Es würde auch das letzte Bild in dieser Serie bleiben, denn der Fotograf hatte seine Arbeit eingestellt, ebenso wie die Ermittler.

Auf diesem Foto stand der Surfer neben der Frau. Es war das einzige Bild, das seine Gefühle und Gedanken konkreter erahnen ließ. Er betrachtete die Frau fast verzweifelt. Oder eher reuevoll? Vielleicht hatten die beiden eine Affäre gehabt, und er, *Surfer Dude*, hatte es vermasselt. Die Hand in der Hose deutete darauf hin, dass er seinem «kleinen Wellenreiter» gewisse Entscheidungsbefugnisse zugestand. Vielleicht gab der «Kleine» ja die Richtung vor. Nyman wusste aus Erfahrung, sowohl beruflich als auch privat, dass das selten gut endete.

Er blätterte noch einmal die Bilder durch. Falls diese Frau irgendetwas wusste, falls sie der Schlüssel zu dieser Geschichte war, dann würde er mit ihr in Kontakt treten müssen. Er wiederholte noch einmal im Geiste alle Namen, prägte sich noch einmal die Gesichter ein. Er fragte sich selbst ab und stellte sich erfreut ein gutes Zeugnis aus.

Er wollte das Tablet schon beiseite legen, hielt aber inne.

Betrachtete die Frau. Wie sie stand, wo sie stand. Vielleicht konnte beides ihm immerhin ein wenig darüber erzählen, wer sie war.

4.

Holma hob gerade den Mann über den Balkon, als das Telefon klingelte. Er hatte schon seit einiger Zeit vor, den Klingelton zu ändern. Der hier war zu aufdringlich, eine Art Kalauer. Ein alter Radiohit eines hellhäutigen Rappers, mit einem Text, der physische Schmerzen bereitete.

Holma hielt mit beiden Armen die Kniekehlen des Mannes umschlungen. Der Mann hing kopfüber, wedelte mit den Armen und wackelte mit dem Kopf. Es sah aus, als würde er tanzen, nur falsch herum. Der Balkon befand sich in Helsinki, im Osten des Stadtteils Merihaka, im höchsten Stockwerk eines grauen Hochhauses. Sein Blick fiel auf die Kohlehügel, die auf der gegenüberliegenden Insel Salmisaari in die Höhe ragten. Unter dem Haus verlief ein Radweg. Die Fallhöhe zum Radweg entsprach etwa der Strecke, die das Hochhaus von der Insel trennte.

Ice, ice, baby.

So war das mit diesen Klingeltönen. Man erinnerte sich an sie, wenn es klingelte, man vergaß sie wieder, sobald man das Gespräch angenommen hatte. Bis man sie wieder hörte und dann ... es war wie ein ewiger Kreislauf. Allerdings kannten nicht allzu viele Menschen seine Nummer. Diejenigen, die ihn anriefen, hatten in aller Regel einen guten Grund. Was zur Folge hatte, dass sie sich selten meldeten. Wenn man also die Angelegenheit bei Lichte besah, war es gar nicht so verwunderlich, dass er diesen Klingelton, der beim Billard und beim Bier, in Männerrunden sehr gut ankam, nie verändert hatte.

Holma spürte das Vibrieren des Handys auf Höhe seines Herzens. Er verstärkte den Griff um die Beine des Mannes und tastete mit den Fingern nach dem Telefon in seiner Brusttasche. Er bekam es nicht ganz zu fassen. Mit den Fingerspitzen erreichte er den schmalen Saum, aber das Telefon lag etwas tiefer, in Schräglage.

Ice, ice, baby.

Gab es eigentlich eine Funktion, mit der man einstellen konnte, wie lange ein Anrufer es klingeln lassen durfte?

Holma versuchte, sich in die Perspektive des Anrufers zu versetzen. Würde er es nach dem zwölften Tuten auch ein dreizehntes Mal tuten lassen? Wie wahrscheinlich war es, dass jemand rangehen würde, wenn es zwanzigmal gebimmelt hatte? Holma hielt es nicht für sehr wahrscheinlich. Er begann tatsächlich, an sich selbst und an seinen Kontakten zu zweifeln. Hatte er seine Nummer einem Menschen gegeben, der nicht begriff, wie man ein Telefon nutzte? Der keine Ahnung hatte von maßvollem Verhalten? Sozusagen von der Ethik des Telefonierens? Das Telefon vibrierte weiter.

Er unternahm einen weiteren Versuch, das Handy aus der Tasche zu ziehen. Aber nein, es ging nicht.

Er betrachtete die Kohlehügel. Die Sonne beschien sie, sie sahen aus wie schwarzes Eis. Holma, der dazu neigte, sich Dinge vorzustellen, in seinem Hirn Zusammenhänge herzustellen, die sich dem bloßen Auge nicht erschlossen, stellte sich vor, dass das riesige Kraftwerk eine Eissporthalle sein könnte. Das Eis war schwarz. Die Spieler spielten im Dunkel, die Zuschauer saßen im Dunkel auf der Tribüne. Alles war schwarz. Aber warum? Was bedeutete es, wäre es denkbar, dass ...

Ice, ice ...

Er lockerte seinen Griff, straffte sich, fischte blitzschnell das

Telefon aus der Brusttasche und nahm das Gespräch an. Er hörte ein Platschen, in der Ferne. Etwas schlug am Boden auf. Er hatte das Telefon am Ohr, vielleicht war es ein Rauschen in der Leitung. Die Stimme, die er hörte, war ihm allzu bekannt. Vertraut.

«Schlechte Neuigkeiten», sagte die Stimme.

«Erzähl», sagte Holma.

Schweigen.

«Ich hatte gerade ein Gespräch, mit einigen Polizisten, die ich kenne. Da kam etwas zur Sprache, beiläufig.»

Ja, die vertraute Stimme pflegte Umgang mit Polizisten. Das wusste Holma. Er wartete.

«Dein Bruder. Antero. Tot. Ermordet. Irgendein Durcheinander ist passiert.»

Antero, das schwarze Schaf der Familie. Alles, was Antero anpackte, endete in einer Katastrophe. Wenn man Antero losschickte mit dem Auftrag, den örtlichen Supermarkt auszurauben, würde er an der Kasse seine Karte für die Bonuspunkte vorlegen.

«Irgendwie hat es wohl gedauert, bis sie ihn identifiziert haben. Es ist schon zwei Wochen her. In irgendeinem Kleinstadtkaff. Auch Ermittler des Landeskriminalamts waren vor Ort, haben aber nichts rausgefunden.»

Die Stimme teilte auch noch den Namen der Kleinstadt mit sowie den Namen der Person, in deren Haus Antero mit gebrochenem Genick aufgefunden worden war. Die Stimme hatte eine Adresse parat, und auch von einem elektrischen Mixer und einer Küche war noch die Rede. Aber Holma hatte Schwierigkeiten, sich zu fokussieren, in seinen Ohren und in der Mitte seines Hirns war der Klingelton steckengeblieben. Der Refrain hatte sich eingenistet, hatte Wurzeln geschlagen, überdeckte alles andere.

«Wie läuft es denn bei dir so?»

Holma machte einen Schritt nach vorn, sah hinunter auf den Fahrradweg. Der Mann, der unten am Boden lag, schien zu schlafen.

«Es ist sehr friedlich hier bei mir», sagte Holma.

«Willst du ein paar Tage freinehmen?»

Holma hielt inne. Dachte nach. Der Vorschlag ergab Sinn.

«Ja, das klingt gut», sagte er.

«Okay. Ich suche für die eiligen Jobs einen würdigen Vertreter. Und du rufst mich an, sobald du wieder kommen willst. So was kann sich ja einem manchmal auf die Seele schlagen.»

Auf die Seele, dachte Holma. Vielleicht. In diesem Fall war es aber vor allem eine Frage der Zeit.

«Ich möchte nicht, dass irgendjemand bei der Arbeit down oder angeschlagen ist. Du lädst in Ruhe die Akkus auf, konzentrierst dich auf Sachen, die dir Freude machen, und kommst in alter Frische und motiviert zurück.»

Das war es. Die Stimme hatte das Gespräch beendet.

Holma ging in die Wohnung, sah sich um. Alles in Ordnung. Er legte den Abschiedsbrief auf den Tisch und ging. Auf dem Weg nach unten dachte er intensiv nach.

Er hatte noch die Worte im Ohr: *Du konzentrierst dich auf Sachen, die dir Freude machen.* Holma dachte an Antero. An alte Zeiten, an Sommernächte, in denen sie sich Autos ausgeliehen hatten. An die ersten gemeinsamen Einbrüche. An tolpatschige Raubüberfälle. Sie hatten gemeinsam gelernt, hatten gemeinsam die ersten Erfahrungen gesammelt.

Holma sah sich in einer Scheibe, er schenkte seinem Spiegelbild ein Lächeln. Es waren nicht nur die Erinnerungen, die ihn lächeln ließen. Er war keineswegs in Sorge, dass irgendjemand ihn hier, in der Nähe dieses Gebäudes, sehen würde. Er wusste, dass sein Gesicht den Menschen Rätsel aufgab. Es hatte mit Symmetrie zu tun, mit der Ebenmäßigkeit seiner Gesichtszüge. Es gab nichts, woran man sich festhalten konnte, nichts löste eine Erinnerung aus. Als er jünger gewesen war, war ihm einmal mitgeteilt worden, dass es schwierig sei, ihn überhaupt als ihn selbst zu erkennen. Es war unschön gewesen, das zu hören. Er hatte die Frau so lange gewürgt, bis ihr gründlich klargeworden war, dass sie ihn verletzt hatte.

Ja, die Jugend.

Goldene Zeiten.

Für alles gab es ein erstes Mal.

Ein strahlend klarer Herbsttag, die Blätter an den Bäumen leuchten in allen Farben. Sie haben ihren ersten Job. Offiziell. Fahren durch die Stadt. Im Auftrag eines ziemlich berühmten Kriminellen. Sie sollen einen Schauspieler daran erinnern, dass er Schulden hat. Ziemlich hohe Schulden. Sie brechen bei ihm ein. Es ist ganz einfach, der Schauspieler ist gnadenlos betrunken. Seine Fahne und sein Dreitagebart lassen vermuten, dass er seit geraumer Zeit am Saufen ist. Es ist 14 Uhr, der Schauspieler hält sie für Pizzaboten. Antero fragt, ob sie aussehen wie Pizzaboten. Der Schauspieler entgegnet, dass sie zu doof aussehen für jede andere Art beruflicher Tätigkeit. Antero wird ein wenig nervös. Um nicht zu sagen wütend. Er rennt auf den Schauspieler los, attackiert ihn, sie ringen miteinander, liegen am Boden. Holma sieht sich um. Von einer solchen Wohnung hätte er geträumt, wenn er sich Derartiges hätte ausmalen können. So etwas hat er noch nie gesehen. Hohe weiße Räume, die Erker an den Fenstern erinnern ihn an die Schlösser auf Suomenlinna, der wunderschönen Insel. Er steht auf breiten, glänzend lackierten Fliesen, in einer Nische des riesigen Zimmers sieht er etwas, von dem er erst später wissen wird, dass es «Kachelofen» heißt. Holma beschließt hier, an Ort und Stelle, in diesem Moment, dass er eines Tages in einer solchen Wohnung leben wird. Der Schauspieler ist kräftig, es gelingt ihm, Antero niederzustrecken, er sitzt auf seinem Brustkorb und ohrfeigt ihn, beleidigt ihn. Schlimme Worte sagt dieser Schauspieler. Holma muss gestehen, dass einiges von dem, was der alkoholisierte Schauspieler sagt, auch ziemlich originell ist, ziemlich lustig und treffend. Holma schießt das Wort *improvisieren* ins Hirn, irgendeiner seiner Lehrer in der Schule muss es mal verwendet haben. Ja, dieser Schauspieler improvisiert, und Holma hört für eine Weile interessiert zu. Dann wendet er sich ab und geht in die Küche. Auch die ist wunderschön. Schneeweiße Schränke und Flächen, glänzende, strahlende Tisch- und Stuhlbeine. Er versucht, sich vorzustellen, wie es wäre, hier zu frühstücken. Hier eine Mahlzeit zu genießen, egal zu welcher Tageszeit. Er öffnet die Türen der Schränke, findet ein Messer mit einer scharfen Spitze. Spitz wie eine Nadel, und die Schneide ist sehr schmal und lang. Holma hat keine Ahnung, wozu man ein solches Messer üblicherweise verwendet. Er kehrt ins Wohnzimmer zurück, schiebt das Messer auf Höhe des Nackens bis zum Griff in den Hals des Schauspielers und hört die Türklingel. Der Schauspieler sackt in sich zusammen, deutet noch eine Art Verbeugung an, wie nach einem Auftritt. Anteros Gesicht ist knallrot, es ähnelt einer Tomate, die jemand angezündet hat. Es klingelt wieder an der Tür. Holma hebt einen Zeigefinger an die Lippen, um Antero mitzuteilen, dass er leise sein soll. Er geht zur Tür. Nimmt die Pizza entgegen. Trägt die heiße Schachtel in die Küche. Sie essen in aller Ruhe, dann fahren sie zurück in die herbstliche Stadt.

Als der Aufzug die Tiefgarage erreichte, erwachte Holma aus seinen Erinnerungen. Er lief zu seinem Wagen.

Vor zwei Wochen und zwei Tagen hatte Holma zu Antero gesagt, dass es an der Zeit sei, endlich erwachsen zu werden. Auf eigenen Füßen zu stehen. Etwas Eigenes zu machen. Offenbar hatte Antero sich die Worte zu Herzen genommen. In was für eine Sache war er da reingeraten?

Holma atmete tief ein und aus. Wie auch immer man es drehte und wendete, Antero gehörte zur Familie.

Und wenn irgendjemand einem Familienmitglied auch nur ein verdammtes Haar krümmte, dann –

Holma öffnete mit einem festen Fingerdruck die Autotür.

5.

Warum treffen wir uns hier?», fragte Robin.

Er lief mit kurzen Trippelschritten im Kreis und vergewisserte sich eines Umstands, den Chico bereits verinnerlicht hatte – nämlich dass sie sich in einer Sandgrube befanden, neben einem kleinen Teich. Robin faselte vor sich hin. «Krabbenpfanne für dreißig, um sieben Uhr. Sorbet und Erdbeeren. Für dreißig Leute Erdbeeren schälen, aus der Region natürlich, alles fein anrichten.»

Chico schwieg. Er hatte Verständnis für Robins Verzweiflung. Er verstand sie sogar sehr gut.

Die letzten beiden Wochen waren wie in einem Nebel vergangen. Sie hatten sich an ihre Vereinbarung gehalten. Einfach weitermachen, als sei nichts passiert. Sie hatten nur ein kleines Problem gehabt, ihre Gesichter hatten ausgesehen, als seien sie kürzlich mit einer Wand kollidiert. Oder mit einem elektrischen Mixer.

Aber auch dafür hatte sich eine Lösung gefunden, eine Lösung aus ihrer Jugend, als sie gemeinsam in einer Rockband gespielt hatten. Es war die einzige Band gewesen, in der Robin je hatte mitmachen dürfen. Sie hatten einfach, wie damals, begonnen, sich zu schminken. Puder, Kajal, Wimperntusche. *Oh Fuck, Alice Cooper.* Viel mehr war den Stammtischlern in der Kneipe nicht dazu eingefallen. Chico hatte sich einen Widerspruch verkniffen, auch wenn er absolut kein Alice-Cooper-Fan war. Abgesehen natürlich vom legendären *Billion Dollar Babies.*

Der Alice-Phase folgten einige Tage *Cure / Robert Smith* und schließlich die Zeit, in der der Hard-Rock-Veteranen-Kajalstitft sowie ein Hauch Wimperntusche ausreichten. Ein wenig Puder auf die Augenbrauen, die immer noch geschwollen waren, ansonsten wurde alles langsam besser.

Chico lockerte das T-Shirt, das an seiner Brust klebte. Es lag nicht an diesem Eric-Clapton-Tourshirt, das wusste er. Alles klebte, alles bedrückte ihn.

Er sah sich um. Der kreisrunde Teich war dafür bekannt, ziemlich tief zu sein. Nicht weit entfernt stand der Wagen, den sie sich ausgeliehen hatten, der pflaumenblaue Fiesta von Robins Mutter. Die bräunlichen Ränder der Grube waren gesäumt von jungen Birken und wildwuchernden Büschen. Darüber ragten wie stille Bewacher hohe Kiefern auf. Und über allem thronte eine grelle Sonne, die nicht wärmte.

Robin war sichtlich nervös, Chico konnte es ihm anmerken. Natürlich auch enttäuscht. Er hatte Pläne gehabt. Hatte gewusst, was er mit dem Geld machen würde. Pläne, Träume, vermutlich hatten sie mit Neea zu tun gehabt.

Neea war eine der Rettungsschwimmerinnen. Eine von Chicos Kolleginnen, und sie war die sonnengebräunteste hellhäutige Frau, die Chico jemals gesehen hatte. Auch die am spärlichsten bekleidete. Chico hatte sich immer wieder mal vorgenommen, Robin zu fragen, was er eigentlich nun machen wolle mit seiner Verliebtheit. Ob er sich damit begnügen wolle, in ihrer Anwesenheit zur Salzsäule zu erstarren und ihre tiefbraune, glänzende Haut anzustarren. Von der Neea so viel zeigte, dass Chico zuweilen zweimal hinsehen musste, um sicherzugehen, dass sie überhaupt Kleidung am Leib trug. Nun ja, zum Glück hatte er Robin die Frage nie gestellt.

Alles hatte so gut ausgesehen, aber jetzt waren sie wieder da, wo sie gewesen waren. Bei null. Vielleicht sogar im Minus. *Palm*

Fucking Beach Finland, dachte Chico, als Jorma Leivos Wagen endlich am Horizont auftauchte, den schmalen Kiesweg entlangfahrend.

Leivo fuhr dicht an sie heran, nötigte Chico und Robin, einen Schritt nach hinten zu machen, ans Ufer des kleinen Sees.

Er öffnete die Fahrertür, stieg aus, baute sich breitbeinig und frontal vor ihnen auf. Fast so breit wie die Kühlerhaube des Mitsubishi Pajero. Chico war ziemlich sicher, dass Leivo das mit voller Absicht machte. Er wollte sie in die Enge treiben, bevor das Gespräch überhaupt begonnen hatte.

«Zwei Wochen», sagte Leivo. Er sah sie durchdringend an, mit seinen stahlblauen Augen. «Zwei Wochen und keinerlei Ergebnisse?»

Es dauerte einige Sekunden, bis Chico begriff, was Leivo da sagte. Das konnte unmöglich sein Ernst sein.

«Die Situation ...»

«Die Situation ist, dass ihr euren Job nicht macht», sagte Leivo.

Chico schüttelte den Kopf. Er wollte widersprechen. Fragte sich, ob er richtig hörte.

«Wir sind immer bei der Arbeit, jeden Tag», sagte er.

«Aha. Natürlich», grunzte Leivo. «Dafür bekommt ihr euer Gehalt. Von dieser Arbeit spreche ich nicht. Ich spreche von der anderen Vereinbarung. Wir haben das besiegelt, per Handschlag. Die Sache eilt, mehr denn je.»

Chico wollte etwas entgegnen, suchte nach Worten, hörte Robins Stimme.

«Wir haben den Kerl umgebracht. Versehentlich. Wir haben zur gleichen Zeit an ihm gezogen, in verschiedene Richtungen.»

Leivo schrie. Nein, er brüllte. Hob die Hände an seine Ohren. «Ich habe nichts gehört! Ich weiß von nichts!» Er ließ seine Hände sinken. «Zum Teufel! Ihr werdet für den Job bezahlt, ihr habt die verdammte Aufgabe, ihn zu erledigen. Kann das so verdammt schwer sein?! Habe ich es womöglich mit ausgemachten Vollidioten zu tun?»

«Vielleicht», sagte Chico. Er hatte damit eigentlich die Frage nach der Schwere der Aufgabe beantworten wollen, aber ihm wurde bewusst, dass es eher danach klang, als habe er seine Idiotie eingestanden. Egal. Vielleicht war es ohnehin an der Zeit, neu zu verhandeln. «Es ist durchaus möglich, dass der Job alles andere als einfach ist. Mit anderen Worten: kompliziert. Wir haben nämlich bisher nur eine kleine Vorauszahlung erhalten. Für diesen Job.»

Jorma Leivo sah ihm tief in die Augen. Robin schwieg, Gott sei Dank. Leivo räusperte sich geräuschvoll.

«Die Polizei», sagte er.

Chico wartete darauf, dass er fortfahren würde, aber das tat er nicht.

«Hat keinen blassen Schimmer, was passiert ist», sagte Chico. «Das ist offensichtlich.»

Leivo hörte nicht auf, ihn anzustarren. Diese blauen Augen glänzten auf eine merkwürdige Weise. Chico schoss der Gedanke durch den Kopf, dass Leivos Pupillen jeden Moment in Flammen aufgehen könnten.

«Ja. Keinen Schimmer», sagte Leivo. Er sprach jetzt langsam und überdeutlich, wie zu einem Kind. «Aber was wäre denn, wenn irgendjemand ihnen sagen würde, was passiert ist?»

Chico dachte an Eric Clapton. Er saß auf seiner Brust, immer kleiner werdend, in Sekundenschnelle schrumpfend, seine Gitarre fest umschließend.

«Ich schlage Folgendes vor», sagte Leivo. «Ihr kümmert euch

um euren Job. Und dann, wenn alles erledigt ist, sprechen wir über das Honorar. Ihr habt exakt zwei Wochen Zeit. Zwei Wochen, nicht mehr. Ich brauche eine Unterschrift unter einen Vertrag. Ich weiß nicht, wie ich es noch klarer sagen könnte. Ihr habt zwei Möglichkeiten: Gefängnis oder Job erledigen. Einen simplen Job. Ich will weiterhin nichts hören und nichts wissen. Dieses Treffen hat nicht stattgefunden. Dieses Gespräch wurde niemals geführt.»

Leivo schwieg. Chico fragte sich, ob das Summen, das er hörte, aus den Baumkronen kam oder aus seinem Innersten. Leivo hatte sich Robin zugewandt.

«Zwei Wochen», sagte er.

«Zwei Wochen sind vierzehn Tage», sagte Robin.

Jorma Leivo stieg in seinen Wagen, setzte zurück, hielt an. Chico dachte, dass er zwischen zwei Möglichkeiten hin- und herschwankte – entweder würde er sie an Ort und Stelle überfahren und im See versenken, oder er würde wenden und wegfahren. Die Sekunden standen still.

Dann wendete Leivo, fuhr an, entfernte sich.

Chico wagte, tief einzuatmen. Und lief einige Schritte, entfernte sich vom Ufer des Sees. Nur um ganz sicherzugehen.

Robin fuhr. Chico saß neben ihm und betrachtete die Landschaft, die vorüberflog. Hochsommer.

Wieder ein Hochsommer. Überall Grün, für einen Moment nur. Die Sonne stieg so hoch, dass es eine Frage der Zeit war, bis sich das rächen würde. Eine blutige Rache würde das sein, dann würde die Sonne verschwinden und sich für ein ganzes halbes

Jahr nicht mehr blicken lassen. Und wieder würde ein Jahr vergangen sein. Ein Jahr des kurzen Lebens.

Er dachte an die Gitarre, die er schon in den Händen gehalten hatte.

Sein Debütalbum, dessen Veröffentlichung ihm bereits bildhaft vor Augen gestanden hatte.

Er dachte an Eric Clapton. Er wusste, dass Clapton seine ganz eigenen Tragödien durchlebt hatte, schwierige Phasen im Leben, aber nicht so was wie das hier. Chico konnte einfach nicht fassen, dass er hier im Auto der Mutter seines Kindergartenfreundes saß, das in etwa die Größe eines Joghurtbechers hatte. Mit einem Wunderbaum, der nach Vanille roch. In einer verdammten Situation, in der man ihn dazu nötigen wollte, den Vandalen zu spielen, unter Androhung einer Haftstrafe. Und das alles nur, weil er einmal ausgerutscht war und mit zu viel Kraft am falschen Ende gezogen hatte.

Plötzlich schoss ihm ein Gedanke durch den Kopf, der unmittelbar nachhallte.

Er konnte sich beim allerbesten Willen Eric Clapton nicht in einer derart abwegigen Situation ausmalen. Was wusste ein steinreicher Weltstar wie er überhaupt vom Leben? Vor seinem inneren Auge lief eine Playlist aller Clapton-Songs ab, und er hörte alles neu, die Blues-Soli, die ihm so viel bedeuteten. Er hörte alles mit anderen Ohren. Er fragte sich ernstlich, wie Eric den Blues spielen konnte. Was wusste er vom Blues? Vom Blues des Lebens?

Es war ein neuer, verwirrender Gedanke. Die Songs drehten und wendeten sich, gaben neue Seiten frei. Neue, fragwürdige Facetten im Gitarrenspiel des Meisters. Einen Moment sah Chico gar nichts mehr, tastete im Dunkeln. Dann verflüchtigte sich das Gefühl, verschwand. Chico war wieder im Auto von Robins

Mutter. Robin saß neben ihm. Er spürte Erleichterung und gleichzeitig, dass etwas bleiben würde. Dass etwas keimte.

Er hatte begonnen, an Eric Clapton zu zweifeln.

6.

Das Strandhaus war grellblau. Irgendwie eine Mischung aus Lagerhalle, Bootsraum, Café und Tante-Emma-Läd-chen. Türen und Fenster waren fein in Weiß gestrichen. Jan Nyman fand im Kühlregal des Ladens eine Flasche *Dr. Pepper*-Limonade. Er zahlte bar und setzte sich auf die große Terrasse. Der Stuhl, auf dem er saß, war warm, die Brise, die vom Strand kam, eher kühl. Nyman mochte seine neuen dunkelbraunen Shorts, die gut zu seinem weiß-roten Karohemd passten. Die beigebraunen Sandalen krönten das ausgesuchte Sommeroutfit des Mathematiklehrers. Das Meer schimmerte in den Farben des anbrechenden Nachmittags. Das Helle, Flirrende des Mittags war vergangen, das golden Flimmernde des Abends würde noch ein wenig auf sich warten lassen. Jetzt schimmerte die Szenerie in blassem, gleichsam beruhigendem Licht, so weit die Augen und die Segel trugen. Apropos Segel: Nyman betrachtete zum wiederholten Male das Display seines Telefons.

Er wollte nicht glauben, was er las, aber es stimmte tatsächlich.

Du bist zum Anfängerkurs Surfen angemeldet. Beginnt am Dienstag um 9 Uhr, am West End. Ja, West End. Du wirst sicher wissen, wo das ist.

Nyman trank einen Schluck kühle Limonade. Natürlich hatte Muurla etwas nicht Unwesentliches vergessen. Nämlich dass er nicht die geringste Absicht hatte zu surfen. Er würde zu diesem West End gehen, wo auch immer das sein mochte, und dann würde er sich für irgendeinen anderen Kurs anmelden. Ballsport. Beachvolleyball, wenn es sein musste. Teamsportarten waren sehr geeignet, wenn man Kontakte knüpfen wollte. Als er in einem Mordfall im Umfeld eines Dealers von Wachstumshormonen ermittelt hatte, war er der *Floorball*-Mannschaft beigetreten. Er hatte den Mann, der wegen Totschlags gesucht wurde, nicht aufspüren können, aber immerhin jede Menge neuer Freunde gefunden. Freunde, denen er seinen richtigen Namen nicht hatte sagen können und die er später nie mehr wiedergesehen hatte. Aber das war eine andere Geschichte.

Er hob seinen Blick. Das West End war vermutlich gegenüber, auf der anderen Seite des leeren, weiten Sandstrandes. Nyman sah das weiße Schild mit den Buchstaben in Türkis. Neben dem Schild stand ein rosa Gebäude, umgeben von glänzenden Kunstpalmen.

Er stand auf und lief, nahm den kürzesten Weg. Das erwies sich als Fehler, denn nach Sekunden waren seine Sandalen mit Sand befüllt, seine Füße schmerzten. Er war ohne Zweifel ungeübt in den simpelsten Abläufen des Strandlebens. Wie konnte Muurla auf die Idee kommen, ihn für einen Kurs im Windsurfen anzumelden?

Er streifte die Sandalen ab. Der Sand war überraschend warm an diesem kalten Tag, sanft wie Samt. Angenehm. Nyman sah sich um. Vor ihm ragten das rosa Haus und ein Teil des Schildes auf. Er blieb für eine Weile stehen, genoss das Kitzeln der weichen Körner zwischen seinen Zehen und dieses unverwechselbare Empfinden, das ins Hirn dringt, wenn starke visuelle Impulse einwirken. Der Moment verging. Nyman lief weiter und wusste schon nach Sekunden nicht mehr genau, was ihn veranlasst hatte, stehen zu bleiben.

Er erreichte die rosa Tür des rosa Hauses. Öffnete und trat

blinzelnd ein. Er sah nur Umrisse, aber seine Augen gewöhnten sich schnell an die Dunkelheit.

Bei Lichte besehen bedauerte er seine Anmeldung zum Surfer-Kurs gar nicht mehr so sehr. Das hatte mit der Frau zu tun, die hinter der Theke stand.

Dunkle, lange Haare, eine geradezu adelige Nase. Eine langbeinige, großartige Frau.

Olivia Koski.

«Hallo, ich bin wohl beim Surfkurs angemeldet», sagte Nyman. «Morgen um neun.»

«Wobei neun Uhr bedeutet, dass wir hier dann ins Wasser gehen. Davor tragen wir die Bretter runter zum Strand und überprüfen die Ausstattung und die Segel. Wollen Sie ein Brett mieten? Oder haben Sie ein eigenes dabei? Wir verkaufen auch, neu oder gebraucht.»

Die braunen Augen dieser Frau waren bemerkenswert. Die Bilder, die er gesehen hatte, wurden ihr nicht annähernd gerecht. Ihre Stimme war angenehm, freundlich.

«Ich bin blutiger Anfänger», sagte Nyman. «Mit anderen Worten, ich habe noch nie auf einem Surfbrett gestanden. Was würden Sie mir denn empfehlen?»

Olivia Koski betrachtete ihn forschend. Aufmerksam. Auge in Auge. Nyman war zwar einige Zentimeter größer, stand aber ein wenig gebückt. Entspannt zurückgelehnt, hätte Nyman selbst behauptet. Der Boden war zudem ein wenig uneben, Koski stand höher. Abgesehen von der Dame im Badeanzug, war der Laden leer und ziemlich öde. Nyman ging durch den Kopf, dass dieser Einteiler doch eine recht ungewöhnliche Arbeitskluft war, vermutlich eine Vorgabe des Arbeitgebers.

«Wir suchen Ihnen erst mal ein passendes Brett», sagte sie.

Die Bretter waren in einem Verschlag. Olivia Koski öffnete

zwei breite Türen, die den Blick aufs Meer freigaben. Nyman betrachtete ihre Schultern, ihre Arme, den strammen Rücken. Sport, Sonne und eine helle, lange Narbe, die von der rechten Schulter bis zur Mitte des Rückens reichte. Er betrat hinter ihr den Raum. Überall standen und lagen Surfbretter, mehr als Nyman in seinem bisherigen Leben gesehen hatte. Olivia Koski musterte ihn von Kopf bis Fuß, schien Maß zu nehmen.

«Hunderteinundachtzig und sechsundsiebzig.»

«Hundertzweiundachtzigeinhalb. Und vierundsiebzig.»

«Typ Langstreckenläufer», sagte die Frau und tätschelte das Brett. «Dann ist dieses hier genau richtig für Sie.»

«Seit wann surfen Sie?», fragte Nyman, ohne den Blick von dem Brett zu nehmen, das sie ihm präsentiert hatte. Er bemühte sich darum, seiner Stimme einen locker verbindlichen Ton zu verleihen.

«Seit neununddreißig Jahren», erwiderte sie.

Nyman hob den Blick.

«Mein Vater war ständig im Wasser», sagte sie. «Schwimmen, surfen, schnorcheln, tauchen. Ich war immer dabei, eigentlich solange ich denken kann.»

«Sie stammen von hier?»

«Ja», sagte sie. Sie ließ ihren Blick von Nyman abgleiten, blickte zum Meer. «Ich war allerdings lange weg. Bin zurückgekehrt, als ... na ja, möchten Sie das Brett kaufen oder leihen? Entschuldigen Sie. Ich bin in Gedanken manchmal irgendwo anders.»

Sie schmunzelte, die braunen Augen verweilten auf Nymans Gesicht.

«Ein Anfänger», sagte sie. «So war es, richtig?»

«Absolut, ja.»

Sie sah ihn an. Nyman hatte das Gefühl, dass sie ihn jetzt

zum ersten Mal anders begutachtete, mit einer anderen Art von Aufmerksamkeit.

«Ich würde das hier nehmen», sagte sie, schien aber selbst noch ein wenig zu zweifeln. «Nicht nur für den einen Tag, sondern für einige Zeit. Man kann nie wissen, vielleicht werden Sie Spaß an der Sache finden. Das ist ein sehr gutes Brett, beim Preis werden wir uns schon einig. Verhandlungssache. Haben Sie denn vor, eine Weile zu bleiben?»

«In jedem Fall eine Woche.»

«Gut. Dann also eine Woche. Und wenn Sie Ende der Woche gar nicht genug bekommen können vom Wellenreiten, verkaufe ich Ihnen das Brett.»

«Gar nicht genug bekommen?»

Sie lächelte. Dann fror ihr Lächeln plötzlich ein.

«Die beste Menschenkennerin bin ich nicht», sagte sie. «Aber ich verstehe was vom Surfen. Also meine ich, was ich sage.»

Nyman nickte.

«Bestens. Ich nehme das Brett für eine Woche.»

Sie schien zu warten. Nyman wusste nicht, worauf.

«Die meisten bitten an dieser Stelle um einen Preisnachlass», sagte sie. «Oder fragen zumindest nach dem Preis.»

Nyman lächelte.

«Ich bin anscheinend zu sehr in Ferienstimmung», sagte er.

Wieder musterte sie ihn, geduldig, von Kopf bis Fuß.

«Wir haben Stunden-, Tage- und Wochentarife. Stunde dreißig, Tag neunzig, Woche dreihundertsechzig. Je länger, desto günstiger. Eine Woche ...»

«... entspricht dem Preis für fünf Tage.»

Jetzt betrachtete sie ihn noch aufmerksamer, wenn das überhaupt möglich war.

«Vier.»

Nyman rechnete noch mal nach, lächelte.

«Vier, natürlich», sagte er.

Sie sagte, dass er das Brett mitnehmen könne, wenn er wolle. Er könne es aber auch hier stehen lassen und morgen abholen. Morgen sei bestens, erwiderte Nyman. Olivia Koski nickte, und sie gingen zurück zum Büro, um den Handel mit Nymans Unterschrift zu besiegeln.

Sie lief voran, und Nyman gab sich alle Mühe, nicht auf ihren Hintern zu starren. Was er aber dennoch tat.

«Eine Frage noch», murmelte er. Er hatte seine Worte an ihre Pobacken gerichtet, hob eilig den Blick. Er wollte ja nicht einer von *diesen* Männern sein. Obwohl er es natürlich war.

«Palm Beach, Finland», begann er, kam aber nicht weiter, weil sie ihm ins Wort fiel.

«Alter Ort, neuer Name», sagte sie. «Der neue Eigentümer hat die Wände streichen und ein neues Schild aufstellen lassen und dem Feriendorf einen neuen Namen verpasst. Er will ausländische Touristen anlocken und mag internationales Flair.»

«Und das funktioniert?»

Sie hielt auf der hölzernen Treppe, die zum Büro führte, inne, drehte sich um. Da war ein Funkeln in ihren braunen Augen. «Drei Worte», sagte sie. «Das dritte lautet: *Finnland.* Stellen Sie sich vor, dass Sie als Ausländer einen Strandurlaub buchen. Denken Sie an Finnland?»

Nyman dachte noch darüber nach, als er seine Unterschrift unter den Vertrag zur Anmietung eines Surfbretts setzte. Eigentlich war es ja nicht seine Unterschrift, sondern die von Jan Kaunisto. Er betrachtete den Badeanzug, den sie trug, den fetten Text, der darauf prangte. Sah sich um. «Gibt es hier eigentlich irgendwo ein schönes Lokal, in dem man Abendessen kann? Wo trifft man hier denn so die Leute?»

«Leute?», fragte sie. «Oder Frauen?»

Nyman studierte ein wenig zu lange ihre Augen. «Ein Abendlokal. Nettes Essen, gute Getränke, flexible Öffnungszeiten. Angenehme, abwechslungsreiche Gäste.»

«Sie sind aus Helsinki.»

Das war keine Frage.

«In Helsinki geboren», sagte Nyman. «Und habe mein ganzes Leben dort verbracht.»

«Dann herzlich Willkommen in *Wie-auch-immer-dieser-Ort-nun-heißen-mag*. Ein solches Restaurant haben wir hier nicht. Aber wenn Sie die verfügbaren Restaurants alle aufsuchen, finden Sie vielleicht etwas von dem, was Sie suchen. Ich zeige Ihnen einige auf der Karte, wenn Sie mögen.»

Die Karte war ein buntes DIN-A4-Blatt, das mit *Palm Beach, Finland* betitelt war. Der Maßstab stimmte nicht annähernd, seine grüne Hütte mit dem Namen *Tubbs* war ebenso groß wie ein ganzer Bezirk des Dorfes am unteren Seitenrand. An diesen Teil des Dorfes schien eine Wüste anzugrenzen. Nyman betrachtete Olivia Koskis Hände. Sie zeichnete Kreuze ein und schrieb etwas dazu. Alles sei fußläufig zu erreichen. Auf Nymans Nachfrage entgegnete sie, in keinem dieser Lokale Stammgast zu sein.

«Aber Sie arbeiten hier», sagte er.

«Nein, keineswegs. Ich bin eigentlich Rettungsschwimmerin. Wie man ja an meinem Badeanzug erahnen kann. Ich vertrete hier heute nur eine Kollegin.»

«Gut, aber dennoch, Sie arbeiten hier», sagte Nyman mit Blick auf den Strand.

«Ja. Das schon. Im Moment.»

Sie legte ihre Handflächen auf die Theke, sah ihn an.

«Man nimmt, was man kriegen kann», sagte sie.

7.

Holma spielte mit dem Gedanken, eine Kugel auf das Navigationssystem abzufeuern und auf die Dame, die darin wohnte und die ihn durch Seitenstraßen lotste und andauernd eine neue Richtung vorgeben wollte.

An der Seitenwand einer Scheune sah er dann aber ein Werbeplakat, das die beste Pizza im Umkreis von hundert Kilometern anpries. Holma hatte keine Lust auf Pizza, aber diese Pizzeria befand sich in dem Ort, den er suchte. Elf Kilometer entfernt. Holma saß allein in einem neu glänzenden schwarzen BMW 530. In der Mittelkonsole lag eine unregistrierte Glock 17. Er hätte seine Navigatorin für alle Zeiten zum Schweigen bringen können, aber für den Moment begnügte er sich damit, das Gerät einfach auszuschalten.

Die Stille war angenehm. Holma lauschte seinen eigenen Gedanken. Er mochte sie. Er hatte mal gehört, dass es Menschen gab, die sich unwohl fühlten mit den eigenen Gedanken, aber zu denen zählte Holma absolut nicht. Ihm gefiel es prächtig, sich selbst zuzuhören.

Ehrlich. Überparteilich. Unbestechlich.

Er dachte oft – und auch das sehr gerne –, dass andere staunen würden, wenn sie in der Lage wären, ähnlich gute Gedanken zu entwickeln wie er, Holma. Sie hätten dann mehr verstanden, hätten die Dinge klarer gesehen, hätten gewissermaßen mit seinen Augen sehen und seine brillanten Einfälle teilen können.

Leider war dem nicht so, was nicht selten zu Missverständnissen führte. Auch dann, wenn er eigentlich nur helfen wollte. Manchmal verstand er es nicht und bedauerte es zutiefst.

Holma erteilte nur dann Ratschläge, wenn es wirklich vonnöten war. Das wiederum geschah natürlich nicht selten, aber es lag einfach daran, dass sein Blick auf die Dinge ein unbestritten und objektiv klarsichtiger war, fein geschliffen wie ein Diamant.

Er war kein Egoist. Er wollte die Menschen teilhaben lassen an seinem Können, an seinen Potenzialen. Wollte ihnen die Augen öffnen, den Blick weiten. Und was bekam er als Gegenleistung? Missgunst. Es beleidigte ihn, auch wenn er es nicht zeigte. Auch er war nur ein Mensch. Geschickter, klüger, besser, aber eben ein Mensch.

Er wollte nicht behaupten, ein Genie zu sein, aber doch, auf einigen Gebieten war er das wohl. Vielleicht litt er ein wenig unter einer Neigung, wie sie Menschen in der Renaissance gepflegt hatten. Er war breitflächig interessiert. Ein Universalgelehrter. Richtig, das war er.

Es war nicht seine Schuld, dass viele Bereiche des menschlichen Lebens und Handelns Verknüpfungen mit seinen Kernkompetenzen aufwiesen. Warum sollte er seinen Geistesreichtum verbergen? Warum sollte er sich seiner schämen? Was war so schlimm daran, großartig zu sein? Warum – und bei der Gelegenheit flog ihm ein Aphorismus zu, er wollte diese Aphorismen beizeiten veröffentlichen – sollte er seine Kerze unter die Haube stellen? Wenn dann die Haube in Flammen aufging und die klugen Gedanken in der Asche ... er würde diesen Aphorismus noch zu Ende denken, bei Gelegenheit. Er hatte jede Menge solcher Sinnsprüche parat und würde sie nahezu gratis zur Verfügung stellen, für den bescheidenen Preis eines Buches.

Er erreichte eine Weggabelung, stand in einem T. Ein Weg

zweigte nach links ab, ein anderer nach rechts. Auf einem Verkehrsschild standen ausschließlich Orte, die er nicht kannte und auch nicht kennenlernen wollte. Neben dem Verkehrsschild war ein weiteres Schild, das seine Aufmerksamkeit erregte. Auch von diesem Ort hatte er nie zuvor gehört, aber die grellen Farbe und die Palmen hätten Antero gefallen.

Antero. Kleiner Bruder. Nun ja. Von einer anderen Mutter und einem anderen Vater.

Es war ein wenig kompliziert, denn sie waren beide adoptiert worden. Trotzdem, Antero hatte zu seiner Familie gehört. Sein erster Adoptivvater war verschwunden, als Holma mit ihm einen Kanuausflug unternommen hatte, mit Zelt und allem Drum und Dran. Seinen zweiten Adoptivvater hatte er nur ein wenig kennengelernt, Holma war schon auf dem Sprung gewesen, kurz vor dem Auszug, als dieser zweite Vater auf der Bildfläche erschienen war. Zu seiner Adoptivmutter hatte er seitdem auch nicht mehr dieselbe Zuneigung empfunden. Es war ein Gefühl, das sich abgenutzt hatte, so hatte es zumindest der Gefängnispsychiater mal erläutert.

Antero war ziemlich langsam gewesen. In vielerlei Hinsicht. Eine Lehrerin in der Grundschule hatte es besonders schön formuliert, sie hatte einmal gesagt, dass er ein Suchender sei. Antero war zudem ein echter Fan gewesen. Er hatte Holma angehimmelt. Hatte so sein wollen wie er. Aber natürlich war niemand wie er.

Holma fuhr auf der Überholspur. Einige Humorlose hupten, weil er eine durchgezogene gelbe Linie überfahren hatte. Die Leute begriffen einfach nicht, dass er alles im Griff hatte. Immer.

Die Landschaft veränderte sich, nahm neue Konturen an. Er spürte, dass das Meer nah war, lockerte seine Krawatte.

Er dachte, dass es eigentlich sein Gutes hatte – auch wenn

sein Besuch an diesem Ort natürlich ein wenig melancholisch eingefärbt war. Urlaub. Er hatte seit längerer Zeit keinen Urlaub gehabt. Er würde seine Recherchen bezüglich Antero mit dem einen oder anderen Sonnenbad verbinden.

Vielleicht würde er lokalen Dorfschönheiten begegnen. Sie könnten gemeinsam die Palmen betrachten und Holmas Gedanken lauschen. Vielleicht würde man sich näher kennenlernen, der Gedanke gefiel ihm. Nicht dass er andere kennenlernte, sondern dass sie ihn kennenlernten.

Es gab so vieles, was er anderen geben konnte.

8.

Olivia Koski saß Jorma Leivo gegenüber. Die Fenster zu seiner Rechten und zu seiner Linken schienen von Feuer umschlossen zu sein. Die Sonne draußen brannte. Sie brach sich an Leivos Geländewagen, flutete das Büro und ließ beide, den Wagen und das Büro, neuer und sauberer aussehen, als sie wirklich waren.

«Gut», sagte sie. Wartete.

In der Stille dachte sie nach. Zog in Erwägung, auf die Frage nach ihrem Befinden doch auch noch *schlecht* hinzuzufügen, aber sie schwieg. Sie fühlte sich äußerst unwohl in dem Badeanzug, mit den Turnschuhen an den Füßen. Vor allem, weil sich der Mann hinter dem Schreibtisch in seinem grellen blauen Hemd, dem weißen Jackett und im starken Gegenlicht verbergen konnte. Der Ton in seiner Stimme war eine eigenartige Mischung aus seicht-gütigem Onkel und aggressivem Staubsaugervertreter.

«Freut mich zu hören», sagte er. «Und danke übrigens dafür, dass du hier zu mir in die Geschäftsstelle gekommen bist.»

Olivia lächelte. Das Lächeln war ebenso falsch wie Leivos Dankesworte.

«Nichts zu danken», sagte sie.

«Wir sind noch gar nicht dazu gekommen, uns ausführlicher zu unterhalten. Das ist bedauerlich. Ich möchte ja ein nahbarer Chef sein, immer im Dialog mit den Menschen.»

Olivia hatte keine Ahnung, was sie sagen sollte. Würden sie jetzt wirklich ein Gespräch führen? Hoffentlich nicht.

«Das, was in deinem Haus passiert ist, ist eine üble Sache», sagte er. «Sehr bedauerlich. Ein gefährlicher Mann, ein Krimineller, dringt in dein Haus ein. Das gibt zu denken. In welcher Welt leben wir? Worauf können wir uns noch verlassen? Wo und wann sind wir wirklich geborgen, wirklich in Sicherheit? Kann man überhaupt in Sicherheit sein, an einem entlegenen Ort wie diesem? Allein? Und versteh mich nicht falsch, aber ich muss das noch hinzufügen: Allein, als Frau. Lohnt sich das? Ist das der richtige Weg? Wie hoch ist der Preis, wenn das Leben auf dem Spiel steht? Was wird aus dem Haus, inwiefern stellt sich da auch ein Werteverlust ein, wenn es zum Ziel für böse Menschen, für Serienvergewaltiger wird? Nun, du wirst dir sicher ähnliche Gedanken gemacht haben.»

Olivia las in seinem Gesicht, dass er keine Antwort erwartete, er würde seinen Monolog in jedem Fall fortführen.

«Ein paar Gedanken habe ich mir tatsächlich gemacht», warf sie ein. Das entsprach der Wahrheit.

«Lass mich das dennoch weiter ausführen», sagte Leivo. «Wie allgemein bekannt, ist ja der Wert von renovierungsbedürftigen Häusern in entlegenen Ortschaften gewissermaßen ein theoretischer. Es gibt da Begrifflichkeiten, aber das wäre Immobilienmakler-Jargon, den ...»

Den ich nicht verstehe, weil ich eine Frau bin, dachte Olivia.

«... also, den müssen wir jetzt hier nicht bemühen», fuhr Leivo fort. «Lass uns einfach über die Situation sprechen. Über ein vernünftiges Angebot, das dir Sicherheit schenken kann.»

Er beugte sich vor, legte seine Handflächen auf dem Tisch ab, behutsam. Als sei die Tischplatte eine Kochplatte, von der er nicht wusste, ob sie eingeschaltet war.

«Und was ich betonen möchte, wie gut, dass du nicht zu Hause warst, als dieser Mann bei dir eingebrochen ist, um dich zu vergewaltigen und zu quälen, womöglich zu ermorden auf gemeine, brutale Art und Weise. Er hat die Situation ausgenutzt, das abgelegene, wertlose Haus ...»

«Wertlos?», fragte Olivia. Sie verlieh ihrer Stimme einen neutralen Ton. Sie war keineswegs beleidigt, eher interessiert daran, dass Leivo das konkretisierte.

Leivo wirkte überrascht. Vielleicht weil er nicht damit gerechnet hatte, unterbrochen zu werden. Oder über die Frage, die sie gestellt hatte.

«Was ich sagen möchte, dieser Sadist, vielleicht der Erste in der Gegend, aber sicher nicht der Letzte, der in dein Haus eingedrungen ist und alles verwüstet und zerstört hat ...»

«Er hat ein wenig Unordnung hinterlassen. In der Küche», sagte sie. «Ich habe bereits aufgeräumt.»

«Sehr gut. Schnell zu handeln ist immer gut», sagte Leivo. «Glaub mir, ich wäre froh und beruhigt, wenn diese bestialischen Sexualmorde, diese Ritualmorde heutzutage nicht so üblich wären in unserem Land.»

Olivia wartete. Mehr musste sie nicht tun, Leivo würde schon noch zur Sache kommen. Sobald er wollte oder es hinbekam. Olivia versuchte, sich einfach auf ihr Dasein zu konzentrieren, das allein fiel ihr schon schwer genug.

Die Regel, dass sie in ihrer Arbeitszeit ausschließlich ihre Arbeitskleidung tragen durfte – also diesen billigen Badeanzug im Retro-Look –, brachte zweierlei Unannehmlichkeiten mit sich. Eine hatte mit Männern zu tun, die andere mit dem Wetter. Sie fror meistens, und Männer sahen ihr selten ins Gesicht, wenn sie mit ihnen sprach.

Leivo atmete tief ein, neigte seinen Kopf ein wenig nach hinten, sein Brustkorb weitete sich merklich. Er sah aus, als wolle er aus den Tiefen des Meeres auftauchen, um Luft zu holen.

«Pass auf, ich mache einen Vorschlag», sagte er. «Ich komme dir entgegen, ich erahne hier eine klassische *win-win*-Situation, das ist so eine Redewendung unter Geschäftsleuten, man will damit sagen, dass ...»

«Ich kenne den Begriff», sagte Olivia. Leivo schwitzte inzwischen noch mehr als sonst. Das Licht, das durch die Fenster fiel, offenbarte Schweißperlen auf seinen Wangen. Olivia glaubte auch zu sehen, wie Leivo Worte im Geiste durchging, bevor er zu sprechen begann.

«Ich möchte das Grundstück erwerben», sagte er.

Olivia sah ihn an.

«Welches Grundstück?»

«Nun, dieses Grundstück. Das, auf dem dein Sexualmordhaus steht.»

«Obwohl es wertlos ist?»

«Das Haus ist wertlos, in der Tat.» Leivo nickte langsam vor sich hin, als seien sie kurz davor, etwas Bestimmtes gemeinsam zu begreifen. «Aber das Grundstück ...»

«Warum?»

Leivo hielt inne, betrachtete Olivia.

«Entwicklung. Fortschritt», sagte er. «Es geht voran, immer weiter, alles ist im Fluss.»

Olivia wartete, aber Leivo schwieg.

«Ich habe keine Ahnung, was das bedeuten soll, zumindest nicht in diesem Zusammenhang.»

«Wir wachsen.»

Olivia wartete.

«Wir?»

«*Palm Beach, Finland.* Ich biete dir eine Möglichkeit. Eine echte Option, hier mitzumachen. Ein Teil des Ganzen zu sein.»

«Das bin ich ja bereits», sagte Olivia. Sie sah an sich hinab, suchte die grellen Buchstaben. «Meine Kleidung habe ich schon abgelegt, inwiefern wäre ich nach dem Verkauf des Hauses noch näher dran?»

«Nicht des Hauses, deines Grundstücks», sagte Leivo. «Man muss das Ganze perspektivischer betrachten. Visionär. Man muss sehen können, was noch nicht ist. In drei Jahren haben wir hier den Strand der Schönen und Reichen, den jeder kennt. Tolle Frauen wie dich, gut aussehende Männer wie ... na ja, aus der ganzen Welt. Segelboote, Yachten, eine länger und schöner als die andere.»

Olivia begann zu ahnen, worauf Leivo hinauswollte. Ihr Erbe, das Haus mit dem Grundstück am Strand, war für ihn der Schlüssel zu dieser wunderbaren Bucht mit der beträchtlichen Wassertiefe. Das Grundstück bot einen wichtigen Zugang zum Strand und zu den Halbinseln und dem angedachten Yachthafen.

«Bungalows, wie in Florida», fabulierte Leivo. «Im großen Stil, du verstehst, Luxus. Yachten, private Anlegestellen. Ich rede nicht von Häusern, sondern von Villen.»

«Auf dem Grundstück steht bereits eine Villa», sagte sie.

«Ich meine: moderne Villen, mit riesigen Fenstern, Terrassen und so weiter. *Architektur.*»

Olivia verzichtete darauf, ihn zu fragen, was genau er mit dem letzten Wort sagen wollte.

«Und was genau habe ich damit zu tun?»

«Du verkaufst dein Grundstück, vermehrst dein Eigentum, erwirbst Papiere der Aktiengesellschaft, die in Bälde an der Börse notiert sein wird.»

Diesen Teil seiner Ausführungen hatte Leivo vermutlich besonders sorgsam einstudiert.

«Und was ist, wenn ich nicht verkaufen möchte?»

«Warum solltest du nicht verkaufen wollen?» Obwohl Leivo

um Beherrschung rang, schlich sich ein Hauch Ungeduld in seine Stimme, ein herrischer, fordernder Unterton.

«Weißt du, ich habe auch einen Traum», sagte Olivia. «Die hundertjährige Villa ist ein wichtiger Teil dieses Traums. Ich habe sie von meinem Vater geerbt. Ich möchte sie renovieren lassen, alles, sogar die rostige Fahne, die auf dem Dach flattert. Und dann möchte ich in dieser Villa leben.»

Olivia würde nicht hinzufügen, dass sie lange genug auf Männer gehört hatte, die ihr Ratschläge in Gelddingen gegeben hatten. Sie hatte sich lange genug für die falschen Optionen entschieden, war lange genug diese Rutsche hinuntergerutscht, an deren Ende mit Gewissheit ihre Geldbörse verschwunden war. Sie hatte genug davon.

Die Sonnenstrahlen, die wirren Haare, die eigenartig grellen Wände des Raums erschwerten es Olivia, Leivos Gesichtsausdruck zu deuten. Er schien sich ein wenig versteift zu haben, saß da wie eine Statue.

«Die Zukunft», sagte er, hielt inne, «kommt. Ob wir wollen oder nicht.»

Olivia verging langsam die Lust, sie hatte Leivo lange genug von der Zukunft faseln hören. Sie interessierte es nicht mehr, dass hier zwei Verhandlungspartner mit unterschiedlichen Voraussetzungen am Tisch saßen, allein schon wegen der Kleider, die sie am Leib hatten. Sie sagte einfach, was ihr in den Sinn kam.

«Ich bin durchaus dankbar, hier arbeiten zu dürfen. Ich wünsche auch dieser Firma alles erdenklich Gute und Erfolg. Aber ich verkaufe nicht. Weder mein Haus noch mein Grundstück. Es gehört mir und wird mein Eigentum bleiben. Ich würde jetzt zurück zum Wachturm der Rettungsschwimmer und Bademeister gehen, wenn das in Ordnung ist.»

Leivo schwieg.

«Natürlich», sagte er dann. «Die Arbeit geht immer vor.»

Olivia erhob sich, auch Leivo stand auf. Sie sahen einander an. Olivia mit Badeanzug und Sneakers, auf der anderen Seite des Tisches der schwitzende Mann, der im Tonfall eines Teddybären den Teufel an die Wand malen konnte, der Mann, der ihren Gehaltsscheck ausstellte. Aber irgendetwas war anders. Etwas hatte sich verändert.

«Dann tschüss», sagte Olivia.

«Tschüss», echote Leivo.

Sie hatte sich bereits abgewendet, als sie seine Stimme hörte.

«Vielleicht änderst du deine Meinung», sagte er.

Olivia glaubte, eine Art Gewissheit herauszuhören. Es klang seltsam.

«Manchmal entscheidet man sich dann doch noch anders», sagte Leivo.

Den Rest des Tages verbrachte sie auf dem Turm der Strandwacht. Zu viel Wind, zu wenig passierte, zu viele Gedanken.

Eine Wolkenfront hatte sich vor die graue Sonne geschoben und weigerte sich zu gehen. Machte keine Anstalten, sich aufzulösen, in kleine, feine Wölkchen. Merkwürdig. Der Wind fegte über den Strand, oben am Firmament schien kein Lüftchen zu wehen. Olivia zog sich ihr Kapuzenshirt an, schob die Kapuze über ihren Kopf.

Sie betrachtete die wenigen Strandbesucher und dachte über das nach, was sie Leivo gesagt hatte. Es hatte geklungen, als würde sie wissen, was sie tat. Als hätte sie alles unter Kontrolle.

Du lieber Gott. Sie hatte nicht die geringste Ahnung, was sie tun würde. Wie sie die Dinge regeln sollte, wenn irgendwas passierte, was auch immer. Ihre gesamten Ersparnisse hatte sie für oberflächliche Renovierungen aufgebraucht. Ihr monatliches Gehalt reichte zum Leben, für Versicherungen, Wasser, Strom, Heizung, Telefon, Internet, Turnschuhe und Sonstiges. Übrig blieb nichts. Ein Job bei der Strandwacht war nicht gerade weit oben angesiedelt im Gehaltsgefüge.

Alles andere, all die Dinge, die Leivo angedeutet hatte, wie etwa Mord, Vergewaltigung, Qual und Schmerzen, bereiteten Olivia natürlich gewisse Sorgen. Zuweilen glitten im Morgengrauen Bilder vorüber, die an Horrorfilme erinnerten.

Sie ermahnte sich dann, ruhig und gelassen zu bleiben. Dieser Vorfall in ihrem Haus, in ihrer Küche, das war ein unfassbarer Zufall gewesen. Ein singuläres Ereignis. Ihr drohte keine Gefahr. Dennoch liefen ihr kühle Schauer durch den ganzen Körper, von den Sohlen, die an den Turnschuhen klebten, bis zum Scheitel. Ruhig, dachte sie, ganz ruhig. Hier war niemand, hier waren keine bösen Menschen.

Gegen halb vier kam Chico zum Turm. Er blieb unten stehen.

Olivia fiel es noch immer schwer, diesen Kari Korhonen *Chico* zu nennen. Sie sah immer Kari, einen jungen Mann mit Gitarre, der deutlich gealtert war. Aber auch dieser alte Kari war ein Träumer, ein Gitarrenspieler. Wann und warum aus Kari Chico geworden war, wusste sie nicht. Vielleicht wollte sie es auch gar nicht wissen. Vielleicht war es am einfachsten und klügsten, ihn einfach Chico zu nennen. Es passte ja auch irgendwie zur Sonnenbrille, den Badeshorts, dem Tattoo am Unterbauch. Es war irgendeine Kalligraphie, aber so klein, dass sie sich hätte bücken müssen, um sie lesen zu können. Ihre Lippen wären dann in etwa auf Höhe seines ... nun ja.

Olivia hatte nicht vor, sich das Ganze näher anzusehen. Vielleicht war dieses Tattoo ja sogar Chicos alberner Versuch, Frauen für seinen Unterleib zu interessieren. Sie hatten sich nie nahegestanden und auch nach Olivias Rückkehr kaum mehr als das Nötigste gesprochen. Die gemeinsame Arbeit erforderte nur ein Minimum an Kommunikation. Sicherlich war es ein wenig überraschend, dass sie sich plötzlich am selben Arbeitsplatz wiederfanden.

Kari Korhonen hatte ja damals, als Achtzehnjähriger, immer großspurig behauptet, niemals für *The Man* tätig werden zu wollen. Alle hatten zunächst vermutet, dass es sich bei diesem mysteriösen *Man* um irgendeine Firma oder Person handele, mit der Kari offenbar schlechte Erfahrungen gemacht hatte. Aber irgendwann hatte Kari die Sache erläutert. *The Man*, das sei das System als solches. Nun ja. Jetzt waren sie also hier am Strand, in aufeinander abgestimmten Badeoutfits.

Olivia stieg die Treppe hinunter. Ihre Beine waren eingeschlafen, sie hatte lange auf dem Turm gesessen. Sie versuchte, sie aufzulockern. Chico wedelte mit den Armen, vermutlich um sich warm zu halten. Olivia konnte seine Augen hinter der schwarzen Brille nicht erkennen. Er blickte aufs Meer.

«Was ist?», fragte sie.

Chico zuckte zusammen, wendete sich ihr abrupt zu.

«Was?», fragte er.

«Du bist pünktlich. Das ist seit zwei Wochen das erste Mal, dass du pünktlich zum Schichtwechsel erscheinst.»

«Ich konnte nicht schlafen», sagte er.

Olivia sah ihn an. Sie erinnerte sich an Mädchen in ihrer Klasse, die tatsächlich der Meinung gewesen waren, er sehe aus wie Patrick Swayze. Eine gewisse Ähnlichkeit konnte Olivia sogar erahnen. Wenn man Zeit und Raum ein wenig mitdachte.

«Bald halb vier», sagte sie.

«Was? Ach so, genau. Ja, ich lag in der Nacht wach. Zu viel Stress.»

«Aha. Vielleicht bist du überarbeitet», sagte sie. Wobei, das war vielleicht eine Spur zu ironisch. Chico schien allerdings ohnehin nicht zuzuhören.

«Wie geht's dir denn so?», fragte er. «Olivia?»

Olivia war doppelt überrascht. Erstens hatte Chico bislang keine einzige persönliche Frage gestellt. Mal abgesehen von den beiläufig hingeworfenen Fragen: *Hast du inzwischen einen Freund? Was macht der Exmann? Kinder?* Zweitens wirkte Chico in diesem Moment aufrichtig interessiert.

«Danke der Nachfrage, Chico», sagte sie. «Ganz gut. Ich werde allerdings nicht warm mit dieser Arbeitskleidung. Ich hatte heute ein Gespräch mit unserem Arbeitgeber, habe aber versäumt, das anzusprechen. Vielleicht bedeutet das ja, dass ich den Badeanzug insgeheim doch mag oder mich zumindest an ihn gewöhnt habe.»

«Mit unserem Arbeitgeber? Leivo?»

Olivia suchte seine Augen hinter den Brillengläsern. Seine Haare waren nass und lagen wirr, vielleicht hatte er geduscht.

«Und was hat er gesagt?», fragte er.

«Hat von seinen Plänen berichtet», sagte sie. *«Palm Beach, Finland.»*

«Seinen Plänen?»

«Ja, er möchte weiter ausbauen», sagte Olivia. Sie verschwieg den Teil des Gesprächs, der ihrer Villa und ihrem Grundstück gegolten hatte, das ging Chico nichts an. «Aber das wissen wir ja schon alles.»

Chico wedelte irgendwie unbeholfen mit den Armen. «Was für ein Wind», murmelte er.

Olivia ließ ihren Blick über das Meer gleiten. Graue Wolken und träge, schwere Wellen. Ihr fiel ein, dass sie noch einkaufen und zum Baumarkt fahren wollte.

«Ich muss los», sagte sie. «Bei mir sind bald wieder die Handwerker.»

«Wie läuft's denn so?», fragte Chico. «Also, die Renovierung?»

Olivia zuckte mit den Schultern.

«Ziemlich teure Angelegenheit.»

Chico nickte. Allerdings nicht im Takt der Worte, die Olivia sprach. Irgendwie schneller, nervös.

«Ach ja», sagte er. «Immer das liebe Geld.»

«Ohne geht es nicht», sagte sie.

Chico nickte und nickte. Dann hörte er plötzlich damit auf.

«Weißt du noch, als wir hier im Sommer, in der Nacht, am Lagerfeuer saßen? Mit der Gitarre?»

Olivia suchte wieder die Augen hinter den schwarzen Brillengläsern. Sie sah nichts.

«Das ist zwanzig Jahre her», sagte sie. «Mir war immer kalt, und ich habe auf den Tag gewartet, an dem ich diesen Ort würde verlassen können.»

Chico schwieg. Dann stieg er die Treppe des Turms hinauf und setzte sich.

Jan Nyman nahm einen der Plastikstühle aus der Küche, trug ihn auf die Terrasse und nahm Platz. Er versuchte, die Landschaft, den Duft der Kiefern, die frische, salzige Meeresluft zu genießen, aber es stellte sich heraus, dass es nicht möglich war.

Nach wenigen Minuten hatte der böige Wind sein Ziel erreicht, war durch die Jeans und das Flanellhemd gedrungen. Als die Sonne im Westen zu sinken begann und der Himmel die Farben Rosa und Hellbraun annahm, blieben Nyman letztlich zwei Möglichkeiten: Er konnte mit dem iPad zum Restaurant am Strand spazieren, oder er konnte die Informationen, die er angefordert hatte, gleich hier in der Küche seines Häuschens studieren. Und danach würde er sich guten oder zumindest «halbguten» Gewissens im Restaurant sein Abendessen munden lassen. Er wählte letztere Variante.

Was er las, entsprach in etwa seinen Erwartungen. Die Informationen zu den Kontoständen gewisser Personen waren etwa zehn Tage alt. Alle nagten am Hungertuch. Jorma Leivo, *Surfer Dude* (also Kari Korhonen) und Olivia Koski. Keiner besaß einen müden Cent, alle völlig abgebrannt. Nyman wusste durchaus, dass es solche Phasen im Leben geben konnte.

Die wirtschaftliche Lage des Surfers stellte sich recht verfestigt dar, hatte sich über einen längeren Zeitraum entwickelt. Mit anderen Worten, das Konto dieses Mannes ähnelte seit langer Zeit dem Puls eines Sterbenden. Im Winter erhielt Korhonen offenbar Arbeitslosenunterstützung, im Sommer kamen Eingänge vom sogenannten *Strandurlaubszentrum.* Der Surfer besaß niemals größere Beträge und schien keine Miete zu zahlen. Das Geld floss ... ja, wohin eigentlich? Der größte Teil, bei Lichte betrachtet fast alles, wurde in der Bar abgebucht, in der die Spielautomaten standen. Das mochte interessant sein. Oder auch nicht. Seine Kreditwürdigkeit hatte der Surfer jedenfalls vor Jahren eingebüßt, vermutlich hatte er sich geweigert, den Behörden Details seines Konsumverhaltens offenzulegen.

Leivo und sein Unternehmen waren ein Kapitel für sich. Über seinem privaten Konto wucherten die Spinnennetze. Es lag mehr oder minder brach. Die Firma hingegen verfügte über mehrere Konten bei drei verschiedenen Banken, und das Geld war rege in Bewegung. So rege, dass Nyman beschloss, Leivos gesammelte Bankdaten an einen ihm vertrauten Ermittler mit dem Spezialgebiet *Rechnungswesen und Finanzen* weiterzuleiten. Mit der Bitte um eine Überwachung dieser Transaktionen, möglichst in Echtzeit.

Das war im strengen Sinne nicht legal. Leivo und seine Unternehmung waren auch nicht offiziell Gegenstand der Ermittlungen. Nichts war offiziell Gegenstand irgendwelcher Ermittlungen. Nyman kannte die Probleme, die verdeckte Ermittlungen mit sich brachten. In der Regel lief es darauf hinaus, dass er auf sich allein gestellt war, in mancherlei Hinsicht.

Nyman formulierte seine Mail mit Bedacht. Er wisse und verstehe durchaus, dass seine Anfrage eine Zumutung sei. Ihm sei vollkommen bewusst, dass er selbst das Ganze zu verantworten haben würde und dass er, sein Ansprechpartner, keineswegs befugt sei, seiner Bitte nachzukommen. Sollte er deshalb jemals zu der Angelegenheit befragt werden, solle er unbesehen mitteilen, dass alles auf Nyman zurückgehe und dass Nyman fälschlicherweise behauptet hätte, weisungsbefugt zu sein und freie Hand zu haben und so weiter. Letzteres entsprach sogar halbwegs der Wahrheit, denn Muurla wusste natürlich, dass verdeckte Ermittler gewisse Dinge tun mussten, um Ergebnisse zu erzielen. Er wusste auch, dass manches sich in der Grauzone der Gesetzgebung bewegte. Allerdings hätte Muurla natürlich niemals etwas dieser Art explizit gebilligt. Er schnurrte nur vor lauter Genugtuung, wenn seine Ermittler ihm Ergebnisse lieferten. Nyman lud die Anhänge hoch und versendete die Nachricht.

Olivia Koski war von allen am übelsten dran. Geradezu miserabel. Sogar der Surfer hatte mehr Geld auf der hohen Kante als sie. Wobei sich da die Unterschiede in Grenzen hielten, aber dennoch. Olivia Koskis allerletzte Spargroschen waren an irgendeine Versicherung gegangen. Ein großes, altes Holzhaus. Die Versicherungssumme war so immens, dass Nyman fröstelte.

Früher mal hatte Koski ein paar Tausender auf dem Konto liegen gehabt, aber das hatte sich erledigt. Innerhalb der vergangenen beiden Monate war alles abgeflossen. Sie hatte auffällig viel in deutschen und finnischen Baumärkten eingekauft. Der letzte Saldo belief sich auf: acht Euro, drei Cent.

Gerade hast du einen Eimer voll Farbe auf Pump gekauft, dachte Olivia. So weit war es also gekommen.

Sie stellte den Eimer im Flur ab, ging in die Küche. Sie hatte die Lampen nicht eingeschaltet, Licht spendete nur die untergehende Sonne, die horizontale Strahlen ins Haus warf, die alles veränderten. Die Farben an den Wänden. Die Größe der Räume. Die Tiefe der Schatten.

Das, was Jorma Leivo angedeutet hatte, begann wieder Gestalt anzunehmen. Etwas Bedrohliches. Das Gefühl, dass etwas Schreckliches passieren könnte. Jederzeit. Etwas wirklich Schlimmes.

Phantasie, dachte sie. Unsinn, Hirngespinste. Nichts anderes.

Vielleicht kam die Angst, weil sie so müde war. Vielleicht kam sie auch, weil sie begonnen hatte, Schulden zu machen. Für einen Eimer Farbe. Obwohl es eine kleine Summe war, fühlte sie sich an alte Zeiten erinnert. Unschöne Zeiten. Sie hatte so etwas nie mehr erleben wollen.

Unzuverlässige, schlechte Männer, aufgeschobene Entscheidungen, aufgegebene Träume. Notlösungen. Vielleicht waren es diese Gedanken, die Leivos Worten Gewicht verliehen und Gänsehaut verursachten.

Jemand war bei ihr eingebrochen. Sie hatte keine Ahnung, warum.

Sie hatte zunächst vermutet, dass es ein ganz normaler Einbrecher gewesen war. Er war mit einem Partner oder einer Partnerin in Streit geraten und hatte ein chaotisch-absurdes Ende gefunden. Der Gedanke, dass es mit ihr selbst zu tun haben könnte, war ihr erst später gekommen. War es möglich, dass sie in diesem Haus, in dem sie sich immer geborgen gefühlt hatte, nicht sicher war?

Die Lust, die Küche zu betreten und Abendbrot zuzubereiten, war ihr vergangen. Sie betrachtete den Farbeimer im Flur. Sie war ganz sicher zu müde, um eine Wand zu streichen. Sie wollte einfach ...

Sie wollte lieber ...

Sie schob den Eimer an die Wand, zog sich aus, ohne einen Blick auf den großen Spiegel im Flur zu werfen. Sie ging ins Bad. Stieg in die Wanne, drehte am Wasserhahn.

Und nichts geschah.

II

TATEN

1.

«Ich würde wirklich nur ungern noch mehr Leute umbringen.»

Chico sah sich hastig um, umklammerte seine Bierflasche fester.

«Sei still, verdammt!», zischte er.

Sie saßen in ihrer Stammkneipe, an dem Tisch hinten an der Wand, an dem sie immer saßen. Einige Meter entfernt flackerte die Jukebox neonfarben, rosa und hellblau, gierig auf Chicos Münzen wartend. Normalerweise hätte Chico auch einiges eingeworfen, aber nicht heute.

«Wie soll ich deine Fragen beantworten, wenn du mir sagst, dass ich still sein soll?», fragte Robin.

«Gib einfach vernünftige Antworten», sagte Chico. «Erst denken, dann reden.»

«Aber ich habe nachgedacht. Ich will wirklich keinen mehr umbringen.»

«Okay. Gut. Aber wäre es in Ordnung für dich, dass ein wenig anders zu formulieren?»

Robin schien zu begreifen. Chico atmete ein wenig auf.

Was Robin so sorglos andeutete, verursachte Chico eine nicht gekannte Übelkeit. Diese Übelkeit resultierte aus seinen Gedanken. Er hatte so etwas in dieser Weise noch nie erlebt. Es fiel ihm so schwer, über die Sache nachzudenken. Nicht etwa, weil er sich nicht erinnerte oder weil ihm irgendwas nicht einfallen wollte, wie damals in der Schule. Sondern einfach, weil die Gedanken, die er hatte, nicht in sein Hirn hineinpassten. Sein

Kopf schien sich zu drehen und zu wenden und seine Form zu verändern, wenn er über all das nachdachte. Die Momente im Haus von Olivia. Um sich abzulenken, führte er Selbstgespräche, sagte irgendetwas, wiederholte es. Oder er verfasste Listen der besten Gitarrensoli. Von Eric Clapton. Die besten Soli von Eric Clapton in den siebziger Jahren. In den Jahren 1970 bis 1972.

Layla, dachte er. Nippte an seinem Bier.

Das Bier schmeckte, obwohl das Verfallsdatum längst abgelaufen war. Chico kannte den Wirt, er wunderte sich nicht. Der Mann wusste, wie er ausländische Qualitätsbiere zu günstigen Preisen verkaufen konnte, ohne selbst zu kurz zu kommen. Trotz oder vielleicht dank der EU-Richtlinien für Lebensmittel, das wusste Chico nicht genau.

«Wir müssen was unternehmen», sagte er, als die heulende E-Gitarre unerträglich wurde.

«Also, solange du nicht ...»

«Quatsch, natürlich nicht. Vergiss das. Das war ein Unfall. Ich habe es dir tausendmal gesagt. So was kann passieren. Gestern habe ich mir eine Doku über einen Mann mit zwei Köpfen angesehen.»

Robin sah ihn an.

«Hat der jemanden umgebracht?»

«Wie bitte?», fragte Chico. «Nein, verdammt, natürlich nicht. Er hatte einfach zwei Köpfe.»

Chico las in Robins Augen, dass er nicht das Geringste verstand.

«Ein Zufall», sagte Chico. «Manchmal passieren merkwürdige Dinge. Einfach so.»

«Ein Mann mit zwei Köpfen», sagte Robin. Er nickte, als würde er jetzt alles verstehen. «Ein Mann mit zwei Köpfen.»

Chico war vollkommen bewusst, dass Robin gar nichts begriff. Andererseits musste Robin auch gar nicht alles verstehen. Vielleicht war es sogar besser so. Chico starrte ins Leere, in Gedanken versunken. Er kratzte am Etikett der Bierflasche herum. Das Verfallsdatum lag Jahre zurück. Hatte es einen Beigeschmack? Er sah Robin an.

«Wir haben zwei Wochen», sagte er. «Du hast es selbst gehört. Richtig? Wenn wir nicht loslegen, wird Leivo der Polizei mitteilen, was wir getan haben.»

«Und wenn wir loslegen?»

«Das versuche ich ja gerade zu erklären.»

«Sag mal, weißt du eigentlich noch, was Leivo gesagt hat, als wir zum ersten Mal bei ihm im Büro saßen? Seine Vorschläge?»

Chico wendete sich Robin zu, aufmerksam. Manchmal fragte er sich, ob Robin heimlich ein kluger Kopf war. Oder war er doch einfach nur jederzeit ein vollkommener Idiot? Egal, in jedem Fall hatte er zuweilen diese blitzartigen lichten Momente, in denen er sich an irgendwas erinnerte und Wort für Wort wiedergeben konnte, als hätte er es auf Band gespeichert. Das konnte hilfreich sein. Für Chico, der ja der Motor war, die treibende Kraft.

«Robin, du bist ein Genie», sagte er.

«Danke», erwiderte Robin, sichtlich verwirrt. Er war nicht an Lob gewöhnt. Seine Wangen glühten. «Ja, manchmal kommen mir so Gedanken in den Kopf.»

Chico prostete ihm zu, stieß seine Flasche gegen Robins, nahm einen Schluck. Natürlich hatte dieses Bier einen Beigeschmack. Käse. Aber auch hier waren die Spielregeln einfach: Wer ein niederländisches Markenbier in einer finnischen Kleinstadtkneipe zum Preis von einem Euro trinken wollte, musste Abstriche machen. Chico war selbst Geschäftsmann, er wusste, wie Kapitalismus funktionierte. Oder waren sie hier doch eher im Sozialismus gelandet? Wie auch immer: Das Bier schmeckte nach altem Käse, aber es kostete lediglich einen Euro. Pro Flasche. Das bedeutete, dass er hier praktisch mittellos in seiner Lieblingskneipe sitzen durfte – Kapitalismus hin, Sozialismus her –, um darüber nachzusinnen, wie er an das ganz große Geld kommen konnte.

Und nun hatte er das Gefühl, als würde sich eine Tür öffnen.

«Heute Abend», sagte er. «Wir kümmern uns um die Sache. Wir legen los. Heute Abend.»

Robin war überrascht. Das Lächeln, das immer noch, nach Chicos Lobhudelei, auf seinen Lippen gewesen war, verschwand. Robin betrachtete die Flasche, die vor ihm auf dem Tisch stand.

«Ich kann nicht kommen.»

«Was? Warum?»

«Einfach so.»

«Robin», sagte Chico. «Was soll das? Warum?»

Eine kurze Pause trat ein, in einiger Entfernung prallten Billardkugeln aufeinander.

«*Talent Night*», sagte Robin leise.

Chico lehnte sich zurück. Er dachte nach. Über exakt zwei Dinge. Über *Talent Night*. Und über Robin.

«Was?», fragte er. Er hörte aus seiner eigenen Stimme eine gewisse Sorge heraus. «Was machst du da? Ich meine, worin besteht dein Talent ... also, womit ...»

«Ich habe Karten. Ich gehe hin, um zuzuschauen», sagte Robin. «Ich will dahin.»

«Um bitte was genau zu sehen?»

Robin schluckte schwer. «Neea. Sie wird da sein, auf der Bühne.»

Chico nickte. Dachte nach.

«Aha. Und was bringt Neea denn da so zur Aufführung?»

«Weiß nicht genau. Sie ist um 22.30 dran.»

«Sie hat dich eingeladen? Persönlich?»

Robin senkte den Blick, sprach immer leiser.

«Hab's bei Facebook gesehen.»

«Ihr seid Facebook-Freunde?»

«Ich hab mal eine Freundschaftsanfrage geschickt.»

«Wann?»

«Dezember.»

Chico betrachtete Robin. Hielt inne. Robin schwieg. Chico löste seinen Rücken von der Wand, beugte sich vor. Okay, alles gut, kein Problem.

Er nahm noch einen Schluck, bemerkte eine kleine gelbe Flocke in der Flüssigkeit. Sie sah aus, als würde sie leben, zappelte herum. Er schob die Flasche in die Tischmitte. Er brauchte das Geld. Brauchte es wirklich. Er war müde. Hatte das Ganze satt. Hatte keine Lust mehr, diese verdammten Käsebiere zu saufen oder mit schäbigen Imitaten abgespeist zu werden. Er wollte echte Biere und eine echte *Les Paul* der Edelklasse.

Und er wusste jetzt auch, wie er beides bekommen würde.

«Wir sind vor dieser *Talent Night* fertig mit der Sache», sagte er. «Ich hole nur noch schnell ein paar Streichhölzer von der Theke.»

2.

Jan Nyman sah, dass jemand das Nachbarhaus bezogen hatte. Er saß an seinem äußerst kleinen Esstisch und spürte, dass sich sein Rücken versteift hatte. Er hatte einige Stunden lang gelesen. Er stand auf, es war an der Zeit zu gehen.

Er trank zwei Gläser Wasser, streifte ein leichtes Flanellhemd über, mit grünen und hellblauen Karos, zog seine dunkelblauen Jeans an. Er verstaute sein iPhone in der rechten, seine Geldbörse in der linken Tasche. Dann band er die Schnürsenkel seiner knallroten *All Star Converse*-Sneakers zu und betrachtete sich für eine Weile im Spiegel. Er strich sich die Haare zurecht und dachte darüber nach, ob er nach längerer Zeit mal seinen Bart abrasieren sollte. Er entschied sich dagegen. Die Zeit war noch nicht reif. Der Mathematiklehrer war in den Ferien, und er sollte auch so aussehen.

Er trat ins Freie.

Eine feine Brise wehte, wie schon früher am Tag, aber es war ein schöner, geradezu wunderbarer Abend. Die Sonne ging langsam unter, mit feiner Feder zeichnete sie goldene Linien in den Himmel und auf das Meer. Die Luft roch frisch und salzig. Nyman sah hinüber zum Nachbarhäuschen. Hinter dem Haus stand ein schwarz glänzender BMW. Neues Modell. Vielleicht der 520er oder so. Über dem Geländer auf der Terrasse hing bereits ein Handtuch. Mit einem Streifenmuster, das durchaus geeignet war, Migräne zu verursachen.

Nyman verschloss die Tür, drehte sich um und sah noch mal hinüber. Auf der Terrasse stand ein Mann, in Badehose. Blond, mit einem Gesicht, das Nyman nicht recht zuordnen konnte. Es schien mit dem Licht der Sonne zu verschmelzen. Mit den Farben und Formen des anbrechenden Abends. Der Mann mochte etwa vierzig Jahre alt sein, vielleicht ein paar Jahre älter als Nyman. Der Oberkörper war muskulös, die Beine auffällig schmal. Als wäre der Mann sehr häufig im Fitnessstudio gewesen, ohne jemals die Oberschenkelpresse zu nutzen. Merkwürdig waren auch diese blonden Haare eines Chorknaben. Die Frisur eines Zwölfjährigen. Ein wenig irritierend. Der Mann bemerkte ihn.

«Guten Abend», sagte Nyman. «Gehen Sie noch schwimmen?»

Der Mann schwieg. Er sah Nyman nur an. Die schwarze Badehose war sehr knapp, saß sehr eng. Zu knapp, zu eng, dachte Nyman vage.

«Warum fragen Sie?», fragte der Mann.

Weil du diese komische Kinderbadehose trägst, dachte Nyman.

«Wäre ein perfekter Moment», sagte Nyman. «Schöner Abend, die Sonne wärmt sogar noch ein bisschen.»

Der Mann hob seinen Blick, begutachtete den Himmel. Nun gut, dachte Nyman. Vermutlich war es wirklich Zeit zu gehen. Der Mann wendete sich wieder ihm zu.

«Sind Sie schon lange hier?», fragte er. Die Stimme klang freundlich. Irgendwie erstaunlich freundlich.

«Nein, erst einen Tag», sagte Nyman.

«Urlaub?»

«Definitiv.»

«Ich auch», sagte der Mann. «Wohlverdient.»

Nyman folgte einem Impuls, ging die paar Schritte zur benachbarten Terrasse und streckte dem Mann die Hand entgegen. Aus Erfahrung wusste er, dass dies eine der effektivsten

Methoden war, Informationen zu beschaffen. Man musste sich einfach nur plötzlich und ein wenig aufdringlich mit jemandem bekannt machen.

«Jan Kaunisto», sagte Nyman.

Der Mann reichte ihm die Hand, lächelte.

«Esa Koljonen.»

Der Händedruck währte einige Sekunden. Nyman suchte die Augen des Mannes, lauschte der Stimme, folgte seinen kaum merklichen Bewegungen. Das Resultat war, dass der Name dieses Mannes entweder Esa Koljonen war. Oder auch nicht.

Sie wechselten noch ein paar Worte, über das Wetter, den Sommer im Allgemeinen. Als der Mann gerade begann, weitschweifiger zu werden, offenbar durchaus angetan vom Klang seiner eigenen Stimme, wünschte ihm Nyman noch einen schönen Tag. Er lief in den etwas dichter besiedelten Teil des Feriendörfchens und erreichte bald den *Strand-Boulevard.* Der eigentliche Name der Straße lautete allerdings Strandweg.

Der Name der Kneipe mochte auf den ersten Blick verwirren, aber letztlich passte er ganz gut. Wenn das Dörfchen auf *Palm Beach, Finland* getauft wurde, warum sollte dann die Kneipe nicht *Hawaii* heißen? Als Event des Abends wurde die *Talent Night* angepriesen.

Das Lokal war spärlich besetzt und überraschend gemütlich, auch wenn klaustrophobisch Veranlagte möglicherweise ein paar Probleme bekommen hätten. Die Decken waren niedrig, die Bartheke lang. Das Mobiliar bestand größtenteils aus Bambus. Zur Linken waren einige kleine Nischen, die mit bepflanzten Dächern vor Blicken geschützt waren. Das ließ den Raum noch kleiner erscheinen, als er ohnehin war. Im hinteren Teil der Bar schimmerten in exotischen Farben die Lichter der Jukebox und der Spielautomaten. Die Bühne lag direkt neben dem Eingang.

Ein kleines Schild an der Theke verriet, dass die *Talent Night* in einer Stunde und fünfzehn Minuten beginnen würde. Nyman bestellte bei einer Kellnerin ein Bier. Offenbar war sie eine Aushilfe, sie wirkte fahrig und schien mit den Händen immer auf der Suche zu sein. Als Nyman seine Flasche an die Lippen hob, sah er im Spiegel ein vertrautes Profil. Lange, dunkelbraune Haare und eine ebenfalls lange, stolze Nase. Wenn man denn eine Nase so benennen konnte.

Olivia Koski saß allein an einem Tisch.

Die Jukebox spielte inzwischen einen Soul-Klassiker. Ein Sänger bat ungeheuer sanftmütig darum, sexuell erlöst zu werden. Nyman zog in Betracht zu warten, bis das Lied zu Ende war. Im unglücklichsten Fall würde sie vermuten, dass er den Song bewusst ausgewählt hatte, dass er gewisse Hintergedanken hegte. Nyman hatte häufig Männer dabei beobachtet, wie sie alles Erdenkliche versuchten, um Frauen aufzureißen, nur immer eine Spur zu viel. Der richtige Song musste es sein, die richtigen Blumen, der ganze Planet musste gerade im richtigen Winkel stehen. Umworbener Junggeselle, Hochzeitsmarsch, Zwillinge, Erektionsstörungen, Familiengrab. Natürlich gab es auch die Männer, die Frauen wie Feinde ausspähten und scharf schossen. *Lass uns ficken, warum nicht, du Hure* und so weiter. Das endete meistens damit, dass man sich in betrunkenem Zustand larmoyant in die Arme schloss und gegenseitig versicherte, einander niemals im Stich zu lassen.

Nyman trank einen Schluck von seinem Bier und sah noch mal in den Spiegel. Olivia Koski schien kaum wahrzunehmen, was um sie herum passierte. Der Sänger mit der sanftmütigen Stimme sang und sang und wollte nicht aufhören. Nyman nahm seine Flasche und ging hinüber zu Olivia Koski. Ein fast leeres Weißweinglas stand vor ihr auf dem Tisch.

«Hallo», sagte Nyman und streckte ihr die Hand entgegen. Sie erkannte ihn offenbar nicht. «Jan Kaunisto. Ich habe heute ein Surfbrett angemietet. Für Ausdauersportler. Darf ich Sie auf ein Glas Wein einladen?»

Olivia sah ihn nachdenklich an. Dann nahm sie seine Hand.

«Olivia», sagte sie. «Setzen Sie sich. Vielleicht trinke ich erst mal dieses Glas hier aus, und dann sehen wir weiter. Bitte.»

Nyman setzte sich Olivia gegenüber. Ihre Haare waren nass und rochen nach blumigem Shampoo. Sie saßen in einer der Nischen, hier war der Raum noch niedriger als ohnehin, eine Wandlampe spendete sanftes, zerbrechliches Licht. Nyman hatte das Gefühl, sie würden in einer kleinen Hütte sitzen.

«*Talent Night*», sagte er. «Sind Sie als Zuschauerin hier oder machen Sie mit?»

Sah er da eine gewisse Belustigung in ihren Augen?

«Ich bin vor allem hier, weil ich mich mal frisch machen wollte», sagte sie. «Haben Sie zufällig Ahnung von Rohrsanierungen in Einfamilienhäusern?»

«Bedaure. Meine einzige Erfahrung dieser Art betraf ein Hochhaus. Es dauerte länger als erwartet und kostete mehr als erhofft.»

«Toll. Das macht mir Mut.»

«Ich muss gestehen, dass ich mit der Sache damals nicht viel zu tun hatte. Ich war zu der Zeit viel unterwegs. Sie renovieren also im trauten Heim?»

«Ich hoffe», sagte sie. «Vielleicht. Ich weiß noch nicht genau.»

Nyman wartete darauf, dass sie das näher erklären würde. Olivia betrachtete ihr Glas, hob den Blick. «Sie können keine Rohre sanieren und nicht surfen. Was genau machen Sie eigentlich?»

«Lehrer. Mathematik.»

«Ah. Lange Sommerferien.»

«Das sagen interessanterweise viele.»

«Stimmt es denn nicht?», fragte Olivia. Sie nippte an ihrem Wein.

Nyman nahm einen Schluck von seinem Bier.

«Warum sind denn bei Ihnen die Rohre kaputt?»

«Weil sie einhundert Jahre alt sind. Erneuerungsbedürftig. Ich habe allerdings kein ...»

Nyman wartete.

«Lassen Sie uns das Thema wechseln», sagte sie. Sie schob ihr Glas von sich und suchte Nymans Augen. «Was hat Sie an diesen Ort verschlagen?»

Nyman wich nicht aus, hielt dem Blick ihrer braunen Augen stand. Natürlich hatte er im Umgang mit Kriminellen schon häufig gelogen. Das war Teil des Jobs. Ganz selbstverständlich. Er hatte sich selten darüber Gedanken gemacht, aber jetzt bereitete es ihm Unbehagen zu lügen. Er beschloss, seinen Worten zumindest das eine oder andere Körnchen Wahrheit beizufügen. Vielleicht würde er sich dann ein wenig besser fühlen.

«Ein Bekannter hat mir von dem Ferienressort hier erzählt. Dass es nett sei.»

«Hat dieser Bekannte auch gesagt, warum?», fragte sie.

«Na ja, ich denke, er meinte nicht zuletzt die Lage. Am Meer. Und er schwärmte vom Surfen. Was ich, wie Sie wissen, noch nicht ausprobiert habe.»

«Er erzählte also nicht von einem merkwürdigen Vorfall, der sich hier vor einigen Wochen ereignet hat?»

Nyman bemühte sich darum, seinem Gesicht die Form eines Fragezeichens zu verleihen. Vielleicht gelang es ihm sogar.

«Ich habe das Gefühl, dass alle Bescheid wissen», sagte sie.

Nyman sah sie beharrlich fragend an. Er gab sein Bestes.

Schließlich erlöste ihn Olivia.

«Sie werden es sowieso erfahren. In meinem Haus wurde ein Toter gefunden.»

«Oh. Einfach so?», fragte Nyman. Dafür musste er sich gar nicht verstellen.

«Na ja, einfach so. Weiß ich nicht», sagte sie. Nyman konzentrierte sich auf den Klang ihrer Stimme, auf den Tonfall, versuchte, Feinheiten herauszuhören. Ungesagtes zu antizipieren. «Die Fenster waren eingeschlagen. In der Küche hat ein Kampf stattgefunden. Chaos, alles verwüstet. Irgendwie ist dieser Mann dabei ums Leben gekommen. Hat in der Küche gelegen. Ich kam nach Hause und habe ihn gefunden. Die Polizei scheint zu vermuten, dass er ermordet wurde. Die Ermittlungen laufen. Ich habe keine Ahnung, welche Erkenntnisse sie gewonnen haben, da niemand von denen mit mir spricht. Ich weiß nicht, warum. Ich dachte, dass man mir als Eigentümerin des Hauses etwas mitteilen würde. Damit liege ich offenbar falsch.»

Nun ja, dachte Nyman. Er konnte mit dem, was Olivia Koski gesagt hatte, wenig anfangen.

«Sie wirken nicht sonderlich schockiert», sagte Olivia.

«Ich denke darüber nach. Dass es nach einer schrecklichen Heimkehr klingt.»

«Es war in der Tat grauenvoll», sagte sie. Ihre Stimme war beherrscht, fast neutral. «Und mir fällt noch etwas ein, das ich bisher niemandem erzählt habe.»

Nyman trank von seinem Bier, wartete.

«Es ist allerdings vielleicht ein wenig peinlich», sagte sie.

Nyman machte eine Handbewegung, die signalisieren sollte, dass alles halb so wild sei und sie sich ihm unbesehen anvertrauen könne. Das war sogar die Wahrheit, vorausgesetzt, dass sie in die Sache nicht verwickelt war.

«Ich bin mir in dem Punkt nicht ganz sicher. Und ich weiß nicht, warum ich ausgerechnet Ihnen davon erzähle. Es hat mit meinem Großvater zu tun. Und mit meinem Vater. Es kann nämlich sein, dass so ein Ding ... eine Art Kratzer entwendet wurde. Gestohlen. Er hing an einer Wand, im Flur, bei der Küche.»

«Ein Kratzer?», fragte Nyman.

«Ja, ich finde kein anderes Wort. Mein Großvater war Fischer. Er trug von Anfang bis Mittsommer lange Unterhosen. Also fast immer, fast das ganze Jahr lang. Was aber nicht bedeutete, dass er allzu viele von diesen langen Unterhosen besaß. Kann sein, dass er nur eine einzige hatte. Deshalb wurde er an gewissen Körperstellen von Juckreiz geplagt. Sie verstehen. Er kaufte sich diesen Kratzer, hängte ihn an den Haken an der Wand und kratzte sich damit, wenn er unter Juckreiz litt. Er nutzte das Ding jahrzehntelang. Und als er starb, nutzte es mein Vater. Warum sollte irgendjemand dieses Ding stehlen?»

«Sind Sie ganz sicher, dass es weg ist?»

«Ja, ich habe alles penibel aufgeräumt und gesäubert. Keine Ahnung übrigens, warum ich Sie damit behellige.»

«Manchmal braucht man jemanden. Zum Reden», sagte Nyman.

Olivia lehnte sich zurück, sah jetzt Nyman ein wenig von oben herab. «Aber Sie wussten Bescheid. Sie wussten, was in meinem Haus passiert ist. Ich weiß immer sofort, ob die Leute es wissen. Sie sehen mich anders an. Ich denke nicht, dass es böse Absicht ist, aber es ist so. *Das ist die, in deren Küche eine Leiche gelegen hat.* Das denken die Leute oder irgendwas in der Art.»

Nyman nickte bedächtig.

«Ja, ich habe wohl irgendwo was aufgeschnappt», sagte er. Es fühlte sich ganz gut an, das einzugestehen, fast als sei er ihr gegenüber ehrlich.

«Wie gesagt, ich wusste es. Die einzige Alternative wäre gewesen, dass Sie als Mathematiklehrer so viel Grausames erleben, dass Sie Leichen in Küchen kaltlassen.»

«Das lässt mich keineswegs kalt. Ich verstehe sehr gut, dass es ein Schock für Sie war.»

Olivia Koski musterte ihn fragend. Und Nyman erzählte. Von seinen Erlebnissen während seines Afghanistan-Einsatzes. Er war in Mazar-i-Sharif gewesen, zweimal, im Rahmen von Friedensmissionen. Er ging nicht in die Details, aber er genoss es fast, wahrhaftig aus seinem Leben berichten zu können. Seine Zeit in der Abteilung *Delikte am Menschen* bei der Kriminalpolizei in Helsinki sparte er natürlich aus. Auch die zahlreichen Toten, mit denen er in diesen Jahren befasst gewesen war.

«Und was war danach?», fragte sie.

«Nach Afghanistan? Ich kam nach Hause, arbeitete wieder an der Schule, traf eine Frau.»

Die reine Wahrheit. In gewisser Weise.

«Und jetzt machen Sie Urlaub? Allein?»

Nyman konnte, selbst wenn er sich Mühe gab, nicht den Hauch eines Flirtens heraushören. Es war einfach nur eine Frage.

«Wir leben in Scheidung», sagte er. «Wobei ich wirklich nichts Schlechtes über sie sagen kann. Sie ist eine liebenswerte Frau. Im Nachhinein betrachtet, war es einfach so: Wir sind uns begegnet, wollten beide sowieso gerade heiraten, also haben wir geheiratet.»

«Klingt immer noch besser als das, was ich erlebt habe. Mit Beziehungen. Einmal verheiratet, einmal verlobt. Zu meiner Verteidigung kann ich sagen, dass sie sich ähnlich waren. Zum Beispiel haben sie sich beide von mir durchfüttern lassen.»

«Sehr ... emanzipiert», murmelte Nyman.

Ein Lächeln huschte über ihre Lippen.

«Ist ziemlich lange her», sagte sie. «Vor einigen Monaten bin ich nach Hause zurückgekehrt. Nach dem Tod meines Vaters.»

«Das tut mir leid.»

«Danke», sagte sie. Sie hielt kurz inne, fuhr dann fort. «Ich habe eine Villa geerbt, mit ihren kaputten Rohren. Das ganze Haus ist renovierungsbedürftig. Ein paar kleine Sachen habe ich machen lassen, aber für die größeren muss ich erst im Lotto gewinnen.»

«Spielen Sie denn Lotto?»

Olivia schüttelte den Kopf. «An so was glaube ich nicht.»

«An den Zufall?»

«Beim Spielen geht es nicht um Zufall. Lotto ist ... Mobbing. Zufall ist, wenn man einen guten Mann findet. Das ist nicht wie im Lotto, man trifft ja nicht drei Milliarden Männer, sondern eigentlich nur ein paar, vielleicht sieben oder so. Zwei davon sind hoffnungslose Fälle. Meine Spezialität übrigens. Dann gibt es einen, der sozusagen stubenrein ist, aber nichts taugt. Denn das ist alles, was er ist, also stubenrein. Dann gibt es einen, mit dem alles ziemlich gut läuft, und der ruft irgendwann einfach nicht mehr an. Einer verwandelt sich nach einem Kuss von einem Prinzen in eine Kröte. Das ist sicher physisch unerklärlich, aber es passiert wirklich. Dann gibt es noch ... Moment.»

«Es fehlen noch drei, glaube ich.»

«Falsch, zwei», sagte sie. «Einer von denen ist eigentlich eine Phantasie. Er war der Erste, den eine Frau geküsst hat, er war damals vierzehn Jahre alt. Seitdem hat sie ihn nie wieder gesehen. Er sieht auch nicht aus wie Brad Pitt, sondern sitzt auf dem Sofa, bildet ein Doppelkinn aus und wartet auf Butterbrote und den Tod.»

«Mhm. Noch einer.»

«Da kommt endlich der Zufall ins Spiel.»

Nyman suchte ihren Blick. Sie schob ihr Glas auf der Tischplatte auf und ab. Sah es an.

«Das ist der, bei dem sich dieser Gedanke einstellt: Das kann kein Zufall sein.»

3.

Chico betrachtete den Rasenmäher. Er war ziemlich alt und stand direkt hinter der Tür, die sie aufgebrochen hatten. Er stank nach Gras und Benzin. Robin stand dicht hinter ihm, auf der Türschwelle des kleinen Gartenhäuschens.

Sie waren dieses Mal einen anderen Weg gegangen. Hatten im Schutz der Bäume ausgeharrt, hatten gesehen, dass Olivia nach Hause kam und mit dem Fahrrad wieder wegfuhr. Das war alles sehr schnell gegangen. Olivia war in Eile gewesen, mit einem Ziel vor Augen.

Chico und Robin hatten noch etwa eine halbe Stunde lang gewartet, auch wenn das Haus verlassen im Dunkel gelegen hatte. Man konnte nie vorsichtig genug sein, das hatte Chico ganz sicher gelernt. Nein, er ging nicht davon aus, dass sich in diesem Haus noch einmal ein durchgeknallter Einbrecher aufhalten würde, aber dennoch. Vorsicht war geboten. Und seltsame Überlappungen sowie die Verkettung ungünstiger Faktoren galt es zu vermeiden, das war eine Grundtugend im Geschäftsleben. Wobei Chico nicht genau wusste, was das bedeuten sollte. Er hatte diesen Satz lediglich aus dem Mund eines Mannes gehört, der einen eleganten Anzug getragen hatte, auf einer Messe für Vitamine und Nahrungsergänzungsmittel.

Chico trat zur Seite, um Robin eintreten zu lassen. Er richtete den Lichtkegel der Taschenlampe auf den Rasenmäher.

«Da», sagte er.

Robin schwieg.

Chico erläuterte seinen Plan: Sie würden den Mäher in den

Garten schleppen. Ein Streichholz entflammen. Und ab durch die Mitte. Eine klare Botschaft. Eine unmissverständliche Warnung. Keine große Katastrophe wie zuletzt, mit der verwüsteten Küche und dem toten Spinner. Aber eine deutliche Botschaft. Und bald würde Geld auf ihren Konten sein. Oder eher nicht auf dem Konto. Chico hatte keine Lust darauf, den Herren Ermittlungsbeamten mit den Vollpensionsansprüchen ungewöhnliche Einzahlungen auf seinem Konto erklären zu müssen. Die würden nach solchen Informationen vermutlich gierig Ausschau halten, einer bösartiger als der andere, und das alles nur weil ...

Er wies den Gedanken von sich, wischte ihn einfach weg. Er durfte sich nicht aufregen, nicht jetzt.

Dieses Gedankenkarussell kam immer dann in Gang, wenn er an Geld dachte oder Hoffnung aufkeimte, dass er zu Geld kommen könnte. Dann begann sein Herz laut zu pochen, er schwitzte am ganzen Körper, und auf seinem Gesicht spürte er ein heftiges Brennen.

Er atmete tief ein. Es roch in jeder Hinsicht und intensiv nach Gartenhäuschen. Schimmel, altes Zeug. Und da war noch was, das ihn plötzlich an eine Krankheit denken ließ. Ja, Maulwurffieber oder so ähnlich. Eine Ansteckung erfolgte, sobald man Exkremente von Mäusen einatmete, also irgendwelche geruchlose Flocken, die in der Luft herumwirbelten. Wie sollte man die nennen? Exkrementen-Atome oder so ähnlich ...

Chico straffte sich. Er musste Haltung wahren und sich verdammt noch mal konzentrieren.

«Alles verstanden?», fragte er. Die Frage richtete sich an Robin, aber auch an ihn selbst.

«Ja. Guter Plan», sagte Robin.

«Danke», sagte Chico. Er dachte, dass Robin völlig recht hatte. Jetzt sah er wieder klar, alles bestens.

Er ließ den Lichtkegel der Lampe durch den Raum gleiten. Alles Mögliche lag herum. Ein Kanu, eine Schubkarre, ein Rechen, ein Schlitten. Kram, der sich angestaut hatte, in den vergangenen Jahren und Jahrzehnten. Er beleuchtete wieder den Rasenmäher. Beugte sich vor, schraubte den Verschluss des Tanks auf und schob den Mäher mit dem Fuß ein paar Zentimeter voran. Der Tank war mit Benzin befüllt, das war gut. Er hielt in der linken Hand den Verschluss, in der rechten die Lampe.

«Okay», sagte er. Er sah sich um, versuchte, zwischen den Schatten Nagetiere zu lokalisieren. Nagetiere und ihre Ausscheidungen. «Nimm bitte aus meiner Hosentasche die Streichhölzer», sagte er.

Was auch immer als Nächstes passierte, es passierte sehr schnell. Chico hatte gerade noch die Zeit, den Mund zu öffnen. Robins Finger bewegten sich wie die Finger eines versierten Pianisten. Sie schoben sich in seine Hosentasche, entnahmen die Streichhölzer, in einer einzigen fließenden, eleganten Bewegung – was soll das, Robin?! –, öffneten die Schachtel, zündeten eines der Hölzchen an und warfen es in den Tank des Mähers. So schnell, dass Chico, obwohl er alles aus dem Augenwinkel sah, nicht imstande war, auch nur ein Wort zu sagen.

Für einen lichten Moment sah er alles ganz deutlich, die Konturen der Gegenstände. Er sah genau hin, als würde er Inventur machen. Seine Füße klebten am Boden, fest auf ebener Erde. Er dachte, dass das, was er sah, das Letzte sein würde, was er jemals sehen würde. Die Hitze kam unmittelbar und heftig.

Dann setzte er sich in Bewegung, endlich.

Die Welt kreiste und dröhnte in seinen Ohren.

Jetzt brannte sein Gesicht wirklich. Er taumelte, ließ sich auf frischgemähten Rasen fallen. Dichtes, kühles Gras. Wunderbar kühl. Er legte sein Gesicht darauf ab, und es war ihm egal, wie viele Exkremente von Nagetieren hier in der Gegend herumlagen. Alles war besser als ...

Er drehte sich auf den Rücken.

Hatte er das Bewusstsein verloren?

Das Gartenhäuschen stand in Flammen. Wenn Chico sich nicht sehr täuschte, waren die Flammen auch auf das größere Haus übergeschlagen. Dieses Gartenhäuschen war übrigens tatsächlich so groß wie ein kleines Wohnhaus. Irgendwie empfand Chico das als ärgerlich.

Die Flammen schlugen so hoch, sie reichten bis zum Himmel.

4.

Ja, Träume», sagte Olivia. «Manchmal sind Träume anstrengender als das echte Leben.»

Nyman hatte sie gefragt, warum sie geblieben war. Warum sie die alte Villa renovieren und darin leben wollte. Wie er vermutet hatte, ging es um mehr als nur um ein altes Haus mit defekten Rohren.

«Was ich meine, sind Träume, die davon handeln, dass alles denkbar ist», sagte sie. «Dass es nur eine Frage der Zeit ist, bis etwas Wunderbares passiert oder bis sich ein Problem einfach in Wohlgefallen auflöst.» Sie schüttelte den Kopf. «Dass man Zeit hat, dass alle Türen geöffnet sind und bleiben. Aber so ist es natürlich nicht.»

«Verstehe», sagte Nyman.

«Wie alt sind Sie?»

«Neununddreißig.»

«Aha. Natürlich.»

Nyman würde sie nicht nach ihrem Alter fragen, er kannte es. Neununddreißig. Sie war drei Monate jünger als er selbst.

«Was meinen Sie?», fragte er.

«Entweder verstehen Sie genau, wovon ich rede, oder Sie werden es nie verstehen», sagte sie. «Wenn man mal darüber nachdenkt: Wie oft können wir noch von vorn anfangen? Wie viele neue Chancen haben wir? Ich meine das weder pessimistisch noch zynisch. Aber es sind nicht allzu viele. Aber was weiß ich schon von Ihnen? Ich rede die ganze Zeit von mir. Wenn Sie ein glücklich geschiedener Mathematiklehrer sind, der gerne surfen lernen will, dann haben Sie ja alles erreicht. Im Gegensatz zu mir. Und wenn ich daran denke, wie schnell ich seit meinem zwanzigsten Lebensjahr an diesen Punkt gekommen bin, dann sollte ich mich langsam beeilen.»

Sie trank von ihrem Wein. Der Soul-Sänger sang ziemlich offensiv von der körperlichen Liebe. Nyman senkte den Blick, wollte nicht ihren Augen begegnen, während anzügliche Phrasen geträllert wurden. *Versteh doch, mein Schatz, Baby, lass uns loslegen*, sang der Sänger, mit dieser samtweichen Stimme, und Nyman dachte, dass Olivia Koski attraktiv war auf eine sehr natürliche, unmittelbare, ehrliche Weise. Er hatte das Gefühl, genau sehen zu können, wie sie lebte. Sie war hier zu Hause. Und da war noch etwas ...

«Vielleicht waren meine Worte etwas heftig», sagte sie. «Das muss an der Tageszeit liegen oder an den ganzen Ereignissen der letzten Zeit.»

Nyman schüttelte den Kopf. «Ich höre Ihnen gerne zu», sagte er. «Und glauben Sie mir, Ihre Gedanken sind mir nicht fremd.»

«Sie wollen also etwas anderes machen? Kein Mathematiklehrer sein?»

«Allerdings», sagte er.

«Und was? Träume? Ziele?»

«Darf ich eine Geschichte erzählen? Hat mit meiner geschiedenen Frau zu tun.»

«Warum nicht?», sagte sie lächelnd.

«Es war kurz vor unserer Hochzeit», begann er. «Sie sagte, dass ein Traum wahr werden würde. Und dass es herrlich sei, so etwas in der Art. Dann fragte sie mich, wovon ich träumen würde. Ich dachte für eine Weile nach und antwortete, dass ich eigentlich keine Träume hätte. Sie sagte, dass sie noch nie etwas so Deprimierendes gehört habe. Vermutlich hätten wir an diesem Tag schon unsere Scheidungspapiere unterzeichnen können, sozusagen in weiser Voraussicht. Aber was ich im Kern sagen wollte, war gar nicht böse gemeint, und ich empfand es auch gar nicht als negativ. Eigentlich eher im Gegenteil.»

Nyman trank von seinem Bier. Olivia sah ihn an, aufmerksam, neugierig. Sie schien über das Gesagte nachzusinnen.

«Ich war gerade erst aus Afghanistan zurückgekommen», fuhr Nyman fort. «Ich habe mich gesehen, einen hellhäutigen Mann mit zwei Händen und zwei Beinen und einem Kopf. In Finnland geboren, wo ich auch lebte. Das hatte ich gemeint, das war die Situation, wie ich sie sah, mehr war da nicht. Da waren keine Träume. Es ging darum, Dinge zu tun. Ich habe noch versucht, das zu erklären, dass ich das Gefühl hätte, in einer Position zu sein, in der Träume eigentlich gleichbedeutend waren mit dem Erfinden von Ausreden. Es ging darum, Dinge zu tun, und das war möglich, jederzeit.»

«Und was hat Ihre Frau entgegnet?»

«Meine zukünftige Frau», korrigierte Nyman. «Sie sagte, dass sie mich vielleicht gar nicht so gut kennen würde, wie sie gedacht hatte. Und sie fragte, ob ich mir denn vorstellen könne, jetzt einfach so und sofort zu verreisen. Auf weichem Sand einer paradiesischen Insel im Pazifik zu liegen.»

«Und Ihre Antwort lautete?»

«Ich hatte gerade erst den afghanischen Sand aus meinen Augen gerieben. Ich sagte ihr, dass ich niemals wieder ein einziges Sandkorn sehen wolle. Außerdem sei es für mich bleichen Nordeuropäer keineswegs traumhaft, geschweige denn erstrebenswert, stundenlang an irgendeinem Strand zu liegen. Ich sagte, dass ich nie wieder auf Sand liegen wolle, weder auf weißem noch auf braunem noch auf rotem. Ich würde mich nur dann flach auf den Sand legen, wenn es darum gehe, Salven aus Maschinengewehren auszuweichen. Meine zukünftige Frau sagte, dass wir dieses Gespräch tatsächlich ein wenig früher hätten führen sollen.»

Olivia musterte ihn mit einem Blick, den er nicht deuten konnte.

«Sie haben einfach die Wahrheit gesagt.»

«Ich weiß nicht, ob es sich gelohnt hat, aber ja, die Wahrheit war es.»

Olivia trank, stellte das Glas ab.

«Sagen Sie immer die Wahrheit?», fragte sie.

Nyman wollte etwas entgegnen, aber er wusste nicht, was. Er öffnete den Mund, als Olivia Koskis Telefon, das auf dem Tisch lag, zu vibrieren begann. Sie nahm das Gespräch entgegen, Nyman wendete sich ab, in Richtung Theke, um ihr Raum für das Telefonat zu geben.

«Ja, ich bin dran», sagte sie. «Ja ... was? Ja, natürlich, sofort.»

Das Gespräch war bereits beendet, Nyman spürte es, obwohl er nicht hinsah und kein Wort des Abschieds gehört hatte. Nyman wendete sich ihr wieder zu, aber sie war schon aufgestanden und lief. Sie sprach mit einem der Kellner, der nickte. Dann kehrte sie an den Tisch zurück. Sie wirkte aufgeregt. Und nachdenklich.

«Ich habe ein Taxi bestellt. Es brennt.»

Kaum zehn Sekunden später standen sie schon draußen, vor der Kneipe, warteten auf das Taxi. Sie schwiegen. Erst als sie schon eine Weile auf der Rückbank des Taxis gesessen und einen Teil der Wegstrecke zurückgelegt hatten, wagte Nyman, Olivia anzusprechen.

«Entschuldigung, wo brennt es?»

«Bei mir. Das Gartenhaus.»

Nyman ging unmittelbar durch den Kopf, dass kürzlich in Helsinki Waschmaschinen oder Wäschetrockner einen Großbrand ausgelöst hatten.

«Kann es sein, dass Sie vergessen haben, ein elektrisches Gerät auszuschalten?», fragte er.

Sie verneinte.

Er rief sich die Fotos vor Augen, von Olivias Haus, vom Grundstück.

«Vielleicht in der Sauna? Ist die beheizt?»

Er begriff unmittelbar, dass er einen amateurhaften Fehler begangen hatte. Woher zum Teufel sollte er wissen, dass sie eine Sauna im Garten hatte?

Er hatte den Eindruck, dass sie kaum merklich aufhorchte. Die Abendsonne beleuchtete eine Hälfte ihres Gesichts, die andere lag im Schatten. Nyman schwieg. Er spürte ihren Blick, der auf seinem Gesicht ruhte. Sie erreichten den schmaleren Weg, der zum Haus führte. Das Taxi verlangsamte die Geschwindigkeit, quer auf dem Weg stand ein Feuerwehrwagen. Das Taxi blieb etwa zwanzig Meter entfernt stehen.

Olivia riss die Tür auf, stieg aus, lief schnell an dem Feuerwehrwagen vorbei und zum Haus. Nyman bezahlte den Fahrer, der zum Abschied irgendwas über Feuermelder murmelte. Nyman schloss die Tür, ging ebenfalls zu dem Feuerwehrwagen, umkreiste ihn einmal. Da stand auch ein Streifenwagen der lokalen Polizeidienststelle. Mitten im Garten standen zwei Beamte, sie trugen T-Shirts und Polizeimützen. Sie betrachteten die Ruine, die im Scheinwerferlicht des Feuerwehrwagens gut zu sehen war. Die Männer von der Feuerwehr taten ihr Bestes, versuchten zu löschen. Die Luft roch bitter und herb. Wie die Asche aus tausend Lagerfeuern.

Nyman hatte den Eindruck, dass die Feuerwehr gute Arbeit

leistete, sie hatte den Brandherd isoliert, schien eine Ausbreitung auf das Haus und den Wald verhindern zu können. Nyman sah das Haus zum ersten Mal tatsächlich und aus der Nähe. Er glich seine Eindrücke mit den Fotos ab. Es war ein prächtiges Haus, eine Villa, in miserablem Zustand.

Olivia sprach mit einem der Feuerwehrmänner, offenbar dem Einsatzleiter. Er deutete auf die Ruine. Nyman wusste von den Fotos, dass an dieser Stelle ein rotes Gartenhäuschen aus Holz gestanden hatte. Mit einem dicken Schornstein, der vermuten ließ, dass sich darin eine geräumige Sauna befunden hatte, groß genug für eine Familie. Nyman ging auf die beiden zu, auch er wollte ein paar Worte mit dem Einsatzleiter wechseln.

Den Polizisten hingegen wollte er eigentlich aus dem Weg gehen, aber dafür war es bereits zu spät. Einer der beiden – er hatte einen grauen Bart, trug eine Brille mit Metallgestell, hatte blaue Augen und war etwa fünfzig Jahre alt – hatte ihn bemerkt. Er kam auf ihn zu, blieb vor ihm stehen.

«Gibt es hier irgendwas zu sehen?», fragte er.

Nyman erwiderte seinen Blick. Er beschloss, sich dumm zu stellen.

«Hat es hier gebrannt?», fragte er.

Der Polizist schwieg. «Können Sie sich ausweisen?», fragte er dann.

Nyman fischte seinen Pass aus der Hosentasche, reichte ihn dem Mann.

Der Polizist sah sich das Ausweisdokument aufmerksam an. «Ist es für Sie in Ordnung, wenn ich davon mal ein Foto mache?»

«Sicher», sagte Nyman.

Der Polizist zückte sein Handy und schoss tatsächlich ein Foto. Von dem nagelneuen Pass, ausgestellt auf den Namen *Jan Kaunisto.*

«Alle anderen hier kenne ich nämlich, alle bis auf Sie», sagte der Polizist und reichte Nyman seinen Pass.

«Ich bin mit ihr gekommen», sagte Nyman, deutete auf Olivia.

Der Polizist schwieg. «Urlauber», sagte er schließlich.

Nyman vermutete, dass das eine Frage sein sollte.

«Ja, ich bin gestern angekommen.»

«Allein?»

«Ja.»

«Und Sie haben nicht lange gebraucht, um zarte Bande zu knüpfen?»

«Ja. Also, nein.»

«Sie haben eine Frau kennengelernt, deren Haus kurz darauf niedergebrannt ist.»

Nyman warf einen Blick in den Garten.

«Das Haus steht glücklicherweise noch», sagte er.

«So sehen Sie das?»

Nyman dachte, dass er vermutlich gut daran tat, für den Mann Verständnis aufzubringen. Er war einer der lokalen Beamten, die daran gescheitert waren, den Mord aufzuklären, der in diesem Haus begangen worden war. Deshalb war er, Nyman, ja nun hier. Und jetzt stand er genau vor diesem Haus, wurde von diesem Polizisten argwöhnisch befragt und konnte bedauerlicherweise nicht mit ihm darüber sprechen, dass die Anzahl merkwürdiger Zufälle beunruhigend zunahm.

«Allerdings ist das Gebäude renovierungsbedürftig», sagte er.

«Ja, sicher», sagte der Polizist.

«Darf ich jetzt gehen?», fragte Nyman. Er machte bereits den ersten Schritt.

«Wo sind Sie untergebracht?»

«Im Palm Beach ...»

«Im Feriendorf», sagte der Polizist. «Nur für den Fall, dass wir einige Fragen haben, werden wir Sie da also finden, ja?»

«Ja, es sei denn, dass ich gerade beim Surfen bin.»

Der Polizist sah ihn an. «Surfer», sagte er. Auch das klang wie eine Frage.

«Nicht wirklich», sagte Nyman. «Ich bin Anfänger.»

«Und wie ist es mit Brandstiftung? Anfänger oder schon Vollprofi?»

Das war endlich eine eindeutige Frage.

«Ich war mit ihr zusammen», sagte Nyman, nickte wieder hinüber zu Olivia. Er dachte an den Mann, seinen Nachbarn, in den engsitzenden Badeshorts. «Und auch für die Zeit davor hätte ich einen Zeugen.»

«Einen Zeugen?»

«Sagt man das nicht so?»

«Wenn von einem Verbrechen auszugehen ist, dann mag zuweilen, in bestimmten Phasen einer Ermittlung, von Zeugen die Rede sein. Ja.»

Nyman verbiss sich eine Antwort. Der Polizist starrte ihn noch einige Sekunden lang an, wendete sich dann endlich ab. Nyman deutete das als Signal, sich entfernen zu dürfen.

Im Dezernat für *Delikte am Menschen* in Helsinki wurden manchmal auch Brände untersucht, manchmal kam es zu Überschneidungen mit Tötungsdelikten. Das war zwar eine Weile her, aber Feuer als solche änderten sich ja nicht. Nyman hatte also ein paar Erfahrungswerte, was Brandermittlungen betraf.

Der Einsatzleiter war ein dunkelhaariger Mann mit einem breiten Gesicht und straffem, kräftigem Muskelbau. Er ähnelte einem jungen, motivierten Ringer. Nyman lief auf ihn zu, blieb neben ihm, im Zentrum des Gartens, stehen und folgte seinem

Blick aufs Meer und auf die schwarz und nass glänzende Ruine des Gartenhauses.

Er sah sich nach Olivia um, die gerade ins Haus ging. Die beiden Polizisten standen immer noch an ihrem Wagen vor dem Grundstück, der ältere heftete nach wie vor seinen Blick auf ihn. Nyman warf einen Seitenblick auf den Einsatzleiter, einen Mann der Tat, kein Zweifel. Nyman beschloss, ohne Umschweife zur Sache zu kommen.

«Das Feuer hatte enorme Wucht», sagte er. «Falls die Sauna nicht beheizt war, muss es eine andere Ursache geben. Hat das Gartenhaus Strom?»

Der Einsatzleiter nickte.

«Strom gibt es», sagte er. «Aber der wird ja nicht einfach so selbsttätig zum Problem. Und elektrische Geräte waren nicht da. Wir haben Überreste eines Benzinmotors gefunden, aber auch Benzin entzündet sich nicht einfach von selbst. Und warum hat sich das Feuer so schnell ausgebreitet?»

Nyman ahnte, worauf der Mann hinauswollte.

«Es hat sich nicht stundenlang unmerklich aufgebaut wie im Falle eines defekten Herds oder einer defekten Kaffeemaschine.» Der Einsatzleiter schüttelte den Kopf. «Nein, es war explosiv. In der Mitte des Häuschens, wo weder ein Saunaofen noch Strom ist. Das kommt mir doch ziemlich seltsam vor.»

«Ja?», fragte Nyman.

Der Einsatzleiter musterte ihn. «Es gibt etwa zwei Millionen Gartenhäuschen in Finnland. Wie viele von denen haben Sie explodieren sehen? Ganz plötzlich, einfach so?»

5.

Holma war verwirrt. Ohne Zweifel. Er war sogar ein wenig in Aufregung. Er nahm einen Schluck von seinem Bier, las noch mal den Text auf dem Schildchen an der Theke, auf dem die Regeln des Talentwettbewerbs standen. Er hob seine Hand. Die Kellnerin bemerkte es, kam zu ihm. Holma setzte ein breites Lächeln auf.

«*Talent Night*», sagte er und drehte mit der rechten Hand das Schild so, dass sie den Text sehen konnte. Die Kellnerin zückte einen Stift, musterte ihn. «Ja. Sie wollen mitmachen?»

«Nein.»

«Aha. Noch was trinken?»

Holma betrachtete sein Glas. Er hatte es erst zu einem Drittel geleert. Er verneinte. Die Kellnerin starrte ihn an, vielleicht fragend, Holma wusste es nicht. Vielleicht sah die Frau die Leute immer so an.

«Es ist so, ich habe die Regeln gelesen», sagte er. «Und da ist ein Fehler.»

«Ein Fehler?»

Holma deutete auf den Teil des Textes, den er meinte. Punkt Eins.

«Hier heißt es, dass jeder Teilnehmer in seiner Online-Bewerbung nur ein Talent präsentieren darf.»

Die Kellnerin las.

«Ja, stimmt, das steht da», sagte sie. Sie wirkte ein wenig verunsichert. «Ich habe die Regeln noch gar nicht gelesen, die hat Lasse gemacht.»

«Wer ist Lasse?»

«Der Wirt, der Besitzer dieses Lokals.»

«Ist Lasse hier?»

«Nein.»

«Wo ist Lasse?»

«Ich weiß es nicht.»

«Wann kommt Lasse wieder?»

«Ich glaube, am Dienstag.»

Holma sah sich die Frau ein wenig genauer an. Er dachte darüber nach, dass er das Gespräch mit ihr unter anderen Umständen sicher kürzer gehalten hätte. Dafür hätte er nur einen weniger öffentlichen Raum gebraucht sowie einen spitzen oder stumpfen schweren Gegenstand.

«Wem kann ich denn nun mitteilen, dass in den Regeln ein Fehler enthalten ist?»

Die Frau hatte noch immer den Kugelschreiber in der Hand, drückte nervös darauf herum. Sie sah sich um, warf sogar einen Blick über ihre Schulter.

«Mir, vermute ich», sagte sie.

Holma nickte. Ein Lächeln huschte über seine Lippen.

«Gut, ich möchte, dass Sie mein Anliegen an Lasse weiterleiten, in Ordnung?»

Sie nickte.

«Sicher.»

«Es gibt Menschen», sagte er und beschloss, möglichst klar und einfach zu sprechen, «die mehr als nur eine Begabung haben.»

Sie schwieg.

«Es gibt auch Menschen», fuhr Holma fort, «die viele Begabungen haben.»

Sie schwieg, schien aber ganz Ohr zu sein.

«Und es gibt Menschen, die so viele Begabungen haben, dass sie einen ganzen Abend lang performen könnten, sie könnten gewissermaßen von einer *Talent Show* zur nächsten eilen.»

Die Frau wartete.

«Es ist so», sagte Holma. «Ich möchte, dass Sie Lasse am Dienstag mitteilen, dass diese Regeln neu formuliert werden müssen.»

Sie schwieg. Nickte.

«Das mache ich.»

«Danke», sagte er.

Die Frau entfernte sich. Sie warf einen Blick zurück, Holma schenkte ihr noch einmal ein besonders breites Lächeln.

Er glaubte ihr nicht. Sie würde diesem Mann, Lasse, gar nichts sagen. Holma kannte das Phänomen, er hatte es tausendmal beobachten dürfen. Der Mensch als solcher war unzuverlässig. Hinter seinem Lächeln verbarg Holma einen inneren Aufruhr, der an Wut grenzte. Er versuchte, sich zu beruhigen. Erinnerte sich an eine andere Frau und daran, was er mit ihr gemacht hatte, nachdem sie der Polizei ein paar Geschichten erzählt hatte. Holma hatte sie mit Klebeband gefesselt und ihr auch mit Klebeband die Lippen verschlossen. Dann hatte er sie kopfüber an ein Sportgerät für Klimmzüge gehängt, war gegangen, hatte die Tür hinter sich abgeschlossen. Er hatte keine Ahnung, ob jemand vorbeikommen und nach ihr sehen würde. Er hatte keine Ahnung, ob überhaupt jemand einen zweiten Wohnungsschlüssel besaß.

Er fühlte sich jetzt schon besser.

Die Kraft des positiven Denkens.

Er trank, wendete sich der Bühne zu und erblickte ein rosa-schwarzes Schild, das den nächsten Auftritt ankündigte.

Personal Fitness & Super Dancing by Neea.

Holma las den Text einige Male, konnte aber nicht behaupten zu verstehen, was genau das bedeuten sollte. Egal. Neea – so weit war die Sache klar – präsentierte auf der Bühne eine Art Zirkeltraining. Dazu lief Tanzmusik, modern, rhythmisch, die *lyrics* handelten von einer Schlange, einer Anakonda, wobei der Text großenteils gestöhnt oder geseufzt wurde. Zuweilen sprach die Sängerin auch, sprach singend oder sang sprechend oder wie auch immer, ihre Stimme war ein Zwitschern, ein Gurren, ein Näseln. *Oumygoood, lookatheer buttttt.*

Holma verstand den Refrain durchaus. Besungen wurde ein Hintern. Tausendmal. Holma dachte, dass die Musik eine ausgezeichnete Wahl war.

Neea trug einen Anzug, den üblicherweise Ringer tragen. Der Stoff dieses Anzugs war spärlich dosiert, fasertechnisch etwa vergleichbar mit der Pappe von Holmas Bierdeckel. Neea erwies sich als ausgesprochen gelenkig, und sie hatte eine Gespür für Rhythmus. Sie sprang, schwang die Beine, machte Liegestütze, wedelte mit den Armen, schlug um sich, dehnte sich. Sie lächelte die ganze Zeit. Ihre weißen Zähnchen blitzten wie kleine Lichtquellen.

Holma fühlte sich unwillkürlich an Pamela Anderson und eine finnische Geigerin erinnert, die immer in einem Lederanzug in der Hocke spielte. Die beiden Frauen verschwammen in Holmas Gedanken, vereinten sich, Pamela rannte an einem pazifischen Strand, mit einer Violine in der Hand. Neea ähnelte einer der beiden oder möglicherweise sogar beiden. Aber sie war noch deutlich sonnengebräunter. Neea war sehr braun. Sie war der am nachhaltigsten von der Sonne gebräunte Mensch, den Holma jemals gesehen hatte. Holma trank und suchte mit einem Fuß den Rhythmus. Er hatte darauf gehofft, einer lokalen Schönheit zu begegnen. Offenbar ging der Wunsch in Erfüllung.

Neea hatte die Regel, lediglich ein Talent nachzuweisen, augenscheinlich akzeptiert. Als die Musik endete, verbeugte sie sich so tief, dass Holma sie für Momente nicht mal mehr sehen konnte. Dann erschien sie wieder, mit einem strahlenden Lächeln, das die Kneipe aufhellte. Holma klatschte. Er schlug seine Hände mit Wucht gegeneinander. Er applaudierte noch, als er aufstand, um dieser todsicheren Gewinnerin der *Talent Night* seine Aufwartung zu machen.

Oumygood, lookatheer butttt.

«Haben Sie Fotos gemacht?», fragte Neea. Eine spärlich bekleidete, sonnengebräunte junge Frau, die gewisse Gelüste in ihm wachrief. Sie hatten sich an Holmas Tisch gesetzt, und Holma hatte Champagner bestellen wollen, und Neea hatte gesagt, dass sie einen Supersmoothie vorziehen würde, um ihre Proteine in Balance zu halten, sie habe soeben, bei ihrem Auftritt, Mineralstoffe verloren. Außerdem beinhalte ein solcher Smoothie auch Zink, das sei gut für ihre Haut. Holma schwieg für eine Weile, ließ die Worte in sich nachklingen. Dann verneinte er ihre Frage, ob er Fotos von ihrer Darbietung gemacht habe. Er lächelte. Neea hatte in der Tat strahlend blaue Augen, ein Schimmern, ein Glänzen lag auf ihren Wangen. Wie ein tropischer Fisch im tiefen Wasser. Weißer, weicher Sand.

«Ich hätte welche auf *Insta* posten können», sagte sie.

Holma verstand nicht. «Sicher werden Sie gewinnen», sagte er. «Kein Champagner? Wirklich nicht?»

«Nee, ich hab ein paar Probleme, Magnesium, mein Körper nimmt es nicht ausreichend auf. Und Alkohol wirkt sich auch auf die Vitamine B und D schlecht aus. Schwächt die Abwehrkräfte. Bringt den Eisenhaushalt durcheinander. Und jetzt ist auch Zeit für Proteine, dreißig Gramm alle zweieinhalb Stunden. Papaya, Soja, Molke, Aminosäuren.»

Nein, Holma verstand kein Wort, aber er lächelte beharrlich.

Neea goss aus einem Plastikbehälter eine zähflüssige grüne Flüssigkeit in ihren Mund, schluckte lange und mühsam. Holma trank von seinem Bier, das sicher glatter durch den Rachen lief.

«Ich bin übrigens Sampo», sagte er, nachdem er sein Glas wieder auf dem Tisch abgestellt hatte. Natürlich hieß er nicht so, aber irgendwie fühlte sich die Situation nach *Sampo* an.

Neea betrachtete seine ausgestreckte Hand, streckte schließlich auch ihre Hand aus. Ihre Fingernägel waren lang. Lang und glänzend.

«Neea.»

Es war ein intensiver, langer Händedruck. Holma ließ sie los, widerwillig.

«Ich mache Urlaub», sagte er.

«Hier?»

Holma zögerte kurz. «Ja, genau. Hier.»

«Ich werde von hier weggehen.»

«Jetzt?»

«Nein, nicht jetzt», sagte Neea und verdrehte ihre blauen Augen. «Bald.»

«Warum?»

«C'mon, what?», sagte sie. «Haben Sie meinen Auftritt gesehen?»

«Der beste des Abends, ganz klar.»

«Es kommen noch ein paar», sagte sie.

Holma sah hinüber zur Bühne. Der aktuelle Teilnehmer war

ein bärtiger Mann mittleren Alters. Er stand vor einem kreisrunden Tisch und klebte in Eile Streichhölzer aneinander. Er wollte wohl irgendwas bauen. Eine Dame, die direkt an der Bühne saß, beehrte die Show mit ihrer Aufmerksamkeit, im Gegensatz zu den übrigen rund ein Dutzend verbliebenen Besuchern. Die Dame immerhin war wirklich höchst interessiert. Sie begann sogar plötzlich, dem Bärtigen Ratschläge zu erteilen. Nein, das trocknet, rief sie. Und: Eintunken, eintunken, hoch damit, hoch damit!

Holma schenkte Neea ein Lächeln.

«Wohin wollen Sie denn gehen?», fragte er.

Neea zuckte mit den Schultern. Holma ließ sie nicht aus den Augen, er mochte das, was er sah, diese feingliedrige Person, sekündlich mehr.

«Irgendwohin», sagte sie. «Dahin, wo meine Fähigkeiten gewürdigt werden.»

Würdigung, Anerkennung, dachte Holma.

«Was hindert Sie daran zu gehen?»

Neea schwieg. Holma spürte den forschenden Blick, der auf ihm ruhte. «Geld», sagte sie.

Manchmal kamen die besten Ideen wie von selbst. Manchmal brauchte man eine Muse. In diesem Fall kam irgendwie beides zusammen.

«Wie viel?», fragte Holma.

«Wie viel von was?»

«Wie viel brauchen Sie, um dieses Städtchen hier verlassen zu können?»

Neea warf Seitenblicke, nach rechts und links. Sie schob das Behältnis zur Seite, aus dem sie die zähe Flüssigkeit getrunken hatte. Es glich eher einer Aufbewahrungsbox oder einem Eimer, weniger einer Trinkflasche. Sie stützte sich auf den Ellenbogen ab, beugte sich vor, fokussierte ihn. Holma hatte Schwierigkeiten, seinen Blick von der Stelle abzuwenden, an der ihr schmaler Sportanzug die Brüste hervorpresste. Er sah hinüber zum Aquarium, suchte die Augen der Fische.

«Wahnsinn», sagte sie. «Völlig mega.»

Eine kurze Pause trat ein.

«Ich brauche eine Summe», sagte er. «In Zahlen.»

Neea nickte. «Na ja, so etwa ...» Sie nickte und nickte. «Ich weiß nicht.» Nickte. «Mindestens ...» Nickte, nickte, schien zu einem Ergebnis zu kommen. «Zehntausend.»

Die Dame, die direkt an der Bühne saß, applaudierte. Der Bärtige präsentierte sein Konstrukt aus Streichhölzern. Holma fand, dass es wie eine Banane aussah. Vielleicht auch wie eine Gondel. Oder der Eiffelturm. Er beugte sich vor.

«Können wir vertraulich miteinander reden?»

«Sie wollen ein Geheimnis loswerden?», fragte sie.

«Ja. Genau. Ein Geheimnis, zwischen Ihnen und mir.»

Neea wartete.

«Vor einiger Zeit kam es hier zu einem tragischen Todesfall. Ein Mann ist in ein Haus eingedrungen und ...»

«Weiß ich», sagte sie. «Irgendein Hannibal Lecter. Ein kranker Vergewaltiger.»

Holma dachte an Antero. Wenn es jemanden auf diesem Planeten gab, der Hannibal Lecter nicht ähnelte, dann Antero.

«Dieser Mann starb. In dem Haus.»

«Ja, sie ist eine Kollegin von mir. Also, die Frau, der das Haus gehört.»

«Gut», sagte Holma. «Wissen Sie, ich bin Anwalt und vertrete die Familie des Verstorbenen. Wir sind bereit, zehntausend Euro aufzubringen für Hinweise, die zur Lösung des Falles und zur Überführung des tatsächlich Schuldigen beitragen.»

«Zehntausend», sagte sie. Sie versank in Gedanken, mit entrücktem Blick. «Wow.»

Auf der Bühne war inzwischen eine dünne Rothaarige damit beschäftigt, ein weißes Seil zwischen zwei Barren zu befestigen. Anscheinend hatte sie vor, eine Seiltanznummer abzuziehen. Akrobatik. Die Tatsache, dass sie stark alkoholisiert wirkte, schürte die Hoffnung auf einen unterhaltsamen Auftritt.

«Haben Sie nicht eben angedeutet, dass Sie diese Summe gut gebrauchen könnten?», fragte Holma. Er lächelte.

«Na ja, ich weiß nicht.»

«Aber wenn Sie sich mal umhören? Wenn Ihnen gewissermaßen der Zufall eine Information zutragen sollte?»

Neea setzte sich aufrecht. Holma betrachtete die wunderbar definierten Muskeln im Schulterbereich. Die straffe Haut. Sie sah aus wie eine Katze, ein Raubtier, auf dem Sprung.

«Aha», sagte sie. Atmete aus.

«Ihre Sporttasche scheint mir recht schwer zu sein», sagte Holma.

In den Augenwinkeln sah er die Rothaarige, auf dem Seil balancierend, wild mit den Armen rudernd. Dann verschwand sie aus seinem Sichtfeld, Holma hörte einen ziemlich lauten Aufprall.

«Ich fahre Sie nach Hause. Mein fabrikneuer schwarzer BMW steht nur ein paar Meter entfernt.»

6.

Kalt, kalt, kalt.

Jan Nyman stand im morgendlich kühlen Wasser und lauschte den Anweisungen. Das war, aus mehreren Gründen, nicht ganz einfach. Trotz des Neoprenanzugs war ihm sehr kalt. Er war bis zur Taille von Wasser umgeben. Es fühlte sich an wie gelierende Marmelade. Letzteres war dem Anzug zu verdanken, irgendwie fühlte sich Wasser nicht mehr nach Wasser an, seitdem er diesen Anzug trug. Nyman zweifelte ernstlich daran, sich damit anfreunden zu können.

Die Sonne stand auf verlorenem Posten, umgeben von Wolken. Fast sah es wie ein zweistöckiges Haus aus Wolken aus, unten ein dünnes Tuch, weiter oben dann eine dicke, feste Schicht, eine Wolkenwand. Nyman kniff die Augen zusammen, blinzelte, spähte an den Baumkronen vorbei und hatte keine Schwierigkeiten damit, sich vorzustellen, dass der Oktober bereits da war.

Unwillkürlich streifte ihn die Erinnerung an andere Tage. Tage, an denen er auch etwas Neues ausprobiert hatte, und der Himmel hatte es auf seine Weise kommentiert. Sein Hochzeitstag zum Beispiel, damals war Frühling gewesen. Aus dem Aprilhimmel waren Hagelkörner zu Boden geschossen, kantige, spitze Hagelkörner. Wie die Klingen kleiner Klappmesser hatten sie seine Wangen gekitzelt, während er gemeinsam mit seiner Zukünftigen für den Fotografen posiert hatte.

Auch die Ereignisse des Vorabends gingen ihm noch durch den Kopf und störten seine Konzentration aufs Hier und Jetzt. Er hatte noch mal mit Olivia sprechen wollen, aber es hatte sich keine Gelegenheit ergeben. Olivia war noch mal aus dem Haus gekommen, hatte ein paar Worte mit dem Einsatzleiter der Feuerwehr gewechselt, kurz eine gute Nacht gewünscht. Dann war sie verschwunden.

Nyman, der durchaus zwischen den Zeilen lesen konnte, hatte den sanften Wink mit dem Zaunpfahl verstanden – er war durch die Nacht zurück durch die kleine Stadt und ins Feriendorf gelaufen.

Am Morgen war er in seinem *Tubbs*-Häuschen mit verstopfter Nase erwacht. Vermutlich lauerte irgendwo in dieser Unterkunft Schimmel.

Der dritte Grund dafür, dass er die Kälte deutlich spürte, hatte mit Informationen zu tun, die er besaß. Über Olivia Koski. Sie war nahezu mittellos. Mit ihrem letzten Geld hatte sie eine Versicherung abgeschlossen. Eine Versicherung, die auch für das Häuschen im Garten gegolten hatte. Kurz nachdem sie diese Versicherung abgeschlossen hatte, war das Haus als sanierungsbedürftig eingestuft worden, das hatte Olivia Nyman selbst erzählt. Und dann, gewissermaßen einen Augenblick später – oder einige Stunden später, wenn man genau sein wollte –, brannte das Gartenhaus mit Sauna und allem Drum und Dran ab. Und Olivia Koski war zu der Zeit günstigerweise und unstrittig an einem anderen Ort.

Nyman wusste, dass man Olivia, wenn es denn Brandstiftung gewesen war, unter den gegebenen Umständen nichts würde nachweisen können. Weder die Brandstiftung noch irgendeine Beteiligung daran.

Das Feuer hatte sich schnell ausgebreitet. Nach Einschätzung des Einsatzleiters war es eine Explosion gewesen, an einer Stelle, an der kein Strom, kein Saunaofen, keine Feuerstelle, keine Waschmaschine durch irgendeinen Defekt einen Brand hätten auslösen können. Alles sprach dafür, dass das Feuer mit voller Absicht gelegt worden war.

Was bedeutete, dass Olivia Koski davon gewusst haben konnte. Oder auch nicht.

In anderen Fällen hätte sich Nyman durchaus vorstellen können, dass Dinge einfach passierten. Saunen brannten nieder, Gartenhäuschen explodierten. Finnen drückten ihre Gefühle ja recht selten aus, aber wenn, dann gerne richtig. Vielleicht hatte Olivia Koski einfach Pech gehabt, war zum Opfer eines Streichs von Halbstarken geworden, oder ein eifersüchtiger Verehrer hatte ihr irgendetwas heimzahlen wollen.

Aber es war dasselbe Grundstück, auf dem zwei Wochen zuvor ein Mann ermordet worden war. Ein Mord und dann ein Brand, kaum dreißig Meter entfernt. Wie hoch war die Wahrscheinlichkeit, dass diese Ereignisse stattfanden, im Haus, im Garten, ohne dass die Eigentümerin etwas darüber wusste? In einem Wort: gering.

Sollte Olivia Koski nichts wissen, musste sie erstaunt sein. Verwirrt, überrascht. Aber danach sah sie gar nicht aus. Und wenn sie etwas wusste, dann stand sie in Verbindung mit Leuten, die etwas ausführten, das sie in Auftrag gegeben hatte. Was wiederum bedeuten würde, dass diese Ereignisse einem bestimmten Zweck dienten. Aber welchem?

Nyman hielt sich an seinem Surfbrett fest, betrachtete seine Handrücken, die ihn an einen Tag im November erinnerten, als er seine Handschuhe vergessen hatte. Rot und schrumpelig. Auch den Rest seines Körpers nahm er ziemlich deutlich wahr. Ein Gleichnis ging ihm durch den Kopf, das irgendwie von einer Krabbe mit Augenentzündung gehandelt hatte oder so ähnlich. Er verwarf den Gedanken, versuchte, sich auf anderes zu konzentrieren.

Nein, er war nicht der geborene Surfer. Er fragte sich, wer zum Teufel überhaupt zum Surfen geboren sein sollte. Das Brett war ein etwa drei Meter langes Stück aus der Hölle. Leicht und wacklig wie der Korken einer Weinflasche und gleichzeitig steif und abweisend wie drei Meter Bürgersteig. Der Wind wehte grundsätzlich an der falschen Seite des Segels, ganz egal, was Nyman mit dem rot-weißen Stoffteil anstellte. Hinzu kam, dass sich Nyman selbst zuverlässig in die falsche Richtung bewegte. Er fiel aufs Segel oder tauchte unter dem Segel durch. Sicher, er musste einräumen, dass er gut daran getan hätte, den Anweisungen des Lehrers zu lauschen statt eigenen Gedanken, seine Arbeit betreffend, nachzuhängen.

Der Lehrer war ein freundlicher junger Mann, der nicht davor zurückschreckte, Nyman an den Pobacken zu packen und seinen Daumen in seine Haut hineinzubohren, dabei ging es ihm wohl um Balance. Aber deutlich tiefer als nötig, das war zumindest Nymans Eindruck. Er nahm sich geduldig Zeit für ihn, bis beide feststellten, dass die erste Unterrichtsstunde vergangen war. Sie betrachteten die große schwarz-weiße Uhr, die an der Wand des hellblauen Strandlagerhauses hing, und nickten einander erschöpft zu.

Nyman wollte sich bedanken, aber er brachte kein Wort heraus. Er hatte das Gefühl, dass sich auf seinem Gesicht eine Eisschicht ausgebildet hatte, sein Hintern schmerzte. Surfen war entschieden eine massiv körperliche Angelegenheit.

Er trug sein Brett zum Lagerhaus, vor Kälte schlotternd. Warf einen Blick zurück, aufs offene Meer.

Das Wasser ähnelte einem blau-grauen Balken. Ein paar kleine Jollen, mit weißen Segeln, optischen Täuschungen nicht unähnlich. Ein Brustschwimmer, mit Bademütze, gemächlich kam er voran. Nyman kannte diese Phase, es fühlte sich immer so an, bei jedem neuen Fall. Als würde er ins Leere greifen. So war es eigentlich immer am Anfang, die ersten Tage konnten den Eindruck vermitteln, ohne jeden Nutzen zu sein. Dennoch waren sie wertvoll. Häufig passierte an ihnen etwas, das sich später als bedeutsam erweisen würde. Etwas erschien plötzlich in neuem Licht, wurde unverhofft zum Schlüssel für die Lösung eines zuvor mysteriösen Geschehens. Im Moment erschien es durchaus denkbar, dass Olivia Koski die Strippenzieherin hinter all diesen merkwürdigen Ereignissen war. So wie Muurla es vermutet hatte. Sicher war, dass Nyman ihre Nähe würde suchen müssen.

Er strich sich seine nassen Haare zurecht.

Er wollte sich da nichts vormachen.

Die Nähe von Olivia Koski hätte er in jedem Fall gesucht.

7.

Olivia Koski versuchte, sich zu konzentrieren, ihr Kopf, ihr Hirn wollten explodieren. Da war eine kleine Flamme, an einer Zündschnur. Sie hörte zu.

«Letztlich», sagte die weibliche Stimme, «geht es um die Dauer Ihres Arbeitsverhältnisses, um Einkünfte, um Versicherungsverhältnisse. Wenn wir ganz ehrlich sind, erfüllen Sie keine der Vorgaben. Deshalb ist unsere Entscheidung bezüglich Ihrer Kreditanfrage abschlägig. Ich hoffe, Sie verstehen, dass es nichts mit Ihnen persönlich zu tun hat.»

«Von wessen Einkünften, Arbeits- und Versicherungsverhältnissen sprechen wir denn hier?»

«Entschuldigung?»

Olivia wusste natürlich, dass es sinnlos war. Ebenso unsinnig wie das Gespräch mit einem Versicherungsvertreter, das sie zuvor geführt hatte.

In diesem Fall einer potenziellen Brandstiftung treten wir nicht in Vorleistung. Wir warten die Ermittlungen der Polizei ab und setzen uns mit Ihnen in Verbindung, sobald Erkenntnisse zu den Brandursachen vorliegen. Das dauert in der Regel etwa ein halbes Jahr.

«Sie sagten, dass es nicht persönlich sei. Dennoch bin ich es, der Sie den Kredit verweigern. Wegen meiner erbärmlichen Arbeitsstelle, wegen meines lächerlichen Einkommens. Und es ist mein Haus, das Sie als Sicherheit nicht anerkennen, weil es renovierungsbedürftig ist und im Badezimmer kein Wasser fließt.»

«Ja. Es tut mir leid», sagte die Frau. Ihre Stimme war leise und behutsam, als sie fragte: «Gar kein Wasser mehr?»

«Die Toilettenspülung geht noch», sagte Olivia. «Von einer Dusche kann ich allerdings nur kühn träumen.»

«Solange der Abfluss läuft, gibt es ja … Hoffnung.»

Olivia sah aus dem Fenster. Fuhr da gerade ein Wagen vor? Sie glaubte, ein Geräusch gehört zu haben, lauschte. Nein, sie hörte nichts. Sie hob wieder das Telefon ans Ohr. «Ist das Ihre Ansicht oder die Ihrer Bank? Solange der Abfluss läuft, gibt es Hoffnung? Was passiert denn, wenn das Wasser steht und die Scheiße riecht? Soll ich mich dann aus dem Fenster stürzen?»

Doch, da stand ein Auto draußen in der Einfahrt. Olivia ging in die Küche, um es besser sehen zu können. Ein Neuwagen. Oder sehr frisch gewaschen. Ein blonder Mann stieg aus, den Olivia nicht kannte. Ihr ging durch den Kopf, dass sie noch mit Unterhosen und T-Shirt bekleidet war.

«Die Bank hat natürlich keine …»

«… Einschätzung bezüglich der Exkremente», vervollständigte Olivia. «Sagen wir, es ist hoffnungslos, ganz grundsätzlich, von Natur aus.»

«Nun, so würde ich das nicht …»

Der Mann draußen begutachtete interessiert das Haus. Drehte sich um, betrachtete den Garten. Olivia wandte sich ab, ging ins Bad. «Danke für Ihre Hilfe», sagte sie zur Dame am Telefon. «Ich werde gleich nach dem Morgenkaffee versuchen, irgendwas Hoffnungsvolles zu tun. Ich sende es Ihnen dann zur Prüfung.»

Sie warf sich einen Bademantel über, fühlte sich aber sofort unwohl. Halbnackt, schutzlos ausgeliefert. Gleichzeitig dachte sie, dass es vermutlich ohnehin egal war. Da war ein unbekannter Mann vor ihrer Tür. Na und? Was hatte sie für Erfahrungen mit unbekannten Männern gemacht, in jüngster Zeit? Sie zog den Bademantel etwas fester zu.

Dieser Mantel immerhin war etwas, auf das sie vertrauen konnte. Groß, flauschig weich, freundlich, sie hatte sich diesen Mantel selbst zum Geschenk gemacht, nachdem Kristian ein letztes Mal ihren Geburtstag vergessen hatte. «Gütiger Himmel», seufzte sie. So weit war es gekommen. Ein Bademantel war ihr Freund, in einem Haus, in dem sie nicht baden konnte. Sie ließ das Telefon in die tiefe Seitentasche des Mantels gleiten, verknotete den Gürtel. Sie erwog noch mal kurz, sich etwas Richtiges anzuziehen, verwarf den Gedanken aber. Sie öffnete die Tür und sah, dass der Blonde bereits die Treppen nach oben stieg. Seltsam sah er aus. Oder nein, eigentlich nicht. Eigentlich sehr normal. Seltsam normal. Irgendwie glatt, kühl. Dann zog seine Frisur ihre Aufmerksamkeit auf sich. Das mochte modisch gewesen sein, irgendwann. Oder auch noch nie. Erst jetzt bemerkte sie sein breites Lächeln. Ein wenig angestrengt, es wirkte eher wie eine Kraftübung.

«Frau Koski? Olivia Koski?»

Sie erwiderte seinen Blick. Wie ein Kettensägenmörder sah er nicht aus. Zumindest nicht auf den ersten Blick. Schwarzer Anzug, weißes Hemd, keine Krawatte, glänzende Lederschuhe.

«Die bin ich.»

«Ausgezeichnet», sagte der Mann. «Wilenius mein Name. Anwalt. Ich vertrete die Familie des Mannes, der hier in diesem Haus sein tragisches Ende gefunden hat.»

Olivia erstarrte innerlich, auf der Türschwelle stehend.

«Wollen Sie mich verklagen?»

Er schien der Frage ein paar Gedanken zu widmen.

«Warum um Himmels willen sollte ich das wollen?»

«Ich weiß es nicht», sagte Olivia. «Aber es würde zu diesem Tag passen. So, wie er bislang verlaufen ist.»

Der Mann kam ihr noch eine weitere Treppenstufe entgegen.

«Ich möchte niemanden verklagen. Ich vermute, dass wir in diesem Fall ganz ohne Gerichte auskommen werden.»

«In welchem Fall?» Olivia hörte ihre eigene Stimme. Eigentlich wollte sie dieses Gespräch gar nicht fortsetzen. Sie wollte mit niemandem über gar nichts sprechen.

«Das tragische Ereignis. Die Aufklärung desselben.»

«Ich weiß nichts.»

Er musterte sie. Olivia wurde aus dem Blick nicht schlau. Es fiel ihr schwer, angemessen auf diesen Blick zu reagieren, nicht weil er direkt auf sie gerichtet war, sondern vor allem, weil darin irgendetwas fehlte. Wobei, der Mann war Anwalt. Natürlich fehlte da etwas.

«Manchmal kann es hilfreich sein, in der richtigen Gesellschaft die richtigen Fragen zu hören. Dann kommen Antworten wie von selbst. Glauben Sie mir, ich habe gewisse Erfahrungen gesammelt. Gute Erfahrungen. Geradezu phantastische. Was halten Sie davon?»

Olivia stand gegen die Tür gelehnt. Sie fragte aufrichtig: «Was halte ich wovon?»

Der Mann lächelte. Wieder hatte sie den Eindruck, es sei eher eine sportliche Leistung als Herzenswärme oder Freude.

«Was halten Sie von meinem Vorschlag? Dass wir eine kleine Unterhaltung führen.»

«Wie gesagt, es wird zu nichts führen. Ich kann Ihnen nicht helfen.»

«Doch, doch, es wird von Nutzen sein», murmelte der Mann. Er sah hinüber zu seinem Wagen. Wendete sich wieder Olivia zu, noch angestrengter lächelnd. «Wir sind bereit, 10 000 Euro zu zahlen für Informationen, die zur Überführung des Täters beitragen.»

Olivia glaubte, eine Brise Morgenwind zu spüren, an den Wangen, in den Haaren. Sie betrachtete den Mann, der einige Stufen unter ihr stand, aber offenbar höher hinauswollte. Sie suchte seine Augen.

«Haben Sie irgendeine Karte, die Sie mir geben können?

«Selbstverständlich», sagte er. Er führte seine rechte Hand in seine Brusttasche, entnahm ihr einen kleinen metallischen Behälter, in dem sich seine Visitenkarten befanden. Er öffnete den Behälter, entnahm ein Kärtchen, überreichte es ihr. Eine qualitativ hochwertige Karte, mit erhabenen Buchstaben und Ziffern. Olivia fand den Namen des Mannes, er war offenbar einer von drei Teilhabern dieser Kanzlei. Das Logo am linken unteren Bildrand war vergoldet.

«Ich wollte mir einen Kaffee machen», sagte Olivia. «Wollen Sie auch eine Tasse?»

Die Kaffeemaschine arbeitete geräuschvoll. Ein Brummen, ein Gurgeln, ein Zischen, ein Röcheln nach Luft, das ins Leere zu zielen schien. Der Anwalt saß am Küchentisch, kerzengerade aufrecht, seine rechte Hand ruhte auf der Tischplatte. Die linke war irgendwo außer Sicht unter dem Tisch. Er sah sich um, sein Kopf bewegte sich sehr langsam.

Hinter dem Mann begann draußen der Tag an Farbe zu gewinnen. Ein Hauch von Blau und noch etwas. Etwas Helles, vielleicht war es die Sonne, die durch Wolken drang.

Olivia nahm Becher aus dem Schrank, brachte sie zum Tisch. Sie ging zurück zur Kaffeemaschine, drehte sich um, sah den Mann an. Er wendete seinen Blick, der auf dem Kochherd geruht hatte, ihr zu.

«Sie kamen also nach Hause und haben ihn gefunden? Seine Leiche?»

«Ja. Etwa dort», sagte sie. Sie deutete auf die Stelle am Boden, an der Tür zur Terrasse, spürte einen kühlen Schauer, der über ihren Rücken huschte. Ekel, Angst, Verwirrung. Wut. «Ich wusste gleich, dass er tot war.»

Sein Blick folgte Olivias ausgestrecktem Zeigefinger zu der Stelle am Boden.

«Tragisch», sagte er.

Olivia wartete darauf, dass er noch irgendwas hinzufügen würde, aber er schwieg. Sie nahm die Kaffeekanne, befüllte die beiden Becher. Sie fühlte sich unwohl in dem Bademantel. Der Mann trug einen schwarzen Anzug. Immerhin war es angenehmer, als im Badeanzug vor Jorma Leivo zu sitzen.

Wann hatte sich ihr Leben in eine Richtung verändert, in der sie Männern entweder im Badeanzug oder im Bademantel gegenübersaß? Wie auch immer, so weit war es wohl gekommen. Tatsächlich, es *war* so. Und noch etwas schoss ihr durch den Kopf, sie erkannte es in aller Deutlichkeit: Sie war verzweifelt. Ihr musste dringend etwas einfallen. *Egal was.*

Olivia saß am Tisch, hörte sich Fragen an, die sie bereits beantwortet hatte. Sie achtete genau darauf, wie der Mann sprach. Er klang den Polizisten nicht unähnlich. Vermutlich war das auch normal so. Sie dachte nach. Sie hatte das Gefühl, klarer zu sehen. Vielleicht war das eine Nachwirkung des frischen Morgenwindes, den sie an ihren Wangen gespürt hatte. Der Morgenwind war noch da, er schenkte ihr Kühle und einen klaren Blick.

Egal was.

Das hatte sie eben schon einmal gedacht.

Nachdem sie alle Fragen des Mannes beantwortet hatte, sagte sie: «Diese Informationen, die zur Überführung des Täters beitragen. Wie genau sollen die denn aussehen?», fragte sie. «Erwarten Sie einen konkreten Namen?»

«Das wäre in der Tat sehr schön», sagte er.

«Und das Geld?»

Er lächelte. Olivia zweifelte zunehmend daran, dass sich in das Gesicht dieses Anwalts ein Lächeln überhaupt halbwegs überzeugend einfügen ließ. Es war irgendwie schief, unsymmetrisch.

«Zehntausend», sagte er.

«Das sagten Sie bereits. Aber wie genau bekomme ich es? Bar, aufs Konto? Vorher, nachher?»

Der Anwalt schwieg, zögerte.

«Wollen Sie andeuten, dass Sie doch etwas wissen? Dass Sie wissen, wer Ant ... also, wer den Mann getötet hat?»

Olivia schüttelte den Kopf. «Nein. Ich frage nur für den Fall, dass ich etwas herausfinde. Habe ich eine Garantie, dass Sie Wort halten, wenn ich Ihnen etwas erzähle? Sie vertreten die Familie, Sie wollen einen Schuldigen. Sobald Sie den haben, ist Ihre Arbeit getan, warum sollten Sie mir dann noch das Geld auszahlen?»

«Nun, ich vertrete eine durchaus anständige Familie.»

«Anständig bin ich auch», sagte sie. «Dennoch bin ich momentan nicht mal in der Lage, die Wasserrohre meines Hauses sanieren zu lassen. Kein Wasser. Egal wie moralisch, adelig oder sonst was ich sein sollte.» Sie nickte, deutete Richtung Spüle, auf die Literflasche Quellwasser. «Den Kaffee habe ich mit Wasser aus der Flasche gemacht.»

Der Mann erwiderte ruhig ihren Blick.

«Was ich damit sagen möchte: Ein Ehrenwort könnte für mich unter den gegebenen Umständen nicht ganz ausreichend sein.»

«Ich bin ganz Ohr», sagte er. Olivia glaubte zu erkennen, dass er das eher ernst als ironisch meinte.

Sie stützte ihre Ellenbogen auf der Tischplatte ab. Der Bademantel saß fest. Alles bestens. Sie würde handeln. Der Moment der Klarheit, gerade eben, hatte auch Erinnerungen zurückgebracht an das Geld, das sie in die Männer in ihrem Leben investiert hatte, ohne jemals einen Cent zurückzubekommen. Männer hatten sie immer ausgenutzt. Vielleicht konnte sie das Glück ja nun auf ihre Seite ziehen. Das Momentum zu ihren Gunsten wenden.

«Gut, ich will es Ihnen erklären», sagte sie. «Ich habe in dieser Kleinstadt meine ganze Kindheit und Jugend verbracht. Vor einigen Monaten bin ich zurückgekehrt. Nichts hat sich verändert. Abgesehen davon, dass das Dorf inzwischen *Palm Beach, Finland* heißt, in meiner Küche eine Leiche lag und mein Gartenhaus explodiert ist. Ansonsten ist alles, wie es immer war. Ich kenne alle Leute hier. Wenn ich ein wenig Zeit investiere, bin ich zuversichtlich, etwas herausfinden zu können. Und wenn ich etwas finde, dann finde ich auch noch den ganzen Rest. Und ich bin verlässlich, was ich sage, gilt.» Sie deutete mit einem Nicken auf die Wasserflasche. «Und wenn ich nicht herausfinde, was passiert ist, bekomme ich auch kein Wasser.»

Der Anwalt schwieg. Lächelte. *Nein, es stand ihm einfach nicht.* Olivia wartete

«Sie möchten Geld», sagte er.

Olivia schüttelte den Kopf, seinem Blick standhaltend.

«Sie möchten kein Geld?», fragte er.

Es war, als würden in diesem Mann gleich zwei Männer stecken. Der eine stand mit einem eleganten Anzug und der goldenen Visitenkarte auf der Türschwelle und wollte verhandeln, der andere wurde zögerlich, machte einen Rückzieher. Nun ja, das galt wohl für etwa 98 Prozent der Männer. Zumindest für diejenigen, die sie in ihren neununddreißig Lebensjahren kennengelernt hatte.

«Ich mache einen Vorschlag», sagte sie. «Sie können ihn annehmen oder es sein lassen. Ich habe Ihnen meine Situation geschildert. Ich brauche Geld. Sie sehen es ja.»

Der Blick des Anwalts glitt hinüber zur Wasserflasche, die auf der Spüle stand. Großartig, dachte sie.

«Ich lebe hier. Ich werde bleiben. Sie finden mich hier.»

Der Mann war ganz Ohr.

«Zehntausend Euro. Jetzt. Im Voraus. Ich suche und finde den Schuldigen.»

«Wie ich bereits sagte: Sie wollen Geld.»

«In bar.»

Ich muss mich nämlich mit Menschen aus der Handwerkerbranche, Bereich Sanitär, herumschlagen. Das sagte sie nicht laut. Diese anständige Familie, in deren Auftrag der Anwalt agierte, ging das nichts an.

«Das ist eine beträchtliche Summe», sagte der Anwalt.

«Morgen», sagte sie. «Ich kann Ihnen versichern, dass niemand diese Stadt so gut kennt wie ich.»

Das war die reine Wahrheit. Der Anwalt kannte hier niemanden, sie hingegen tatsächlich sehr viele. Der Anwalt hatte seine Hände auf den Tisch gelegt. Ballte sie zu Fäusten. Olivia versuchte, in seinen Augen, seinem Gesicht zu lesen, aber wieder verschwammen die Konturen, traten in den Hintergrund, verschmolzen mit dem blauen Vormittag, der langsam dämmerte.

Er sagte: «Und was passiert, wenn Sie den Schuldigen nicht finden?»

«Ich verkaufe das Haus», sagte sie. «Ich habe bereits ein Angebot. Ich würde Ihnen das Geld also zurückerstatten können. Gut, sind wir uns einig? Sehen wir uns morgen?»

8.

Sich verlieben, dachte Jan Nyman. Sein Hintern schmerzte ein wenig, der Fahrradsattel war alles andere als bequem. Sich verlieben, dachte er, geht gar nicht. Sich verknallen – nun, das mochte verhandelbar sein. Es war verhandelbar, in der Tat, denn es konnte der Lösung des Falles sogar zuträglich sein. Wenn er sich also ganz aufrichtig verknallte, dann war das geradezu wunderbar, perfekt. Klar war natürlich auch, dass es ein böses Erwachen geben könnte, später. Nyman vermied diesen Gedanken. Wahrheit, Lüge, Betrug, Enttarnung, Einsamkeit. Der nächste Fall. All das, mit all seinen Konsequenzen und Facetten.

Nyman fühlte sich ein wenig angeschlagen, hatte diverse blaue Flecken, und auch das Mietfahrrad entsprach nicht unbedingt dem modernsten Standard. Es hatte fünf Gänge, einen eigenartig abgerundeten Lenker, einen stahlgrauen, zerkratzten Rahmen und war irgendwie merkwürdig proportioniert. Irgendetwas stimmte nicht mit diesem Fahrrad, es war fast so, als würde ihm das Rad das Treten erschweren wollen. Was wiederum ...

Du schweifst wieder mal ab.

Das würde Tuula sagen.

Nyman kam schließlich doch an, er sprang vom Rad und ließ es einfach stehen. Das Tankstellengebäude war hellgrün, flach und lang. Vermutlich in den siebziger Jahren erbaut. In die Instandhaltung war einiges investiert worden. Die Wände glänzten makellos. Vor den Fenstern des Cafés hingen Blumenvorhänge, gesprenkelt mit blauen Veilchen. Nyman betrat das

Café, hielt Ausschau, fand denjenigen, den er gesucht hatte, und vergaß Olivia Koski für einen Moment.

Muurla war sommerlich gekleidet, er saß an einem Fenstertisch, ließ seinen Blick durch den Raum gleiten. Das Fenster gab den Blick auf die Waschanlage frei und auf das Weidenwäldchen, das sich dahinter erstreckte.

Nyman öffnete seine Zitronenlimonade. Die Flüssigkeit zischte leise, als er sie in sein Glas goss. Er suchte nach einer bequemeren Sitzposition. Der Stuhl war hart. Alle Stühle waren heutzutage so. Muurla wollte demnächst angeln gehen, aus seiner Brusttasche lugte ein Köder aus Kunststoff hervor.

Nyman sah sich um.

«Ich bin acht Kilometer geradelt», sagte er.

«Du nutzt hier kein Handy, ich hoffe, dass ist dir klar», sagte Muurla.

Nyman verbiss sich den Kommentar, dass auch Begegnungen im öffentlichen Raum eigentlich strikt untersagt waren. Er trank von der Limonade, merkte erst jetzt, wie durstig er war. Acht Kilometer staubtrockene Landstraße hatten Spuren hinterlassen, an seinem Gaumen, in seinem Rachen. Muurla hatte auf dem neben ihm stehenden Stuhl eine Plastikhülle abgelegt, die er jetzt aufhob. Einen Stapel weißes Papier. Und Fotos. Er schob die Hülle auf Nymans Seite des Tisches.

«Dieser Kerl, der in der Küche lag. Wir wissen jetzt, wer das war.»

Das Strafregister las sich wie eine Tageszeitung. Angefüllt mit merkwürdigen und noch merkwürdigeren Ereignissen. Es fiel Nyman schwer zu glauben, dass all diese Straftaten von ein und demselben Mann begangen worden waren. Gleichzeitig waren all diese Dinge so furchtbar nichtig. Sie führten eben zu Einträgen ins Strafregister, aber nicht zu Haftstrafen. Bemerkenswert auch, auf welche Weise dieser Mann in schöner Regelmäßigkeit überführt worden war. Das war offenbar immer der Fall gewesen. Diesem Mann war schlicht nichts gelungen, nicht mal ein Ladendiebstahl. Geschweige denn irgendein bedeutsameres Verbrechen.

Ein einziges Mal war er tatsächlich im Gefängnis gelandet. Er hatte Geld drucken wollen und deshalb einen Laserdrucker erworben, mit einer gestohlenen Kreditkarte. Anschließend hatte er tatsächlich Scheine gedruckt. Auf der Vorderseite waren es Zehner gewesen, auf der Rückseite Zwanziger. Er hatte versucht, mit diesen Scheinen seinen Badeurlaub zu finanzieren. Für die Hotelreservierung hatte er den Pass seiner damaligen Freundin benutzt. Sicher, sie hatte dunkle Haare, ein schmales Gesicht und trug eine Brille, so wie er. Aber dennoch.

Nyman blätterte weiter.

Versuchter Diebstahl: Er hatte sich eine Daunenjacke in die Jogginghose gestopft. Minder schweres Rauschgiftdelikt: Verkaufte Marihuana von schlechter Qualität an zwei Ermittler des Drogendezernats, bei einem gemeinsamen Mittagessen. Hehlerei: Er stellte, nach einem Einbruch in einen Baumarkt, dreihundert Hammer online in ein Verkaufsportal. Alle einzeln, aber unter demselben Verkäufer-Nickname. Versuchter Raub: Bedrohte einen Taxifahrer mit einem Hallenhockeyschläger, raubte die Geldbörse des Fahrers, nutzte dreißig Minuten später dasselbe Taxi mit demselben Fahrer als Fluchtwagen.

Und so weiter.

Nyman kam nicht umhin, im Geiste zumindest ein paar Punkte für Aktivität, Initiative und Elan zu vergeben. Er lehnte sich zurück, dachte nach. Im Tankstellencafé duftete es nach Spiegeleiern. Außer ihnen war niemand da. Eben hatte noch ein Mann an der Kasse gestanden, im Poloshirt und mit dicken goldenen Armbändern behangen. Er war verschwunden. Aus den Lautsprechern drang die Stimme einer Sängerin. Die Stimme klang plastisch, sie besang das Leben als Fest, hier, jetzt und zu jeder Zeit.

Nyman betrachtete noch einmal das Foto und den Namen des Mannes. Antero Väänänen. Das sagte ihm nichts. Er schob die Unterlagen zurück auf Muurlas Tischhälfte. Wollte etwas sagen, aber Muurla kam ihm zuvor.

«Der erste Sommer war hart. Ich habe an einer Kreuzfahrt für Singles und Junggesellen teilgenommen. Die hatten da so eine Lotterie, bei der man seinen Namen auf Zettel schrieb und den Zettel in einen Behälter warf. Dann wurden Paare ausgelost, und man bekam einen Tisch im *Night Club* und ein paar Drinks. Ich wurde einer gewissen Teija zugelost. Gut aussehend. Schüchtern. Sie hat nicht gesprochen, sondern geflüstert. Schwierig, in einem Nachtclub. Ich habe nur die Hälfte von dem verstanden, was sie sagte. Immerhin waren ihre Lippen immer ziemlich nah an meinem Ohr. Sie war auch etwas sprunghaft in ihren Erzählungen. Wir haben also Cocktails getrunken, *Blaue Engel* oder so, und uns unterhalten. Teija wurde dann schnell, nun ja, intim. Sie schlug vor, in die Kabine zu gehen. Ich war eher für einen Spaziergang im Mondschein. Der Mond, das Meer. Als wir auf dem Deck waren, haben wir uns geküsst. Im Schatten. Ich konnte mich gar nicht dagegen wehren. Die Nacht war heiß. Teija war kräftig. Starke Arme. Ich spiele Tennis, flüsterte sie. Wir gehen in die Kabine. Ich gebe mein Bestes. Unter den gegebenen Umständen, die Kabine ist eng und stockdunkel. Teija sagte dann später, dass sie alleine einschlafen wolle. Sie habe seit der Scheidung immer alleine geschlafen. Das verstehe ich natürlich und gehe. Am nächsten Morgen bin ich früh aufgewacht, habe diese Landschaft betrachtet, die mich an eine IKEA-Werbung erinnert hat, und an Teija gedacht. Habe gedacht, dass es mir gutgetan hat. Ich gehe zum Tax-Free, kaufe Pralinen. Laufe zu Teijas Kabine. Hatte mir ja die Nummer gemerkt. Hatte auch nicht so viele von diesen Cocktails gesoffen, die waren mir zu süß. Ich weiß nicht mal, ob da richtiger Alkohol drin war. Die Tür steht offen, Teija hat schon ihren Koffer gepackt, der steht vor dem Spiegel. So ein kantiger *Samsonite* aus den Neunzigern. Auch die Tür zur Toilette steht einen Spaltbreit offen. Teija ist da. Oder doch nicht? Sie trägt plötzlich eine Igelfrisur und pinkelt im Stehen. Na ja, ich habe die Pralinenschachtel auf dem Tisch stehen lassen und bin an Land gegangen, auf Städtetour. Stockholmer Altstadt, *Gamla Stan.* Entzückender Ort übrigens, geschichtsträchtig, gutes Essen. Ja, so hat es bei mir wieder angefangen. War ein guter Anfang, diese Kreuzfahrt. Kann ich dir empfehlen.»

Nyman blickte konzentriert aus dem Fenster. Auf die Weiden, die im sanften Wind ein wenig hin und her schwankten. Jetzt wendete er sich wieder Muurla zu.

«Dieser Typ ist so ziemlich das Gegenteil eines Profis», sagte er. Er pochte gedankenverloren mit den Fingern gegen die Tischplatte. «Mir gehen da ein paar Gedanken durch den Kopf.»

Muurla hustete, räusperte sich, kehrte aus der Altstadt von Stockholm zurück an diesen Tisch, ins Hier und Jetzt des finnischen Sommers.

«Gedanken welcher Art?», fragte er.

«Der Kerl ist so beschäftigt gewesen, dass er in seinem ganzen Leben, zumindest in seinem Erwachsenenleben, vermutlich keinen einzigen normalen Menschen gekannt hat. Keinen Zivilisten, du verstehst. Er war umgeben von Polizisten, Wachmännern, Gefängniswärtern. Und wenn man das hier liest, dann begreift man noch was anderes. Irgendjemand muss ihn geschützt haben.»

«Aha?»

«Er ist das Gegenteil eines Profis, aber da ist ein Profi, in seiner Nähe. Neben ihm, hinter ihm, einer, der sich vor ihn stellt. Der ihn aus den allergrößten Schwierigkeiten heraushält.»

«Ein Profi würde sich nicht mal in die Nähe eines solchen Masterminds begeben», sagte Muurla. «Das wäre ein Himmelfahrtskommando.»

«Stimmt», sagte Nyman. «Das macht nur einer, der keine Wahl hat.»

«Und das bedeutet?»

«Weiß ich noch nicht», sagte Nyman. «Mir sind bislang einige Leute begegnet, die interessant sind. Ich mache Fortschritte. Langsam, wie immer. Man muss Geduld haben, den richtigen Zeitpunkt abwarten. Im Moment interessiere ich mich vor allem für Jorma Leivo.»

«Was ist mit dieser Frau, Olivia Koski?»

Nyman suchte wieder die sanft im Wind schwankenden Weiden.

«Ja. Interessant», sagte er. «Jorma Leivo hat das Dorf in *Palm Beach, Finland* umgetauft. Weißt du, warum?»

Muurla schüttelte den Kopf.

«Ich auch nicht», sagte Nyman. «Werde versuchen, es herauszufinden. Der Strand ist eiskalt. Die Häuschen und Kneipen sehen aus, als wäre man in einer Diskothek aus den Achtzigern gelandet. Mein Haus heißt *Tubbs*. Jorma Leivo sagt, dass er bald Nizza in den Schatten stellen wird. Ich habe nicht das Gefühl, wirklich zu verstehen, was der Mann erzählt.»

Muurla schwieg. «Wann werden wir klarer sehen?», fragte er dann.

«In ein paar Tagen, vielleicht einer Woche», sagte Nyman und begriff, während er sprach, zweierlei. Dass diese Prognose natürlich aus der Luft gegriffener Unsinn war. Und dass er bezüglich Olivia Koski Gedanken hegte, die ihn daran gehindert hatten, Muurla mitzuteilen, was eigentlich passiert war. Zum Beispiel, dass die Frau möglicherweise ihr Gartenhaus abgefackelt hatte.

Nyman erinnerte sich an das, was ihn während der Hinfahrt beschäftigt hatte. Der Unterschied zwischen *verliebt* und *verknallt*. Inwiefern beides zusammenhängen konnte. Wie schmal der Grat war, gewissermaßen. Wenn man eine Grenze überschritt, konnte man dann eigentlich wieder zurückkehren?

Er machte eine Art gedankliches Experiment: Angenommen, Olivia Koski hatte den Brand gelegt, Benzin verschüttet, ein Streichholz geworfen. War in die Kneipe gegangen, hatte ihm gegenübergesessen, an ihrem Wein genippt, gelächelt. Nyman sah ihre braunen Augen, hörte sie lachen. Nein, in der Tat, das Bild der Flammen, der brennenden Gartenlaube interessierte ihn gar nicht. Warum? Warum war das so?

Er bedankte sich bei Muurla, wünschte ihm gutes Gelingen für seinen Angeltrip und lief zu seinem Fahrrad.

9.

Frauen, dachte Chico. Sie waren überall.

Dieser Gedanke, der ihm früher einige Freude bereitet hatte, zuweilen sogar ein angenehmes Kribbeln, war schwer und träge geworden. Geradezu ermüdend. Frauen gab es überall in seinem Leben, und jede von ihnen hatte Überraschungen parat, auf die eine oder andere Weise.

Heute Morgen war Marjukka für die Überraschung zuständig gewesen. Sie hatte Chico mitgeteilt, dass er ausziehen müsse. Wie konnte sie ihm das antun? Nach einer lächerlichen Woche? Sogar am Arbeitsplatz gab es Probezeiten von mehreren Monaten. Das hatte er auch Marjukka gesagt, und Marjukka war sofort an die Decke gegangen. «Aha, du bist hier also bei der Arbeit. Komisch, dass ich davon gar nichts merke, du machst doch keinen Finger krumm. Liegst am Strand, kommst nachts mit Sonnenbrand im Gesicht nach Hause. Du hast übrigens nach Benzin gestunken, kurvst wahrscheinlich mit deinem Motorrad rum, amüsierst dich mit deinen Biker-Flittchen!»

Chico hatte nicht mal kontern dürfen, hatte nicht erwähnt, dass er gar kein Motorrad besitzt, hatte nicht preisgeben dürfen, dass sie einen Rasenmäher angezündet und eine Gartenlaube abgefackelt hatten.

Er hatte auch nicht gesagt, dass sich allein die Anwesenheit von Marjukka sehr nach Arbeit anfühlte. Er hatte stattdessen versucht, die Wogen zu glätten und ein Candle-Light-Dinner im Restaurant vorgeschlagen. Verbunden mit der Bitte, dass Marjukka ihm was vorstrecken könne, er befinde sich nämlich in einer kleinen Liquiditätskrise. Leider hatte Marjukka auf den Vorschlag damit reagiert, dass sie seine Sachen durch die Gegend geworfen hatte, in den Flur, ins Treppenhaus und schließlich vom Balkon. Chico hatte die Flucht ergriffen. Er trug Unterhosen von Lidl, das passte nicht zu dem Image, das er sich zulegen wollte.

Inzwischen stand er unter einem Baum, einer Kiefer. Zu seinen Füßen lag die gepackte Sporttasche, am Baumstamm lehnte sein Gitarrenkoffer.

Der Tag war nicht besonders warm, der Wind schlug ihm entgegen. Er war dennoch zu warm angezogen, trug einen Kapuzenpulli und eine Jeansjacke, die keinen Platz in seiner Sporttasche gefunden hatten. Er sah aufs Meer. Vielleicht, dachte er, sind Träume ja wie Wellen. Mal hoch aufschäumend, mal flach und langsam auseinandertreibend, bei Windstille.

Der Eingang des Strandrestaurants war dreißig Meter entfernt. Die Tür öffnete sich, da war Robin. Er kam auf ihn zu. Er lief zunächst ruhig, sah nach links und rechts, geriet dann in Eile und stolperte, vermutlich über die Wurzel einer Kiefer. Robin wirkte aufgeregt.

«Neea kommt», rief er. «Sie will irgendwas berichten.»

Frauen, dachte Chico wieder. Überall Frauen.

«Was will sie berichten?»

«Hat sie noch nicht gesagt. Sie meinte nur, dass sie uns treffen will. Weil wir irgendwelche Leute kennen.»

«Was? Wen? Wen kennen wir?», fragte Chico. «Wen kennst du, Robin?»

Robin erwiderte verängstigt Chicos Blick. Chico hatte wohl zu gereizt reagiert, Robin war ein wenig schreckhaft.

«Alles okay», sagte er. «Marjukka hat mich rausgeschmissen. Meine Nerven liegen blank.»

«Du kannst zu mir kommen», sagte Robin.

Robin hatte das schon früher angeboten, aber Chico hatte abgelehnt. Aus diversen Gründen. Zum Beispiel war Robin für Chicos Empfinden eine Spur zu, nun ja, freizügig. Chico hatte keine Lust, mit einem Mann auf dem Sofa zu sitzen und Fernsehen zu glotzen, und der andere trug nur Unterwäsche. Robin neigte dazu, einfach alles auszuziehen, wenn es ihm zu heiß wurde.

«Danke dir, ich komme zurecht», sagte Chico. «Hat Neea dich angerufen?»

«Ja, hat sie», sagte Robin. Er lächelte glücklich.

«Und warum?»

«Sie möchte uns sehen, weil wir irgendwelche Leute ...»

«Robin», sagte Chico. «Warum ruft sie plötzlich an? Ausgerechnet jetzt? Du hast ihr doch hoffentlich nichts erzählt? Nichts von dem, was in letzter Zeit passiert ist?»

Robin schüttelte den Kopf. Chico versuchte, sich vorzustellen, worum es ging. Er hatte keine Ahnung. Er wollte Probleme immer schnell lösen, ja, er war ein Problemlöser, aber manchmal war es schwierig.

«Neea kommt, lass uns zu ihr gehen», sagte Robin.

Chico folgte seinem Blick zum Parkplatz. In gewisser Weise verdeckte ihre Sonnenbrille mehr von ihrem Körper als die Klamotten, die sie trug. Sie sah aus wie eine Pilotin. Die Sonnenstrahlen brachen an den Brillengläsern und schossen in Chicos Richtung, blendeten ihn. Neeas Oberschenkel glänzten. Robin gab einen kehligen Laut von sich, räusperte sich, schmatzte. Chico nahm sich vor, ihn irgendwann darauf anzusprechen, auf dieses Schmatzen.

«Und wohin?», fragte er. «Wohin will Neea mit uns gehen?»

Sie passierten das Schild mit der Aufschrift *Palm Beach, Finland*, das grell und farbenfroh von der Sonne angestrahlt wurde. Chico dachte vage, dass Neea irgendwie sehr gut zu diesem Schild passte. Die schillernde Neea mit ihrer glänzenden Haut verschmolz mit den Farben. Farben, Klänge, wie ein Feuerwerk am hellen Tag, ein Musikvideo.

Sie wechselten die Richtung, liefen durch den Park, überquerten die Straße, liefen den Radweg entlang, bogen auf einen schmalen Sandweg ab.

Wie gut, dass Chico seine Gitarre und die Tasche im Restaurant abgestellt hatte. Er hätte sie unmöglich die ganze Zeit tragen können. Das Zeug wog eine Menge. Außerdem wäre es ihm durchaus unangenehm gewesen, mit den Sachen gesehen zu werden. Die Leute würden sich ihre Gedanken machen, würden sich fragen, was bei ihm los war. Er würde die Frage nicht mal beantworten können.

«Was ist eigentlich mit euren Gesichtern passiert?», fragte Neea, als sie am Friedhof ankamen.

Chico verpasste Robin einen unauffälligen Schlag gegen die Rippen.

«Nichts», sagte er. «Gar nichts ist passiert.» Er hatte nicht mehr daran gedacht. Hatte das heiße Pochen unter der Haut nicht mehr wahrgenommen. Der Wind und der frische Morgen hatten sein Gesicht abgekühlt. Außerdem wütete in Chicos Gedanken ein Sturm, der seine ganze Aufmerksamkeit beanspruchte.

Ja, natürlich waren da Verbrennungen in ihren Gesichtern. Ein wenig flambiert sozusagen, das hatte Robin gesagt. Chico war nicht überzeugt von dieser Formulierung. Es klang nicht wirklich cool. *He, Mann. Mein Gesicht? Ein bisschen flambiert, you know?*

«Du wolltest uns treffen?», sagte er.

Alles an Neea glänzte. Ihre Sonnenbrille. Ihre Lippen. Ihr Gesicht.

«Vor ein paar Wochen, die Sache mit dem Kerl in Olivias Haus», sagte sie. Chico hatte den Eindruck, dass sie ihre Worte wohlüberlegt setzte. «Ich dachte, dass ihr vielleicht etwas wissen könntet.»

Chico verpasste Robin einen weiteren Schlag gegen die Rippen.

«Was sollen wir darüber wissen?», fragte er. «Wir wissen, was alle wissen. Alle reden ja. Also, inzwischen ja nicht mehr. Kaum jemand eigentlich. Die Sache konnte nicht aufgeklärt werden. Niemand weiß was. Niemand spricht darüber. Nichts.»

Er hielt inne. Das war mehr als genug. Neea sah ihn forschend an.

«Ich dachte nur. Weil ihr euch ja in gewissen Kreisen bewegt.»

«In welchen Kreisen?»

«Na ja, wie soll ich sagen.» Neea wedelte mit den Händen, fuhr sich durch die Haare, umschloss sie, als wolle sie einen Zopf binden. Chico konnte ihre Brüste durch ihr dünnes Top recht gut sehen. Ihre Oberweite war größer, als er sie in Erinnerung hatte. «In der Rockerszene. In der Unterwelt.»

Nein, Chico würde ihr nicht mitteilen, dass er nach der Unterwelt in diesem Dorf neununddreißig Jahre lang vergeblich Ausschau gehalten hatte. Gefunden hatte er nur seinen Freund aus Kindertagen, der die halbnackte Neea in diesem Moment mit seinen braunen Augen wie hypnotisiert anstarrte. Links und rechts ragten Grabsteine auf. Tote. Überall.

«Nein, ich habe nichts gehört. Ich weiß nichts. Weder irgendwas von der Unterwelt noch irgendwas von einer Rockerszene. Was soll die Frage? Hast du selbst irgendwas gehört?»

Neea dachte nach. Chico registrierte es genau. Neea löste ihre Hände von den Haaren, die wallend hinabfielen. Sie nahm ihre Sonnenbrille ab. «Ich suche nach diesem Killer.»

«Dieser Killer ist tot», entgegnete Chico. «Das wissen doch alle.»

«Ich suche den Killer des Killers. Der eine Killer ist tot, das ist mir schon klar.»

Chico dachte angestrengt nach. Robin starrte nur vor sich hin. Zum Glück.

«Ich wusste gar nicht, dass du dich für diese Sache interessierst. Warum eigentlich?»

«Warum nicht?» Hinter Neea schwankten die Friedhofsbirken im Wind. «Warum finden alle immer zweifelhaft, was ich mache? Das ist ja wie damals, als ich den Laden eröffnet habe. Ihr wisst schon, mit den Nahrungsergänzungsmitteln. Alle gaben kluge Ratschläge, meinten, dass niemand kommen würde. Aber Robin hat jeden Tag eine schöne Tüte eingekauft. Proteine, Vitamine, Spurenelemente. Als Robin nicht mehr kam, ging die Sache schief, das muss ich zugeben. Aber das muss ja nichts bedeuten, so ist es eben.»

Chico schüttelte den Kopf. Robin starrte den Boden an. Ein Problemlöser, dachte er. Ich bin ein Problemlöser.

«Ich zweifle an gar nichts», sagte er. «Ich frage nur, woher du die Idee hast, den Killer zu suchen. Bist du da alleine draufgekommen? Hat die Polizei dich befragt? Hast du irgendeine Verbindung zur Polizei?»

Neea schien gar nicht zu begreifen, wovon er sprach.

Gut, es war demnach nicht die Polizei. Aber irgendetwas anderes war da. Irgendjemand musste Neea auf die Idee gebracht haben.

Neea setzte sich in Bewegung, anscheinend wollte sie gehen.

«Warte, vielleicht wissen wir ja was», sagte Chico.

Neea wartete. Sie wandte sich ihm zu, mit vor der Brust verschränkten Armen. Unmöglich, diese Brüste nicht anzustarren.

«Okay. Ich wäre bereit, für Informationen sogar was springen zu lassen.»

Eine lange Pause trat ein. Chico gelang es mit einiger Mühe, seinen Blick von diesen verdammten Brüsten zu lösen. Er betrachtete stattdessen die Grabsteine, das beruhigte ihn ein wenig. Wobei es irgendwie nicht zusammenpasste. Glänzende Frauenbrüste, verstorbene Nachbarn.

«Hundert Euro», sagte Neea.

Was sollte das? Wenn Neea bereit war, Geld zu zahlen für Hinweise, bedeutete es, dass sie irgendeinen Profit witterte. Finanziell? Geld. Es ging doch immer um Geld. Aber es gab ein ernstes Problem. Robin und er selbst waren diejenigen, die sie suchte.

«Fünfhundert», sagte er. Vermutlich war das geeignet, den Verdacht von ihnen abzulenken, bevor er überhaupt Raum greifen konnte. «Pro Kopf. Macht tausend. Tausend geteilt durch zwei.»

Neea röchelte leise. Sie ließ ihre Zungenspitze an den Lippen entlangkreisen. Sah hinauf in den Himmel. Chico hatte das Gefühl, dass ihm etwas Bedeutsames klarwurde.

«Okay», sagte sie. «Erzählt mal.»

Sie schob ihre Hände in die Seitentaschen ihrer Jeansshorts, sodass der weiße Saum der Taschen herausragte. Wie weiße

Mäuse, die an den sonnengebräunten Oberschenkeln knabberten.

«Wo ist das Geld?» Die Worte kamen wie von selbst. Es fühlte sich gut an. Chico war wieder bei sich, ganz der Alte.

«Ich zahle», sagte Neea. «Aber ich habe das Geld noch nicht. Ich zahle später.»

Chico betrachtete Neea. Dann Robin. Es gibt einen hier mit klarem Kopf, und das bin ich, dachte er. Ein wunderbarer Gedanke. Er war plötzlich sehr zufrieden mit sich und der Welt, vermutlich war diese Zufriedenheit auch in seiner Stimme, als er sagte: «Wir berichten, sobald wir das Geld sehen.»

10.

Es gibt viele von uns. Ich bin nicht allein. Wenn sich die frohe Botschaft erst mal herumgesprochen hat, dann ...

Jorma Leivo begutachtete das Thermometer. Die Ziffernanzeige. Er saß allein in seinem Büro und nickte vor sich hin. Aber das Nicken galt auch denjenigen, die für das Wetter sorgten. Wer auch immer die sein mochten. Gute Arbeit. Das Thermometer zeigte 13,5 Grad Celsius. Bald halb drei. Die heißeste Zeit des Tages. Ganz hervorragend. Ausgezeichnet. Sommer in Finnland. Was war verlässlicher als ein Sommer in Finnland? Nichts.

Er holte sich aus dem Kühlschrank eine Dose seines Energiedrinks. Öffnete sie mit einem lauten Knacksen und Zischen. Ananasgeschmack. Er trank etwa die Hälfte, während er langsam zu seinem Schreibtisch zurückkehrte. Er sah sich die verstreut herumliegenden Unterlagen an, leerte die Dose. Eine leere Dose und jede Menge unbezahlter Rechnungen. Seine Stimmung drohte zu kippen, von Siegesgewissheit in Wut. Das hatte er nicht immer unter Kontrolle.

Er würde eine Assistentin brauchen. Eine Sekretärin, einen Zuarbeiter. Am besten gleich alle drei. Das war ganz klar. Aber noch war nicht die Zeit. Es floss noch nicht genügend Geld, aber es würde fließen. Der Wind drehte, das Blatt wendete sich, er spürte es.

Er setzte sich, wendete sich dem Fenster zu, sodass er den Strand sehen konnte. Bald würde dieser Strand von Menschen bevölkert sein. Leute, die endlich begriffen und die die optimale

Lösung für ihre Fragen gefunden hatten. Er beugte sich nach vorn, um den Turm der Rettungsschwimmer besser sehen zu können. Da war niemand. Er griff nach dem Blatt, auf dem die Schichtdienste verzeichnet waren. Sieh an. Korhonen hatte Dienst. Und war nicht da.

Sie hatten die Gartenlaube abgefackelt. Das war ein Fortschritt, immerhin.

Er hatte eine Nachricht erhalten, auf dem Handy, das er selbst Operationshandy nannte. Er wusste nicht recht, was er von Korhonen und dessen – was auch immer – Partner, Kompagnon, Freund, Liebhaber halten sollte. Aber falls die beiden endlich ihren Job erledigen sollten, würde seinen Plänen nichts mehr im Wege stehen.

Er ließ seinen Blick wieder auf dem leeren, unbesetzten Wachturm ruhen. Es war unwahrscheinlich, dass die Rettungsschwimmer einen Einsatz verpassten. Niemand schwamm.

11.

Olivia Koski betastete vorsichtig den Saunaofen, er war warm. Ihre Hand war schwarz und rußig. Sie sah sich um. Sie hatte sich eigentlich vorgenommen, einen freien Tag in diesem Sommer dafür zu nutzen, um die Gartenlaube aufzuräumen. Alten Kram loszuwerden, das Häuschen vielleicht anders, sinnvoller zu nutzen. *Problem solved.* Den freien Tag hatte sie jetzt, aber das Gartenhäuschen war bereits auf andere Weise gründlich ausgemistet worden.

Olivia setzte ihre Schritte behutsam. Die Gummistiefel waren dick, aber unter dem Schutt lagen Nägel, Scherben, spitze Gegenstände verborgen. Auch unter dem Müll, der im Garten verteilt lag. Jeder Schritt verursachte ein Knirschen, ein Knacksen oder ein Knallen.

Irgendjemand hatte ihre Gartenlaube in Brand gesetzt. Zuvor war irgendjemand in ihr Haus eingebrochen. Dieser Jemand war ermordet worden. In ihrer Küche. Immer wenn sie sich über diese Ereignisse Gedanken machte, fragte sie sich, was zum Teufel eigentlich in ihrem Leben los war. Alles war heillos verknotet, und je länger sie nachdachte, desto fester schien sich der Knoten zuzuziehen.

Vergangene Nacht, nachdem sie sich von dem durchaus sympathischen, in diesem Moment aber auch ein wenig störenden Jan Kaunisto verabschiedet hatte, hatte sie versucht, mit diesen Polizisten Klartext zu sprechen. Dass sie Angst habe. Dass sie nicht mehr verstehe, was hier passierte. Dass sie ehrlich fragen wolle, ob sie vielleicht Schutz brauche, Polizeischutz.

Diese andere Sache, die sie aus Filmen kannte, hatte sie nicht ins Gespräch gebracht. Wie nannte man das eigentlich? Wenn Zeugen eines Verbrechens eine neue Identität bekamen und ein neues Zuhause. In irgendeiner Kleinstadt, in der sie natürlich trotzdem irgendjemand wiedererkannte. Sie mussten um ihr Leben kämpfen, und am Ende, als alle Häuser brannten und Blut floss, mussten sie den ultimativen Bösewicht erschießen. Erst dann durften sie sich in die Arme fallen und, trotz Schussverletzung, ein neues und unbeschwertes Leben beginnen.

Nein, ganz so durchgeknallt war Olivia noch nicht. Zumindest vermutete sie das.

Die Polizisten allerdings schienen sie für verrückt zu halten. Das war ihr Eindruck gewesen.

Sie hatten ihr merkwürdige Fragen gestellt.

Woher kennen Sie diesen Herrn Kaunisto? Können Sie sich vorstellen, dass das Tötungsdelikt und der Brand in Verbindung stehen? Hatten Sie in jüngster Zeit Schwierigkeiten mit Männern? Hat jemand hier bei Ihnen gewohnt? Kennen Sie alle Menschen, die hier bei Ihnen verkehren? Pflegen Sie Umgang, der mit Feuer, Gefahr und fremden Männern zu tun hat?

Nun ja, hatte Olivia gedacht. Manchmal überkommt es mich, dann muss ich einen wildfremden Pyromanen vögeln.

Meine Güte, was stellen Sie für Fragen, hatte sie gesagt. Ich möchte Sie fragen, ob Sie der Meinung sind, dass ich in Gefahr schwebe. Sie fragen, ob ich es erregend finde, dass meine Gartenlaube brennt.

Ja, sie hatte ziemlich die Nerven verloren. Nicht ganz, aber ein wenig. In ausreichendem Maße, um Adrenalin auszuschütten, eine Schutzschicht zu bilden und Handlungsfähigkeit zu entwickeln. Das Gespräch war noch eine Weile weitergegangen.

Als die Polizisten sich entschuldigt und beteuert hatten, dass sie es so nicht gemeint hätten, war ihr ohnehin bereits klargeworden, dass sie ihr nicht helfen konnten. Olivia hatte verstanden.

Diese Erkenntnis hatte sie bis zum Morgen begleitet, hatte sie ihre missliche Lage endlich in ihrer Tragweite verstehen lassen, und dann hatte dieser Anwalt, Wilenius, vor der Tür gestanden. Der Anwalt hatte ihr ein Angebot unterbreitet.

Falls dieser Mann ihr tatsächlich zehntausend für die Rohrsanierung geben sollte, würde Olivia die Sache aufklären. Ihm den Mörder bringen. Sie *würde* die verdammte Sache zu Ende bringen. Sie hatte gar keine Wahl. Und es gab noch einen weiteren guten Grund. Sie hatte am Vorabend zum ersten Mal eine Ahnung davon erhalten, dass die Polizei sie allen Ernstes in irgendeiner Weise im Verdacht hatte. Vielleicht hielt man sie sogar für die Mörderin oder die Auftraggeberin.

Das machte sie wirklich wütend. Alle ihre Enttäuschungen, alle Momente, in denen ihre Gutmütigkeit ausgenutzt worden war, waren in diesem Gefühl der Wut versammelt. *Ja, gut, ich erledige das, ich verstehe natürlich, vielleicht ist es so, dieses eine Mal geht das in Ordnung, gut, ich mache das.*

Ihr könnt mich alle mal.

Dieser Gedanke erinnerte sie daran, das sie etwas Wichtiges erledigen wollte.

Olivia verbrachte die nächsten viereinhalb Stunden in der alten Außentoilette und deren Umgebung. Die Arbeit war schweißtreibend, schmutzig und schwer. Die Toilette war einige Jahre lang nicht genutzt worden. Immerhin war sie stabil gebaut, das bedeutete, dass weder ihr Vater noch ihr Großvater hier Hand angelegt hatten. Sie hielt beide in allen Ehren, aber hätten sie hier handwerklich mitgewirkt, wäre das Ding beim ersten Abwischen eingestürzt. In jeder Hinsicht.

Der kleine Raum hatte zwischenzeitlich als Abstellkammer gedient. Es lag so viel Krempel herum, dass Olivia sich bei dem Gedanken ertappte, der unbekannte Feuerteufel hätte lieber hier wüten sollen und nicht in der Gartenlaube und der Sauna. Aber wer wusste schon, was im Kopf eines Pyromanen vor sich ging? Das waren Kranke, die aus der Sache vielleicht sogar sexuelle Befriedigung zogen. Das hatte zumindest einer der Polizisten, der mit dem Schnauzbart, angedeutet. Vielleicht hatte das Gartenhäuschen mit Sauna mehr Befriedigung verschafft als diese Toilette?

Sie schaufelte sich den Weg frei. Eine merkwürdige Masse hatte sich gebildet, aus Erde und Blätterwerk, das sich über etliche Jahre angesammelt haben musste. Olivia wusste nicht genau, woher das Laub überhaupt gekommen war. In der Masse fand sich auch diverser Kleinkram. Sie schaufelte beharrlich, bis eine Art Ordnung herrschte, dann holte sie einen Eimer und füllte ihn mit den Blättern und der erdigen Masse. Das war ein Anfang. Vom Strand holte sie einen zweiten Eimer, mit Meerwasser, und säuberte gründlich die Innenwände der Toilette. Nach getaner Arbeit hatte sie tatsächlich im hintersten Winkel ihres Gartens eine funktionierende Außentoilette.

Sie setzte sich probeweise mal hin. Das Putzmittel roch penetrant. Die Tür stand offen, aber sie erwartete ja keinen Besuch. Oder doch? Da kam tatsächlich Jan Kaunisto auf ihr Grundstück geradelt. Er fuhr vor der Ruine der Gartenlaube vor und sah ihr direkt in die Augen, um dann hastig den Blick zu senken. Er hielt sich noch an seinem merkwürdig großen, kreisrund geschwungenen Fahrradlenker fest, während sich Olivia von dem Toilettensitz erhob und ihm durch den Garten entgegenging. Nun ja, es war ja wohl erlaubt, nach anstrengender körperlicher Arbeit mal kurz auszuruhen.

«Alles gut, kein Problem», sagte sie.

Jan Kaunisto lächelte und stellte sein Rad ab.

Jan Nyman betrachtete die Frau, Olivia Koski, die einen roten Eimer in einer Hand hielt. Ihre Haare hatte sie zu einem lockeren Pferdeschwanz gebunden, das T-Shirt klebte an ihrer Haut, sie trug Shorts. Ihre Gummistiefel reichten bis zu den Knien.

Er bemühte sich, nicht allzu deutlich zu zeigen, wie sehr er es genoss, sie wiederzusehen. Es war schön, wenn auch anstrengend, denn er war direkt von seinem Treffen mit Muurla hierhergeradelt. Ohne sich in seinem Ferienhäuschen frisch zu machen und ohne eine Pause einzulegen. Seine Beine zitterten, vermutlich war er übersäuert oder irgendetwas in der Art.

«Ich war Fahrrad fahren», sagte er, deutete auf das Rad. «Und kam zufällig vorbei.»

«In einer Sackgasse, die nur an diesen Ort führt?»

Direkt, dachte Nyman. Direkt zum Kern der Sache. Sie wirkte verändert. Eine Veränderung, die sich nicht nur mit dem Eimer erklären ließ, der an ihrer Hand baumelte. Oder mit dieser kleinen Toilettenkammer, in der sie offenbar gearbeitet hatte.

«Richtig», sagte er. Betrachtete die Brandruine. «Ich dachte, dass ich mal nach Ihnen sehen könnte. Wie Sie zurechtkommen.»

«Sauna und Gartenhaus sind abgebrannt», sagte sie. «In

meiner Küche ist jemand zu Tode gekommen. Ich habe gerade meine Außentoilette in Betrieb genommen. Alles bestens.»

Nyman bewegte sich auf dünnem Eis. Er wusste das. Er war in diesen Dingen immer lausig gewesen. Schon im Umgang mit Tuula. Tuula hatte mal gesagt, dass er einfach keine Art habe, dass er einfach nicht wisse, wie man sich benehme, im Zwischenmenschlichen. Vielleicht hatte es damit zu tun, dass er nie viel übriggehabt hatte für die äußere Form, für Förmlichkeiten aller Art.

«Bedauerlich», sagte er. «Abgesehen von der neuen Toilette. Das ist ja schön.»

Olivia musterte ihn. Weder abweisend noch einladend.

«Wie lief es beim Surfen?», fragte sie.

«Kalt», sagte er. «Der Lehrer ist vermutlich ein neuer Freund von mir. Er hat schnelle Hände.»

Olivia dachte nach.

«Sagen Sie, wie war das gleich? Wann sind Sie hier eingetroffen, um Ferien zu machen?»

Auch diese Frage kam ohne Umschweife, und es gab zwei Möglichkeiten: Entweder erschien er Olivia irgendwie suspekt, was die Vermutung nahegelegt hätte, dass sie selbst zumindest mit der Brandstiftung nichts zu tun hatte. Oder sie stellte die Frage aus ganz anderen Gründen.

«Also, mit der Sache hier habe ich nichts zu tun», entgegnete er, mit einem Blick auf die Brandruine. «Ich bin gestern Vormittag angekommen. Am Abend war ich in meinem Häuschen, habe mich mit meinem Nachbarn unterhalten und bin dann in die Bar, wo ich Sie traf. Und ganz ehrlich, würde ich irgendetwas von Ihrem Eigentum in Brand setzen wollen, dann eher das Ruderboot dahinten, das hat nämlich etliche große Löcher im Boden.»

«Danke, dass Sie mich daran erinnern.»

«Aber auch daran würde ich mich natürlich niemals vergreifen.»

Olivia hielt seinem Blick stand.

«Und warum sind Sie hier?»

«Wie gesagt, ich wollte mal nachsehen. Sicherstellen, dass das Feuer gelöscht ist. Und falls nicht, hätte ich beim Löschen geholfen.»

Olivia Koski ließ ihren Blick auf der Ruine ruhen. Der Eimer baumelte an ihrer Hand, schwang hin und her. Sie sah ihn an.

«Das Feuer ist gelöscht. Aber der Kaffee könnte noch warm sein.»

Sie saßen draußen. Olivia war barfuß, Nyman sah, wie sich ihre Zehen im kurzgeschorenen Gras hoben und senkten. Später Nachmittag am Meer, die Sonne sank langsam hinab, umgeben von sanften Schatten. Die Luft war ein wenig kühl und von angenehmem Duft erfüllt, dem Duft des Meeres, der Bäume, der Pflanzen, Blumen, Wiesen. Der Duft der Schöpfung, dachte Nyman.

«Sie haben also Kaffee gekocht», sagte er. «Darf ich daraus schließen, dass Sie wieder fließend Wasser haben?»

«Nein, Mineralwasser. Gekauft. Die Handwerker haben ein Angebot gemacht, 10 000 Euro.»

Nyman wendete sich dem Haus zu. Im grellen roten Sonnenlicht sah es noch renovierungsbedürftiger aus als zuvor. Zehntausend würden vermutlich nur für «Erste-Hilfe-Maßnahmen» reichen.

«Gestern in der Bar hatte ich es so verstanden, dass Sie das Geld im Moment nicht haben. Hat sich daran etwas geändert?»

«Noch nicht.»

Die Antwort kam schnell. Mit fester Stimme ausgesprochen. Nyman hielt inne, unschlüssig, ob er nachhaken oder abwarten sollte.

«Sind Sie jemals ein großes Risiko eingegangen, Jan?», fragte sie. Sie suchte seinen Blick, wandte sich dann ab und sah aufs Meer hinaus. Nyman gefielen ihre Augen, aber auch ihr Profil. Hatte er jemals riskant gehandelt? Nun ja, beruflich sicher.

«Wie würden Sie das definieren? Ein Risiko eingehen?», fragte er.

«Dass Sie verlieren können, was Ihnen wichtig ist.»

«Das klingt ziemlich riskant.»

«Und? Haben Sie?»

Olivia suchte seine Augen, Nyman schüttelte den Kopf.

«Tatsächlich versuche ich, Risiken zu vermeiden», sagte er. Das war die Wahrheit, in gewisser Weise.

Olivia schien noch mehr hören zu wollen.

«Vielleicht hat es damit zu tun, dass ich das Leben an sich für ziemlich riskant halte», sagte er. «Ich habe zum Beispiel nie verstanden, was Leute daran finden, Bungee-Sprünge zu machen oder auf Berge zu steigen. Warum soll man Risikofaktoren noch potenzieren? Alles, was wir essen, ist ja ohnehin giftig, wenn wir glauben, was in Zeitungen steht. Der Straßenverkehr ist auch tödlich. Tausende erhalten täglich Krebsdiagnosen. Morgens zur Arbeit zu gehen kann fatal enden. Und die Arbeit, die wir tun, kann zuweilen sehr gesundheitsschädlich sein.»

«Das Leben eines Mathematiklehrers ist demnach gefährlicher, als ich gedacht habe», sagte Olivia.

«Ich meine das Leben an sich. Leben ist riskant.»

«Sie wollen also sagen, dass es sich in Ihren Augen nicht lohnt, Risiken einzugehen?»

«So würde ich es nicht sagen», entgegnete Nyman. Die Sache wurde zunehmend interessant. Sowohl das Thema als auch dass Olivia das Gespräch so zielsicher in diese Richtung gelenkt hatte. «Wichtig finde ich in jedem Fall die Risikoabwägung. Dass man sich der möglichen Folgen bewusst ist. Wenn man bereit ist, das zu verlieren, was einem wichtig ist und was man unbedingt erreichen wollte, dann ist das sicher in Ordnung. Sind Sie denn bereit, ein solches Risiko einzugehen?»

Olivia zögerte. «Was wäre, wenn ich keine Alternativen hätte?», fragte sie.

Nyman widerstand dem Impuls, unmittelbar zu antworten, ihre Reaktion zu beobachten.

«Hm. Dann wäre es streng genommen kein bewusst gewähltes Risiko mehr», sagte er schließlich. «Dann wäre es einfach etwas, das getan werden muss. Ohne Gewissheiten. Sprechen wir hier von einem solchen Fall?»

Olivia hatte sich zurückgelehnt, die Position der Beobachterin eingenommen. Das war zumindest sein Eindruck. Sie dachte über ihn nach, versuchte vielleicht, ihn irgendwie einzuordnen. Als wolle sie Maß nehmen.

«Sie würden es also tun?», sagte sie. «Sie haben meine Frage noch gar nicht beantwortet.»

Er löste seinen Blick von ihren braunen Augen. Ihrer ruhte weiterhin auf ihm, das spürte er.

«Im Notfall», sagte er. «Ja.»

Olivia lehnte sich zurück, sah aufs Meer hinaus. Nyman folgte ihrem Blick. Eine Schwalbe flog vorüber, den Himmel teilend. Nyman ging in Gedanken noch mal das durch, was sie gesagt hatte, was er erwidert hatte. Olivia wandte sich ihm zu.

«Wie war Ihre Scheidung?», fragte sie. Lag da nur Neugier oder auch Misstrauen in ihrer Stimme? Nyman war sich nicht sicher. Vielleicht ein wenig Misstrauen, dachte er, unangenehm berührt.

«Finanziell betrachtet hat es sich gelohnt», sagte er. «Meine Frau hat unsere gemeinsame Wohnung zu einem guten Preis verkauft. Sie erzählte mir davon, als sie mir die Scheidungspapiere aushändigte. Wir waren Pizza essen. Die Pizzen dampften vor uns auf dem Tisch. Ich erinnere mich sogar an die Zutaten. Walnüsse, Kirschtomaten, Gorgonzola, Rucola. Das war das *Special der Woche*, wenn ich mich recht entsinne.»

«Und dann?»

«Ich habe meine Pizza gegessen. Ich weiß nicht mehr, ob sie gut war, ob ich sie hätte empfehlen können.»

«Ich meine, wie ging es dann weiter?»

«Ah, ja. Ich fragte meine Frau oder meine Exfrau, ob ich irgendetwas falsch gemacht hätte. Sie sagte: Ja, du hast etwas falsch gemacht. Dann hat sie mich gebeten, ihr den Oregano zu reichen. Ich unterschrieb die Papiere, und wenig später hatte ich ziemlich viel Geld auf dem Konto.»

«Hat Ihre Frau, Ihre Exfrau, nicht konkretisiert, was Sie falsch gemacht haben?»

«Doch, hat sie», sagte er. «Es waren diverse Dinge. Ich habe zu wenig zugehört, war zu selten da, habe mich nur auf meine Arbeit konzentriert. War nicht rücksichtsvoll, habe nicht den Menschen in ihr gesehen.»

Lächelte Olivia? Oder war es das Licht, das ihre Gesichtszüge weicher erscheinen ließ?

«Und dann?»

«Ich gab zu, dass sie vermutlich recht hatte. Dass ich schon damals, als wir uns in einer Bar trafen, nicht genau wusste, wie ich ihr begegnen sollte. Sie stimmte zu, sagte, dass sie genau das meine. Ich habe unsere Pizzen bezahlt und eine Einzimmerwohnung gemietet, in der ich heute noch wohne.»

«Wo ist das?»

«In Kallio. Pengerstraße.»

Ihre braunen Augen blitzten kurz auf.

«Nettes Viertel», sagte Olivia.

«Ja, absolut. Sehr schön da», sagte Nyman. Er lächelte, trank einen Schluck Kaffee. Lauwarm. Er trank trotzdem.

«Kennen Sie das Thai-Restaurant? Bei der Haltestelle der Linie 3?», fragte sie.

«Ja, sicher. Also, da gibt es mehrere», sagte er.

«Ich meine das, das immer gut besucht ist, man muss oft sogar reservieren.»

Sie saß entspannt da, aber ihr Blick ... es fühlte sich ein wenig an wie beim Röntgen.

«Das *Lemon Grass*», sagte er.

«Genau, so heißt es», sagte Olivia. «Hier gibt es nirgends gutes thailändisches Essen. Wobei mir einfällt, dass ich einkaufen gehen wollte. Wenn Sie möchten, können wir zusammen radeln. Ich ziehe mich rasch um.»

Sie ging die Treppe hinauf. An der Tür blieb sie stehen, sah sich den Garten an, dann ihn. Nymans Augen begegneten ihren für einen flüchtigen Moment. Sie musterte ihn nachdenklich. Als würde sie sein Gesicht mit Gedanken abgleichen, die ihr durch den Kopf gingen.

12.

Holma ließ seinen Wagen in der Vihemiemistraße stehen. Im Stadtteil Hakaniemi. Vor dem Halal-Laden, unter üppigen grünen Bäumen.

Neben dem Laden war ein Kiosk. Er ging rein und erwarb gerippte Kondome sowie ein Lotterielos – man musste ja im Leben immer auf das Beste hoffen – und eine Flasche *Jaffa*-Apfelsinenlimonade light. Er schob die Kondome und das Los in seine Brusttasche, öffnete die Flasche, sah sich um. Der Kiosk war innen geräumiger, als er von außen ausgesehen hatte. Eine Kombination aus Café, Buchantiquariat und Spielhalle. An der Wand hing ein Fernseher, auf dem die Ergebnisse von irgendwelchen Sportereignissen flimmerten.

Zwei Männer, die sich mit ihren Kahlköpfen erstaunlich ähnlich sahen, starrten, zurückgelehnt sitzend, den Fernseher an, mit ihren Wettbelegen in den Händen. Holma dachte an Antero. Antero hatte andauernd gespielt. Spiele, die er nicht hatte gewinnen können. Holma trank von seiner *Jaffa*-Limonade, betrachtete die Männer. Der eine schnaufte vor sich hin, stand auf, lief einen Halbkreis, zerriss seinen Beleg. Der Mann bemerkte Holma, Holma schenkte ihm ein Lächeln.

«Warum spielen Sie?», fragte er.

Der Mann sah ihn an. Schien die Frage nicht zu verstehen. Er mochte etwa fünfzig Jahre alt sein, mit einem Gesicht, das den Kampf gegen die Schwerkraft bereits verloren hatte. Er trug ein kurzärmeliges rot-weißes Karohemd. In der Bauchgegend wölbte es sich bemerkenswert nach vorn, einer optischen Täuschung nicht unähnlich. Mit seinen blauen Augen versuchte er, Holma mit Menschen abzugleichen, die er kannte.

«Äh. Wer sind Sie?»

Holma lächelte.

«Warum spielen Sie?», fragte Holma erneut.

«Was geht Sie das an?»

«Mein Bruder hat gespielt», sagte Holma. «Deshalb. Es interessiert mich.»

Der Mann zuckte mit den Achseln. «Man spielt wohl in der Regel, um zu gewinnen.»

«Aber Sie haben nicht gewonnen.»

Der Mann sah hinüber zur Theke, dann wieder zu Holma.

«Dieses Mal nicht.»

«Und letztes Mal?»

Der Mann schüttelte den Kopf.

«Und davor? Wann haben Sie denn zuletzt gewonnen?»

Der Mann wurde langsam wütend. Holma beobachtete, wie er von einem Bein aufs andere wippte, den Kopf schüttelte, wie sich die Züge in seinem Gesicht verhärteten. «Was ist das für ein Ding hier?»

«Ich versuche nur zu verstehen. Warum jemand unbedingt sein Geld loswerden will. Sie wissen, dass Sie nicht gewinnen können, dennoch spielen Sie.»

«Ich weiß nicht.»

«Das ist Ihre Antwort? Dass Sie es nicht wissen?»

«Sie wissen es ja auch nicht.»

«Ich weiß eines. Mit absoluter Gewissheit.»

In den Augen des Mannes passierte etwas, da war ein Funkeln.

«Sie wissen, wer gewinnt?»

«Ich weiß, wer nicht gewinnen wird.»

«Wer?»

Holma nahm einen Schluck Limonade. Er war ein von Natur aus hilfsbereiter Mensch. Manchmal war die Lage aber hoffnungslos. Holma betrachtete den Fernseher, die Liste der anstehenden Spiele.

«Leverkusen», sagte er.

Der Mann drehte sich langsam um, wendete sich den Listen zu. Holma trat näher. Gemeinsam studierten sie die Listen auf dem Bildschirm.

«Auswärtsspiel?», fragte der Mann.

«Ganz genau», sagte Holma. Er roch die Ausdünstungen des Mannes. Schweiß, Anspannung, Enttäuschung. Unstillbarer Durst nach einem Triumph.

«Ich an Ihrer Stelle würde eine Menge darauf setzen.»

Der Nachmittag war windig und kühl. Rechts und links von ihm ragten die Wände der Hochhäuser in den tiefblauen Himmel. Durch dieses Stadtviertel verlief im Westen ein schmaler Weg. Holma lief auf der linken Seite, er trug eine Sonnenbrille. Er lief an der Wohnung, die er ansteuern wollte, vorbei, ließ seinen Blick über den Innenhof und die in der Nähe parkenden Autos und die Fenster der gegenüberliegenden Häuser gleiten.

Eine junge Frau, Typ Studentin, brachte gerade den Müll raus, eine Tür knallte im Innenhof, das Geräusch verhallte, ebbte ab. Ein Mann stand im Bademantel an der Eingangstür und rauchte. Holma konnte keine Polizisten entdecken. Auch keine, die Zivilisten spielten. Holma war sich sicher, Polizisten jederzeit von Menschen unterscheiden zu können. Das einzige Risiko im

Zusammenhang mit der Erdgeschosswohnung erkannte er im Haus, das schräg gegenüber lag. Im ersten Stock. Zwei Fenster. Holma hatte dort die Silhouette eines Mannes gesehen. Das mochte Zufall sein, aber wenn man wusste, wie die Ermittler vom Rauschgiftdezernat arbeiteten, verringerte sich die Wahrscheinlichkeit eines solchen deutlich.

Na gut, dachte er. Vielleicht war es sogar besser so. Wenn man bedachte, was er hier vorhatte. Wenn alles so lief, wie er hoffte, würde vielleicht sogar eine Verbindung zu Drogen hergestellt werden. Holma ging die Straße entlang, lief einmal um die Häuser herum, prägte sich den Stadtteil Merihaka genau ein. Das Haus, in dem er gewesen war, als der Anruf kam, konnte er von seiner jetzigen Position aus nicht sehen.

Der Urlaub tat ihm gut. Er fühlte sich frei, so wie damals, als er freiberuflich gearbeitet hatte, ohne Vorgesetzten, Stechuhren, feste Routinen. Er lief beschwingt, kümmerte sich nicht um den strammen Sommerwind, der seinen Seidenanzug durchdrang. Er begriff jetzt, warum Menschen Urlaub mochten. Neue Ideen finden, gute, frische Gedanken. Er stellte sicher, dass das Messer an seinem Platz war, unten am Rücken, bedeckt von seinem Jackett.

Holma überquerte die Straße. Kurz erwog er, das chinesische Lebensmittelgeschäft zu betreten, aber er benötigte keine chinesischen Lebensmittel, deshalb machte er auf dem Absatz kehrt und blieb auf dem Gehweg vor dem Laden stehen.

In der Mitte einer mehrspurigen Straße befanden sich die Zufahrt und die Ausfahrt einer Tiefgarage. Autos wurden in regelmäßigen Abständen verschluckt und auf die Straße ausgespien. Holma heftete seinen Blick auf die andere Straßenseite, auf die Eingangstür eines hellen gelben Hauses.

Er wusste etwas, das er nicht hätte wissen dürfen. Das bestärkte ihn in dem Verdacht, dass auch andere Bescheid wussten. Vielleicht sogar die Polizei. Es war immer dasselbe mit dem Drogenhandel: Früher oder später wussten es alle. Glücklicherweise war der Dealer der Letzte, der die Sache begreifen würde. In der Wohnung war Geld.

Er erinnerte sich an das Gespräch, das er geführt hatte. Im ersten Moment war er überrascht gewesen, geradezu empört angesichts der Forderungen dieser Olivia Koski. Holma hatte nicht damit gerechnet, dass jemand sein Angebot derart wörtlich nehmen und um Vorauszahlung bitten würde. Zehntausend. Dann hatte er gedacht, dass es lustig werden könnte. Und so sollte Urlaub ja sein. Lustig. Also hatte er mit Fräulein Koski – verheiratet war sie nicht, das hatte er recherchiert – vereinbart, dass er morgen Vormittag wiederkommen und zehntausend auf den Tisch legen und im Gegenzug erfahren würde, wer seinen mäßig begabten Halbbruder ermordet hatte.

Er würde Fräulein Koski das Geld gewissermaßen zur Aufbewahrung überlassen, bis er den Mörder gefunden und angemessen bestraft hatte. Dann würde er zurückkehren und sich nehmen, was ihm gehörte. Je nachdem, wie Fräulein Koski reagierte, würde er die gerippten Kondome zur Anwendung bringen oder auch nicht.

Er dachte nach. Der Dealer kannte ihn. Das einzige Risiko waren die Drogenpolizisten. Falls sie die Wohnung observierten, würden sie ihn sehen. Falls nicht, gab es kein Problem, das nicht mit einem Messer hätte gelöst werden können. Er ging über den Zebrastreifen, drückte die Klingel. Wartete einen Moment. Klingelte erneut. Hörte die Stimme eines Mannes.

«Was?»

«Wir müssen reden», sagte Holma.

«Was? Wer?»

Holma sagte, für wen er arbeitete.

«Ich schulde nichts.»

«Es geht nicht um Schulden. Wichtiger. Es geht um dich.»

«Was?»

«Lass den Mist jetzt. Ich bin hier an der Tür. Mach auf.»

Stille. Holma war sicher, dass Paranoia und Gier die Oberhand gewinnen würden. Der Summer signalisierte, dass die Tür geöffnet wurde. Niedere Instinkte gewannen immer.

Holma blieb im Treppenhaus stehen, horchte. Atmete die Luft ein, roch weder Parfum noch Tabak noch Essen, noch sonst etwas. Hörte nichts, nahm keine Bewegungen wahr. Niemand war da. Als er vor der Wohnungstür stand, richtete er sein Jackett und drückte behutsam den Klingelknopf.

Der Mann, der öffnete, war in Holmas Alter und sah aus, als hätte er sich lange nicht gewaschen. Er hatte breite Schultern und trug eine Möchtegern-Biker-Weste, ein billiges Imitat. In einem schnellen Bewegungsablauf schob Holma den Mann in die Wohnung hinein, während er das Messer in seinem Hals versenkte. Er zog den Mann zu sich heran, durchtrennte die Luftröhre und die Halsschlagader. Er trat einen Schritt zurück, betrachtete den Mann, während er in Kreisen durch den Flur taumelte. Blut spritzte gegen die Wände, der Mann fiel auf die Knie, sank zu Boden. Dann war er tot.

Die Wohnung hatte zwei Zimmer und eine Küche. Alles war ähnlich schmutzig wie ihr Bewohner. Die Jalousien waren heruntergezogen, in allen Räumen. Das Sofa im Wohnzimmer war so massiv befleckt, dass Holma sich nur für eine große Summe Geld unter Umständen bereit erklärt hätte, darauf zu sitzen. Er zog die Latexhandschuhe aus seiner Jacketttasche und begann mit der Arbeit. Zuerst durchsuchte er das Schlafzimmer. Auf dem Boden türmten sich Kleiderstapel. Sie legten nahe, dass in dieser Wohnung, zumindest phasenweise, auch eine Frau lebte. Holma sah unter den Matratzen nach, leerte die Schränke, hielt nach einer Kiste Ausschau oder nach einem Geheimfach in der Wand oder Ähnlichem. Aber das Schlafzimmer erwies sich als Sackgasse.

In der Küche stapelte sich Geschirr. Es roch wie in einer Gruft. Holma riss die Schubladen und Schränke auf, warf alles auf den Boden. Er fand Makkaroni, die zu Zeiten von Gorbatschow abgelaufen waren. Aber nicht das, was er suchte. Er tastete alles ab, auch die Bereiche, die er nicht einsehen konnte, inspizierte akribisch die Schränke.

Er kehrte ins Wohnzimmer zurück. Der einzige nagelneue, penibel saubere Gegenstand in der Wohnung war ein Flachbildschirmfernseher von enormen Ausmaßen. Das war typisch für diese Rauschgifttypen. Sie sahen sich andauernd diese Action- und Gangsterfilme an und begannen zu glauben, dass sie Actionhelden und Gangster waren. Sie verhielten sich dementsprechend und landeten im Knast oder bekamen ein Messer in den Hals. Holma betrachtete das Sofa.

Konnte es so einfach sein? Er hatte das Sofa bis zum Schluss aufgespart, weil es so verdammt eklig war. Auch Holma hatte seine kleinen Schwächen, seine schwachen Momente. Er stellte sich davor, hob eines der Kissen an, warf es weg und fand darunter eine Fertigpizza mit Hackfleisch. Oder zumindest eine eigenartige Masse biologischen Ursprungs, die einer solchen Pizza ähnelte. Er nahm das zweite Kissen, das schwerer und unförmiger war als das erste. Schon als er es anhob, wusste er, dass er eine Goldader gefunden hatte.

Er zog aus seiner rechten Jacketttasche eine Tragetasche aus Stoff, entfaltete sie und legte die Geldbündel aus dem Kissen hinein. Es waren ein wenig mehr als 20000 Euro. Einerseits eine Menge, andererseits wies die Summe den Möchtegern-Biker letztlich als Dealer zweiter Klasse aus, als einen der weniger wichtigen. Was auch ein Grund dafür war, dass Holma ihn ausgewählt hatte für seine Bargeldbeschaffung. In dem Kissen befanden sich auch Kapseln, Pillen und Pulver, Holma ließ alles da, wo es war.

Im Flur blieb er noch einmal stehen und stellte sicher, dass er nichts vergessen hatte. Das Messer war in der Plastiktüte, die Plastiktüte in der Hosentasche. Das Geld in der Stofftasche. Ein Latexhandschuh an seiner rechten Hand, mit der er die Tür öffnete und schloss.

13.

Olivia Koski vergewisserte sich, dass sich Jan Kaunisto wirklich auf den Weg machte. Er sprang auf sein Leihfahrrad, das er auf dem Parkplatz des Supermarkts abgestellt hatte, und radelte zügig zwischen den Autos davon. Über den Parkplatz und weiter auf die Straße. Olivia sah ihm nach. Unauffällig natürlich, sie tat so, als sei sie mit ihrem Fahrrad beschäftigt und mit der Einkaufstasche und mit dem Korb, der auf dem Gepäckträger befestigt war. Aus dem Augenwinkel sah sie das türkisgrüne Flanellhemd zwischen Einfamilienhäusern verschwinden.

Mathematiklehrer. Gut aussehend. Aufmerksam. Besaß die Fähigkeit, über sich selbst zu lachen. Manchmal wirkte er irgendwie abwesend. Nicht ganz bei der Sache. Vielleicht hatte Jans Ex ja recht, als sie ihm gesagt hatte, dass er sich ihr gegenüber zwischenmenschlich zuweilen eigenartig verhielt. Vielleicht konnte er es einfach nicht anders.

Falls diese ganze Geschichte überhaupt stimmte. Olivia hatte Jans Ausführungen mit wachsendem Interesse gelauscht, sie hatte sich auch eine kleine Spitze erlaubt, als sich die Gelegenheit geboten hatte. Eine kleine Falle gestellt. Aber das Korianderhuhn, das im *Lemon Grass* serviert wurde, hatte sie ebenso wenig vergessen können wie er.

Sie stand noch für eine Weile neben ihrem Fahrrad, ließ dann die Einkaufstasche in den Korb fallen, sprang auf und fuhr in dieselbe Richtung, die Jan Kaunisto vor einigen Minuten eingeschlagen hatte.

Tatsache war, dass sie in dieser Stadt nach wie vor eine

Menge Leute kannte. Sie hatte darüber selten nachgedacht, vielleicht hatte sie das auch gar nicht tun wollen. Nicht alle Erinnerungen waren erbaulich. Die besonders unschönen hatten mit ihrer Mutter zu tun. Damit, wie die Menschen ihre Mutter behandelt hatten.

Ihre Mutter war ihrer Zeit voraus gewesen. Eine manisch-depressive Künstlerin, die das Paris der zwanziger Jahre in der kleinen Küstenstadt hatte wiederbeleben wollen. Im Gegensatz zu ihren deutlich erkennbar wechselhaften Stimmungen war ihr Künstlertum ein wenig schwer zu definieren gewesen. Sie hatte selten gemalt und wenn, dann ohne Pinsel. Sie hatte gewissermaßen ihre Körperteile zur Anwendung gebracht. Ihr bester Käufer war ihr Ehemann gewesen, Olivias Vater, der allerdings als geheimnisvoller Verehrer aufgetreten war, von dem ihre Mutter verträumt, mit einem Rotweinglas in der Hand, das Meer betrachtend, erzählt hatte. Er hatte die Bilder anonym erworben und dann ohne weitere Umstände und ohne Absender in die Welt hinausgeschickt, an irgendwelche Leute, die ihm irgendwann mal ungefragt ihre Visitenkarte in die Hand gedrückt hatten. Olivia hatte es kurz vor ihrem zehnten Geburtstag herausgefunden. Vater, der ihre Mutter mehr als alles andere auf der Welt geliebt hatte, hatte sie gebeten, das Geheimnis zu bewahren. Olivia hatte dieser Bitte entsprochen, eineinhalb Jahre lang, dann war Mutter gestorben. Olivia wusste bis heute nicht genau, woran. Ein Anfall, hatte Vater gesagt. Die Verwandten hatten von einem Unfall gesprochen. Merkwürdige Geschichte, hatte eine Bekannte der Familie gesagt, die hin und wieder zu Besuch gekommen war. Diese Bekannte war wohl Mutters beste Freundin hier im Ort gewesen, oder zumindest war ihre Bindung so nah an Freundschaft herangekommen, wie es eben möglich war.

Olivia hatte, seitdem sie die Stadt verlassen hatte, keinen

ontakt mehr zu Fräulein Simola gehabt. Sie konnte sich nicht mal an ihren Vornamen erinnern. Sie wusste aber, wo ihr Haus stand, im Stadtteil Hiekkala. Es war eines der weit oben gelegenen Häuser.

Die Siedlung lag an einem steilen Hang. Wer die Häuser von unten sah, hielt die oberen Stockwerke für das Erdgeschoss. Das Haus von Fräulein Simola war schön gelegen, am höchsten Punkt des Hügels, hinter dem Haus erstreckte sich ein Wald. Alle hielten diesen Wald für ein Naturschutzgebiet, aber es war keines. In dieser Stadt gab es so vieles, was keiner genau wusste oder irgendjemand einfach behauptete. Da war es kein Wunder, dass dieser Typ den ganzen Ort einfach in *Palm Beach, Finland* hatte umtaufen können. Angesichts der Geschehnisse der jüngsten Zeit wunderte sich Olivia über nichts mehr, auch nicht über diesen Namen.

Die Straßen in Hiekkala waren entweder ansteigend oder abschüssig. Auf dem Weg dorthin waren sie natürlich steile Steigungen. Sehr steile. Olivia quälte sich zur Hälfte nach oben, dann sprang sie, völlig außer Atem, vom Rad und lief. Wie schaffte das eigentlich Fräulein Simola? Sie musste über siebzig sein. Tatsächlich, da stand sie. Sie sah aus wie Miss Marple. Die Ähnlichkeit war so frappierend, dass Olivia fast erwartete, sie würde Englisch sprechen. Aber das tat sie nicht.

Fräulein Simola trug braune Lederschuhe mit Schnürsenkeln, einen Rock aus dicker Tweed-Wolle und eine Spitzenbluse. Alles saß tadellos. Sie hatte lockige graue Haare. Lockig waren sie schon immer gewesen, vielleicht war der Haaransatz ein wenig nach hinten gerückt, aber dennoch: Sie hatte immer noch prächtige Haare, die Olivia ein wenig an Elvis Presley in seinen besten Zeiten erinnerten. Ihre Augen waren unverkennbar, tiefbraun, wie reife Mandeln.

Sie umarmte Olivia, drückte sie an sich, fragte, wie es ihr gehe. Auf Finnisch, nicht auf Englisch. Eine Antwort wollte sie kaum hören, stattdessen sagte sie sofort, dass sie bereit sei, mit Olivia über ihre Mutter zu sprechen, wenn sie das wolle. Sie sagte, dass sie Liisa immer verstanden habe und dass Liisa auch sie verstanden habe, sie hatten einen Blick füreinander gehabt, und Freunde seien in der damaligen Zeit ein rares, kostbares Gut gewesen. Sie sei bereit, über alles zu sprechen. Im wahrsten Sinne. Sie sagte, dass man heutzutage über alles reden könne und dass sie das auch gerne tue, von Angesicht zu Angesicht. Es sei eine Freude, das tun zu dürfen. Frei zu sprechen. Auch über die Liebe unter Frauen.

«Aber Liisa hatte dafür keinen Sinn», fügte sie hinzu, beiläufig, als würde sie über Blumen sprechen, die sie gießen wollte oder über Vorhänge, die gewechselt werden sollten. «Liisa hat sich nichts aus Muschis gemacht. Noch nicht mal aus den guten.»

Olivia sagte, dass dieses Thema nicht direkt mit ihrem eigentlichen Anliegen zu tun habe.

Fräulein Simola nahm ihren Arm und ging zur Terrasse. Es fühlte sich ein wenig komisch an, denn der ganze Arm der alten Dame hatte gerade mal die Länge von Olivias Unterarm. Sie war höchstens einen Meter fünfzig groß, zart und leicht. Olivia hatte das Gefühl, am Arm einer Puppe zu laufen.

Der Garten war klein und dicht bewachsen. Es wirkte, als seien die Blumen, Büsche und üppig wuchernden Bäume eines sehr großen Gartens in einen kleinen Kubus gestopft worden, der dann einmal kräftig geschüttelt und ruckartig geöffnet worden war. Olivia suchte den Himmel ab, nur um sich zu vergewissern, dass sie noch immer im Hier und Jetzt war, in der Welt, die sie kannte.

Sie saßen auf weißen, metallischen Stühlen. Olivia spürte

einen wohligen Hauch von Tropenluft auf ihrer Haut. In diesen dichten Garten fand der kühle Wind keine Wege. Es war deutlich wärmer als in der Stadt. Sie hoffte inständig, dass Jorma Leivo diesen Ort nicht finden würde. Vermutlich würde er ihn *Everglade* nennen und in den Büschen Alligatoren platzieren.

«Ich dachte immer, dass du irgendwann kommen würdest», sagte Fräulein Simola.

«Als ich in die Stadt zurückgekehrt bin, hätte ich mal vorbeischauen sollen.»

«Nein, ich verstehe dich gut. Du hast sicher nicht allzu gute Erinnerungen an diesen Ort.»

«Aber an dich schon», sagte Olivia. «Gut siehst du aus.»

Fräulein Simola beugte sich vor, flüsterte: «Ich erwarte einen Gast.»

«Oh. Dann will ich nicht stören, meine Angelegenheit kann warten.»

«Nein, nein, das habe ich nicht gemeint. Ich habe immer Zeit für dich. Ich habe viel an dich gedacht.»

«Wirklich?»

«Insbesondere, als dieser Dieb tot in deinem Haus gefunden wurde.»

«Nicht unbedingt ein Dieb. Die Polizei glaubt, dass es vielleicht Vergewaltiger waren, die in Streit geraten sind.»

«Unsinn. Das war ein ganz normaler Einbrecher. Was denn sonst? Nein, nein. Die ganze Sache war eindeutig ein Missgeschick, eine richtige Pfuscherei. Typisch Mann. Völlig hirnlos. Wenn du mich fragst.»

«Ja, in der Tat möchte ich dich fragen.»

Fräulein Simola hielt inne. Olivia sah, wie sich ein Lächeln auf ihren Lippen ausbreitete. «Du glaubst nicht, dass die Polizei die Sache aufklären wird?»

«Doch, schon. Wahrscheinlich. Aber kürzlich hatte ich sogar das Gefühl, dass sie mich im Verdacht haben. Irgendwie. Vielleicht nicht in Bezug auf den Mord, aber auf irgendeine andere Weise. Das fühlte sich ziemlich unangenehm an.»

Olivia dachte nach. Nein, sie würde jetzt nicht über das Angebot sprechen, das man ihr unterbreitet hatte. Zehntausend. Oder war es mehr als ein Angebot? Eine Vereinbarung? Wohl eher nicht, solange sie das Geld nicht in ihren Händen hielt. Es war vermutlich eine Mischung aus Angebot und Vereinbarung.

«Es ist nur ...», begann sie. Fräulein Simola hörte aufmerksam zu. Das wiederum fühlte sich angenehm an. «Ich erinnere mich daran, dass Vater immer sagte, dass hier nichts passiert, ohne dass Fräulein Simola davon erfährt.»

«Du möchtest selbst ermitteln», sagte sie. Es war keine Frage, sondern eine Feststellung.

Olivia betrachtete ihre tiefbraunen Augen.

«Du kennst ja unser Haus. Es muss gründlich renoviert werden. Ich habe gerade die Außentoilette repariert, weil es im Haus kein fließend Wasser mehr gibt. Gestern ist mein Gartenhaus abgebrannt, mitsamt der Sauna. Ich weiß nicht, wie das passieren konnte. Ich will das Haus nicht verkaufen. Es ist alles, was ich habe. Ich werde es renovieren. Auch wenn es das Letzte ist, was ich tue.»

Fräulein Simola wartete.

«Es wäre deshalb für mich wichtig zu erfahren, was passiert ist. Ich könnte dann vorangehen, verstehst du? Weiterleben.»

«Du sagst, dass du das Haus nicht verkaufen wirst.»

«Ja. Keinesfalls.»

«Also hast du ein Angebot erhalten?»

«Ja», sagte Olivia. «Von Jorma Leivo. Meinem Chef. Der Mann, der ...»

«*Palm Beach, Finland*», sagte Fräulein Simola. Eigentlich sagte sie *Pampits Finnlant*, was eigentlich passender klang. «Ich kenne diesen Mann. Hast du an ihn gedacht?»

«An ihn gedacht? Was meinst du?»

«Hast du in Betracht gezogen, dass er den Mann in deinem Haus umgebracht haben könnte? Keine Angst, nicht als zukünftigen Ehemann.»

Olivia schüttelte den Kopf.

«Ich habe gehört, dass Leivo den Abend in seinem Restaurant verbracht haben soll. Hat gegessen und sich mit Gästen unterhalten. Hat Eiscreme für alle spendiert und Fotos von sich und anderen geschossen. Die Polizisten haben mir das gesagt, als sie mich zuletzt vernommen haben und ich sie fragte, ob sie Leivo in Verdacht haben. Genau das ist das Problem an der Sache. Alles, was denkbar erscheint, jeder plausible Verdacht, ist bereits ausgeschlossen worden. Wahrscheinlich hat die Polizei deshalb die Ermittlungen eingestellt.»

«Die Polizei hat ganz sicher nicht ihre Ermittlungen eingestellt», sagte Fräulein Simola. Ihre Stimme hatte einen anderen Ton angenommen.

«Doch, danach sieht es aus», sagte Olivia. «Zuerst waren da nur die beiden Polizisten aus dem Ort, der große mit dem Schnauzbart, der erst freundlich war. Inzwischen scheint er mir kein einziges Wort mehr zu glauben. Und der andere, der mich ununterbrochen anstarrt. Dann kamen diese beiden Kriminaltechniker, die ich Physiker genannt habe, weil sie Brillen, akkurate Jacketts und Hemden trugen und andauernd Maße nahmen und Orte und Zeiten abglichen. Sie waren sehr förmlich. *Wie würden Sie diesen 20 mal 2 Meter großen Flur an diesem Abend, um 23.51 Uhr, in eigenen Worten beschreiben?* So in der Art. Einer der beiden hatte einen Igelschnitt, der ihn vermutlich zwanzig Jahre jünger aussehen ließ, als er war. Er sah aus wie ein Konfirmand. Ich mochte die beiden eigentlich, sie waren nett. Ich habe also auch denen alles erzählt, was ich wusste. Sie vermaßen noch mal all das, was sie bereits vermessen hatten, und ich dachte wirklich, dass sie endlich irgendetwas rausfinden würden. Aber am nächsten Tag waren sie einfach verschwunden. Ich habe seitdem nichts mehr von ihnen gehört. Wenn man das alles bei Lichte besieht ...»

«Die Polizei stellt ihre Ermittlungen nicht ein», wiederholte Fräulein Simola ruhig.

Olivia konnte ihren Gesichtsausdruck nicht deuten. Sie wartete. Fräulein Simola sah sich um. Als sei da jemand, der sie in diesem Garten belauschen wolle. Vielleicht war da ja wirklich jemand, was wusste sie schon. In dem Dickicht hätte ein Bataillon an heimlichen Zuhörern Platz gefunden. Aber nein, da war niemand.

«Hast du darauf geachtet, ob dir jemand folgt?», fragte Fräulein Simola.

Olivia verneinte. Sie dachte vage darüber nach, ob Fräulein Simola ein wenig dement war, ein wenig paranoid. Als ob irgendjemand seine Zeit damit verschwenden würde, ihr zu folgen. Sie hatte mit der ganzen Sache nichts zu tun, und sie wusste nichts.

«Nein», sagte Olivia. «Es gibt auch gar keinen Grund, mir zu folgen.»

Fräulein Simola wirkte jetzt wieder entspannt. Und neugierig. Da war ein Blitzen in ihren Augen. Irgendwo im Grün des Gartens sang ein Vogel, mit feiner, leiser Stimme. Olivia stellte sich einen kleinen Vogel vor, er würde in ihre Handfläche passen.

«Was ist mit der Liebe?»

«Liebe?»

«Na ja, eines von diesen tollpatschigen, haarigen, ein wenig übelriechenden Wesen», sagte Fräulein Simola lächelnd. «Ich spreche von Männern.»

«Ach so. Ich bin zweimal geschieden. Es waren eigentlich nette Kerle, trotz all ihrer Schwächen. Allerdings bin ich in beiden Beziehungen arm geworden. Das liegt alles schon eine Weile zurück.»

«Und seitdem hast du niemanden getroffen?»

Unwillkürlich hatte Olivia ein Bild vor Augen. Sie trank Kaffee, mit einem Mann, dessen Gesellschaft sie genoss. Irgendwie fühlte sie sich zu ihm hingezogen. Warum nicht?, dachte sie. Wobei, andererseits ...

«Ein Mathematiklehrer», sagte sie. Sie war überrascht, wie klar und fest ihr das über die Lippen kam. «Nett. Gut aussehend. Wir haben uns erst kürzlich kennengelernt. Ich weiß eigentlich nicht, was ich davon halten soll. Vielleicht wird ja etwas daraus.»

«Das klingt doch gut. Es ist nie zu spät.»

«Aha. Danke.»

«Ich spiele nicht auf dein Alter an», sagte Fräulein Simola.

«Du nicht. Aber ich», sagte Olivia. Sie konnte eigentlich ganz ehrlich sprechen, so wie es Frau Simola machte. «Ich bin neununddreißig. Irgendwie habe ich das Gefühl, dass ich das Haus nicht aufgeben darf, weil es sonst auch für alles andere zu spät sein könnte. Als müsste ich das hier schaffen, um auf anderen Ebenen weitermachen zu können. Jetzt oder nie. So kommt es mir zumindest vor. Als sei es eine letzte Chance, als müsste ich jetzt etwas unter Beweis stellen. Es klingt merkwürdig, aber so fühlt es sich an.»

Fräulein Simola wollte etwas erwidern, wurde aber daran gehindert, jemand hatte an der Haustür geklingelt. Die Türglocke klang schallend und klar. Fräulein Simola stand auf, sie lächelte. Ihre Wangen röteten sich, sie sah plötzlich viel jünger aus. Sie straffte sich, ihre ganze Körpersprache war verändert, sie hatte Haltung angenommen und richtete mit flinken Fingern ihre Bluse, ihren Rock, ihre Frisur. Dann faltete sie die Hände vor der Brust.

«Mein Gast», sagte sie. «Du kannst unten durchs Gartentürchen rausgehen, falls du der Witwe des Bürgermeisters nicht begegnen möchtest.»

Fräulein Simola war eindeutig auf dem Sprung.

«Bestens, mein Rad steht ohnehin dort.»

«Ich melde mich bei dir, falls ich etwas erfahre. Und du bist immer willkommen», sagte Fräulein Simola. Sie wollte noch etwas hinzufügen, wurde aber vom erneuten Klingeln an der Tür unterbrochen.

«Ja, dann. Auf Wiedersehen», sagte Olivia.

«Bis bald, kleine Olivia», sagte Fräulein Simola. Sie lief mit Trippelschritten zum Haus, um ihren Gast in Empfang zu nehmen.

Jan Nyman stand im Schutz der Tannen und beobachtete, wie Olivia Koski das rote Haus verließ. Auf einem anderen Weg als dem, auf dem sie gekommen war. Nyman hatte sich bewusst einen etwas erhöht liegenden Platz gesucht, um sowohl den Garten als auch die Haustür einsehen zu können, an der eine ältere Dame wartete. Sie trug ein hübsches hellgraues Kostüm und hohe schwarze Schuhe.

Nyman war Olivia gefolgt, nachdem er einen kleinen Schlenker gefahren war, um ihr das Gefühl zu geben, dass sie allein sei. Er hatte sie schnell eingeholt. An der langen Steigung war die Sache ein wenig kompliziert geworden. Der Weg war schmal und kurvig gewesen und der Höhenunterschied beträchtlich. Dann endlich war Olivia angekommen und im Haus verschwunden. Nyman war vorbeigeschlendert, höher in den Wald hinein, und stand nun im Dickicht der Bäume.

Erleichterung war natürlich immer relativ: Die Mücken plagten ihn, eins der Viecher hatte bereits ein Stückchen Haut aus seinem Nacken gebissen. Kleine Äste bohrten sich in seine Beine, speziell seine nackten Knöchel bereiteten ihm Sorgen. Nyman glaubte zu hören, wie ein geheimnisvolles Wesen namens *Borreliose* seinen Namen flüsterte.

Die Haustür wurde geöffnet, als Olivia auf ihr Fahrrad stieg und sich langsam den Abhang hinabgleiten ließ. Nyman sah ihr lange nach, deshalb verpasste er, was genau an der Haustür passierte. Als er hinsah, war die Tür bereits geschlossen worden. Nyman dachte nach. Olivia war offenbar mit bestimmten Erwartungen hierhergekommen. Er wusste nicht, wer in diesem Haus lebte. Diese Adresse tauchte in den Akten zu dem Fall nicht auf. Das machte diesen Ort umso interessanter. Nyman traf eine Entscheidung. Olivia würde er früher oder später ohnehin wieder begegnen. Er musste sich Klarheit verschaffen, über dieses Haus und seine Bewohner.

Er ging hinunter, bis zu dem Gartentor, durch das Olivia vor wenigen Minuten das Grundstück verlassen hatte. Es war nicht abgeschlossen, Nyman hob den Haken an und betrat lautlos den Garten. Seine erste Wahrnehmung war der Duft von Blumen. Millionen von Blumen vermutlich. Er fühlte sich wie in einem Märchen. Ein dichter tiefgrüner Märchengarten, der vom Urgrund des Lebens erzählte. Nyman lief vorsichtig voran, Schritt für Schritt. Im Geiste sah er sich stolpern und durch ein Gebüsch stürzen, woraufhin er auf peinliche Art und Weise ertappt werden würde. Er erhaschte einen Blick auf die rote Hauswand, bog ab, lief gebückt, in der Hoffnung, unerkannt zu bleiben. An einem Busch, der einem Farn ähnelte, blieb er stehen. Lauschte dem Gesang der Vögel, der gegen Abend immer weiter anschwoll. Er richtete sich behutsam auf.

Auf der Terrasse standen zwei grauhaarige, elegante alte Damen, umschlossen von diesem surreal anmutenden Dickicht. Sie küssten sich. Leidenschaftlich. Die Frau, die eben angekommen war, hatte den Rock der anderen angehoben und hielt mit festem Griff ihren Hintern. Sie knetete die Haut, ließ locker, knetete wieder.

So ging das eine ganze Weile. Die alte Dame hatte ohne Zweifel Übung. Sie half ihrer Partnerin dabei, das rechte Bein auf einen der Gartenstühle zu heben, hob den Rock an. Nicht ganz bis zu den Ohren, aber immerhin bis zu den Achselhöhlen. Mit einer Hand umschloss sie sanft ihre Schultern, schob sie nach vorn, beugte sich selbst vor, ihr Hintern für Nyman nun deutlich erkennbar. Nyman ging durch den Kopf, dass sie so alt wie seine Mutter war. Er ließ seinen Blick sinken, betrachtete den Farn oder was auch immer das für ein Busch sein mochte.

Als er seinen Blick wieder hob, kniete die eine der beiden vor der anderen. Gesicht und Mund der einen näherten sich der Intimsphäre der anderen. Alles lief recht langsam ab, vermutlich weil die Akteurinnen schon in hohem Alter waren. Wobei. Das war möglicherweise eine Fehlinterpretation. Es konnte sich auch um eine bewusste Langsamkeit handeln. Um Könnerschaft, wohlüberlegt. Die Damen besaßen Erfahrung, wussten, was sie taten. Die Hände der Besucherin, mit den schwarzen hohen Schuhen, bewegten sich wissend und geschickt. Bald befanden sie sich in der bestmöglichen Stellung, das war Nymans Eindruck. Das Resultat sah gut aus und klang ausgesprochen gelungen.

Und das alles, so dachte Nyman nach einer Weile, hatte möglicherweise nicht das Geringste mit seinen Ermittlungen zu tun.

Er zog sich zurück. Entfernte sich. Lief zum Gartentor, begleitet vom Gesang der Vögel und dem betörenden Duft der Blumen. Die Sonne ging unter, es schien, als würde sie am Horizont Kupfer zum Schmelzen bringen.

14.

Kari «Chico» Korhonen war nicht zum ersten Mal in seinem Leben ohne Bleibe. An diesem Abend fühlte es sich besonders ungerecht an. Mehr noch, eine neue Farbe hatte sich eingeschlichen, eine Ahnung von Endlichkeit. Eine Ahnung, der zufolge sich das Ganze tatsächlich als irreparabel erweisen könnte. Es fühlte sich an, als würde etwas Kaltes durch seinen Körper fließen, in die Muskeln, an den Knochen entlang, vom Nacken über das Rückgrat zu den Knien und Knöcheln.

Chico versuchte, das Gefühl abzuschütteln. Es von seinen Fingern abtropfen zu lassen, es von sich zu weisen, wegzukicken. Aber das Gefühl wollte nicht weg, es weigerte sich, von ihm abzufallen, auf den sandigen Boden.

Der Himmel über ihm wurde zusehends dunkler. Am Horizont bildeten sich Schichten, Rosa, Goldglanz, Spuren von Blau und Lila. Seine Gitarre war in ihrem Koffer zu seiner Rechten, seine Sporttasche mit den Klamotten lag zu seiner Linken. Chico hätte gute Lust gehabt, die Tasche einfach stehen zu lassen und sich schreiend ins Meer zu stürzen. Eigentlich hatte er keine selbstzerstörerischen Tendenzen. Nein, er war keineswegs suizidal veranlagt. Er neigte auch nicht dazu, sich selbst Verletzungen zuzufügen. Chico hatte die Erfahrung gemacht, dass Verletzungen ohnehin ganz von alleine kamen, es war unnötig, diesbezüglich selbst Hand anzulegen. Die Situation war folgende: Er war obdachlos, mittellos und hatte in näherer Zukunft keine Gigs. So war es, ganz einfach. Womit hatte er das verdient?

Er ließ seinen Blick über den Strand gleiten, an dem er mehr oder weniger sein ganzes Leben verbracht hatte. Heute hieß er also *Palm Beach, Finland.* Der Name spielte natürlich keine Rolle. Die Leute waren doch immer dieselben, sie sahen immer gleich aus, vor Kälte zitternd. Er wollte gar nicht daran denken, wie viele Sommer er hier verbracht hatte. Als Rettungsschwimmer, Eisverkäufer, Beachvolleyball-Spieler, der gar nicht spielen konnte, als *Mister Beach* und so weiter. Als Mister Beach war er einen Sommer lang fett eingeölt den Strand auf und ab gestapft und hatte Fragen der wenigen Touristen beantwortet. Die Hoffnung, mit diesem Job einen Hauptgewinn zu landen und eine Art Berühmtheit zu werden, hatte sich allerdings nicht erfüllt. Er wollte nicht zählen, kam aber dennoch auf vierundzwanzig Sommer in Folge, die er hier verbracht hatte. Das bedeutete, dass seine Begegnung mit Gott neunzehn Jahre zurückliegen musste.

Gott.

Göttliche Worte.

Damals war er jung gewesen. Hatte zwischen Nacht und Morgen am Strand unter den Sternen gesessen und an seiner akustischen Gitarre gezupft. Der Strand war menschenleer gewesen. Er hatte ein Lagerfeuer angezündet, das ihn in der kühlen Nacht wärmen sollte. Ein Poet war er gewesen in dieser Zeit. Hatte Lyrik in Notizbücher geschrieben und seinen Freundinnen vorgetragen. Goldene Zeit.

Er hatte am Feuer gesessen, auf einer Decke, mit gekreuzten Beinen, und leise vor sich hin gesungen. Seinen neuesten Song hatte er komponiert, der noch keinen Namen und eigentlich auch keinen Text gehabt hatte, und dann hatte er plötzlich einen Mann zwischen den Flammen des Feuers stehen sehen.

Er hatte die Gitarre sinken lassen. Hatte sich gefragt, ob das einer der beiden stadtbekannten Säufer war. Holopainen oder

Tamminen. Aber dieser Mann war anderes gekleidet. Je länger Chico ihn angestarrt hatte, desto klarer hatte er erkannt, dass alles an diesem Mann anders war. Er trug feste Schuhe, dunkelblaue Jeans, die eng an den schmalen, muskulösen Beinen saßen. Das weiße T-Shirt passte wie angegossen. An jedem anderen hätten diese Kleidungsstücke vielleicht unscheinbar gewirkt, aber bei Bruce Springsteen war das anders, er hatte den Trend gesetzt. Es war eine Art Uniform, so verdammt cool. Das musste man dann unbedingt auch haben, und man spürte ein Stechen im Magen, weil die Kleiderläden schon geschlossen hatten und es nicht möglich war, sie umgehend käuflich zu erwerben.

Bruce sah göttlich aus. Er war Gott. Chico dachte angestrengt nach. Hatte Springsteen möglicherweise an diesem Abend ein Konzert in Finnland gegeben? Aber das war undenkbar, denn Chico wäre definitiv hingegangen. Chico hatte gelesen, dass Bruce ein bodenständiger Typ geblieben war. Er bewegte sich gerne unter normalen Menschen, wie jeder andere auch. Es war absolut möglich, dass er einfach auf Reisen war, zufällig an diesem Ort. Aus irgendeinem Grund hatte er sich für diesen Ort entschieden.

«*Dancing in the dark?*», fragte Bruce.

«Nein», sagte Chico. Nachdem er seinen ersten Schock überwunden hatte, fügte er hinzu: «Nein, ich tanze nicht. Ich spiele nur ein wenig Gitarre. Schreibe an einem neuen Song.»

«*I'm on fire*», sagte Bruce.

«Das fühlt sich nur so an. Das Lagerfeuer wärmt.»

«*I'm going down.*»

Chico interpretierte das dahingehend, dass Bruce sich zu ihm setzen wollte. Er breitete seine Decke aus, Bruce setzte sich. Im Schein des Feuers sah er noch anmutiger, mystischer, noch mehr wie der Rock-Gott aus. Sie saßen still nebeneinander. Das Feuer knisterte. Bruce sah hinaus auf das dunkle Meer.

«The river?»

«Nein, das ist das Meer. Die Ostsee.»

Sie schwiegen wieder für eine Weile. Chico suchte nach Worten. Dann fragte er einfach, wie es ihm gehe. Bruce dachte darüber nach.

«Glory days», sagte er. Er schien den Gedanken weiterzuspinnen, fügte an: *«Better days.»*

Bruce hob den Blick. Chico verstand gar nicht, warum er so ruhig war, warum er nicht nervös wurde und den Faden verlor. Nein, er war die Ruhe selbst. Alles erschien ihm ganz natürlich, ganz selbstverständlich. Bruce nickte ihm zu, deutete auf die Gitarre.

«Born in the USA?»

Chico schüttelte den Kopf.

«Nein, ich bin von hier», sagte er. «Aus dieser Stadt.»

Bruce betrachtete interessiert die Gitarre. Chico betastete sie, umschloss ihren Hals, und dann fiel ihm der perfekte Titel für seinen neuen Song ein, klar und flackernd stand er ihm vor Augen, wie das Feuer, das zwischen ihnen loderte. Er begann zu spielen. *Strandprinzessin* hieß der Song, er spielte, obwohl das Lied gar nicht fertig war. Von irgendwoher flog ihm die Eingebung zu, dass er genau dieses Lied spielen musste. Ein Lied, das von seinen Erlebnissen erzählte. Es war ein Springsteen-Song. Keine billige Kopie, aber stark von ihm beeinflusst.

Chico übersetzte den Text, unmittelbaren Eingebungen folgend, ins Englische.

I'm so lonely, I'm a working man,
I work so hard every day and in the evening I have a beer,
I come to the beach and I see you,

Beach Princess, can I say something,
Beach Princess, let me touch you,
Beach Princess, don't run away,
Beach Princess, don't call your brother,
He's too strong and his fists hurt my face,
In the morning I go back to work,
I work so hard all day and put ice on my wounds,
And I dream of you,
Beach Princess, can I say something,
Beach Princess, let me touch you,
Beach Princess, don't run away,
Beach Princess, I didn't steal your bikini.

Chico spielte den letzten Akkord. Stille. Der Song war fertig. Chico wusste nicht, woher er gekommen war. Er betrachtete seine Gitarre. Dann Bruce.

«*She's the one*», sagte Bruce leise.

Chico nickte. Bruce verstand. Alles. Er begriff, wovon Chico gesungen hatte. Bruce glättete sein Shirt. Er würde bald gehen. Er stand auf.

«Wohin des Weges?», fragte Chico.

Bruce ließ seinen Blick über dem Feuer ruhen, vielleicht ein wenig wehmütig.

«*Streets of Philadelphia*», sagte er.

Dann verschwand er. Einfach so, zwischen den Flammen, auf Höhe der Sterne.

Am Morgen war Chico neben dem erloschenen Lagerfeuer erwacht, die Gitarre mit beiden Armen umschließend. Es war beißend kalt gewesen, er hatte Sand geschmeckt, sein Kopf hatte geschmerzt, aber das alles war ohne jede Bedeutung.

Er hatte seine Berufung gefunden. Neben Robin erzählte er nur einem einzigen Menschen von dieser Begegnung. Einem

Kollegen von den Rettungsschwimmern, der inzwischen in einer Hippie-Kolonie auf einer Insel vor Turku Gemüse anbaute. Natürlich hatte sich das als Fehler erwiesen, denn dieser Biobauer hatte ihn unterbrochen, als er in seiner Geschichte gerade erst bei der Hälfte des Songs gewesen war. Er hatte gefragt, ob Chico möglicherweise sein Feuer mit Brettern des ehemaligen Strandpavillons angefacht hatte. Diese Bretter seien nämlich mit hochgiftiger Farbe bepinselt worden und das Abbrennen folglich verboten, weil es bei Rauchbildung zu Wahrnehmungsstörungen, Halluzinationen, im schlimmsten Fall gar zu Hirnschädigungen kommen könne. Insbesondere, wenn man den Rauch für längere Zeit einatme.

Chico hatte geschwiegen, für immer. Diese Nacht, die bedeutendste seines Lebens, gehörte ausschließlich ihm.

Jetzt, als Chico die Stelle sah, an der das Feuer geglüht hatte und Gott erschienen war, begriff er, dass er schnell handeln musste. Schnell und entschlossen. Bevor das Feuer endgültig verglühen würde. Die Glut schimmerte noch, aber Chico hatte entschieden das Gefühl, dass die Zeit knapp wurde.

Robin hatte Schwierigkeiten, zwei Dinge zu verstehen. Erstens dass Neea bei ihm war, in seiner Wohnung. Zweitens: Was sie ihm eigentlich sagen wollte. Letztlich war beides ein und dasselbe, Neea hatte angefangen, auf ihn einzureden, in dem Moment, in dem sie die Wohnung betreten hatte.

Da stand sie, mitten im Wohnzimmer, ihre Lippen bewegten sich unaufhörlich. Sie trug eine dunkelblaue, eng anliegende Hose. Robin konnte ihre recht großen Zehen sehen. Er versuchte, sich auf ihr von der Sonne gebräuntes Gesicht zu konzentrieren. Auch das war alles andere als leicht. Sie war so schön. Schöner als je zuvor. Was für eine Schönheit stand da vor dem alten schwarzen Ledersofa und dem neuen Flachbildschirm-Fernseher, auf dem grauen Teppich, den Tante Hilkka ihm einst geschenkt hatte.

Gerade eben hatte Robin noch gemütlich auf dem Sofa gelegen und seine liebste Comedy-Soap angesehen. Sehr gute Figuren und ein guter Gag nach dem anderen. Dann hatte es an der Tür geklingelt. Robin hatte nur Unterhosen getragen, weil im Sommer die Abendsonne seine Wohnung wie einen Ofen beheizte, und Robin legte gerne seinen nackten Körper auf das Ledersofa. Er kannte keine bessere Methode, um sich abzukühlen. Natürlich klebte das Sofa dann schnell an der Haut, wie Leim. Dann schwitzte er wieder, und alles wurde feucht und glitschig, aber die momentane Erleichterung war es allemal wert.

Robin war zur Tür gegangen, hatte sich die Schweißperlen aus den Haaren geschüttelt und gedacht, dass es Chico sein würde. Durchs Küchenfenster hatte er einen Blick auf seine Besucherin erhascht und kurzzeitig das Gefühl gehabt, einen Herzstillstand zu erleiden. Neea. Robin hatte eine Jogginghose und eine Jacke aus dem Garderobenschrank im Flur gezerrt und schnell übergestreift. Jetzt saß er auf dem Sofa, mit seiner Herbstjacke und den Hosen, die voller Farbe und Öl- und Fettflecken waren. Er hatte kürzlich seinen Motorroller repariert. Es war sehr warm, und er fühlte sich im wahrsten Sinne dreckig.

«Hat Chico eigentlich jemals etwas für dich getan?», fragte Neea gerade.

Robin dachte darüber nach.

«Ich durfte immer dabei sein. Durfte ihn begleiten, wenn irgendwas anstand.»

«Ja. Aber ist dir das jemals von Nutzen gewesen? War es gut für dich?»

Wieder grübelte Robin.

«Er ist mein Freund. Freunde sind immer gut.»

«Was ist er denn für ein Freund, wenn du ihn immer nur begleiten darfst?» Sie lief unablässig im Kreis. Robin ließ seinen Blick von ihrem Gesicht hinabgleiten zu anderen Regionen ihres Körpers. «Was bringt das alles, wenn du nichts davon hast?», fragte sie.

«Was sollte ich denn davon haben?», fragte Robin. Es gelang ihm, seinen Blick wieder anzuheben, er begegnete ihren funkelnden Augen.

«Robin», sagte Neea. «Man hat mir zehntausend Euro versprochen, wenn ich denjenigen finde, der diesen Kerl in Olivias Haus ermordet hat.»

Robin dachte nach.

«Zehntausend», sagte er. «Heute Mittag hast du aber von tausend gesprochen. Geteilt durch zwei. Das wären fünfhundert.»

«Das habe ich Chico gesagt», entgegnete sie. «Ich habe aber noch mal nachgedacht. Ich will dir die Sache erklären. Ich brauche jemanden, auf den ich mich verlassen kann. Jemanden, der alle hier im Ort kennt. Mit anderen Worten: Dich. Denk darüber nach. Du arbeitest in einem Restaurant. Das ist gut. Du siehst alle, kennst alle. Chico ist ein Idiot, ein Penner. Er tut so, als sei er Gitarrist. Er ist aber gar keiner. Wo spielt er denn? Und was? Ich habe nie was gehört. Kenne seine Band nicht. Einmal war er bei uns im Laden, um irgendein Poster aufzukleben. *Endless Cowboys* oder so.»

«*Endless Cowboys* ist eine seiner Bands. Countryrock. Er spielt auch noch bei *Endless Enemas*, das ist ziemlich heavy. Und *Endless Platons*, das ist eher so meditativ, psychedelisch. Die habe ich nie gehört, weiß nicht genau, wo die auftreten, aber Chico hat mir mal erzählt, dass er bei denen auch dabei ist.»

Neea machte eine eigenartige Geste, wedelte mit dem Arm, als wolle sie mit einem Schwamm eine unsichtbare Tafel sauber wischen.

«Whatever. Wir sind anders, Robin. Wir sind ehrgeizig. Ich habe gesehen, wie konzentriert du bist, wenn du im Restaurant die Mahlzeiten anrichtest. Du bist dann penibel wie ein Briefmarkensammler. Also, im positiven Sinne. Ich trainiere zweimal am Tag. Wir packen das, wir beide. Chico packt es nicht. Zehntausend, Robin. Zehntausend Euro.»

«Das ist eine Menge», sagte Robin. In der Tat, das war verdammt viel.

Er hatte das Gefühl, sein Kopf würde in Kürze explodieren. Und er dachte daran, dass er im Restaurant immer nur den Gemüselieferanten und die Rücken der Kellner zu Gesicht bekam. Tagein, tagaus. Er wischte sich den Schweiß von der Stirn und vom Kinn. Die Herbstjacke lag rau auf seiner Haut. Der Stoff war dick genug für einen kühlen, windigen Oktober. Robin ahnte, was es heißen könnte zu widersprechen. Er sah Neea. Er wollte sie haben. Unbedingt. Die Sehnsucht verursachte kalte Schauer und das vertraute Stechen im Magen. Robin würde nicht nein sagen zu zehntausend Euro. Oder zu fünftausend, weil sie ja zwei waren, und zehntausend durch zwei machte fünftausend. Das waren ziemlich genau fünftausend mehr, als Robin besaß.

Sein Kopf wollte explodieren. Wollte von seiner Schulter fallen. Das lag in allererster Linie daran, dass es da etwas gab, das ihm wirklich Sorge bereitete. Zumal es einiges zu tun hatte mit der Frage, ob Neea ihn mögen würde oder nicht. Es war die simple Tatsache, dass er genau wusste, wer der Mörder war: Er selbst.

Nein, Moment.

Er selbst. Und Chico.

Chico.

Es fiel ihm nicht leicht, den Gedanken zu Ende zu denken.

Er suchte Neeas Blick.

«Das ist viel», sagte er. Seine Stimme war kehlig, krächzend, ihm selbst fremd.

«Es reicht, um diesen Ort zu verlassen», sagte Neea. «Für uns beide.»

Wir. Es brodelte in ihm. Etwas, wovon er immer geträumt hatte, nahm Gestalt an. Ein Gedanke zuckte auf, die Ahnung einer Gefahr. In seiner Wohnung war etwas, das hier nicht sein sollte. Eine kleine Gabel aus Holz, die er mitgenommen hatte. Entwendet, in Olivias Haus. Sie hatte an der Wand gehangen, und Robin hatte intuitiv danach gegriffen. Einfach so, ganz automatisch. Aber jetzt fragte er sich, ob dieses Ding am ganz falschen Ort war. Er wusste nicht, was er denken sollte. Über Neeas Idee, über diese Gabel mit dem langen Griff. Vielleicht hatte sie irgendeine Bedeutung. Ja, doch. Seine Gedanken verloren sich, verwirrten ihn. Er sah das Bild unscharf, bedrückend, wie im Nebel.

«Ich möchte *Personal Trainer* werden», sagte Neea. «Und du, Robin?»

Robin schluckte schwer. Er wusste, was er wollte. Aber dem stand einiges im Weg. Es war keineswegs einfach, die Frage zu beantworten. Er bemühte sich darum, eine nachdenkliche Miene aufzusetzen. Grüblerisch. Zeit gewinnen. Dann würde ihm eine Lösung zufliegen. Wie in der Großküche des Restaurants. Wenn eine Zutat zur Neige ging, nahm er einfach irgendetwas anderes. Niemand merkte das. Aber jetzt wollte sich keine Eingebung einstellen. Die Regale, um im Bild zu bleiben, waren leer. Die Situation blieb dieselbe. Robin saß auf dem Sofa, Neea stand vor ihm. Er betrachtete ihre Oberschenkel.

Dann passierte etwas, das er ebenso gefürchtet wie herbeigesehnt hatte. Sie setzte sich zu ihm, auf das Sofa. Legte ihre Hand auf sein Bein. Ihre langen roten Fingernägel berührten seine befleckten Jogginghosen. Es war heiß. Unerträglich. Der Schweiß floss in Rinnsalen, kitzelte am Rücken. Leuchtend rote Fingernägel. Wie schön wäre es gewesen, hätte Neea mit ihnen seinen schweißnassen Rücken gekratzt.

Chico hatte nicht die Absicht hineinzugehen. Er saß auf einer Bank im Park und dachte an Robin. Vermutlich saß er auf seinem Sofa, halbnackt, mit offenem Mund, auf TV-Sketche und Männer in Frauenkleidern konzentriert. Geschrei, Lacher, tosender Beifall.

Er beugte sich vor, stützte sich mit den Ellenbogen auf den Knien ab und betrachtete das einstöckige Reihenhaus in der Ferne. Robin wohnte im Endhaus. Die Lichter brannten, er war zu Hause. Chico war nicht in Eile. Sein alter Freund würde ohnehin auf ihn warten. Robin war sicherlich nicht der hellste Stern am Himmel, aber zuverlässig war er.

Chico biss ein Stück seines letzten Würstchens ab. Es war lauwarm. Er hatte fünf Stück bei einem Imbiss gekauft. Würstchen, die nicht nach Würstchen schmeckten. Mit dem Imbiss hatte er eine ähnlich gelagerte Vereinbarung wie mit der Kneipe. Er kaufte, was kurz vor dem Verfallsdatum war, zu einem günstigen Preis. Fünf ziemlich lange Würstchen für einen Euro. Genießbar waren sie allerdings nicht mehr. Schmeckten nach dem Sommer des Vorjahres. Auf den letzten Bissen schmierte er einen Löffel Senf und steckte ihn in seinen Mund. Er schmeckte den Senf, aber auch etwas Pilzartiges, Glitschiges. Er schluckte es hinunter. Die Würstchen waren in seinem Magen, eine Sorge weniger. Was nicht hieß, dass er nicht noch jede Menge hatte.

Er atmete tief ein und aus. Stand auf. Der Wind fuhr durch seine Haare wie ein Kamm. Ein dunkler Abend. Er würde die Nacht kaum auf dieser Bank verbringen können. Er redete sich gut zu. Robin war ein Freund aus Kindertagen. Nacktheit war etwas ganz Natürliches. Und es war nur eine vorübergehende Lösung. Für eine Nacht. Einmal mehr. Dennoch ließen ihn unangenehme Gedanken zögern. Er stand auf dem Sandweg, sah das Reihenhaus.

Die Tür wurde geöffnet.

Licht drang heraus, bis in den kleinen Vorgarten, im Licht stand Neea.

Chico hätte sie immer erkannt, überall, auf große Entfernung. Neea? Er hatte keine Ahnung, was zum Teufel sie von Robin wollte. Wie eine Schauspielerin warf sie jemandem einen Handkuss zu, vermutlich Robin, der allein in dem Haus lebte. Sie stieg auf ihr Rad und fuhr in Richtung ihrer Wohnung davon.

Chico blieb für eine Weile in der Dunkelheit stehen. Dann nahm er seine Gitarre und die Tasche und ging auf das Haus zu. Die Tür war wieder zugefallen. Er lief langsam, die Sachen wogen schwer. Er klingelte, hörte Robins Schritte, zügiger, dynamischer als sonst. Robin öffnete. Mit nacktem Oberkörper. Irrte sich Chico, oder sah Robin enttäuscht aus? Mindestens überrascht.

«Chico. Ja, hallo.»

«Hallo», sagte Chico. Er würde Neea nicht zur Sprache bringen, solange Robin das nicht machte. Er wusste nicht genau, woher er seine Gewissheit nahm, aber in jedem Fall war er voller Zuversicht, als er sagte: «Du meintest ja, dass ich hier pennen kann.»

Robin schwieg.

«Äh, ja, so ist es», sagte er dann.

Sie standen sich gegenüber, in der Tür.

«Also?», fragte Chico. «Alles klar bei dir?»

«Ja. Nichts», sagte Robin. «Ich habe ferngesehen.»

Robins heftete seinen Blick auf den Boden vor seinen Füßen.

«TV-Abend. Okay», sagte Chico. «Läuft was Gutes?»

«Ja.»

Robin starrte den Boden an.

«Aha. Und was?», fragte Chico.

Robin hob den Blick. Sichtlich verwirrt.

«Was was?»

«Du sagtest, dass etwas Gutes läuft. Ich fragte: Was. Was lief, als ich geklingelt habe?»

Wieder wich Robin aus. Chico gingen vage Gedanken durch den Kopf, die er gerade erst gehabt hatte. Dass Robin nicht der Hellste war, aber zuverlässig. Er umschloss seinen Gitarrenkoffer ein wenig fester.

«Ist es okay, wenn ich mein Zeug schon mal abstelle?», fragte er.

Robin schwieg, öffnete aber die Tür ein bisschen weiter und trat einen Schritt zurück. Er drehte sich um, Chico betrat die Wohnung. Als er im grellen Flurlicht stand, fiel ihm fast der Gitarrenkoffer aus den Händen. Wie sah denn Robins Rücken aus? Als wäre er von Tigern angefallen worden.

15.

Holma zählte das Geld. Einmal. Noch mal. 25 245 Euro. Mehr, als er gedacht hatte.

Er stapelte die Scheine, schob den Stapel in die Tischmitte und hatte das Gefühl, dass sich im Licht des Morgens nicht nur schnöder Mammon, sondern diverse Möglichkeiten offenbarten. Natürlich hatte er schon während der nächtlichen Autofahrt mit einigem Genuss über die Sache nachgedacht.

Urlaub, Spielgeld, Verwirrung stiften. Spaß haben. Garantiert.

Leute waren wahnsinnig nach Geld. An sich spielten die Summen gar keine Rolle. Wichtig war allen, Geld zu bekommen, schnell und leicht. Zehn Cent oder eine Million. Nichts faszinierte Menschen so sehr wie die Aussicht auf schnelles Geld.

Holma wusste das aus Erfahrung. Er hatte seit Jahren mit diesen Leuten zu tun, die gewissermaßen erblindet waren. Verblendet vom Geld. Manche für eine kurze Zeit, manche von Dauer. Holma hatte schon einigen dabei geholfen, wieder klarzusehen, aufzuwachen.

Holma nahm zehntausend in die Hand. Die Summe, die er Olivia Koski angeboten hatte. Vorübergehend, versteht sich, eine Art Leihgabe. Bis er Anteros Mörder zur Strecke gebracht hatte.

Holma hatte schon gewisse Phantasien diesbezüglich, es würde lange dauern und Freude bereiten, er musste noch einen passenden Ort finden und einige Vorbereitungen treffen. Alles würde gut werden.

Auf dem Tisch lagen jetzt noch etwas mehr als fünfzehntausend. Holma dachte an den braunen, schweißnassen Apfelpo, den er durchaus vermisste. Wenn er Olivia Koski zehntausend lieh, konnte er dieselbe Summe auch Neea leihen. Es würde eine in mancherlei Hinsicht interessante Konkurrenz entstehen. Insbesondere würde sie Holma erheitern, aber auch die Ergebnisse konnten sich möglicherweise sehen lassen. Wer von beiden würde ihn wohl schneller in die richtige Richtung führen?

Holma lachte, aber nur kurz.

Er dachte an diesen Mann, der ihm das Haus vermietet hatte. An den Mann, dem das alles hier gehörte. Er war dem Gefasel des Kerls mit geteilter Aufmerksamkeit gefolgt, aber es war andauernd um Erweiterung gegangen. Expansion. Business. Auch solche Männer kannte Holma zur Genüge. Männer, die glaubten, dass sie vor dem ganz großen Durchbruch standen. Holma hatte ihnen einen speziellen Fallschirm angeboten, als der steile Aufstieg ein mehr oder minder überraschendes Ende gefunden hatte. Er konnte sich an den Namen des Mannes nicht erinnern, obwohl sie sich mit Handschlag einander vorgestellt hatten. Es spielte keine Rolle. Er konnte sich einfach noch mal vorstellen. Zumal er einen Vorschlag hatte, einen geschäftlichen.

Er rasierte sich und zog sich an – enge schwarze Jeans, ein gelbes Poloshirt, goldene *Adidas*-Turnschuhe. Er nahm den Geldstapel, versteckte ihn in der Mikrowelle. Nicht ganz ein Safe, aber hier im Ort vermutete er auch nicht allzu viele Kriminelle. Er machte sein Bett, putzte Zähne, trat hinaus auf die Terrasse.

Der Morgen war kühl, aber auf der Veranda des Nachbarhauses saß jemand. Auch mit diesem Mann hatte er sich bekannt gemacht, auch an seinen Namen erinnerte er sich nicht. Holma vergaß Menschen, die ohne Belang waren, schnell. Warum sollte er ihre Namen abspeichern, wenn sie ihm nicht von Nutzen sein konnten? Holma ging ökonomisch mit seinen Ressourcen um. Der Aphorismus des Morgens lautete: Achte darauf, dass die Sonne aufgeht, wenn ... die Sonne ...

«Morgen!», rief der Mann aus dem Nachbarhäuschen.

Holma betrachtete ihn jetzt ein wenig eingehender. Der Mann ähnelte einem Penner. Lange, wirre Haare, Dreitagebart, gebleichtes T-Shirt. Darüber ein rot-weißes Karohemd, es saß etwas schief am Körper des Mannes. Wie konnte so einer eigentlich Urlaub machen? Von welchem Geld? Wurden Erwerbslose heutzutage auf Strandurlaub geschickt?

«Morgen», sagte Holma, aktivierte sein Lächeln. «Schon früh auf den Beinen?»

«Ja, mein Windsurf-Training fängt gleich an. Ich lerne, heute ist die zweite Unterrichtsstunde.»

Vielleicht war der Penner hier zu einer Art Reha. Aber was war sein Leiden? Chaos? Unordnung?

«Sind das nicht zwei verschiedene Dinge?», fragte Holma. «Surfen und Windsurfen?»

Der Penner sah ihn an. Irgendwas an dem Mann kam ihm bekannt vor, aber was?

«So wie ich das verstanden habe», sagte der Mann ohne Eile, «verstehen wir in Finnland dasselbe darunter. Egal wie man das nennt. Aber Ihre Frage ist durchaus berechtigt. Surfen bedeutet in der Tat ursprünglich Wellenreiten. Und das kann man ja in Finnland gar nicht machen. Oder man kann, aber es wäre ziemlich langweilig. Weil die Wellen nicht hoch genug sind.»

Nun gut, dachte Holma. Dieser Mann würde keine neuen Gesetze der Kernphysik entdecken. Er lächelte beharrlich. «Aber in Finnland kann es sehr windig sein», sagte er. «Deshalb ...»

Der Penner nickte. «Deshalb: Windsurfen. Sind Sie auch ein Windsurfer? Oder Surfer?»

«Weder noch.»

«Schnorcheln?»

«Nein.»

«Beachvolleyball?»

«Nein.»

«Schwimmen?»

«Nein.»

«Vernünftig», laberte der Penner. «Gestern war das Wasser ziemlich kalt.»

«Ja. Ich muss dann los», sagte Holma. Das Gespräch wurde anstrengend, der Penner würde mit seinem Gerede sein Hirn verstauchen. Er schenkte ihm ein letztes Lächeln.

«Ich wünsche guten Wind in den Segeln.»

Der Mann erwiderte das Lächeln. Wieder sah Holma etwas, das ihm vertraut vorkam. An seiner Haltung, in seinem Blick, aber Holma bekam das Gefühl nicht zu fassen. Er machte sich auf den Weg, in Richtung des Kiefernwaldes.

Jan Nyman sah seinem neuen Nachbarn nach. Er ging zu Fuß, hatte seinen schwarzen BMW stehen lassen. Nyman hatte zwei Optionen. Gleich begann seine Unterrichtsstunde. Er hatte es aber nicht allzu eilig. Eigentlich hatte er, bei Lichte besehen, gar keine große Lust dazu, zumal er sich gerade an die Hände des Trainers erinnerte, die seine Pobacken umschlossen hatten, tiefer und tiefer wandernd. Er war irgendwie unschlüssig, ob das beim Surfen den offiziellen Wettkampfregeln entsprach. In Wirklichkeit zögerte er aber vor allem, weil ihm ein ganz anderer Gedanke durch den Kopf ging. Sollte er ins Nachbarhäuschen einbrechen? Oder nicht?

Nyman hatte den Mann bewusst ein wenig aufgehalten und mit seinem trägen Gerede genervt. Er hatte sehen wollen, wie er reagierte. Wie erwartet, mit zunehmender Ungeduld. Manchmal verrieten Menschen in solchen Situationen recht viel über sich, aber in diesem Fall hatte Nyman, abgesehen von der Ungeduld, nichts wahrgenommen. Das Gespräch hatte hingegen durchaus Erkenntnisse erbracht. Der Mann war nach *Palm Beach, Finland* gekommen, um Urlaub zu machen. Aber er nutzte nichts von dem, was Urlauber hier tun konnten. Nyman fragte sich, warum ein Mensch, der einen 70 000 Euro teuren BMW besaß, hierher kam, wenn er an den vermeintlichen Attraktionen vor Ort nicht das geringste Interesse zeigte. Was veranlasste den Mann, Däumchen drehend in einem billigen Ferienhäuschen herumzulungern?

Die Antwort lag so klar auf der Hand, dass Nyman sich dazu entschloss, sein Set mit Dietrichen und Latexhandschuhen zu holen.

Er lief hinüber zu dem Haus, in beide Richtungen Ausschau haltend. Da war niemand. Nur kühles Licht, der Wind an den Ästen der Bäume und die Ahnung eines Echos, von einem Leben, das irgendwo geführt wurde.

Nyman inspizierte das Schloss, ein altes *Abloy.* Sehr einfach zu öffnen, Nyman brauchte dreißig Sekunden. Er betrat das Haus, zog die Tür hinter sich zu. Das Häuschen *Castillo* ähnelte *Tubbs.* Oder umgekehrt. Einrichtung und Ausstattung waren identisch. Ein Hochbett, eine Küchennische, ein Esstisch, Stühle. Ein Kleiderschrank, ein sehr kleines Badezimmer. Der Mann war penibler Ordnung durchaus zugeneigt. Das Bett war gemacht, die Hemden hingen auf Kleiderbügeln, Gegenstände lagen wie aufgereiht auf dem Tisch.

Nyman zog die Latexhandschuhe an und begann mit der Arbeit. Er schob Möbel zur Seite und wieder an ihren Platz, tastete die Matratzen des Bettes ab, auch die Decke und das Kissen. Hob die Matratze an, sah darunter nach. Er durchsuchte den Kleiderschrank, tastete sich an den Kleidern entlang, die im Schrank hingen, kontrollierte die Seitentaschen zweier Jacketts und einer Hose. Er öffnete den Kühlschrank, fand abgepackten Quark, Himbeer-Blaubeer-Geschmack. Eier, Hackfleisch mit sieben Prozent Fettanteil, fettfreien Hüttenkäse und, gemessen an alldem, zu seiner Überraschung auch ein wenig Wurst. Günstige Wurst, die Billigmarke des Ladens.

Nyman schloss die Kühlschranktür, öffnete den Geschirrschrank, die Schubladen, hob die Besteckkörbe an, ging in die Hocke, um den Unterbau der Spüle sehen zu können. Er durchwühlte auch den Mülleimer, dessen Inhalt erahnen ließ, dass der Hausbewohner sich nicht nur von proteinhaltigem Blaubeerquark ernährte. Er stand auf, ging zum Fenster, sah niemanden. Er legte sich flach auf den Boden, auf den Bauch. Er ließ seinen Blick kreisen, unter die Möbel, in die Ecken. Er drehte sich auf den Rücken, begutachtete die Zimmerdecke. Dann ließ er seinen Blick über das Bettgestell, die Küchennische, die Schränke gleiten.

Er stand auf, zog einen Stuhl heran, stieg darauf und sah oben auf den Schränken nach. Er schob den Stuhl wieder an den Esstisch heran und ging ins Bad. Er hob den Toilettendeckel an, ließ ihn wieder zugefallen. Er durchsuchte den Kulturbeutel, fand teures Shampoo, teures Deodorant, nicht ganz so teuren Rasierschaum sowie eine neue Rasierklinge. Keine Medikamente oder sonst irgendetwas Verschreibungspflichtiges. Er sah unter dem Waschbecken nach, bei den Steckdosen, aber nichts war gelockert, nichts schien Platz zu bieten für ein Versteck.

Er kehrte in den Wohnraum zurück, blieb in der Mitte stehen.

Die Faustregel lautete: Vergewissere dich, dass du alles geöffnet hast, was sich öffnen lässt. Bewege alles, was sich bewegen lässt. Noch einmal ließ er seinen Blick über alle Gegenstände wandern, bis er sicher war, alles lückenlos vor Augen zu haben. Er machte eine weitere Runde, langsam, aber zielorientiert. In der kleinen Küche hielt er inne. Hatte er jeden Hebel gedrückt, alles geöffnet? Ja. Oder besser: Nein. Er öffnete die Mikrowelle. Betrachtete das dicke Geldbündel. Er nahm sein Handy, machte ein Foto. Dann nahm er die Mikrowelle näher in Augenschein. Bargeld, eine beträchtliche Summe, darin.

Er drehte sich um, ging zum Fenster. Es war ganz still, nach wie vor. Er trat wieder vor die Mikrowelle und den Geldstapel. Entnahm einer der Schubladen einen Pfannenwender der Firma Clas Ohlson. Er schob den Geldstapel mit dem Pfannenwender ein wenig hin und her. Der Mann hatte offenbar keine Farbpatrone, keinen Strom, keine sonstige Vorsichtsmaßnahme ergriffen, um das Geld unbefugtem Zugriff zu entziehen. In der Mikrowelle lag einfach nur Geld. Nyman nahm die Scheine, überschlug im Kopf die Summe. Rund fünfundzwanzigtausend Euro. Er legte das Geld zurück, schloss die Klappe der Mikrowelle. Er sah lange aus dem Fenster. Dann ging er durch den Wohnraum, öffnete die Tür, zog die Handschuhe aus und ließ sie in seine Hosentasche gleiten. Er trat auf die Veranda, sprang die Treppe hinab, sog die frische Morgenluft ein.

Kühle, frische Luft, wie das erste freie Atmen nach einem Tauchgang.

Nyman prägte sich das Kennzeichen des BMW ein und kehrte zu seinem Häuschen zurück. Er setzte sich an den Esstisch, schaltete sein Tablet an und begann zu suchen. Ohne Ergebnis. Der Besitzer des BMW war ein dubioses Holding-Unternehmen. Der Name bestand aus sinnlos wirkenden Großbuchstaben.

Nyman gab den Namen in die Suchmaske ein. Die Firma war erst wenige Monate alt und hatte keinerlei Angaben zu ihrem Geschäftsbereich hinterlegt. Als Geschäftsführer firmierte ein Esa Koljonen. Mit diesem Namen hatte sich der Mann auch vorgestellt. Nyman suchte auf Basis dieses Namens, auch in der internen Polizeidatenbank, aber da war nichts. Der Kreis schloss sich wieder. Nyman lehnte sich zurück. Durch das Fenster sah er das Nachbarhaus.

Vermutlich würden sich auch im schönen *Castillo* Spuren von Schimmelpilzen finden lassen.

Am Bürohaus des Feriendorfes, einem kastenartigen, strahlend blauen Gebäude, prangte eine etwas kleinere Version des Schildes, das am Strand stand. Den Eingang säumten zu beiden Seiten künstliche Palmen. Sie standen in dunkler, aufgewühlter Erde. Irgendwie sahen diese Palmen merkwürdig aus, aber Holma hätte nicht genau sagen können, auf welche Weise.

Holma trat ein und erkannte den Inhaber sofort an seiner Stimme. Er telefonierte. Holma sah sich um. Der Mann war wohl allein. Holma ging direkt in sein Büro, schloss die Tür und setzte sich auf den Stuhl, der dem Schreibtisch gegenüberstand. Der Mann ließ seinen Blick auf ihm ruhen, fragend. Verständlicherweise. Holma machte eine Geste, die signalisieren sollte, dass er sein Telefonat ruhig fortsetzen durfte. Der Mann sprach also weiter. Holma hatte schon vielen Männern zugehört, die so redeten.

«Ja. Ist wahrscheinlich hier bei uns im Spam gelandet. Außerdem ist unser Buchhalter erkrankt. Da ist manches liegengeblieben. Ja. Leberkrebs. Aber auf dem Wege der Besserung. Das stimmt, Geld ist nicht alles. Aber natürlich, das verstehe ich. Sie sind der Erste in der Schlange, ich notiere das.»

Der Mann machte sich natürlich keine Notiz. Nirgendwohin.

Hinter dem Mann an der Wand hing ein Poster in einem Rahmen. Eine Frau räkelte sich am Strand. Sie trug einen etwas klein geratenen Bikini und lächelte. Die krakelige Filzstiftsignatur konnte Holma nicht lesen. Holma kannte auch die Frau nicht. Ihre voluminösen Brüste wollten die schmalen Schnüre des Bikinis sprengen. Über der Signatur war noch ein Text: *To Jorma with love.* Richtig, Jorma Leivo. So hieß der Mann.

Leivo beendete sein Telefonat. Er wischte sich mit einem Taschentuch über die Stirn und das Gesicht. Obwohl es im Raum gar nicht heiß war. Leivo lächelte.

«Entschuldigung, dass Sie warten mussten», sagte er. «Alle Mitarbeiter in unserem Kundenservice sind gerade beschäftigt. Ist mit Ihrem Häuschen alles in Ordnung?

«Ja. Bestens», sagte Holma.

Leivo nickte.

«Geht es um irgendwas anderes? Möchten Sie vielleicht etwas hinzubuchen?»

«Hinzubuchen?»

«Vielleicht Tennis», sagte Leivo. «Wir haben heute Tennisunterricht im Angebot. Der Trainer hat mal fast in Wimbledon gewonnen. Ich kenne ihn persönlich, kann Ihnen also einen guten Preis machen. Leihschläger inklusive. Wilson-Schläger. Keine Kopie. Ein ehemaliger Profi hat die Schläger getestet. Noch ganz neu, nur eine alte Dame hat damit kürzlich eine Stunde genommen. Die hat höchstens drei Bälle geschlagen in der einen Stunde. Oder zweieinhalb. Die Dame hatte ein zartes Händchen, aber einen festen Griff. Ist natürlich ein neues Griffband dran, kein Schweiß von der Omi, Sie verstehen. Der Platz ist top, wir haben den Belag von Roland Garros drauf. Sie wissen schon, das Grand-Slam-Turnier in Paris. Einer unserer Gäste hat das bestätigt. Ein Weinliebhaber. Ich glaube, er baut sogar zu Hause Wein an. Nun gut. Wollen Sie sich anmelden?»

Holma hatte dem Monolog des Mannes schweigend gelauscht. In diesem grellgrünen Hemd, rhythmisch gestikulierend, mit dem roten Gesicht, den wirren weißen Haaren und den blauen, rot unterlaufenen Augen sah er aus wie ein Dirigent mit Burnout.

«Ja. Notieren Sie es gleich neben Ihrer unbezahlten Rechnung», sagte Holma. «Und stellen Sie mich bitte in die erste Reihe der Schlange, wie auch den Anrufer vorhin.»

Leivo starrte ihn an.

«Nur Spaß», sagte er. «Ich möchte mich weder zu einem Kurs anmelden noch irgendwelche Extrabuchungen tätigen.»

«Aha. Worum geht es denn?», fragte Leivo, mit deutlich veränderter Stimme. Es war fast, als würde da ein anderer Mann vor ihm sitzen.

«Es ist keine Schande, in finanziellen Kalamitäten zu stecken», sagte Holma. Er zog den Behälter mit Visitenkarten aus seiner Tasche, öffnete ihn und überreichte Leivo eine Karte. «Das geht uns doch allen mal so. Also, mir nicht, aber ich kenne viele Leute, die Schwierigkeiten dieser Art haben. Ich weiß auch, dass es immer eine Lösung gibt.»

Er verschwieg, dass den Lösungen zuweilen eine gewisse Endgültigkeit innewohnen konnte.

Leivo schwieg. Er las den Text auf der Karte, drehte und wendete sie in seiner Hand. Holma sah die goldenen Versalien, die in der Sonne glänzten.

«Mir gefällt es hier. Ich mag diesen Ort», sagte er. «Die Investoren, die ich vertrete, sehen das ganz ähnlich. Wir ziehen in Betracht, in diese Unternehmung zu investieren. Wir haben uns auch über Summen bereits Gedanken gemacht. Der Finanzier, in dessen Auftrag ich spreche, bevorzugt Bargeld-Transfers.»

Er verschwieg, dass der Finanzier im Stadtteil Hakaniemi neben seinem Adamsapfel ewige Ruhe gefunden hatte.

«Es gibt nur eins, was uns gewisse Sorgen bereitet», sagte er. «Etwas, das leicht zu lösen sein dürfte. Es geht um den Ruf, der diesem Ort gewissermaßen vorauseilt.»

Leivo saß deutlich entspannter da, sein Gesichtsausdruck war offener, wenn auch unvermindert verwirrt. Es ging um Geld, das gefiel ihm. So schnell konnten aus Männern Freunde werden. Oder besser noch: Komplizen, die bereit waren, ihre Freunde zu verkaufen.

«Vor einiger Zeit gab es hier diesen Todesfall. Ein Schatten liegt auf dem Ort», sagte Holma. «Soweit ich weiß, ist der Fall noch ungelöst. Wir nehmen an, dass wir deutlich ertragreicher zusammenarbeiten könnten, wenn die Angelegenheit geklärt wäre. Sie verstehen. Der Schatten wäre dann gewissermaßen wie weggewischt. Wer weiß, was aus Ihrem *Palm Beach, Finland* dann alles werden kann.»

Leivo war ganz Ohr, Holma konnte es sehen. Er drehte und wendete die Visitenkarte, las laut vor: «Vanamoinen & Siltakari.» Leivo nickte. «Capital Ventures, AG.»

Leivo sprach so, wie es geschrieben war: *kapital ventuuurees.* Holma hielt das für ein gutes Zeichen.

«Ja. Ganz richtig.»

«Und Sie sind ... wer?»

«Ich vertrete das Unternehmen. Markus Komulainen.»

«Ah ja, genau, genau», sagte Leivo. Jetzt sprach er wieder

wie ein Teddybär. Wie vor einigen Minuten, als er Holma ein Tennistraining hatte andrehen wollen. «Potenzial. Das haben wir hier, in der Tat. Und ich sage Ihnen ganz offen, dass es mich keineswegs verwundert, wenn dieser Ort bereits mit Nizza verglichen wird. Das sagen die Leute, nicht ich. Wir sind im Übrigen dabei, uns zu erweitern, neues Land zu erschließen. Wir planen ein Luxusressort für besonders anspruchsvolle Gäste. Separierte Grundstücke, eigentlich insbesondere eines, das uns da vorschwebt. Mit Helikopter-Landeplatz, Yachthafen und so weiter. Ich kann Ihnen gerne die Pläne zeigen, inklusive Bildern, warten Sie, ich habe alles hier ...»

Holma hob eine Hand, um Leivo zu stoppen.

«Wichtige Dinge zuerst», sagte er. «Der Todesfall.»

Leivo erwiderte seinen Blick. Ja, wie eigentlich? Holma wurde nicht ganz schlau aus diesem Mann.

«Das halte ich nicht für ein Problem», sagte er. «An Ferienorten sterben Menschen.»

«Wir sind bereit, für Informationen, die zur Ergreifung des Täters führen, zehntausend Euro bereitzustellen.»

Leivo schwieg. Holma konnte das durchaus nachvollziehen. Leivo betrachtete die verstreuten Unterlagen auf seinem Schreibtisch. Unbezahlte Rechnungen. Er dachte nach. Dann legte er beide Handflächen auf den Schreibtisch.

«Zehntausend», sagte er.

«In bar», sagte Holma. Er machte eine kurze Pause, um Leivo ein wenig Zeit zu geben, die Summe zu verinnerlichen. «Wie gesagt, der Anfang ist immer kritisch. Danach ist alles möglich. Dinge können ins Rollen kommen. Das kann ich Ihnen zusichern. Aber wir müssen zunächst wissen, was der Hintergrund dieses Todesfalls ist. Der Ruf des Ortes muss ohne Makel sein und die Infrastruktur in Ordnung. Es gibt noch einen

Grund dafür, dass wir uns in Bezug auf die Ermittlungen an Sie wenden.»

Leivo wartete.

«Es hat mit Ihrem Aufgabenbereich hier zu tun. Sie kennen viele Leute. Sie hören Dinge. Sie treffen auch die Zugereisten, die Touristen. Sie können Fragen stellen.»

Leivo schwieg. Aber das war kein Problem. Holma war sicher, dass die Sache durchgedrungen war. Es gab niemanden, der mit der Aussicht auf zehntausend Euro nicht gewillt war, sich zu engagieren. Für Holmas Anliegen. Holma stand auf.

«Sie wissen ja, wo ich wohne», sagte er und ging.

16.

Überraschung, dachte Olivia Koski. An diesem Morgen fühlte sich der Badeanzug gut an. Er sah nach wie vor nicht gut aus, und der Text wirkte absurder denn je, aber irgendwie fiel es ihr heute leichter, ihn zu tragen. Vielleicht hatte es damit zu tun, dass sie inzwischen wusste, ihn demnächst abstreifen zu können. Und warum wusste sie das? Na ja, sie wusste es einfach. Oder besser: Sie wusste jetzt, wie sie dafür Sorge tragen würde.

Sie betrachtete sich im Spiegel, im Morgenlicht. Sie dachte darüber nach, wie viel passieren musste, bis ein Mensch etwas lernte. Wie viel hatte passieren müssen, bis sie sich im Alter von neununddreißig Jahren im Spiegel betrachtete und begriff, dass von nun an alles anders sein würde.

In ihrem Fall waren zwei katastrophale Beziehungen, der Tod von Mutter und Vater, ein Mord, eine Explosion im Gartenhaus, ein Brand in der Sauna, ein bevorstehender Wasserrohrbruch vonnöten gewesen. Und ein interessanter Mathematiklehrer. Olivia hatte am Vorabend plötzlich alles ganz klar gesehen. Sie hatte es laut ausgesprochen: *Jan Kaunisto ist lustig und interessant.* Sie hatte sich gefragt, wann sie zuletzt einen lustigen, interessanten Mann kennengelernt hatte, der nicht spätestens beim zweiten Treffen angedeutet hatte, dass er vorübergehend in finanziellen Schwierigkeiten stecke. Sie lächelte. Sie sah ihr Lächeln, im Spiegel. Es fühlte sich gut an. Es fühlte sich genauso gut an, wie es aussah.

Sie zog eine Jogginghose und einen Kapuzenpulli an und

schlüpfte in ihre Turnschuhe. Sie kontrollierte ihre Tasche, stellte sicher, dass sie Kleider zum Wechseln dabeihatte. Dann lief sie die Treppe hinunter und zu ihrem Fahrrad. Sie ließ es immer unabgeschlossen im Garten stehen, dort stand es. Hinter dem Fahrrad ragte die Ruine der Sauna auf. Sie dachte an das Angebot, das dieser Anwalt ihr unterbreitet hatte. Olivia hatte ihm gesagt, dass sie bis neun Uhr zu Hause sein würde, danach bei der Arbeit. Dass sie leicht zu finden sei. Am Strand, am Wachturm, davon gebe es genau einen. Er könne die zehntausend Euro vorbeibringen, vorausgesetzt, das Geld sei gut verpackt. Der Anwalt hatte versichert, das zu verstehen, er behandle Geldangelegenheiten immer diskret.

Olivia legte ihre Tasche in den Korb, der am Gepäckträger befestigt war, zog das Gummiband fest und stieg aufs Rad. Ein kühler, schöner Morgen. Sie sog die frische Luft ein und erinnerte sich daran, dass jetzt gerade der Surf-Unterricht von Jan Kaunisto begonnen hatte. Es war irgendwie lustig. Lustig, aber nicht lächerlich. Lustig, sodass sie ein Lachen eher unter ihrem Brustbein spürte, nicht an den Wangenknochen.

Sie dachte an das, was Fräulein Simola gesagt hatte. Olivia war gar nicht auf die Idee gekommen, Jorma Leivo zu verdächtigen, vielleicht weil er so offensichtlich verdächtig war, schon aufgrund seines Äußeren. Er faselte wie ein Vertreter und hatte einen lässigen Umgang mit der Wahrheit. Vielleicht war nicht jedes seiner Worte gelogen, aber am Ende jedes Satzes war sicherlich eine Lüge zu finden. Er hatte auch ein miserables, letztlich unverschämt niedriges Angebot für Olivias Haus abgegeben. Ja, er hatte sich durchaus in die Reihe der Verdächtigen eingereiht.

An dem Abend, an dem es passiert war, war er in seinem Lokal gewesen. Hatte Eis gegessen und sein weißes Hemd bekleckert. Das hatte sie auf Fotos gesehen. Sie hatte gedacht, ihn deshalb nicht in Betracht ziehen zu können, aber vielleicht hatte sie es sich zu leicht gemacht.

Fräulein Simola dachte genau nach, bevor sie etwas sagte. Sie war immer eine Frau gewesen, die konsequent ihren Weg gegangen war. Die nie ein Blatt vor den Mund genommen hatte. Ihr Wiedersehen hatte diesen Eindruck bestätigt.

Na gut, angenommen, Leivo hatte mit der Sache zu tun. Er konnte es nicht selbst getan haben. Aber ... ja, was? Hatte Leivo jemanden beauftragt, in ihr Haus einzudringen? Dann noch jemanden, der Ersteren ermordete? Nein. Hatte er zwei Männer angeheuert, die in Streit geraten waren? Warum? Was war ihr Auftrag gewesen? Es war nichts entwendet worden. Nur ein altes Teil aus Holz. Es war kein Einbruch gewesen. Ein Einbruch wäre doch auch sinnlos gewesen, Olivia besaß nichts von Wert. Nur das Haus. Und einige Gemälde ihrer Mutter. Und die waren, bei Lichte besehen, nichts wert. Traurig, aber wahr.

Es ergab alles keinen Sinn. Warum hätte Leivo Leute anheuern sollen, die in ihrem Haus einen Kampf austrugen, bis einer tot war? Das klang weder glaubhaft noch sinnvoll. Sicher war Leivo nicht derjenige, der jemals Stephen Hawking als Welterklärer ersetzen würde, aber eine derartige Hirnlosigkeit traute sie ihm nicht zu. Tatsache war, dass es passiert war – ein toter Mann hatte in ihrer Küche gelegen. Olivia hatte Angst.

Und Jorma Leivo war einer derjenigen, die sie mit dieser Angst in Verbindung brachte. Sie musste noch mal mit Fräulein Simola sprechen. Auch wenn sie keine unmittelbaren Antworten parat hatte, hatte Olivia das Gefühl, bei ihr Zuspruch, Rat und Unterstützung zu finden. Sie hatten nur einige Minuten miteinander gesprochen, aber das hatte ausgereicht, um ihren Blick aufzuklaren und alles ein wenig leichter zu machen.

Das Fahrrad ruckelte über den holprigen Sandweg. Sie sah das Meer. Eine blau glitzernde Fläche, die auf den ersten Blick endlos zu sein schien. Aber sie brach am Horizont. Verschwand einfach. Wie alles andere auch, sogar die Unendlichkeit kannte Grenzen.

Olivia fuhr in einem Bogen an dem Schild vorüber. Sie hatte den Eindruck, dass die grellen Farben an ihren Kleidern haften blieben. Obwohl sie schnell fuhr, auf der Flucht vor dem Neongrün und dem Pink. Sie hielt sich wieder Jorma Leivo vor Augen.

Erst der Tote, dann die brennende Sauna. Eine Sauna niederzubrennen war eine klare Botschaft, keine Frage. Wer in Finnland Aufmerksamkeit erregen wollte, wer eine wichtige Botschaft aussenden wollte, setzte eine Sauna in Brand. Das war eine Botschaft, die ankam. Man konnte nicht deutlicher zum Ausdruck bringen, dass man Grenzen missachtete, dass man gewillt war, in die Sphäre eines anderen vorzudringen. Dass nichts mehr heilig war. Eine Kriegserklärung. Aber es stellte sich die Frage: Welcher Krieg? Wer kämpfte? Gegen wen sollte sich Olivia erheben? Jorma Leivo war interessiert an ihrem Grundstück, aber rechtfertigte das einen derartigen Feldzug? Würde er das Risiko eingehen, in den Fokus von Polizei und Feuerwehr zu geraten? Machte er dadurch nicht alles komplizierter? Es erschien einfach nicht vernünftig, auf diese Weise Geschäfte am *Palm Beach, Finland* vorantreiben zu wollen.

Sie lehnte ihr Rad gegen einen Baum, schloss es ab. Früher war der Strand ein sicherer Ort gewesen, aber in diesem Sommer hatten größere und kleinere Diebstähle zugenommen. Handtaschen, Coupons fürs Mittagessen, Proviant aus einem Picknickkorb. Ein Sommergast hatte steif und fest behauptet, das Halsband seines Pudels sei gestohlen worden, während er im Wasser gewesen war. Er habe das schwarze, fein dekorierte

Halsband im Ausland gekauft, der Hund habe es sehr liebgewonnen. Seit dem Diebstahl sei er traurig. Olivia hatte der Hund durchaus leidgetan, und sie hatte sich gefragt, wer einem Pudel das Halsband wegnahm. Warum sollte jemand so etwas tun?

Sie erreichte den grellgelben Wachturm. Stieg die Stufen hinauf und stellte ihre Tasche neben sich. Der Strand war menschenleer, nur weit entfernt, zu ihrer Rechten, wurde Beachvolleyball gespielt. Zu viert. Zu ihrer Linken entdeckte sie am und im Wasser die Teilnehmer des Windsurfing-Kurses. Der Trainer und drei seiner Schüler, einer von ihnen war Jan Kaunisto.

Olivia hatte keine Mühe, ihn zu erkennen. Er trug einen geliehenen Neoprenanzug, auf seinem Rücken prangte der Schattenriss einer weißen Palme. Er stieg auf sein Brett, fiel hin, stieg auf, fiel hin. Er schien in der Tat ein zäher Mann zu sein.

Olivia streifte ihren Kapuzenpulli ab und legte ihn zur Seite. Sie war gerade dabei, auch die Hose auszuziehen, als sie hinter ihrem Rücken eine Stimme hörte.

«Großartige Aussicht.»

Sie drehte sich halb um, die Hosen hatte sie bis zu den Knöcheln heruntergezogen. Der Anwalt. Er war tatsächlich gekommen.

Langsam hob er seinen Blick von ihren Hüften, suchte ihre Augen. Warum war das eigentlich so? War das Teil der Evolution? Hatte einst ein Höhlenmensch zum anderen gesagt, dass es hier eine Muschi zu sehen gab und dass dann auch der Rest einer Frau zu finden sein könnte? Sie erwiderte den Blick des Mannes. Er lächelte. Dieses Lächeln, das sich schnell auf seinem Gesicht ausbreitete, aber irgendwie fernblieb, aufgesetzt. Olivia zog die Hose ganz aus, legte sie zu dem Pullover. Dann wendete sie sich dem Mann frontal zu, sah ihm direkt in die Augen.

«Wie vereinbart», sagte er und überreichte ihr eine kleine

Papiertüte, die Olivia entgegennahm. Auf der Tüte war das Logo eines bekannten Herstellers von Accessoires. Üblich wäre gewesen, dass sich in einer solchen Tüte eine Handtasche befinden würde oder ein Spitzentuch, aber jetzt war Bargeld darin. Zehntausend? In jedem Fall eine Menge. Olivia hatte nicht vor, es sofort zu zählen.

«Zehntausend», sagte der Anwalt. «Die Leute, die das Geld zur Verfügung stellen, haben auch noch mehr.»

«Das werde ich mir merken», sagte Olivia.

«Wichtig ist, dass die Ergebnisse gut sind», sagte der Anwalt. «Und wir erwarten sie schnell. Falls Ergebnisse ausbleiben, fordern wir das Geld zurück. Mit Zinseszins. Darüber sollten wir uns beide klar sein. Zinsen werden gerne vergessen. Als sei Geld kostenfrei. Als würde es Geld umsonst geben. Das ist ein Trugschluss.»

Immer wenn der Mann einen Satz beendet hatte, lächelte er. So auch jetzt. Olivia hatte keine Ahnung, warum er lächelte, denn er sagte selten etwas Amüsantes. Er sprach auch nicht amüsant. Im Gegenteil, diese weiche, neutrale, gleichmütige Stimme würde niemals eine Pointe ansteuern können, die Betonung würde unweigerlich misslingen.

«Ich melde mich», sagte Olivia.

«Wann?», fragte der Mann.

«Bald.»

Olivia erwartete eigentlich, dass er sich damit zufriedengeben und gehen würde. Aber der Mann kam auf sie zu, schob seine Hände in die Seitentaschen seiner Hose. Er sah zum Meer, Olivia drehte sich um. Sie empfand seine Nähe als unangenehm. Jan Kaunisto hievte sich in einiger Entfernung auf sein Brett, zog am Segel und bewegte sich wackelig und in der Schräge aufs Meer hinaus.

«Der Penner surft tatsächlich», sagte der Anwalt.

Olivia begriff nicht, wen er meinte.

«Da kann man schon sauer werden. Unsereins zahlt Steuern, und dieser Hippie genießt seinen Urlaub, surft und lässt sich einen Vollbart wachsen. Und was soll das? Warum? Er kann also surfen. Juhuu! Hallo Hippie, die Sonnenbräune gibt es gratis dazu. Da eiert der da im Wasser rum auf plumpe Weise, und in ein paar Tagen fährt er nach Hause und entspannt sich auf seinem Sofa, bis er irgendwann im nächsten Sommer mal wieder aufsteht. Weil ihn dieses Dörfchen vermutlich traumatisiert hat, weil es ja so kalt ist, und dann wird irgendein Kinderpsychiater erklären, dass man lieb zu ihm sein muss. Dass man ihn nicht an seine missglückten Versuche im Wasser erinnern darf, sondern dass er sich gut erholen soll, bevor er seine nächsten Versuche mit einem Surfbrett unternimmt. Erwachsene können wie Babys sein. Strecken ihre dicken Arme aus, wenn sie irgendwas wollen. Und wenn sie es nicht bekommen, heulen sie.»

Olivia schwieg.

«Wissen Sie, was ich tun würde?», fragte der Mann.

Olivia schüttelte den Kopf.

«Ich würde diese Leute in die Arena schicken. In einen echten Wettkampf.»

Der Mann wendete sich ab. «Wir hören voneinander», murmelte er noch, dann entfernte er sich mit langen Schritten.

Olivia zählte das Geld. Bis zehntausend. Eigentlich bis Zweihundert, es waren zweihundert Fünfzig-Euro-Scheine. Sie verbarg das Geld in ihrer Tasche, während sie zählte. Dann legte sie alles zurück in die braun glitzernde Tüte und schob die Tüte ganz nach unten in ihre Tasche. Sie hatte das Geld. Tatsächlich. Der Mann, der es ihr gegeben hatte, zählte sicher nicht zu den angenehmsten Zeitgenossen. Aber wann waren Männer mit

Geld jemals angenehm gewesen? Sie waren selbstverliebt, genossen es, sich selbst zuzuhören. Und todlangweilig.

Wie dieser Kerl, der alles zu wissen schien, vom Windsurfen bis zur Sozialpolitik. Je mehr Geld diese Männer hatten, desto überzeugter waren sie von ihrer Intelligenz. Dass sie Gedanken hegten, die andere teilen sollten. In allen Lebenslagen. Aber egal. Sie hatte das Geld. Also würde sie den Mund halten und machen, was sie versprochen hatte. Und sie würde sich – da hatte der Mann völlig richtig gelegen – niemals wieder wie ein Baby benehmen.

Ihr nächster Schritt würde Jorma Leivo gelten. Das war nur logisch. Folgerichtig. Fräulein Simola war klug, sie wusste immer, was sie tat und sagte. Olivia dachte nach. Sie sah das Meer, sah die Windsurfer. Den Mathematiklehrer. Der angenehme Jan Kaunisto, der in die Stadt gekommen war, kurz bevor man ihre Sauna abgefackelt hatte.

Was hätte Fräulein Simola wohl darüber gedacht? Olivia glaubte, es zu wissen.

Als Allererstes würde sie aber etwas ganz anderes machen: den Rohrsanierer anrufen.

17.

Omas hatten Sex, in der Mikrowelle lagen 25 000 Euro, eine Sauna brannte. Nicht zu vergessen, dass in einer Küche ein toter Mann gefunden worden war. Und all das, jedes Detail, hatte auf die ein oder andere Weise mit einer Frau zu tun.

Jan Nymans Oberschenkel zitterten. Übersäuerung, dachte er, während er aus dem Wasser an Land watete. Ja, er fror, er zitterte, aber er verspürte auch eine eigenartige Zufriedenheit. Wegen des Surfens. Andere Dinge waren weniger erfreulich.

Als er einmal zum Strand gesehen hatte, hatte er seinen Hausnachbarn erblickt, im Gespräch mit Olivia. Fast hatten sie einander berührt. Warum hatte der Mann Olivia aufgesucht? Der Mann, der Geld in der Mikrowelle aufbewahrte.

Jetzt sah Nyman Olivia wieder, sie lächelte. Er sah ihre Silhouette, ihre Arme waren tiefbraun. Nyman spürte erneut dieses unverwechselbare Kribbeln im Magen. Eine intuitive Freude bei ihrem Anblick. Und etwas anderes: als hätte er einen kleinen Schlag bekommen, von einem stumpfen Gegenstand, auf Höhe des Zwerchfells. Als wäre etwas in sein Bewusstsein gedrungen, das ihm jeden Gedanken raubte. Es war ziemlich lange her, seit Nyman dieses Gefühl zuletzt so deutlich hatte herauskristallisieren können.

Eifersucht. So hieß es. Das war nicht gut.

Mach dich nicht lächerlich. Er konzentrierte sich darauf, geradeaus zu laufen.

Wer hätte gedacht, dass Windsurfen so verdammt anspruchsvoll sein würde? Seine Beine zitterten, die Arme waren taub, hingen senkrecht am Körper herunter. Während er lief, wurde ihm bewusst, dass er sich darum bemühte, einen guten Eindruck zu machen. Nicht einfach, seine Oberschenkel waren inzwischen steif, er versank im Sand. Wankte.

Er war Polizist. Und diese Frau war verdächtig. Sehr verdächtig. Auch wenn keine Beweise vorlagen. Er war verliebt, ein wenig. Das war gut. Es eröffnete die Möglichkeit, in ihrer Nähe zu sein. Eine Methode. Ermittlungsarbeit. Nähe aufbauen, Spannungen kreieren, Vertrauen bilden, Erkenntnisse gewinnen. Das war alles. Mehr nicht. Er würde sich genau an diese Vorgabe halten und ...

«Gerade habe ich darüber nachgedacht, ob wir heute Abend essen gehen wollen», sagte er nach einer kurzen Begrüßung.

Olivia stand aufrecht, mit leicht geneigtem Kopf, als wolle sie etwas Sarkastisches entgegnen. Oder eher etwas Überraschendes. Was sie auch tat. Es war überraschend, wie schnell sie antwortete.

«In der Tat», sagte sie. «Ich hatte genau denselben Gedanken. Wir sollten reden.»

Nyman fehlten die Worte, wenn auch nur für einige Sekunden. Olivia bemerkte es. Nyman sah dieses Blitzen in ihren braunen Augen. Als würde ihr etwas klarwerden. Als würde sie etwas erkennen.

«Bestens. Um acht?», fragte Nyman.

«Gut.»

Lächelte Olivia oder war es das Sonnenlicht, das sie blendete?

«Was die Restaurants hier in der Gegend angeht, bin ich nicht ganz so ...»

«Hängt davon ab, was wir essen wollen», sagte Olivia. «Und

wie gut. Mit anderen Worten: Um gut zu essen, müssten wir ein wenig weiter fahren. Ich weiß, ich bin hoffnungslos schlecht darin, die Lokalitäten von *Palm Beach* zu empfehlen, aber irgendwie wäre es mir tatsächlich lieber ... Ein Stück weit entfernt gibt es ein gutes Fischrestaurant. Eigentlich kein Restaurant, eher ein Imbiss, ein paar Tische mit schöner Aussicht. Sie haben jeden Tag frischen Fisch und jeden Tag ein neues Menü. Ich weiß also nicht genau, was uns heute erwartet, aber es ist immer sehr lecker.»

«Klingt gut. Allerdings habe ich keinen Wagen und ...»

«Fahrrad», sagte sie. «Sie fahren doch gerne Rad, oder?»

Wieder war da dieser Blick, dieses Flackern in ihren Augen.

«Ich leihe mir ein Fahrrad», sagte er. «Dasselbe, das ich schon hatte. Es ist zu klein, aber ich liebe zu kleine Fahrräder.»

«Dann treffen wir uns am Strandweg. An dem kleinen Kreisel. Und ziehen Sie sich warm an, der Imbiss ist am Meer, es ist also windig wie hier.»

«It's the hottest beach in Finland», sagte Nyman. Er imitierte die Tonlage eines Werbesprechers.

«Sie lernen schnell», sagte Olivia. Aber das Lächeln, auf das Nyman gehofft hatte, schenkte sie ihm nicht.

Nyman zog sich in seinem Häuschen um. Das langärmelige Hemd fühlte sich warm und angenehm weich an. Er ging ins Strandcafé, um zu frühstücken, bestellte sich sechs Spiegeleier, die er auf ein rundes Käsebrot legte. Er aß mit gutem Appetit, fast gierig. Er hatte nicht die Absicht, aber du lieber Gott. Er hatte einen Einbruch und einen Kurs im Windsurfen hinter sich.

Und er hatte ein Date mit der Verdächtigen vereinbart. Das alles auf der Basis eines Glases Apfelsaft.

Seine Hände zitterten, so hungrig war er. Er wischte das Eigelb aus seinen Mundwinkeln und von den Fingern. Nahm eine goldgelbe knusprige Scheibe Toastbrot, bestrich sie zentimeterdick mit Marmelade, trank zu dem Brot noch eine Tasse schwarzen Kaffee. Danach ging er zum Fahrradverleih.

Vor dem Laden blieb er stehen und betrachtete das Display seines Telefons. Nicht weil er telefonieren wollte, sondern weil ihn die Uhrzeit interessierte. Olivia Koski würde noch einige Stunden auf ihrem Turm verbringen.

Nyman sprang auf sein Rad und durchquerte innerhalb weniger Minuten die stille Stadt. An der Steigung spürte er wieder, wie die Säure in seine Beine schoss, schon zum zweiten Mal an diesem Vormittag. Dann ging es bergab. Die Vegetation veränderte sich, Kiefern, sandige Erde. Er bog auf einen Weg ab, fuhr einige Minuten lang, erreichte eine Gabelung. Er wählte den schmaleren, schwieriger zu befahrenden Weg.

Nach einer Weile konnte er Olivias alte Villa zwischen den Bäumen erspähen. Nyman hielt an, verbarg das Fahrrad hinter einem Felsen im Wald. Er lief bis zum Rand des Grundstücks, hielt inne. Der Hintergarten lag in der Stille, das Haus wirkte verlassen. Er wartete noch eine Weile, dann lief er am Wald entlang zum Haus. Vor ihm ragten die schwarzen Überreste der Sauna auf, dahinter lag in der Ferne blau das Meer. Oder eher grau. Der Himmel war wolkenverhangen, die Bäume am Strand wiegten sich im Rhythmus des Windes.

Nyman lief weiter, bis zum Haus, stieg die Treppenstufen zur Veranda hinauf. Er nahm den Dietrich aus seiner Tasche, öffnete die Tür, zog sie hinter sich zu, lauschte. Ein wenig schämte er sich für das, was er tat. Fast war er geneigt, es Selbsthass zu nennen, aber so war es: Das war sein Job. Er erreichte eine weitere Innentür, öffnete auch diese, mit einem Knirschen. Nyman zuckte zusammen. Das Geräusch war überraschend laut gewesen, vielleicht sogar noch in einiger Entfernung zu hören. Wer auch immer durch diese Tür schritt, machte unwillkürlich auf sich aufmerksam. Nyman hielt die Klinke noch in der Hand und fragte sich, was diese Tür und ihr lautes Knirschen zu bedeuten hatten. Vielleicht nichts, vielleicht doch etwas.

Er schlich über den Holzboden. Auch das verursachte ein leises Knarren, aber das war vernachlässigbar im Vergleich mit dem Knirschen der Tür. In der Mitte des Flurs zweigte der Eingang zur Küche ab. Nyman trat ein, stand mitten im Raum. Er hatte die Bilder vom Fundort der Leiche im Kopf, deshalb wusste er genau, wo der Mann gelegen hatte. Aber darum ging es nicht. Er drehte sich um und sah aus dem Fenster.

Die Fensterscheiben waren neu. Die Wolken wichen ein wenig zur Seite, die Sonne kam heraus. Licht durchflutete die Küche. Das Grundstück draußen lag um einiges tiefer als das Fenster. Man konnte also von draußen nicht viel sehen, höchstens die Köpfe der Menschen, die hier im Haus waren. Nyman drehte sich wieder um, sah seinen Schatten an der Wand. Er betrachtete diesen Schatten. Dann sah er wieder aus dem Fenster, fokussierte das Zentrum des Gartens, wandte sich wieder dem Schatten an der Wand zu. Es war, als würde er einer Laufbahn folgen, die kein Ende fand. Was immer das zu bedeuten hatte.

Es war an der Zeit, hier ein wenig voranzukommen.

Nyman gelangte von der Küche ins Wohnzimmer, das größer war als seine Einzimmerwohnung. An der Wand hing ein Gemälde, etwa drei Meter hoch und eineinhalb Meter breit. Es war beeindruckend. Rot und schwarz. In der Mitte prangte eine rote Figur, die Nyman nicht ohne Weiteres zuordnen konnte. Aber sie erinnerte ihn an irgendetwas. Oder irgendjemanden. Er lief weiter in das angrenzende kleinere Zimmer, mit dem Esstisch und Geschirrschränken und Fenstern. Von dort führte der Weg wieder in den Flur und zu der Treppe, über die er das erste Stockwerk erreichte.

Alle Räume hier oben führten hinaus auf einen kleinen Balkon. Es gab drei Schlafzimmer. Nyman erkannte sofort das, in dem Olivia ihre Nächte verbrachte. Als er in dem Zimmer stand, spürte er unmittelbar, dass er fehl am Platz war. Das Gefühl war unangenehm heftig. Es wanderte durch seinen Körper wie ein milder, ein wenig behäbiger Stromschlag. So etwas war ihm noch nie passiert. Niemals. Es ging hier um eine Verdächtige innerhalb einer verdeckten Ermittlung. Er versuchte halbherzig und widerwillig, sich die Gegenstände, die sich in diesem Zimmer befanden, einzuprägen. Oder besser: Er versuchte, sich zu vergegenwärtigen, ob hier irgendetwas war, das nicht hätte da sein sollen. Das Problem bei einem derart großen Gebäude war, dass er nicht die Zeit hatte, um alle Schubladen, Schränke und die hintersten Winkel zu durchsuchen. Es ging mehr um das, was er sah oder nicht sah. Um eine Art Gleichgewicht zwischen dem einen und dem anderen.

In dieser Hinsicht empfand er das Schlafzimmer als neutral. In anderer Hinsicht war dieser Raum alles andere als neutral. Als er ihn verließ, begriff er, woran er sich besonders gestört hatte. Olivias Duft. Natürlich hatte der ihn nicht wirklich gestört. Er hatte ihm umso deutlicher vor Augen geführt, dass er hier wie ein mieser Unterwäschedieb rüberkam. Einer, der in das Schlafzimmer einer Frau eindrang, heimlich, unerkannt. Der seine Spuren hinterließ und mit der Nacht verschmolz. Mit klebrigen Fingern. Unerträglich.

Die beiden anderen Schlafzimmer waren weniger anstrengend. Das erste diente sicher als Gästezimmer. Die Betten waren nicht bezogen, die Nachttischchen leer. Das zweite war eher eine Bibliothek oder ein kleines Arbeitszimmer. Bücher, ein Schreibtisch, ein Laptop. Nyman verzichtete darauf, den Rechner einzuschalten. Das könnte sie unter Umständen bemerken, wenn sie selbst demnächst den Computer nutzte. Außerdem würde er vermutlich ein Passwort benötigen, das er nicht kannte. Er fragte sich, ob Olivia ein Facebook-Profil besaß. Natürlich. Ganz sicher. Nyman hatte keines. Wer hätte er auf Facebook auch sein sollen? Welche Freunde hätte er haben sollen? Und warum dachte er jetzt über diesen Unsinn nach?

Während er nach unten lief, sammelte er in Gedanken seine Eindrücke. Er hatte nichts Verdächtiges wahrgenommen. Nichts, was Olivias Verstrickung in den Fall nahelegte. Allerdings auch nichts, was ihre Unschuld bewies. Einfach gar nichts. Oder doch, eines schon. Dass manchmal die Dinge genau so waren, wie sie erschienen – er war tatsächlich ein Dreckskerl, der seinesgleichen suchte.

Unten lief er noch einmal durch alle Räumlichkeiten – das Esszimmer, Wohnzimmer, Badezimmer, in dem kein Wasser floss. Küche, Flur. Nichts. Er öffnete die Haustür, trat ins Freie. Ging die Treppe hinunter in den Garten. Er hatte schon einige Meter zwischen sich und das Haus gelegt, als er ein Motorengeräusch hörte und das Quietschen von Reifen. Ein Wagen war vorgefahren.

Polizei.

18.

Das Telefon klingelte, Chico erwachte. Er hatte in Robins Bett geschlafen. Offenbar sogar neben Robin. Als er am frühen Morgen ins Schlafzimmer gegangen war, war Robin allerdings noch nicht da gewesen, er hatte auf dem Sofa geschnarcht und diverse andere Körpergeräusche von sich gegeben. Chico hatte vermutet, dass es in diesem Haus nur einen Ort gab, an dem er würde ruhen können, ohne dass Übelkeit ihn wach hielt. Robins Schlafzimmer.

Was war davor passiert?

Chico war Robin in die Wohnung gefolgt. Robin hatte sich umgedreht, war zum Sofa gegangen, hatte sich niedergelassen. Auf seinem Rücken hatte Chico Kratzer gesehen. Als hätte eine Katze diesen Rücken für einen Kratzbaum gehalten.

Er hatte sich auf diesen Lehnstuhl gesetzt, von dem er wusste, dass er zwanzig Euro gekostet hatte. Man hatte immer sofort das Gefühl hinunterzurutschen, sobald man sich auf diesen Stuhl setzte.

«Du hattest also die Glotze laufen, ja?», hatte Chico gesagt. Er hatte sich entschlossen, Neea nicht zu erwähnen. «Was ist mit deinem Rücken passiert?»

Robin hatte ihn angestarrt, ratlos.

«Hast du dich in der Sauna selbst verletzt? Mit Birkenwedeln oder so? Und wo bitte war diese Sauna?»

«Äh. Ja, genau. Sauna», hatte Robin entgegnet.

Ja. Sein bester Freund log ihm offen ins Gesicht.

Warum?

«War es schön, ja? Gute Düfte? In der Sauna?»

Robins Augen flackerten. «Heiß», sagte er.

«Du hast nichts Neues gehört?», fragte Chico.

Robin schüttelte den Kopf, deutete auf den Fernseher.

«Doch, ja. Heute waren neue Leute dabei. In meiner Serie.»

Jetzt lag Robin also schlafend im Bett. Chico betrachtete den zerkratzten Rücken. Rechts war ein Fenster, dessen Jalousien das hereinfallende Licht in schmale Streifen schnitten. Chico empfand diese Szenerie, dieses fast sinnliche Spiel von Licht und Schatten, als höchst unpassend. Unangenehm. Er richtete sich auf, griff nach seinen Jeans, fand sein Telefon. Er spielte mit dem Gedanken, nicht ranzugehen. Aber das Handy blinkte beharrlich. Chico betrachtete Robin, der tief und fest schlief. Er nahm das Gespräch an, und Jorma Leivo fragte umgehend, wo Chico gerade sei. Er antwortete. Leivo teilte ihm mit, dass sie sich treffen müssten, sofort. Am selben Ort wie zuletzt. In einer halben Stunde. Ansonsten werde Chico die Polizei deutlich schneller auf dem Hals haben, als ihm lieb sei.

Chico entschied sich für Ersteres. Jorma Leivo zu treffen, in einer halben Stunde.

Leivo erwartete ihn bereits, als Chico an der Sandgrube ankam. Der Himmel war bewölkt, Chico trug noch die Klamotten des Vortages, einschließlich des grauen Led-Zeppelin-Shirts. Grau.

Ja, so fühlte er sich, in jeder Hinsicht. Auch die Oberfläche des kleinen Sees schimmerte gräulich. Jorma Leivo hingegen sprühte vor Elan und Dynamik, als hätte er alle Farben des Tages in sich aufgesogen.

«Wir gehen in die Offensive. Attacke», sagte er. «Wir nehmen Tempo auf. Besser gesagt: Du. Mit deinem Lover.»

«Robin ist nicht mein Lover.»

«Ihr schlaft zusammen. Das hast du eben am Telefon erwähnt.»

«Ich meinte es wörtlich. Wir haben geschlafen. Nicht das andere. Da ist gar nichts.»

Leivo nickte, dachte nach. Chico wusste gar nicht, warum es ihm so wichtig war, dieses Missverständnis aus der Welt zu bringen.

«Na gut. Zu deiner Information», sagte Jorma Leivo. «Man hat mir zehntausend Euro angeboten. Für deinen Kopf.»

Chicos Gedanken rasten. Er versuchte, ihnen Kontur zu verleihen. Struktur. Aus irgendwelchen Gründen schienen alle mehr zu wissen als er selbst. Jorma Leivo wollte gar keine Antwort hören.

«Das bedeutet, dass du mir sozusagen zehntausend Euro schuldest. Leistungen, die zehntausend Euro wert sind. Das ist der Preis, den du zahlen musst, damit ich den Mund halte. Du möchtest ja nicht, dass ich irgendjemandem erzähle, dass du den Mann in Olivias Haus um die Ecke gebracht hast.»

Chico dachte angestrengt nach. Struktur, dachte er.

«Wir haben den Mann nicht um die Ecke gebracht. Es hat den Anschein, aber es war ein Unfall. In Wirklichkeit wollten wir dem Mann helfen. Das ist die verdammte Wahrheit. Wir wollten nur, dass er ruhig wird, einen klaren Kopf bekommt. Er war so verdammt wütend. Vielleicht weil er einen Stein gegen den Kopf bekommen hat, aber das war ein Versehen. Und eines dürfte Ihnen ja klar sein, oder? Sie sind ebenso schuldig wie wir. Wir wären gar nicht dort gewesen, wenn Sie uns nicht dafür bezahlt hätten.»

«Für diese Behauptung hast du keinen Beleg. Nicht einen.»

Chico erwiderte Leivos Blick. Nachdenken. Leivo hatte, bei Lichte besehen, recht.

«Und wo ist dein ... dein Kumpel?»

«Im Bett», sagte Chico «Er schläft.»

Leivo zuckte mit den Schultern. «Du bist wach. Das ist fein. Dann kann das ja noch was werden hier. Wenn ihr jetzt ordentlich anpackt und einfach in Erinnerung behaltet, was euch erwartet. Wenn ihr keine verdammten Ergebnisse liefert.»

«Wir haben dieses Gartenhaus abgebrannt», sagte Chico.

«Das war zu viel des Guten», sagte Leivo. Er atmete tief ein und aus. «Das war verdammt noch mal übertrieben. Ihr habt jetzt schon zweimal Feuerwehr und Polizei auf den Plan gerufen. Ihr solltet Dinge tun, die der Frau das Leben erschweren. Kapiert? Die Frau sollte ins Grübeln kommen, aber nicht die Polizei und die Feuerwehr. Ihr solltet euch nicht aufführen wie Neutronenbomber oder was weiß ich. Bleibt bei Verstand.»

«Haben wir ja versucht», sagte Chico. Er registrierte sofort, wie dämlich das klang. «Also, ich meine, wir haben versucht, unser Hirn einzuschalten, aber irgendwie ist dann jedes Mal irgendwas völlig Unerwartetes passiert.»

«Aha. Weißt du, jetzt passiert Folgendes: Ihr bekommt eine letzte Chance. Heute ist Donnerstag. Am Montag will ich Eigentümer dieses Grundstücks sein. Zumindest will ich, dass zu diesem Zeitpunkt mein Kaufangebot für das Haus angenommen wird. Ich überlasse euch, was ihr macht. Aber macht etwas. Das ist ein Ultimatum. Verstehst du, was ein Ultimatum ist?»

Chico schüttelte den Kopf.

«Du weißt nicht, was eine Ultimatum ist?»

«Doch, schon», sagte Chico. «Aber was sollen wir tun?»

«Ihr könnt euch Gedanken darüber machen, was ich mit zehntausend Euro anfangen könnte.»

Sie standen sich gegenüber, Auge in Auge. Der Sand, die Stille, zwei Männer. Chico erinnerte sich an diesen Westernfilm. Eine Szene, wie in Zeitlupe. Clint Eastwood hatte eine Zigarette im Mundwinkel, die nicht brannte. Zweieinhalb Stunden lief er so herum, bis er am Ende des Films alle plattgemacht hatte.

Leivo sah in seinen bunten Klamotten aus wie ein Papagei. Umgeben von einer grauen Welt. Er wendete sich ab, lief zu seinem Wagen. Chico setzte seinen Helm auf, schwang sich auf Robins Motorroller. Er sah Leivos Geländewagen, der mit qualmendem Auspuff und dröhnendem Motor anfuhr. Dann war er weg. Stille. Eine Schwalbe flog in einem weiten Bogen zu ihrem Nest.

Chico wusste nicht, woher der Gedanke kam, aber er begriff plötzlich und glasklar, dass er nicht eine Sekunde mit der Frage verschwenden wollte, wozu Jorma Leivo für zehntausend Euro bereit sein könnte.

Robin erwachte erst, nachdem Chico ihn ziemlich heftig geschüttelt hatte. Er hörte immerhin aufmerksam zu, als Chico ihm von seinem Treffen mit Leivo in der Sandgrube erzählte.

«Dieses Geld gehört einfach nicht Leivo», sagte Robin. «Das ist unfair.»

Robin sah aus wie ein schlaftrunkenes Tier. Wie eines, das

dringend eine Rasur benötigte. Seine Stimme klang entschlossen und fest. Das kannte Chico gar nicht von ihm. Robin wiederholte seine letzten Worte, Chico nickte. Obwohl er aussah wie ein Tier aus dem Wald oder der Wüste, war er sehr überzeugend. Fast wie ein Held aus einem Actionfilm. Einer von denen, die in kritischen Situationen sagten, dass sie die Sache regeln werden. Und der Zuschauer glaubt ihm aufs Wort.

Sie setzten sich ins Wohnzimmer, Chico in den wackeligen Lehnstuhl, Robin aufs Sofa. Mit freiem Oberkörper. Draußen war es hell, aber grau, Robin zog die Jalousien hoch. Aber irgendwie blieb es im Raum stickig. Es fühlte sich an, als würden sie in einer Plastikbox sitzen. Chico fragte sich, warum Robin eigentlich nicht zur Arbeit musste. Er verzichtete darauf, ihn zu fragen. Aus demselben Grund, der ihn auch daran hinderte, nach Neea zu fragen. Und nach den Kratzern auf seinem Rücken. Chico konnte sich beim besten Willen nicht vorstellen, was genau bei Robin gerade abging. Das gab ihm durchaus zu denken, weckte Neugier. Unter den gegebenen Umständen nur zu verständlich, wie er fand.

«Es ist so falsch», sagte Robin.

Dazu konnte Chico durchaus Stellung beziehen. «Wie wäre es, wenn Leivo das Geld nicht bekommt?»

«Aber er bekommt es. Wenn er uns in die Pfanne haut.»

«Und wenn nicht?»

«Aber er bekommt zehntausend ...»

«Robin», unterbrach Chico. «Wenn er nichts sagen kann, bekommt er das Geld nicht. Wenn wir ihn daran hindern.»

«Wie viel?»

Langsam ging Chico die Sache auf die Nerven. «Wie viel? Was soll das heißen: Wie viel?»

«Wie viel ... also wie sehr würden wir ihn daran hindern?»

Darüber hatte Chico noch nicht nachgedacht.

«In jedem Fall so sehr, dass er nichts sagen kann.»

«Für immer?»

Chico nahm eine Veränderung wahr. Robin beugte sich vor, stützte sich auf den Ellenbogen ab.

Chico zuckte mit den Schultern. «Ja. So wird es wohl sein», hörte er sich sagen.

Robin nickte. Ein entschiedenes, entschlossenes Nicken.

«Es ist nämlich so. Gestern in dieser Serie», sagte er. Was war mit Robin los? Er war wie ein anderer Mensch, jemand, der in aller Gelassenheit Entscheidungen traf. Jedenfalls klang er so. «Ich habe da eine Sache gesehen, die interessant war.»

19.

Olivia Koski trug ihre Arbeitskleidung, den Badeanzug. Sie hob das rechte Bein über das linke und sagte Jorma Leivo, dass sie über sein Angebot nachgedacht habe.

«Ich glaube, dass ich hier in Gefahr bin», sagte sie. «Meine Sauna ist niedergebrannt. Ich habe mich an unser Gespräch erinnert. Und daran, dass ich in meinem Haus, am äußersten Ende der Insel, ziemlich alleine bin.»

Sie blinzelte mit ihren braunen Augen und zeigte reichlich Bein. Leivo war ein Mann. Vielleicht bevorzugte er eher die Art Frauen, die man im Kalender eines gewissen Reifen-Herstellers bewundern konnte. Er hatte den Hormonspiegel seiner Artgenossen. Hormone waren demokratisch. Wenn ein bestimmter Level erreicht oder überschritten wurde, kam es nicht mehr so sehr darauf an, welche Frau ein Mann in Reichweite wähnte.

«Ich wundere mich aber über zwei Dinge», sagte sie. «Da ist zunächst das Angebot, dass Sie abgegeben haben. Es ist lächerlich niedrig.»

«Nun, ich fand es durchaus realistisch», sagte Leivo. «Aber wir können es gerne als Erstgebot betrachten, als Basis für unsere Verhandlung. Wir können darauf zurückkommen, wenn wir im Gespräch sind.»

«Sicher», sagte Olivia. Ein Gedanke schoss ihr durch den Kopf. Dass dieser Leivo etwas an sich hatte. Er war wie ein Bumerang, der ihr irgendwann gegen den Knopf knallen würde. «Die zweite Sache, die mich beschäftigt, ist der Mord. In meinem Haus. Der Tote in meiner Küche.»

«Was beschäftigt Sie da?», fragte Leivo hastig. «Der Mann?»

Stille trat ein. Olivia glaubte, die frische Farbe an den Wänden riechen zu können. Das ehemalige Pfadfinder-Vereinshaus hatte eine bemerkenswerte Wandlung durchgemacht. Mit den Plastikpalmen und allem anderen. Neben Leivos Schreibtisch stand eine Werbetafel, auf der Sonnencreme angepriesen wurde. Daneben ein Turm aus Cremedosen. Viele von denen hatte er offenbar noch nicht verkauft.

«Ich möchte, dass dieser Fall aufgeklärt ist, bevor ich ausziehe. Auch deshalb, weil es das Haus meiner Familie ist, meines Vaters, meiner Mutter.»

«Die Polizei hat ermittelt», sagte er. «Und die Polizei scheint zu der Erkenntnis gelangt zu sein, dass sie den Fall nicht lösen kann.»

«Deshalb bin ich gekommen. Um mit Ihnen darüber zu reden.»

Leivo schwieg.

«Ich weiß selbstverständlich nichts über die Sache», sagte er. Er wich ihrem Blick aus. «Aber wenn es für Sie wichtig ist und eine Voraussetzung für gute Verhandlungen, dann können wir natürlich ...»

«Es ist eine Voraussetzung. Die andere erwähnte ich bereits.»

«Richtig», sagte Leivo. «Ich kann Leute beauftragen, kompetente Leute, die sich den Fall noch mal genauer ansehen. Ich bin dazu bereit, wenn wir im Gegenzug unsere Verhandlung über das Grundstück voranbringen. Mir schwebt da eine Person vor, die durchaus als Meisterdetektiv zu bezeichnen ist. Hat sogar mit Interpol zusammengearbeitet. Aber ich verstehe dennoch noch nicht ganz, wie ...»

«Sobald der Täter überführt ist, habe ich meinen Frieden»,

sagte sie. «Und wenn ich meinen Frieden habe, fällt es mir leichter, mir über Ihr Angebot Gedanken zu machen. Dann können wir sprechen.»

Dachte Leivo darüber nach? Sie hoffte es. Sie hoffte, dass sie etwas in ihm ausgelöst hatte.

«Wie muss der Mörder denn überführt werden?», fragte er. «Ich meine: Wie genau soll das ablaufen?»

Olivia schlug das linke Bein über das rechte. Langsam. «In jeder Hinsicht», sagte sie. «Ich will wissen, wer es getan hat, wo er sich befindet. Und es wäre mir wichtig, dass diese Informationen unter uns bleiben. Das wäre unsere Vereinbarung. Zunächst geht es vor allem darum herauszufinden, was passiert ist. Ich weiß nicht, ob Sie sich vorstellen können, wie es ist, als Frau alleine in einem abgelegenen Haus zu leben. Es ist beängstigend. Zumal ich, wie Sie ja selbst sagten, keine Gewissheit habe, ob sich diese Vorfälle nicht wiederholen.»

Leivos Gesicht hellte sich auf. Vermutlich erinnerte er sich an seine eigenen Worte. Mit denen er Olivia ausgemalt hatte, dass die schlimmen Ereignisse eine Fortsetzung finden würden.

«Sehr richtig», sagte er. Er legte die Stirn in Falten, nachdenklich. Vielleicht tatsächlich, vielleicht vorgetäuscht. «Das kann ja nun in der Tat der Beginn einer Art Mordserie sein. Das weiß man ja nicht. Sie haben völlig recht, man muss den Fall aufklären. Da sind wir uns einig. Ich werde meinen besten Mann beauftragen.»

«Und wer ist das?»

Leivo spielte mit seinem Kugelschreiber herum. Dann hielt er inne. «Er arbeitet anonym. Geheim.»

Olivia nickte. «Aha. Undercover. Verstehe.»

«Was ist heute so am Strand los?»

Olivia zögerte kurz. «Vor einer Viertelstunde war es windig

und grau. Vielleicht zwanzig Leute waren da. Also, auf der gesamten Fläche. Ziemlich viele freie Liegestühle.»

«Wie viele?»

«Wie viele sind es denn insgesamt?»

«Also, von den neuen haben wir sechzig», sagte Leivo, nicht ohne Stolz. «Diese weißen, mit dem Sonnenschirm in Türkis. Insgesamt sind es hundertzwanzig Plätze.»

«Dann sind wohl ziemlich genau hundertfünfzehn Plätze unbelegt.»

«Ja. Es hat sich noch nicht herumgesprochen. Mundpropaganda. Wir brauchen noch ein wenig Schwung.»

Olivia schwieg.

«Vielleicht eine Kampagne», sagte Leivo. «Wenn die Leute erst mal erkennen, was wir hier bieten, werden sie kommen. Manchmal reicht ein kleiner Impuls. Ich habe mir schon ein wenig über Kampagnen Gedanken gemacht. *Für Familien, die Kosten für Sonnenmilch einsparen möchten.* Oder: *Keine Sprachbarrieren.* Oder: *Zum Sonnenstrand, der Flug dauert nur sechs Minuten.* Das stimmt sogar. Wenn man von Helsinki hierher fliegen würde, mit 850 Stundenkilometern, würde man sechs Minuten benötigen. Aussteigen wäre natürlich nicht ganz einfach, aber das lösen wir auch noch. Mein Favorit ist übrigens folgender, transatlantisch sozusagen. *Alles wie in Florida, nur ohne kriminelle Kannibalen.* Die Idee zu diesem Slogan hatte ich, als ich in den Nachrichten so eine Story aus Amerika gesehen habe. Ist vielleicht ein wenig brutal und nicht so passend im Moment, weil wir ja auf der Suche nach dem Mörder sind. Aber für die Zukunft. Wie Sie ja richtig sagen. Sobald der Fall aufgeklärt ist. Oder hier noch einer: *Besser als Thailand – Durchfallerkrankungen nur durch einheimische Speisen.* Oder für Europäer: *Endlich – ein Ferienort, an dem Sie zu 100 Prozent nicht an Hautkrebs erkranken werden.* Wie wäre es mit: *Lass den Hautkrebs zu Hause.* Oder: *Aus Nizza nur die Pizza.* Na ja, daran müsste man noch arbeiten. Aber wie Sie sehen, halten wir alle Trümpfe in den Händen. Glauben Sie mir: Ich hätte nicht in dieses Projekt investiert, wenn es sich nicht um die beste Idee der Welt handeln würde.»

Olivia begann langsam zu verstehen. Konkret und im übertragenen Sinne. Leivo saß schwitzend hinter seinem Schreibtisch. Er war während seiner Ausführungen rot angelaufen. Schon die kleinste Anstrengung schien ihm mächtig zu schaffen zu machen.

«Klingt alles sehr gut», sagte sie. Irgendwie stimmte das sogar. Leivo schien die Sache hier sehr ernst zu nehmen. Sein *Palm Beach, Finland.* Das bedeutete, dass er vermutlich alle Hebel in Bewegung setzen würde.

«Ich erwarte dann mit Spannung Ihre Ermittlungsergebnisse», sagte sie.

Leivo zuckte zusammen, noch ganz versunken in die zweifelhafte Wunderwelt seines Marketings.

«Sie werden nicht lange warten müssen. Ich werde meinen Detektiv umgehend auf die Sache ansetzen.»

Olivias Beine zitterten, als sie zurück zum Strand lief. Dieses Zittern war ein wenig beängstigend. Sie hatte getan, was sie hatte tun wollen. Hatte begonnen zu ermitteln. Und sie hatte gleich in ihrem ersten Gespräch deutlich mehr erfahren als erwartet.

Leivo hatte angedeutet, dass er sein gesamtes Vermögen in diesen Ort investiert hatte. Das war ohne Zweifel von Bedeutung. Es erinnerte sie auch an ihre eigene Situation. Ihr gesamtes Vermögen steckte in dem Haus. Und was würde sie tun, um dieses Vermögen zu bewahren? Die Antwort war einfach: Alles. Der Gedanke ließ sie frösteln.

Der Wind hatte nachgelassen. Am Himmel hingen nur noch Fragmente der zuvor dichten Wolken. Sommerwetter.

Sie erreichte ihren Wachturm. Leivos Worte gingen ihr durch den Kopf. Olivia hatte ihre Rolle prächtig gespielt. Sie hatte ja nicht in jeder Hinsicht gelogen, aber auch selten die ganze Wahrheit gesagt. Sie tat gut daran, sich vor Augen zu führen, dass ihr Gesprächspartner möglicherweise ganz ähnlich agiert hatte. Oder noch schlimmer.

Leivo hatte einen Traum.

Und Träume waren zuweilen gefährlich.

Sie stieg auf den Turm. Betrachtete den Strand, das Meer, die Leute. Alle hatten irgendwelche Sehnsüchte. Ziele. Auch sie. Sie hatte das Gefühl, lange wie mit verbundenen Augen durchs Leben gegangen zu sein. Sie hatte getan, was getan werden musste, oder das, was andere von ihr erwartet oder erhofft hatten. Dann war sie aufgewacht. Sie war sicher nicht die Einzige. Je älter ein Mensch wurde, desto massiver würde er vermutlich irgendwann von seinen Träumen eingeholt werden. Verzweifelt und in der Gewissheit, dass es kaum noch etwas zu verlieren gab.

Olivia fragte sich, wie alt Leivo sein mochte. Mitte Fünfzig? Wenn sie selbst im zarten Alter von neununddreißig bereit war, alles in die Waagschale zu werfen, wozu wäre dann wohl ein Mittfünfziger im *Sonny Crockett*-Gewand mit einer Neigung zur Erregtheit imstande? Einer, der sein letztes Geld in dieses Feriendorf investiert hatte?

Sie atmete tief ein und aus.

Sie würde die Sache weiterverfolgen, kompromisslos, ohne

Angst. Sie würde weder ihre Träume noch irgendjemanden fürchten. Sie hatte früher für ihre Sicherheit sorgen können, sie konnte es auch jetzt. Du liebe Güte, sie lebte in einem Haus ohne fließend Wasser, in dem ein unbekannter Mann ermordet worden war. Sie hatte erlebt, wie ihre Eltern auf merkwürdige Weise ums Leben gekommen waren. Die ganze Dorfgemeinschaft tuschelte darüber. Sie hatte zwei Partner überlebt, die ihr Geld durchgebracht hatten. Und trotzdem war sie da, ein wenig verfroren vielleicht, aber zu allem entschlossen.

Sie war hin- und hergerissen. Einerseits glaubte sie Leivo, andererseits nicht. Sicher war Jorma Leivo selbst von all dem, was er über *Palm Beach, Finland* erzählte, vollkommen überzeugt. Aber sie glaubte keine Sekunde daran, dass er seinen besten Mann auf irgendeine Spur ansetzen würde. Vermutlich gab es diesen Meisterdetektiv gar nicht. Schwer vorstellbar.

Olivia lachte kurz und laut auf.

Es war wirklich schwer, sich einen Detektiv vorzustellen, der hier, am *Palm Beach, Finland*, ermittelte. *Undercover.* Das war großer Unsinn.

Es passierten ja immer wieder verrückte Dinge, aber so etwas nun doch nicht.

20.

Nyman mochte dieses Polizeirevier irgendwie. Klein und still, ein Holzhaus. Das Fenster im Vernehmungsraum mit Blick auf den Park. Kein großer Park, aber sehr gepflegt. Hübsche Blumenbeete. Gelb, blau, lila, rosa. Das Gras glänzte saftig grün, und Ulmen luden dazu ein, in ihrem Schatten für eine Weile zu ruhen. Der Raum war hoch und weit, mit kahlen weißen Wänden. Das Fenster war auf der einen, die Tür auf der gegenüberliegenden Seite, in der Mitte stand ein Tisch aus Birkenholz. Und vier Stühle, von denen drei besetzt waren. Die Polizisten saßen nebeneinander, Nyman gegenüber. Der Holzboden knirschte, wenn sie auf ihren Stühlen herumrutschten.

Unter anderen Umständen hätte Nyman die Situation durchaus genossen. Aber der Verlauf des Telefongesprächs, das er gerade mit Muurla geführt hatte, verunsicherte ihn ein wenig. Auch die Uhr an der Wand trug nicht zu seiner Entspannung bei. Die Zeiger schritten beharrlich voran.

Nyman hatte auf zweierlei bestanden, als er angekommen war. Muurla anzurufen und rechtzeitig zum Abendessen mit Olivia Koski zu kommen. Das Telefonat war ihm bewilligt worden, nachdem Nyman sich erkundigt hatte, ob man ihn verhören wolle, ob er in irgendeiner Weise verdächtig sei. Der Polizist, der gefahren war, hatte das verneint. Man wolle sich nur unterhalten. Eine informelle Befragung. Das vereinfachte die Sache. Nyman hatte darum gebeten, ein Telefonat führen zu dürfen, um einem Kollegen mitzuteilen, dass er zu einem Treffen nicht kommen könne.

Die Polizisten hatten sogar höflich den Raum verlassen, und Muurla hatte das Gespräch sofort entgegengenommen. Nyman war nach einer kurzen Entschuldigung gleich zur Sache gekommen, hatte gesagt, wo er sich befand, und auch erwähnt, dass sein Handy-Akku in Kürze entladen sein würde. Er hatte schnell gesprochen.

«Es eilt. Die Hauseigentümerin, Frau Koski, darf nicht erfahren, dass heute auf ihrem Grundstück ein Mann aufgegriffen wurde. Informationssperre. Ansonsten ist alles okay. Ich will mit diesen Dorfpolizisten reden, das ist eine gute Gelegenheit. Aber sorge bitte dafür, dass ich spätestens um halb acht hier rauskomme.»

Nyman hatte Muurla kurz von dem Holzhaus und dem Park und der angenehm ruhigen, freundlichen Grundstimmung auf diesem Revier berichtet. Und dann endlich hatte Muurla gesprochen.

«Das erinnert mich an dieses Nudisten-Dorf, in dem ich im Frühling war. Auf Ibiza. Ich wollte mich ein wenig weiterbilden, neue Perspektiven gewinnen ...»

«Entschuldige, wenn ich dich unterbreche, aber mir fehlt die Zeit, die Arbeit ruft, sozusagen ...»

«Richtig.» Muurla hatte einige Sekunden lang geschwiegen. «Wir haben ein Problem.»

Nyman hatte gewartet.

«Du hast einen Ermittler von der Wirtschaftskriminalität darum gebeten, Geldströme zu recherchieren. Von Leuten, die gar nicht unter Verdacht stehen.»

«Das sollte eigentlich ohne dein Wissen geschehen», hatte Nyman entgegnet.

«Vermutlich hätte auch der Leiter der Abteilung für Wirtschaftskriminalität davon nichts wissen sollen. Und dessen Vorgesetzter. Und dessen Vorgesetzter.»

Nyman hatte geschwiegen.

«Wie du ja weißt», hatte Muurla gesagt, «war diese Anfrage illegal. Hier sind alle ziemlich erstaunt. Diese Leute neigen ohnehin zur Vorsicht. Bewegen sich auf Zehenspitzen sozusagen. Wegen diverser Pannen, die zuletzt bei einer Drogenermittlung zu beklagen waren. Anfragen wie die, die dir vorschwebt, durchlaufen im Moment mehrere Kontrollen, bevor sie umgesetzt werden können.»

«Aha. Das würde bedeuten, dass ziemlich viele Leute von unserer Ermittlung hier erfahren. Was dann mit der Idee einer verdeckten Ermittlung nicht mehr viel zu tun hätte.»

«Ich weiß. Aber das lässt sich jetzt einfach nicht ändern.»

«Was genau?», hatte Nyman gefragt. «Was lässt sich nicht ändern?»

«Du bist auf dich allein gestellt. Wenn du weitermachen möchtest.»

«Bitte was?»

«Ich kann nichts für dich tun. Ich kann dir mit diesen Dorfpolizisten nicht helfen. Ich könnte nicht mal mit ihnen reden, ohne sie ins Bild zu setzen. Ich müsste um Erlaubnis bitten. Und das bedeutet, dass deine Tarnung auffliegen würde. Und wäre das der Fall, wäre deine Ermittlung logischerweise zu Ende. Du würdest zurückkommen, nach Helsinki.»

Nyman hatte aus dem Fenster gesehen. Eigentlich hatte er keine Bedenkzeit benötigt. Auch Muurla hatte geschwiegen. Nyman hatte sich die Situation vor Augen geführt. Ja. Er war allein.

«Ich mache hier weiter», hatte er gesagt und das Gespräch beendet.

Ein Mord. Darum ging es natürlich. So viel zu der Freundlichkeit und der Ankündigung, dass man *nur mal ein wenig miteinander reden wolle.* An den älteren Polizisten konnte er sich gut erinnern. Grauer Bart, blaue Augen. Neben ihm saß der jüngere, der hatte dunkle Haare und entzündlich gerötete Haut. Er machte Notizen. Auch an ihn konnte sich Nyman erinnern, die beiden waren bei Olivia gewesen, als das Gartenhaus abgebrannt war. Dieser jüngere Polizist hatte ihn auch in der Nacht einfach nur angestarrt, ohne viel zu sagen.

«Ja, das ist ein Grundstück, auf dem einiges passiert», sagte der Ältere. «Leute kommen und gehen. Merkwürdige Ereignisse. Was haben Sie da heute zu suchen gehabt?»

«Ich denke, dass das nur die Hauseigentümerin und mich etwas angeht», sagte Nyman.

Der Ältere zuckte mit den Schultern. «Das ist nur eine Frage. Wir wollen uns nur ein wenig unterhalten. Waren Sie zu Fuß unterwegs?»

«Erst mit dem Fahrrad, dann zu Fuß. Fühlte sich angenehmer an, auch wegen der Aussicht. Eine schöne Insel.»

«Warum sind Sie nicht mit dem Fahrrad bis zum Hof gefahren und haben die Landschaft dann vor Ort bewundert?»

«Das ist ein wenig peinlich.»

«Nur zu, es gibt nichts, was wir uns nicht schon haben anhören müssen.»

«Es hat mit meinem Hintern zu tun.»

Der Jüngere hob den Blick von seinen Notizen.

«Wir hören», sagte er sanftmütig.

«Nun, ich habe mit dem Surfen angefangen. Nach langer

Pause auch mal wieder mit dem Radfahren. Ich habe Muskelschmerzen an Stellen, an denen ich nicht mal wusste, dass ich da Muskeln habe. Wenn ich sitzen muss, fühlt es sich an, als würde jemand auf mich einschlagen. Ich konnte einfach nicht länger im Sattel bleiben.»

Beide Polizisten starrten ihn an. «Ja. Dann wollen wir das mal so zur Kenntnis nehmen», sagte der Ältere. «Es gibt da allerdings noch ein paar andere Dinge.»

Das sah Nyman auch so. Er hatte gar nichts dagegen, über den Mord zu sprechen. Er war neugierig zu hören, wenn auch zwischen den Zeilen, was diese Polizisten über den Fall dachten. Zu hören, was nicht in den Protokollen stand.

«Beginnen wir mit dem Tag Ihrer Ankunft», sagte der Ältere. «Was denken Sie über dieses Feriendorf?»

«Ich gewöhne mich langsam daran.»

«Wie meinen Sie das?»

«Ich spiele mit dem Gedanken, länger zu bleiben.»

«Aha, Sie haben noch weitere Saunen entdeckt, die Sie in Brand setzen könnten? Noch jemanden, den Sie ermorden wollen?»

«Ich habe weder das eine noch das andere getan.»

«Sie wohnen in einem von Leivos Häuschen, ja? Alleine?»

«Im *Tubbs*. Das ist das hellgrüne. Und ja, alleine.»

«Am Abend des Brandes sagten Sie, dass Sie jemanden hätten, der bestätigen könne, wo Sie am früheren Abend waren.»

«Ja, sicher. Meinen Nachbarn im Dorf. Er fährt einen schwarzen BMW. Aber wie kommen Sie überhaupt darauf, dass der Täter von außerhalb kommen könnte?»

«Wie bitte?»

«Könnte derjenige, der für all das verantwortlich ist, nicht aus dem Ort stammen?»

«Ah, sind Sie einer dieser Hobbydetektive?»

«Sicher nicht. Warum? Haben Sie mit Ihrer lokalen Besetzung Schwierigkeiten?»

«Es ist die Brutalität», sagte der Jüngere. «Wir haben so eine Brutalität und Bösartigkeit hier bisher nicht gekannt.»

Der Ältere sah hinüber zum Jüngeren.

«Das kommt vor», sagte Nyman, bevor der Ältere Gelegenheit hatte, dazwischenzugehen. «Manchmal gewinnen die Dinge eine gewisse Eigendynamik. Ufern aus, wie man so sagt.»

Der Ältere wendete sich wieder Nyman zu. «Sie sind also Mathematiklehrer.»

«Richtig. Wie schon gesagt.»

«Wo?»

«Im Moment ohne Anstellung. Aber wenn der Anruf kommt, bin ich sofort zur Stelle. Noch mal zu der Sache hier. Sie sprechen von Brutalität, aber das schließt ja potenziell jeden Menschen hier am Ort ein. Verbrechen liegen sicher immer extreme Situationen zugrunde, und jeder kann da mal ... reingeraten. Oder?»

«Wir kennen die Leute hier», sagte der Jüngere. «Diejenigen, die die Kraft hätten, wären nicht fähig. Diejenigen, die dazu fähig wären, sind Kriegsveteranen. Der Jüngste von ihnen ist siebenundachtzig Jahre alt und rund um die Uhr in medizinischer Betreuung. Und meine Generation, also die, die nicht weggezogen sind und nicht in der Stadtverwaltung oder im Staatsdienst arbeiten, nun ja, das ist ein überschaubarer Kreis.»

Der Ältere nickte, setzte sich aufrecht.

«Ich glaube, die wären auch schlicht zu doof», sagte er. «Es gibt hier ein paar Typen, die in Frage kommen, aber wir finden beim besten Willen kein Motiv. Und wir wissen, dass sie nicht mal ihre Unterhose wechseln, solange sie nicht irgendeine Belohnung bekommen. Waldbeerengrütze zum Beispiel. Ich wüsste nicht, wer oder was diese trüben Tassen zu einer solchen Tat verleiten sollte. Und wie.»

«Ich verstehe, worauf Sie hinauswollen», sagte Nyman. «Ich könnte mir vorstellen, dass ich ein paar von denen am Strand gesehen habe, richtig?»

«Da lungern die herum, ja», sagte der Jüngere. «Irgendwie ist der Strand der natürliche Lebensraum dieser Typen.»

Nyman dachte, dass die Sache in Bewegung kam, er hatte das Gefühl, sich auf einen bestimmten Punkt zuzubewegen, aber dann beugte sich der Ältere vor und starrte ihn durchdringend an.

«Deshalb ja. Deshalb denken wir an Sie. An jemanden, den wir hier nicht kennen.»

So ging das leider eine ganze Weile weiter. Stundenlang. Nyman konnte den Polizisten nicht helfen, die Polizisten konnten ihm nicht helfen. Er spürte geradezu körperlich, wie die Zeit verstrich. Er unternahm einige Male den Versuch, einen finalen Punkt zu finden, einen letzten Satz, der diesem ausufernden Dialog ein Ende setzen könnte. Aber es gelang nicht. Der eine holte Limonade, der andere ging zur Toilette. Der eine las die Notizen des anderen, der andere kreiste um längst besprochene Themen.

Halb acht näherte sich. Nyman geriet ein wenig in Sorge.

Und dann war es halb acht.

Nyman musste los.

Er hatte einen Mord aufzuklären.

Und er hatte eine Verabredung. Ein Date. Zum Abendessen.

21.

Jorma Leivo schloss die Augen und versetzte sich wieder ans andere Ende der Welt. Heiß war es dort.

Aber auch unerfreulich, das hatte er mehrfach erlebt: Das diffuse Ziehen in der Nase und an den Wangen, ein Brennen in den Armen und Beinen, das Hemd klebte an seiner Haut, die Unterhose hatte sich in die Pobacken gefressen, er hatte sich Schürfwunden zugezogen. Die Unterhose war wie ein nasses, schmales Seil, das er von seiner Haut, seinen Leisten ablöste, wenn er zur Toilette ging. Und die Toiletten waren schmutzig. Es fehlte immer an Seife. Die Hände waren klebrig und rochen eigenartig. Das Essen machte keine Freude, ebenso wenig war es ein Vergnügen, die Hände von Menschen zu schütteln, die man kennenlernte. Er hatte natürlich nie den Mut gehabt, den Leuten zu sagen, dass da zwischen Daumen und Zeigefinger Schmutz war, vermutlich von seiner Unterhose.

Gab es eigentlich in Südeuropa oder Asien ein einziges Reiseziel, an dem er sich wirklich wohlgefühlt hatte? Nein. Er hatte die Reisen immer voller Hoffnung angetreten, hatte gedacht, dass dieses Mal alles anders werden würde. Aber es war nie anders gewesen. Es war immer ziemlich gleich geblieben. Bis etwa vor einem Jahr, an einem qualvollen Tag in Phuket, als er knallrot und schwitzend in der Hitze gestanden hatte, im wahrsten Sinne wie in die Ecke gedrängt, und da hatte er eine Art Erleuchtung gehabt.

Der Moment war von betörender Klarheit gewesen. Wäre Leivo gläubig gewesen, hätte er Gott für die daraus resultierende Geschäftsidee gedankt. So wie seiner Mutter, die einen Monat zuvor verstorben war – im Einklang mit ihrem Schöpfer. Sie hatte als Putzfrau gearbeitet. Noch als Rentnerin hatte sie freiwillig in der Gemeinde sauber gemacht. In der neu erbauten Kirche hatte sie den Altar glänzen lassen. Dabei war sie eines Morgens aus dem Tritt oder ins Wanken geraten, hatte zu viel Schwung gehabt. In Unkenntnis eines Baufehlers, der dazu beigetragen hatte, dass Jesus höchstselbst von seinem Podest gefallen war. Eine Kettenreaktion. Seine Mutter hatte vielleicht noch versucht, den Abgesandten aus Kupfer aufzufangen, aber der, etwa tausend Kilo schwer, hatte sie unter sich begraben. Sie hatte unter ihm gelegen, die Arme und Beine weit von sich gestreckt. Ja, sie hatte alles versucht, alles gegeben.

Diese Geschäftsidee, die Leivo wie eine Eingebung zuflog, war folgende: Wie wäre es, all das Schöne zu haben, mitsamt den Palmen, ohne die unangenehmen Seiten hinzubuchen zu müssen? Vor allem nicht diese unerträgliche Hitze. Kein Sonnenbrand mehr, kein dreimaliges Wechseln der Klamotten pro Tag, keine Sonnencreme, die in den Augen brannte.

Am selben Tag, nachdem er sich in sein Hotelzimmer geschleppt hatte und die Klimaanlage genoss und ein paar Chips knabberte, hatte er die nächste Erleuchtung. Er zappte durch die hundert TV-Kanäle und stolperte über eine Serie, die eine seiner liebsten gewesen war, vor vielen Jahren. Die Titelmusik und der Vorspann prägten sich unmittelbar ein. Als seien sie Gesetz und Geschenk des Himmels. Diese Serie. Das konnte kein Zufall sein. So waren beide Ideen aufeinandergeprallt, hatten sich vereint, waren miteinander verschmolzen. Er war vom Bett gehüpft, hatte dabei einen dieser knallgelben Energy-Drinks über seinem Pyjama vergossen, ungerührt den Computer hochgefahren und begonnen, nach Feriendörfern zu suchen, die zum Verkauf standen. Er hatte genau eines gefunden.

Leivo hatte das gesamte Erbe seiner Mutter in dieses Dorf investiert. Also, fast alles. Ein wenig hatte er noch, damit würde er Olivia Koskis einzigartige Halbinsel kaufen. Danach würde er noch ein Darlehen für den nächsten Schritt in Anspruch nehmen können. Er ging aufs Ganze, das wusste er. Spielte mit hohem Risiko. Aber er sah es auch als Fügung. Warum sonst hätte seine Mutter ihm zwei Leben schenken sollen? Erst das des Glücksritters, dann das des Inhabers und Unternehmensgründers. *Palm Beach, Finland.* Er empfand das Erbe auch als Verpflichtung. Leivo konnte es sich nicht leisten zu versagen – nicht im Gedenken an seine Mutter, nicht vor Jesus und nicht vor der Bank.

Er öffnete die Augen und betrachtete den Zettel, der vor ihm lag.

Die Situation war eine Herausforderung: Olivia Koski hatte signalisiert, dass sie zum Verkauf des Grundstücks bereit sein könnte. Vorausgesetzt, dieser Todesfall würde aufgeklärt werden. Aber selbst wenn das gelingen würde, der Preis konnte zum Problem werden. Mit anderen Worten: Wenn Leivo die beiden Faulpelze verriet, hatte er das Grundstück immer noch nicht sicher. Das wiederum bedeutete, dass er die beiden vielleicht noch brauchen konnte. Sie mussten Olivia ihr Leben vermiesen, sie mussten sie zur Verzweiflung bringen.

Dann gab es da noch diesen elegant gekleideten Investor. Die Visitenkarte wies ihn als *Executive Investment Manager* aus. Zehntausend Euro. Kopfgeld für die idiotischen Zwillinge. Damit konnte Leivo womöglich die Lücke schließen zwischen seinem Angebot und der Summe, die Olivia Koski verlangen würde. Ja, das konnte durchaus schon reichen. Er brauchte also beides. Er brauchte alles. Er brauchte das destruktive Duo. Sie mussten in Aktion treten. Und dann konnte er sie ausliefern. Dem Anleger und Koski. Für zehntausend und einen günstigen Kaufpreis.

Er öffnete einen seiner Energy-Drinks. Trank einen Schluck.

Es war wie ein Puzzle. Ein anspruchsvolles Puzzle. Aber Leivo hatte schon Schlimmeres überstanden. Er war tapfer. Er war derjenige, der *Palm Beach, Finland* aus der Taufe gehoben hatte. Und *Palm Beach, Finland* war etwas, das die Finnen ihm irgendwann danken würden. Man würde sich an ihn erinnern, im ganzen Land.

22.

Chico hatte höllische Lust auf ein Bier. Ein frisch gezapftes Bier, nicht diese trübe Brühe aus Plankton und Kleintieren wie sonst. Ein richtiges Bier, das die Gedanken aufklarte und die Nerven beruhigte. Wie eine brausende Stromschnelle. Ein kühles Getränk, gewissermaßen ein offizielles Wettkampfbier.

Er trank den Krug zur Hälfte, stellte ihn auf der Theke ab. Wie befürchtet, fühlte er sich teuer an. Er *war* teuer. Sechs Euro fünfzig. Für ein lächerliches Bier. Woraus bestand das? Aus flüssigem Gold, das Jungfrauen aus einem Brunnen auf dem Gipfel des Berges gewannen, unter Aufsicht eines Einhorns?

Er hatte das Gefühl, dass er Opfer eines Komplotts war. Er hatte keine Lust, weiter darüber nachzudenken. Das Leben war grundsätzlich enttäuschend, und er hatte ohnehin ausreichend Stoff zum Nachdenken. Er nahm seinen zur Hälfte geleerten Krug und ging hinüber zu dem Tisch in der Ecke, an dem Robin auf ihn wartete.

Er musste zugeben, dass Robin sich eigenartig verhielt. Fast als sei er dabei, die Führung zu übernehmen. Das verwirrte ihn. Woher kam plötzlich diese Entschlossenheit, diese Standfestigkeit, woher kamen diese klugen Worte? Zum Beispiel: *Die Lage ist folgende, es gilt, Kontrolle zurückzugewinnen. Oder: das Prozedere.*

Chico betrachtete seinen alten Freund und fragte sich, ob der überhaupt noch sein alter Freund war. Sicher, er war schon immer merkwürdig gewesen, hatte komische Sachen gefaselt, aus dem Zusammenhang gerissen, wie vom Band, in der immer gleichen Tonlage. Aber das, was er jetzt erzählte – Chico hatte tatsächlich zuweilen Schwierigkeiten, ihm zu folgen, und das hatte nicht nur mit der Wortwahl zu tun. Robin saß da, als sei er irgendein Leiter einer wichtigen Sitzung. Neu war auch, dass er kein Bier trank.

«Protein, Koffein, Kreatinin», sagte er mit Blick auf seine Trinkflasche. «Vor dem Training.»

«Training?»

«Ich muss fit sein für unsere Unternehmung.»

Chico schüttelte den Kopf. «Also, ich weiß nicht so recht», murmelte er.

«Du hast selbst gesagt, dass es gut wäre, wenn er nichts mehr sagen kann. Niemals. Das ist vorausschauendes Handeln», sagte Robin.

Schon wieder etwas Neues in Robins Wortschatz.

«Das klingt dann doch irgendwie ziemlich endgültig.»

«Aber nicht, was uns betrifft. Wir überlassen es der Natur. Dem Lauf der Dinge. Wir ... richten nur eine Mahlzeit an, die dann ein anderer verspeisen wird.»

Chico betrachtete den Mann, der ihm gegenübersaß. Er erkannte ihn nicht wieder. Absolut nicht.

«Das klingt ja noch übler.»

Robin hob die Schultern, es sah nach einer großen Geste aus.

«Ich dachte immer, dass du ein Rockstar sein willst. Dass das ein Traum von dir ist.»

Chico trank von seinem Bier. Es war definitiv keine sechs Euro fünfzig wert. «Ja, sicher», sagte er. Dann wusste er nicht weiter. Ihm fiel nichts mehr ein, zu keinem der vielfältigen Themen. Er hatte das Gefühl, bereits alles gegeben und gesagt zu haben. Was sollte er denn noch alles liefern? «Ich bin einfach nicht mehr ganz sicher, ob das der richtige Weg ist.»

«Mann, Springsteen würde jetzt auch klarsehen.»

«Springsteen sitzt nicht mit fast vierzig Jahren komplett pleite in einer Kleinstadtkneipe und denkt darüber nach, wie er seinen Chef um die Ecke bringen könnte.»

«Warum nicht? Vielleicht tut er genau das. Und siehe da, er ist der Boss, das hast du selbst gesagt. Er hat die anderen Bosse erledigt.»

«Er hat doch niemanden umgebracht.»

«Woher willst du das wissen?», fragte Robin. Wieder klang er wie ein anderer. Ein fremder Mensch. Chico erkannte schon noch den Robin-Rhythmus, die Art und Weise, wie er die Worte aneinanderreihte. Aber er wusste beim besten Willen nicht, wer da aus ihm sprach.

«Vielleicht hat Bruce ja eine Chance erkannt und sie genutzt. Vielleicht hat er kapiert, dass man manchmal Dinge tun muss. Dass getan werden muss, was getan werden muss. Vielleicht hat er ja nicht die ganze Wahrheit gesagt, darüber, wie seine Karriere begonnen hat. Er würde ja nicht überall erzählen, dass er in Jersey in der Mafia mitmischt und woher das Geld wirklich kommt. Das Geld für seine erste ordentliche Gitarre. Bei denen herrscht die *omertà*. Das Gesetz des Schweigens. Wollen wir wetten, dass Bruce ein Auftragskiller ist? Denk mal nach. Das perfekte Alibi. Die ganze Zeit auf Reisen, von Stadt zu Stadt. Und niemand wundert sich darüber, dass Bruce nachts auf Achse ist. Alle sehen nur Bruce, den alten Freund, sicher kommt er gerade von einem seiner Konzerte. Und das stimmt sogar, aber das Konzert war ein wenig anders, als wir uns das vorstellen.»

Chico starrte Robin an. Robin trank einen Schluck von seinem Protein-Shake.

«Robin, Bruce ist kein Auftragsmörder.»

«Glaub, was du willst.»

«Ich habe seine Autobiographie gelesen.»

«Seine, ja. Meinst du, er schreibt: Letzte Woche habe ich einen Konkurrenten umgebracht. Ja? Denk mal an diverse Todesfälle. Überdosis Drogen, ein Privatjet stürzt ab, ein Wagen kommt von der Fahrbahn ab und verschwindet in einer Schlucht. Ein Rockstar stirbt. Zufällig ist Bruce gerade in der Stadt. New York oder Los Angeles. Läuft da so herum, muskelbepackt und wachsam. Immer auf dem Sprung an sein Mikrophon. Alles ein Zufall. Sicher.»

Chico schüttelte den Kopf. «Das ist alles irgendwie ...»

Robin beugte sich vor.

«Letzte Chance», sagte er. «Gitarre oder keine Gitarre. Möchtest du dich für den Rest deines Lebens jeden Tag an diesen kargen Strand schleppen?»

Das war die Frage, die Chico allzu gut kannte und die seinen Nerv traf. Jahrelang hatte er Robin sein Leid geklagt. Es war der erste sinnvolle Satz, den Robin aussprach. Es war der Kern des Ganzen, die vernünftigste und beste Frage überhaupt.

Willst du dein Leben an diesem Strand verbringen? Nein.

Chico wollte neu starten, durchstarten. Er wollte seine letzte Chance. Die Chance, die zum Greifen nah gewesen war, aber dann ... es war nicht zu spät. Robin hatte recht. Robin besaß noch immer die wunderbare Gabe, heillose Verwirrung in große Klarheit zu überführen.

Eines war vollkommen offensichtlich: Jorma Leivo war bereit, sie zu verkaufen. Warum sollten sie nicht Leivo verkaufen? Er trank sein Bier, leerte es in einem Zug.

«Lass uns die Schaufeln holen», sagte er.

III

FOLGEN

1.

Jan Nyman blieb keine Wahl, er musste den Älteren in seinem Redefluss unterbrechen. Er hob seine Hand, langsam aber entschlossen. Als würde er sich zu Wort melden. Der Polizist begriff, verlangsamte seine Rede, verstummte ganz.

«Ja bitte?»

«Dürfte ich mal zur Toilette gehen?»

«Ich wollte Ihnen gerade eine Frage stellen.»

Nyman hatte wenig Hoffnung, dass diese Frage neue Erkenntnisse zeitigen würde. Er schwieg. Der Ältere atmete tief ein und aus. «Na gut, meinetwegen. Leo wird Sie begleiten.»

Nyman blickte hinüber zu dem Jüngeren. Leo schien ein wenig peinlich berührt zu sein.

«Bestens. Zusammen ist es lustiger», sagte Nyman.

Leos Wangen liefen rot an.

«Also, Leo», sagte der Ältere. «Geht bitte rüber zu unserer Personaltoilette.»

Sie erhoben sich, Nyman ging voran. Auf dem Flur blieb er stehen. «Hier lang», sagte der Jüngere. Nyman folgte, der alte Holzboden knirschte unter seinen Schritten, es fühlte sich irgendwie heimelig an. Es war ein ziemlich lautes Geräusch.

Sie erreichten das Ende des Gangs, die letzte Tür. Als sie eintraten, öffnete sich der Blick auf einen Pausenraum. Der Geruch von abgestandenem, bitterem Kaffee hing in der Luft. Die Toilette war hinter dem breiten Esstisch. Nyman konnte nachvollziehen, dass der Ältere sie hierher geschickt hatte. Die öffentliche Toilette war unten in der großen Halle, ganz in der Nähe des Ausgangs. Diese hier befand sich im hintersten Winkel des Gebäudes.

Nyman betrat die Toilette, verschloss die Tür. Er spülte, wusch sich die Hände, trocknete sie. Dann nahm er das Telefon, der Akku war leer. Er seufzte. Betastete die Türklinke, drehte sie in die Schließrichtung. Natürlich ging sie nicht auf, aber das Geräusch gefiel ihm. Er machte eine Pause. Hörte Schritte hinter der Tür.

«Leo?»

«Ja?»

Leos Stimme war ganz nah, er stand direkt hinter der Tür.

«Leo, die Tür geht nicht auf», sagte Nyman.

«Warum nicht?»

«Ich weiß nicht. Ich bin kein Schlosser. Holen Sie bitte Hilfe.»

«Hilfe?»

«Können Sie die Tür vielleicht irgendwie von der Seite öffnen?», fragte Nyman und hielt sowohl das Drehschloss als auch den Griff noch fester umschlossen, mit aller Kraft.

Leo gab sein Bestes. «Nein, geht nicht», sagte er.

«Genau, Leo. Holen Sie einen Schraubenzieher.»

«Ich weiß nicht ...»

«Das Schloss klemmt. Ich kann ja schlecht hierbleiben.»

Stille.

«Ich muss Reijo fragen.»

Nyman schwieg. Er hantierte noch einige Male an dem Schloss herum, wartete. Endlich hörte er Schritte. Sie wurden leiser, verklangen. Er hörte Knirschen von Holz, Leo lief schon den Gang entlang. Nyman öffnete die Tür, sah sich um. Es gab nur einen Weg, der vom Pausenraum abzweigte, das war der Weg, auf dem sie gekommen waren. Nyman eilte zur Tür, sah

Leo, der ihm den Rücken zuwendete, er stand in einiger Entfernung vor der Tür des Vernehmungszimmers.

Nyman sprang über den Holzboden, landete auf der Schwelle des gegenüberliegenden Raums. Er landete lautlos, Leo drehte sich nicht zu ihm um, die Tür ließ sich öffnen. Nyman betrat in einer fließenden Bewegung den Raum, ein Büro für zwei Mitarbeiter, mit Fenster. Er schob einige gerahmte Bilder von Kindern und Teenagern beiseite, öffnete das Fenster einen Spaltbreit. Der Fensterrahmen gab einen Ton von sich, den ein sterbender Opernsänger nicht besser hätte intonieren können. Nyman riss das Fenster einfach auf. Er hörte schnelle Schritte, die Holzdielen knarzten ohrenbetäubend, jemand schrie.

Nyman sprang. Die Dornen eines Rosenbuschs bohrten sich in seine Waden. Er versuchte, sich aufzurichten. Gefühlt waren es Millionen von Dornen, fest und spitz wie Eispickel. Der Schmerz trieb ihm Tränen in die Augen.

«Was soll das? Wohin wollen Sie?», rief Leo in seinem Rücken.

Nyman hatte nicht vor zu antworten. Zu einem Date, zum Teufel, einen Mörder fangen. Er riss sich von dem Busch los und rannte. Er war fit und konnte rennen, aber die Dornen brannten an seinen Beinen. Nyman sah sich um. Leo war hinter ihm, er kam aus dem Haupteingang der Polizeiwache, und Nyman wurde sofort klar, dass er rennen konnte.

Nyman überquerte die Straße, versuchte, einen Überblick zu gewinnen. Die beste Richtung zu finden. Die Straße mündete in einen schmaleren Sandweg. Selbst wenn sein Smartphone aufgeladen gewesen wäre, hätte er kaum Zeit gehabt, die Umgebungskarte zu studieren. Er würde nicht schneller sein als dieser Leo. Er rannte am Limit, Leo kam trotzdem näher.

Er erreichte eine Einfamilienhaussiedlung. Holzhäuser,

blühende Gärten. Er bog auf ein Grundstück ab, zwängte sich durch Johannisbeersträucher, sprang über den Zaun. Ein Garten am anderen. Ein Trampolin, ein Spielhäuschen. Grillhütten. Ein fahrbarer Rasenmäher, groß wie ein Traktor. Ein bellender Hund. Trampolin, Spielhäuschen, Grillhütte, bellender ...

Gerade als Nyman sicher war, Leo abgehängt zu haben, hörte er, dass dieser näher kam. Nyman tauchte unter einer Reihe Apfelbäumen hindurch und gelangte in den nächsten Garten, eine Terrassentür stand einen Spaltbreit offen. Er rannte zu der Tür, öffnete sie behutsam, trat ein. Und spähte hinaus in den Garten.

Da war Leo, er kam unter den Apfelbäumen hervor, so wie Nyman es vor Sekunden ebenfalls gemacht hatte. Nyman hoffte, dass Leo weiterrennen würde, aber das tat er nicht. Er bremste ab, blieb stehen.

Nyman atmete regelmäßig und ruhiger. Jetzt konnte er seinen eigenen Atem wieder hören. Er drehte sich vorsichtig um.

Auf dem Bildschirm eines Laptops, der auf dem Boden lag, lief ein Video mit Altersfreigabe achtzehn. Eine blonde Frau empfing einen dunkelhäutigen Mann. Sie legten ein bemerkenswertes Tempo vor und stießen Laute des Wohlbefindens aus. Und das war nicht alles. In einem flauschigen dunkelblauen Sessel saß ein Junge. Etwa vierzehn Jahre alt, schätzte Nyman. Der Junge sah ihn entgeistert an, seine rechte Hand umschloss noch seinen feuerrot schimmernden ... nun ja, Zauberstab.

Nyman suchte die Augen des Jungen, legte seinen Zeigefinger an die Lippen. Ruhig, ganz ruhig. Er machte eine beschwichtigende Geste, die das unterstreichen sollte, mit der linken Hand. Ganz ruhig. Er war sich nicht sicher, ob der Junge überhaupt irgendwas davon mitbekam.

Nyman sah wieder in den Garten hinaus. Leo stand immer noch still da, blickte sich um. Nach allen Seiten.

Nyman betrachtete wieder den Jungen. Er hegte ein wenig die Hoffnung, dass der endlich seinen Griff lockern und die Hose hochziehen würde. Aber der Junge war wie erstarrt, von Kopf bis Fuß versteinert. Nyman hoffte, dass diese Situation nicht irgendein Trauma bei ihm auslösen würde. Die Jugend war ja eine sensible Zeit. Nyman war kurz versucht, dem Jungen zuzuflüstern, dass da neben ihm eine Decke bereitlag. Aber er brachte es nicht über sich. Dann schrie der Junge, wie am Spieß, und zwar etwas Unfassbares.

«Mama! Mama!»

Nyman suchte den Garten ab, Leo kam näher. Nyman rannte los, in die Richtung, in der er den Hauseingang vermutete. Er sah keine Mama, natürlich nicht. Er öffnete die Tür, ließ sie behutsam hinter sich ins Schloss fallen und stand wieder auf der Straße.

Er überquerte sie, gelangte in einen weiteren Garten. Noch mehr Johannisbeeren. Sträucher, so weit das Auge reichte. Brennholz stapelweise. Eine Dartscheibe, in deren Mitte ein Foto befestigt war, irgendein Promi. Nyman kletterte über den Zaun, kämpfte sich durch Büsche und Bäume, in der Hoffnung, die richtige Richtung zu finden. Aber die Sache war aussichtslos.

Auf der Straße sah er einen Polizeiwagen. Er fuhr sehr langsam, der Kies knirschte unter den Reifen. Am Steuer saß der ältere der beiden Polizisten. Nyman musste in die andere Richtung. Er lief einmal um das Haus herum, kletterte auf einen Bretterzaun, überblickte die Landstraße.

Ein paar Gärten, der Sandweg, ein schmales Dickicht junger Bäume. Dann erreichte er tatsächlich die Landstraße. Hob den Daumen. Nyman war ein ganz normaler Finne, was bedeutete, dass er eigentlich keinesfalls bereit war, um Hilfe zu bitten.

Ganz grundsätzlich nicht. Aber in diesem speziellen Fall hob sich sein Daumen wie von selbst.

Das achte Auto hielt endlich an. Nyman joggte zu dem Wagen, einem kleinen grauen Volvo. Er öffnete die Beifahrertür und beugte sich hinunter. Der Fahrer war ein stämmiger Mann um die fünfzig, der breit lächelte. Sein Gesicht war von der Sonne gebräunt. Bei Lichte besehen war es eher ein Rotbraun, wie eine Kiefer bei Sonnenuntergang. Er hatte kurze Haare, eine Brille mit Metallgestell, er trug eine braune Weste und ein Flanell-Shirt mit Karomuster. Die Taschen seiner Weste sahen voll bepackt aus.

«Wohin des Weges?», fragte er.

«Strandweg», sagte Nyman.

Der Mann dachte nach. «Ja, in die Richtung kann ich Sie fahren. Muss aber erst tanken.»

Hatte Nyman eine Wahl?

«Bestens», sagte er. Das Wichtigste war, von hier zu verschwinden und in groben Zügen die richtige Richtung einzuschlagen. Er stieg ein, sie fuhren los. Im Innern des Wagens roch es streng nach Fisch. Nyman spähte auf den Rücksitz. Behälter für Köder, eine Angelleine, lose Spulen. Am Boden lag ein Kescher.

«Wo ist denn die Tankstelle?», fragte er.

«Neben der Polizeiwache, nur ein paar Ecken», sagte der Mann.

Nyman schwieg.

«Ich bin übrigens Matti.»

«Jan.»

«Hatten Sie eine Panne?»

«Ich wurde hierhergebracht. One way.»

Sie bogen in die Siedlung ein, aus der Nyman gerade erst geflüchtet war. Die Gärten, die er schon kannte, flogen vorüber, in umgekehrter Reihenfolge. Er kehrte zum Anfang zurück.

«Also», sagte er. «Ich möchte nicht unhöflich erscheinen, aber ich habe eine wichtige Verabredung ...»

«Verstehe», sagte der Mann. «Ich nehme eine Abkürzung.»

Der Mann bog scharf ab, Nyman kannte die Straße. Hier war er in das Haus reingerannt. Vielleicht hatte der Teenie seinen Würgegriff inzwischen doch lockern können. Falls nicht, war er tatsächlich auf die Hilfe seiner Mutter angewiesen.

Dann sah er den Polizeiwagen. Am Ende der Straße. Entweder war er rückwärtsgefahren oder um den Block herum.

«Sie haben doch sicher nichts dagegen, wenn ich mich tiefer lege?», fragte Nyman. «Ich bin allergisch gegen Fisch.»

«Gegen Fisch?»

«Ja, das glaube ich wenigstens. Mir ist ein wenig schwindlig. Vielleicht habe ich was Schlechtes gegessen.»

«Fisch?»

«Nein. Ich habe, wie gesagt, diese Fischallergie ...»

«Gegen Forellen? Auch gegen Forellen?»

«Auch gegen Forellen.»

«Heringe?

«Auch.»

«Gegrillter Barsch?»

«Auch.»

«Felchen-Filet?»

«Wie gesagt, jede Art von Fisch.»

«Graved Lachs?»

«Ich senke die Rückenlehne ein wenig ab, ja?»

Der Polizeiwagen kam näher. Nyman zog an dem Hebel. Der Sitz tat seinen Dienst unangenehm behäbig. Es fühlte sich an wie in Zeitlupe. Wie in einem langsamen Film, während sich die Welt draußen immer schneller bewegte. Nyman presste sich in den Sitz. Matti starrte ihn an.

«Das muss ja wirklich übel sein. Solche Verrenkungen habe ich selten gesehen. Soll ich Sie ins Krankenhaus fahren? Das ist gleich gegenüber der Polizeiwache.»

Gab es hier eigentlich irgendetwas, das sich nicht gegenüber der Polizeiwache befand?

«Nein, danke», sagte er. «Mir geht es gut. Ich ruhe mich lediglich ein wenig aus.»

Endlich war der Sitz, wo Nyman ihn haben wollte. Ganz unten. Nyman lag fast auf dem Boden des Wagens. Im letzten Moment. Er hatte schon einen Blick durch die Windschutzscheibe des Polizeiwagens werfen können, dann war es ihm endlich gelungen, hinter dem Armaturenbrett zu verschwinden. Er starrte die Decke an und hoffte das Beste.

«Da», sagte Matti. «Das war Reijo Pitkänen. Den könnte ich mal fragen, vielleicht ...»

«Ich bin wirklich in Eile. Wichtige Verabredung.»

«Natürlich.»

Ja, das würde vermutlich die längste Autofahrt seines Lebens werden. Er sah mit einigem Entsetzen, dass Matti seine Hand zum Gruß hob. Sie waren offenbar auf Höhe des Polizeiwagens. Dann bogen sie ab. Nyman blieb liegen.

Als sie an der Tankstelle ankamen, wagte er, den Sitz ein wenig anzuheben. Nicht ganz, nur so weit, dass er einen Überblick bekam. Falls jemand ihn sehen würde, würde er ihn vielleicht auf den ersten Blick für ein Kind halten. Das hoffte er wenigstens. Matti tankte eine Ewigkeit lang. Wie hoch war eigentlich die Wahrscheinlichkeit, beim Trampen ausgerechnet auf ein Fahrzeug zu stoßen, das kein Benzin mehr im Tank hatte?

Er sah hinüber zur Polizeiwache. Da waren die Rosensträucher, in die er hineingesprungen war und aus denen er sich mit Mühe befreit hatte. Seine Beine schmerzten immer noch. Endlich ließ

Matti die Zapfpistole los, warf sie krachend in die Einbuchtung an der Zapfsäule. Nyman dachte, dass sie weiterfahren würden. Matti klopfte ans Fenster. Nyman ließ die Scheibe herunter.

«Limo? Orange? Hilft vielleicht bei Übelkeit.»

«Nein, danke. Ich bin inzwischen tatsächlich ein wenig spät dran ...»

«Ja, richtig. Entschuldigung.»

Matti lief um den Wagen herum, stieg ein, schnallte sich an. Er schien einige Sekunden zu brauchen, bis er sich orientiert hatte, bis er begriffen hatte, dass er wieder im Auto saß, bereit loszufahren. Er startete den Motor. Sie waren tatsächlich in Bewegung. Nyman hatte sich wieder abgesenkt, schwieg, wagte nicht zu sprechen.

«Was sind Sie von Beruf?»

«Lehrer. Mathematik.»

«Kann ja nicht wahr sein», sagte Matti. «Das bin ich auch.»

Nyman suchte den Blick des Mannes. Wie hoch war die Wahrscheinlichkeit, in einem Wagen mitgenommen zu werden, der kein Benzin mehr hatte? Von einem Mann, der denselben Beruf ausübte wie angeblich er während einer verdeckten Ermittlung?

«Welche Jahrgangsstufe?», fragte Matti.

«Bitte?»

«Welche Stufe unterrichten Sie?»

«Äh, ja. Grund ...»

«Grundschule, verstehe. Ich bin Gymnasiallehrer. Für die Leistungskurse. Wie denken Sie über die Studienreform?»

«Nun, das war natürlich so eine Sache», murmelte Nyman.

«Ja. In der Tat. Da haben Sie verdammt recht.»

Matti redete. Das war gut. Das gab Nyman die Gelegenheit, sich möglichst unsichtbar zu machen. Nach einer Weile erreichten sie den Strandweg. Nyman sagte, dass er an der nächsten Ecke aussteigen könne. Falls man sich mal wiedersehe, werde er ein Bier als Dankeschön spendieren. Das gefiel Matti. Nyman bedankte sich nochmals, stieg aus, schob die Tür zu. An der Außenfassade des Fahrradverleihs hing eine Uhr, sie zeigte genau acht Uhr an. Er hatte es geschafft. Unglaublich. Er hatte sogar noch Zeit, sich ein Fahrrad zu leihen.

Er drehte sich einmal um die eigene Achse.

Olivia Koski war nirgends zu sehen.

Olivia Koski hörte, dass sich in der Röhre etwas bewegte. Eine Kette oder etwas Ähnliches. Sie hörte dumpfe Schläge. Esa, der Inhaber oder Geschäftsführer der Firma *Kuurainen & Partner* (und auch der einzige Festangestellte, wie er soeben mitgeteilt hatte), kam im Badezimmer eifrig zur Sache.

Olivia sah auf die Uhr an der Wand. Sie war zu spät. Sie ging ins Bad, blieb auf der Schwelle stehen. Am Boden stand ein kleiner Monitor, auf dem Toilettendeckel lag irgendein Empfangsgerät. Den Wasserhahn in der Dusche hatte Esa abgeschraubt.

«Das ist alles komplett hinüber», sagte er. «Große Sache. Viel größer, als ich dachte.»

«Und was bedeutet das?»

«Ich dachte, dass wir das mit ein paar zielgenauen Reparaturen hinbekommen könnten. Aber hier funktioniert gar nichts. Sie nutzen das Bad nicht mehr, oder? Hier geht überhaupt nichts. Hier findet man nicht mal schwimmend den Weg nach Hause, sozusagen.»

«Ich nutze die Toilette draußen, im Garten», sagte sie.

«Ausgezeichnet. Natur. Das hat immer den Vorteil, dass die Menge kein Problem ist. Ich sage Ihnen, wenn man eine Woche dieses Tiefkühlschnitzel isst, von der Firma *Kaartinen*, dann ...»

«Lassen Sie uns über die Sache hier sprechen», sagte Olivia. «Was muss denn nun genau gemacht werden?»

Esa nickte. Er kniete noch immer auf dem Boden. Er war ohnehin ein kleiner Mann, jetzt waren seine Augen auf Höhe von Olivias Hüften. Es fühlte sich ein wenig unangenehm an.

«In jedem Fall viel», sagte er. «Wie gesagt, nichts geht. Kein Wasser. Null. Ich muss alles neu verlegen. Die Rohre draußen mögen teilweise noch okay sein, aber hier im Haus muss alles erneuert werden. Einschließlich der Abwasseranlage. Die erinnert momentan an die letzten Tage von Waterloo. Will sagen, dass ...»

Olivia wusste, was als Nächstes kommen würde. Sie musste nicht lange warten.

«Wir müssen die Kosten neu veranschlagen», sagte Esa.

«Ihr Angebot war schriftlich und sollte gelten.»

«Das, was in dem Kostenvoranschlag stand, kann ich machen.» Esa verharrte auf Höhe ihrer Taille, ein wenig unterhalb ihres Bauchnabels. Sie bemühte sich, ihre Gedanken von dem Anblick abzulenken. «Aber das wird nicht reichen. Das ist nutzlos, denn auch danach wird hier kein Wasser fließen. Die Toilette wird unbrauchbar bleiben. Wie gesagt, ich wusste nicht, dass die Situation so dramatisch ist. Dass eine punktuelle Instandsetzung nicht ausreicht. Die Lage hat sich weiter verschlechtert. Als ich zuletzt hier war, kam noch ein wenig Wasser, und die Toilette war in Betrieb. Beides hat sich erledigt.»

Olivia betrachtete den Mann, der in ihrem Badezimmer auf die Knie gegangen war. Irgendwie hatte das alles eine Art Symbolik. Es weckte auch Erinnerungen. Woran lag es, dass immer dann, wenn sie das Gefühl hatte, ein Problem gelöst zu haben, aus einer anderen Richtung eine neue Überraschung auftauchte?

«Liege ich also richtig, wenn ich vermute, dass zehntausend Euro nicht reichen werden?»

Esas Kopf kreiste hin und her. Der Gedanke schien ihn ernstlich aus der Fassung zu bringen. Er hatte Schwierigkeiten zu sprechen.

«Von welcher Größenordnung reden wir?», fragte sie.

Esa hielt inne. Und auch seine Worte kamen jetzt klar, wie sauberes Wasser aus einem neu glänzenden Wasserhahn.

«Fünfundzwanzigtausend.»

Es war die pure Wut, die Olivia vorantrieb. Sie trat in die Pedale. Was hatte sie nicht alles versucht. Hatte Verträge abgeschlossen, Vereinbarungen getroffen, zehntausend Euro besorgt. Alles hätte gut werden können, und jetzt stellte sich heraus, dass nichts gut war. Zum Teufel noch mal. *Fuck! Tag des hässlichen Schwanzes!* Fünfundzwanzigtausend Euro. Sie hatte zehntausend. Das würde für die ersten Maßnahmen reichen, für mehr nicht. Bevor die eigentliche Reparatur losging, würde das Geld aufgebraucht sein. Mit anderen Worten: Sie würde für dieses Geld ein großes Loch in ihr Haus bekommen. Großartig. Sie versuchte immer, gut über ihren Vater zu denken, aber jetzt fiel es ihr schwer.

Der Mann, der in diesem Badezimmer sicher zwanzigtausend mal sein Geschäft verrichtet hatte. Sorglos. Der Mann, der wahrlich seinen Anteil an dieser Sache hatte. Im wahrsten

Sinne, seinen übelriechenden Anteil. Der Mann, dessen Toilettengänge nun rostige Früchte im Schoß seiner Tochter zurückließen, gewissermaßen. Olivia wusste, dass sie diese Gedanken bald bereuen würde, aber sie war viel zu aufgeregt, um sich darum zu bekümmern.

Fünfundzwanzigtausend Euro.

Sie hatte zehntausend. Die, genau genommen, nicht mal ihr gehörten.

Und jetzt noch mal fünfzehntausend. Woher nehmen?!

Sie bog auf den Sandweg ab, sah Leute beim Essen sitzen. In den vereinzelten Restaurants und Kneipen. Hochsaison. Bislang hatte *Palm Beach, Finland* nicht allzu viele Touristen angelockt. Wo und wie bitte sollte sie an diesem tristen Ort eine solche Geldsumme beschaffen?

Sie schwitzte, war zu warm angezogen. Sie war schon auf den Abend vorbereitet, der schnell abkühlen würde, sobald die Sonne unterging. Der Wind würde kommen und durch die Kleider an die Haut dringen. Durch Mark und Bein.

Am Ende der Straße sah sie Jan Kaunisto. Olivia erinnerte sich an das, was sie tun musste. Auf jeden Fall. Es war notwendig, auch in Bezug auf diesen Mann. Ihr war nicht mehr ganz so heiß.

Sie näherte sich dem Mann, der hierhergekommen war, um Surfen zu lernen. Sie lächelte. Jan Kaunisto erwiderte ihr Lächeln. Er hob die Hand vom Lenker seines Fahrrads.

Ein Mathematiklehrer.

Der nicht rechnen konnte.

2.

Chico atmete schwer und umschloss den Griff des Spatens fester. Er hatte so ein Gefühl. Als würde er sich die elektrische Gitarre umhängen, bereit, in eine andere Dimension einzutreten. Als würde er den Schlüssel in seinen Händen halten.

Er wusste nicht genau, ob das in diesem Moment ein eher gutes oder schlechtes Zeichen war. Seine Erregung und sein hoher Puls hatten nichts mit der körperlichen Arbeit zu tun. Sie hatten ja noch gar nicht angefangen.

Der Abend hatte begonnen, sanft in die Nacht überzugehen, das Tageslicht erlosch. Sie hatten schon seit einer Weile gewartet, zunächst an der hinteren Wand des Hauses, dann hatten sie sich auf die Terrasse gesetzt, auf Klappstühle aus Holz. Leivo wohnte in diesem Haus. *Crockett*. Es war früher da gewesen, noch vor *Tubbs* und *Castillo* und den anderen. Es stand ein wenig abseits und für sich. Leivo hatte es in einem knalligen Türkis anstreichen lassen und einen niedrigen weißen Zaun um das Haus herum bauen lassen. Wofür auch immer der dienen sollte. Er hielt weder Eindringlinge ab noch Anwohner drinnen. Das kleine Häuschen erinnerte ein wenig an eine Theaterkulisse. Mit dem *Crockett*-Schildchen, das oberhalb der Tür hing, wirkte es wie eine Bar oder ein Tante-Emma-Lädchen.

Robin war hochkonzentriert. Das war Chicos Eindruck. Er saß auf dem Klappstuhl, hielt den Spaten aufrecht in der linken Hand und starrte aufs Meer hinaus. Nachdem Robin Chico seinen Plan erläutert hatte, hatte Chico gefragt, ob er wirklich an alles gedacht habe. Das war eine aufrichtige Frage gewesen, aber Robin hatte Chico nur tief in die Augen geschaut und ihm einen Spaten überreicht.

Der erste Teil des Plans schien jedenfalls schlüssig. Der Ort war gut gewählt. *Crockett* war weit genug von allem anderen entfernt und nah genug an der Stelle, an der das Ganze enden sollte. Endlagerung, hatte Robin es genannt.

Endlagerung.

Auch die einbrechende Dunkelheit kam ihnen gelegen. Die paar Lichter am Strand waren weit genug entfernt. Das Überraschungsmoment würde perfekt sein. Sie hatten wenig zu tragen. Die Spaten, zwei Sturmhauben, eine Taschenlampe, ein Seil. Die Telefone hatten sie zurückgelassen. Robin hatte darauf hingewiesen, dass sie ansonsten geortet werden könnten. Also warteten die Handys, Seite an Seite, auf Robins Sofa.

Chico hatte nach wie vor Mühe zu begreifen, was mit Robin passiert war. Wie er sich in so kurzer Zeit verändert hatte. Es musste irgendwie mit Neea zusammenhängen. Er setzte sich neben ihn, auf den anderen Stuhl, schaute aufs Meer und verlor zusehends die Details aus den Augen. Aus dem Meer wurde ein weites Feld. Die Dunkelheit ebnete die Wellen. Chico legte den Spaten schräg in seinen Schoß. Er ruhte auf seinen Oberschenkeln und hatte in etwa das Gewicht einer Gitarre. Vielleicht war das gut so. Es half ihm, sich zu fokussieren. Es gab dem Ganzen eine Bedeutung.

Alles hatte sich ziemlich schnell entwickelt.

Ein paar Schritte nur, und hier waren sie. An diesem Punkt.

Er hatte einfach nur eine Gelegenheit ergriffen, so wie er das zu tun pflegte: leidenschaftlich, voller Hingabe. Dann war das passiert, was immer passierte. Zumindest hatte er das Gefühl, dass es immer so ablief. Irgendeine geheimnisvolle externe

Macht mischte sich in seine Angelegenheiten ein und gab dem Ganzen eine andere Wendung. Eine Wendung, die in krassem Gegensatz zu dem stand, was Chico eigentlich vorgeschwebt hatte. Es war, als würde er vor einem Spiegel stehen und die rechte Hand heben, und sein Spiegelbild würde mit der linken zurückwinken. Vielleicht sollte er eine Lehre daraus ziehen: Wenn er irgendwann wirklich den großen Wurf landen wollte, musste er sich zurücknehmen. Den Dingen ihren Lauf lassen. Es konnte ja kaum schlechter laufen als bisher.

Chico erwachte aus seinen Erwägungen.

Er hörte den Motor eines Wagens, der näher kam.

Wie vereinbart, standen sie beide auf, liefen zu dem Häuschen, drückten sich gegen die Wand und zogen ihre Sturmhauben auf.

Der Wagen klang so, wie er klingen sollte, nämlich nach Leivos Geländewagen. Da war kein Schnurren eines Neuwagens zu vernehmen, nein, das war ein Dieselmotor. Die Frontlichter tasteten die Hauswand ab, schoben sich weiter vor, hinunter ans Meer. Dann verklang das Dröhnen des Motors, vermutlich war Leivo auf der anderen Seite des Hauses, stellte den Wagen auf dem mit Kies übersäten Parkplatz ab. Das Motorengeräusch verebbte, die Scheinwerfer erloschen. Sie warteten auf das vereinbarte Zeichen. Als die Fahrertür geöffnet wurde, liefen sie los.

Chico kam von der einen, Robin von der anderen Seite.

Sie waren gleich schnell. Als Chico um die Ecke bog, sah er Robin auf gleicher Höhe, er hatte ein gutes Gefühl, der Plan ging auf. Leivo machte genau das, was Robin vorhergesehen hatte. Er drehte sich in die Richtung um, aus der er zuerst jemanden kommen hörte. Das war zufälligerweise Chicos Seite.

Ein paar Schritte noch, Chico hatte schon den Spaten über seine Schulter gehoben.

Doch ab diesem Moment lief alles anders als erwartet.

Chico war davon ausgegangen, dass Leivo einen Schreck bekommen oder zumindest überrascht sein würde. In dem Bruchteil einer Sekunde, den Chico brauchte, um seinen Spaten zu schwingen. Chico hatte gehofft, dass Leivo den Schlag brav in Empfang nehmen würde. Wie versteinert. Erstarrt.

Das war absolut nicht der Fall.

Im düsteren Licht wirkte Leivo alles andere als erschrocken, Eher im Gegenteil. Die Art und Weise, wie er sich bewegte, ließ Chico zusammenzucken. Er sah hinüber zu Robin, der langsamer näher kam, als Chico erwartet hatte. Chico konzentrierte sich wieder auf Leivo, Leivo fokussierte den Spaten in Chicos Händen. Chico zögerte, eine schicksalhafte Sekunde zu lang.

Leivo seinerseits zögerte nicht. Er zog etwas aus der Brusttasche seines Jacketts, und einen Augenblick später hatte Chico das Gefühl, dass seine Augen in Flammen aufgingen. Er brüllte, ließ den Spaten fallen. Er hörte einen Schlag, offenbar war Robin endlich zur Stelle. Leivo ächzte, schrie, zeterte. *Zum Teufel!,* schrie Leivo. Robins Schlag hatte ihn also keineswegs ausgeschaltet. Chico hörte noch einen Schrei, dieses Mal von Robin. Leivo hatte möglicherweise auch seine Augen in Brand gesetzt.

Chico tastete nach seinem Spaten, fand ihn endlich, richtete sich auf. Durch dichten Nebel sah er flirrende Schatten. Er schlug um sich, ins Leere, aber Robin setzte einen Treffer, Leivo schrie. Leivo fluchte, aber nicht mehr allzu deutlich artikulierend. Chico wollte ihn lokalisieren, tastete sich voran. Robin hatte ihn zweimal getroffen. Eigentlich waren sie davon ausgegangen, dass ein Schlag reichen würde. Chico schlug zu, Glas splitterte. Er hatte den Geländewagen getroffen. Aus Fehlern lernen, dachte er, tastete sich in eine andere Richtung, bekam einen heftigen Hieb in die Magengrube.

Er konnte nicht atmen, sah die Hand nicht vor den Augen. Langsam wurde er wirklich wütend. Er griff nach dem Spaten, fuchtelte wild damit herum. Ein Fenster ging zu Bruch. Er stand zu nah am Wagen, hörte Kampfgeräusche. Gebrüll, Stöhnen, Trampeln. Er presste die Augen zusammen, öffnete sie, schloss sie, öffnete sie. Blinzelte. Zwang sich, sie offen zu halten. Vor dem Haus sah er einen Klumpen, der sich bewegte. Leivo und Robin, sie trugen einen Ringkampf aus. Chico stürzte auf die beiden zu. Mit dem Spaten würde er nicht zuschlagen können. Er war nicht sicher, wen der Schlag treffen würde. Er warf den Spaten von sich und stürzte sich einfach auf den Klumpen.

Mit der Hand versuchte er zu ertasten, wer Robin war und wer Leivo. Er umfasste Leivos Hals, aber Leivo war ein zäher Gegner, stark wie ein verdammter Bär. Chico geriet in die Defensive, lag am Boden, auf dem Rücken, Leivo würgte ihn. Chico wollte schreien, aber es ging nicht, Leivo murmelte irgendwas. Chico strampelte mit den Beinen, versuchte, sich auf den Bauch zu werfen, aber Leivos Griff war hart und fest, wie Metall. Härtester Stahl. Ich sterbe, dachte Chico.

Dann hörte er einen Schlag.

Leivo sackte über Chico zusammen, wie ein Sack, er gab einen langen, lauten, kehligen Furz von sich, es klang wie ein beharrlich laufender Motor in der Nacht. Es schien eine Ewigkeit anzudauern, aus Leivos Magen-Darm-Trakt war abschließend noch ein Sprudeln zu vernehmen, und Chico atmete gierig, obwohl die Luft von Schwefel angefüllt war, der Geruch von alten Eiern und Heringen. Leivo war nicht tot. Chico spürte seinen Atem feucht an seiner Wange. Er war in eine tiefe Bewusstlosigkeit abgeglitten.

Chico konnte seine Arme nicht heben, aus seinem Körper war alle Kraft entwichen. Nachdem er einigermaßen zu Atem gekommen war, konnte er immerhin ein paar Worte herauspressen.

«Nimm ihn da weg.»

«Geht nicht», sagte Robin. Er hustete, röchelte, in einiger Entfernung.

«Mein Gott, der stinkt.»

«Ich bin hier unter ihm.»

«Halt den Atem an.»

«Kann nicht. Der hat mich fast erwürgt.»

«Wie kann Scheiße dermaßen stinken?»

«Ist eine Menge. Hilf mir endlich, Mann!»

«Das bekommen wir kaum wieder hin ...»

«Mir! Helfen! Mann!»

Endlich kam Robin angekrochen. Gemeinsam rollten sie ihn zur Seite. Chico stand mühsam auf, wankte einige Meter, erbrach sich. Das war noch schmerzhafter als Leivos Würgegriff. Robin war plötzlich neben ihm, auch er kotzte.

Da waren sie, kniend.

Und das Schlimmste stand ihnen noch bevor.

3.

Das Essen schmeckte vorzüglich. Geradezu göttlich. Am offenen Feuer gebratene Ostseefische, zarte Felchen-Filets. Dazu neue Kartoffeln, in Salzwasser gegart. Ein knuspriger Salat, der nach Sommer, Grün und frischer Erde schmeckte. Eine Soße mit einem Hauch von Senf und Zitrone, wunderbar sämig, nicht eine von diesen Pampen, sondern munter gewürzt, lecker, hinterließ sie ein sanftes Brennen auf der Zunge.

Nymans Selbstzweifel, die er noch während der Radtour entlang malerischer Landschaften verspürt hatte, waren verflogen. Olivia hatte die Richtung vorgegeben, die Strecke gekannt. Ab und zu hatten sie sich Blicke zugeworfen, einander zugelächelt, auch um sicherzugehen, dass das Tempo für beide in Ordnung war. Nyman war inzwischen vollkommen sicher, die richtige Entscheidung getroffen zu haben. Er war nah dran, das wusste er aus Erfahrung. Olivia betupfte mit einem Tuch ihre Mundwinkel und fragte, ob es ihm schmecke.

«Noch besser, als ich zu hoffen gewagt hatte», sagte er.

«Das freut mich. Und wie lief es heute beim Surfen?» Sie strich mit einer schwungvollen Bewegung eine Haarsträhne aus ihrem Gesicht, vielleicht um ihn besser sehen zu können.

«Ich weiß nicht genau. Heute Morgen ist irgendwas passiert, ich hatte das Gefühl, langsam zu begreifen, worauf es beim Surfen ankommt. Es kam mir nicht mehr ganz so unnatürlich vor. Da war dieser Moment, in dem das Brett gemacht hat, was ich wollte. Das Segel blieb, wo es war. Ja, eigentlich freue ich mich auf die nächste Stunde.»

«Wie kamen Sie eigentlich auf die Idee, mit dem Surfen anzufangen?»

Nyman zuckte mit den Achseln. Surfen, das war Muurlas Idee gewesen.

«Irgendwie. Ich habe gar nicht darüber nachgedacht.»

Er betrachtete die Landschaft. Sie saßen auf der Terrasse des Restaurants, im hintersten Winkel. Links von ihm war das Meer, rechts der Sandweg, der umgeben war vom inzwischen dunklen Wald. Schräg über ihnen hing eine Laterne, die schummriges Licht spendete. Sie beleuchtete Nymans Gesicht, Olivias blieb im Schatten. Ihre braunen Augen waren dunkel wie Kohle.

«Ihnen ist also plötzlich in den Sinn gekommen: *Ha, ich fange mit dem Surfen an!*», sagte sie. «Die Idee war also nicht schon früher da, bevor Sie herkamen?»

Ich habe selbst erst per SMS davon erfahren, dachte Nyman.

«Nein, tatsächlich nicht», sagte er.

«Sehr spontan», sagte sie. «Ich sollte auch spontaner sein. Überraschende Dinge tun. Das macht sicher Spaß.»

«Was meinen Sie?»

«Sie scheinen ein spontaner Typ zu sein. Das ist doch großartig. Sie kommen einfach auf die Idee, in dieser seltsamen Kleinstadt Urlaub zu machen. Fahren hin, fangen mit dem Surfen an, treffen sich mit den Menschen, die hier leben. Machen Sie das immer so? Auch an anderen Orten?»

«Was meinen Sie?», fragte er. Dann fiel ihm ein, dass er genau diese Frage bereits gestellt hatte. Nein, es lief nicht ganz so, wie er gehofft hatte.

«Ich drücke mich offenbar ungeschickt aus», sagte sie. Ihre Stimme klang freundlich, sanft. «Entschuldigen Sie. Ich wollte nur sagen, dass Sie in meinen Augen hier einen netten Sommer verbringen.»

«Ah ja, das stimmt», sagte Nyman. Er hatte zu schnell und zu viel gegessen. Das verlangsamte sein Hirn. «Nun ja, wie gesagt. Die Scheidung, dann der Wechsel des Arbeitsplatzes. Da sehnt man sich nach etwas anderem. Nach einer leichten, entspannten Zeit.»

«Wechsel des Arbeitsplatzes?»

«Ja. Hatte ich das nicht erwähnt?»

Nein, hatte er nicht. Das hatte er ja nur den Polizisten erzählt. Dass er ein Lehrer ohne Anstellung war, nicht im Urlaub, sondern momentan ohne Job.

«Sie sagten nur, dass Sie Mathematiklehrer sind.» Ihre Augen verharrten im Schatten, Nyman konnte nicht in ihnen lesen. Aber ihre Stimme war beharrlich sanft, leise.

Am Nachbartisch saßen ein grauhaariger Mann und eine schwarzhaarige Frau. Beide trugen dicke Pullis aus Wolle und Schals. Vernünftig bei der Kälte, dachte Nyman. Er selbst hatte wider besseres Wissen zu wenig am Leib.

«Ja», sagte er. Es war an der Zeit, das Gespräch von seiner Person abzulenken. «Im Moment bin ich ohne Anstellung, weder fest noch befristet. Aber ich werde natürlich wieder unterrichten, sobald man mir etwas anbietet.»

«Addition. Division. Integralrechnung. Ich mochte das nie. Prozentrechnung, die habe ich später anwenden können. Vielleicht braucht man ja auch den Rest. Das Leben ist angefüllt mit Mathematik. Der ganze Alltag. Andauernd muss man rechnen: Zeit, Geld, Kalorien. Aber warum erzähle ich Ihnen das, Sie wissen es ja.»

Nyman sah sie an. Sie war irgendwie ...

«Unterrichten Sie am Gymnasium oder an der Grundschule?», fragte sie.

Woran genau konnte Nyman sich eigentlich erinnern bezüglich Mathematik im Gymnasium? Eigentlich nur daran, dass er das Fach abgewählt hatte, sobald es möglich gewesen war. Und bis dahin war er wenig erfolgreich gewesen. Es war sicher klüger, wenn er Mathematik an der Grundschule unterrichtete. Auch daran hatte er keine Erinnerung, aber allzu kompliziert konnte es ja nicht gewesen sein. Nyman zögerte, brachte die Worte nicht über die Lippen.

«Darf es noch ein Nachtisch sein?»

Das kam von der Seite, Nyman hob den Blick. Der Kellner nahm ihre Teller, wartete auf eine Antwort. Er war groß, dunkelhaarig und breitschultrig. Nyman sah Olivia fragend an.

«Natürlich», sagte Olivia.

«Ja, natürlich», sagte Nyman, den Blick des Kellners suchend.

Der Kellner nickte, entfernte sich. Es gab nur ein Dessert, praktisch. Nyman wusste nicht mehr, was es war, das spielte aber auch keine Rolle. Alles, was süß war, würde ihm munden. Er schenkte den Rest des Bieres in sein Glas, trank und beschloss, das Thema Mathematik für heute als abgeschlossen zu betrachten.

«Und, wie war Ihr Tag?», fragte er, während er sein Glas wieder auf dem Tisch abstellte.

«Ich denke fast, dass Sie das schon wissen», entgegnete sie. Ihre Stimme war unvermindert sanft und freundlich. Nyman wollte nicht zum dritten Mal dieselbe Frage stellen. *Was meinen Sie?* Vermutlich sah er im Laternenlicht ohnehin schon verwirrt genug aus.

«Wir sind uns am Strand begegnet. Erinnern Sie sich?»

«Ja, richtig», sagte er.

«Ich war dort. Den ganzen Tag. Habe noch Chico vertreten, der anrief und sich krankmeldete.»

«Und wer ist dieser Chico?»

«Ein Kollege. Rettungsschwimmer. Sieht ein wenig aus wie Patrick Swayze. Das sagt er übrigens auch selbst gerne, wenn niemand anderer es bemerkt.»

Kari Korhonen, dachte Nyman. Der Mann, der *gerne zum Pinsel griff*, wenn sich eine Gelegenheit bot.

«Wie ist der so?», fragte er.

«Chico? Warum fragen Sie?»

Nyman war sich sicher, dass sie lächelte. Obwohl ihr Gesicht im Schatten lag.

«Neugier», sagte er. «Ich hab' ihn mal am Strand gesehen.»

«Vielleicht in meiner Gesellschaft?»

Worauf wollte sie hinaus? Wollte sie andeuten, er sei eifersüchtig? Er *war* natürlich eifersüchtig. Aber das hatte nichts mit seiner Frage zu tun. Oder vielleicht doch? Weil irgendwie alles mit allem zusammenhing? Nyman setzte einen bestimmten Blick auf. Als wolle er sagen: *Ja, du triffst den Nagel auf den Kopf.* Das schien Olivia als Antwort zu reichen.

«Also, Chico ... wenn ich ehrlich sein darf ... sagen wir mal so, er wird keine neue Relativitätstheorie herleiten. Er ist ganz nett. Recht angenehm, an guten Tagen. Keineswegs der Fleißigste, ziemlich häufig hat er Grippe. Sogar im Sommer. Vor allem im Sommer.»

Nyman hörte nun schon zum zweiten Mal eine Einschätzung zu Korhonen, und beide ähnelten sich auffällig. Die Polizisten würden ihn nur zu gerne verdächtigen, wenn sie ihm die Tat zugetraut hätten. Allerdings sah Nyman die Sache ein wenig anders. Korhonen war ein ausgezeichneter Verdächtiger. Er mochte diejenigen, die aus irgendwelchen Gründen nicht in Frage zu kommen schienen.

«Beantwortet das Ihre Frage? Geht es Ihnen nun besser?», fragte Olivia.

Nyman kam nicht dazu zu antworten. Das Dessert wurde serviert. Rhabarberkuchen mit hausgemachtem Eis. Der Löffel lag kühl in seiner Hand. Nyman dachte darüber nach, wie er seine nächste Frage formulieren sollte. Ohne sich wieder mit dem Thema Eifersucht auseinandersetzen zu müssen.

«Der Zufall wollte es, dass ich heute auch meinen netten Hausnachbarn am Strand sah», sagte er. Er tat so, als würde er von einem echten Freund sprechen. Er besaß gar keinen echten Freund. «Ich hatte ihm sagen wollen, wie schön es ist, zu surfen, aber er war dann schon weg. Später habe ich ihn nicht mehr gesehen. Ich wollte ihm vorschlagen, morgen mal mitzumachen, wir sind ja erst am Anfang. Er könnte durchaus noch einsteigen. Er macht einen sportlichen Eindruck. Vielleicht kann er sogar schon surfen.»

Olivia sah ihn jetzt anders an, Nyman war sich dessen sicher.

«Fragen Sie ihn einfach mal», sagte sie.

Mehr nicht. Nyman dachte vage, dass er zum Rhabarberkuchen noch einen Kaffee nehmen könnte. Irgendwas lief da zwischen seinem Nachbarn und Olivia. Aber was?

«Ich dachte nur, dass er sich vielleicht erkundigt hat. Was man hier so alles machen kann», sagte Nyman. «Aber na ja, hat er wohl nicht.»

«Er hat mir nur mitgeteilt, was in unserer finnischen Gesellschaft alles zu beklagen sei. Seiner Meinung nach.»

«Ach ja? Was denn?»

«Dass Penner wie Sie surfen.»

«Das hat er gesagt? Dass das zu beklagen sei?»

«Es schien ihn gewaltig zu stören.»

Sie stellten im Einvernehmen fest, dass der Kuchen köstlich war. Er schmolz auf der Zunge. Nyman schlug einen Kaffee vor, sie bestellten.

«Sind Sie nicht besorgt, weil Sie keine Stelle haben?», fragte Olivia. «Wobei mir gerade einfällt, dass Sie ja Geld von Ihrer geschiedenen Frau bekommen haben. Für die Wohnung. Ich vermute, dass Sie deshalb Urlaub machen und einen Sommer lang surfen können. Aber was dann? Wie geht es dann weiter?»

«Ich habe darüber nachgedacht, einfach mal eine Pause einzulegen.»

«Sie meinen: nach der freien Zeit noch ein wenig mehr freie Zeit?»

«Vielleicht will ich etwas ganz anderes machen.»

«Hm. Vielleicht ist Mathematik tatsächlich gar nicht Ihre eigentliche Domäne», sagte sie. «Also, man sollte ja eigentlich davon ausgehen können, dass Mathematiklehrer addieren können.»

Olivia aß seelenruhig von ihrem Kuchen, hob langsam den Löffel an die Lippen, genoss das cremige Vanilleeis. Nyman wartete. Fragte sich, was sie als Nächstes sagen würde. Olivia schluckte ihren Bissen hinunter. «Einmal kann man sich irren», sagte sie. «Sicher, das kann jedem passieren. Aber ein Mathelehrer irrt sich nicht jedes Mal.»

«Ich bin im Sommermodus.»

«Mag sein. Aber Sie sind kein Mathelehrer.»

Nyman wollte ihre Gedanken lesen. Ohne Erfolg, natürlich. Er hatte keine Ahnung. Er sah den Kellner, der die Kaffeekanne und Tassen brachte. Abend. Fast schon Nacht. Neben ihnen saß das Paar, die Laterne spendete Licht, das Licht warf lange Schatten. Ein Telefon klingelte. Erst leise, aber als Olivia ihre Tasche anhob, wurde es lauter. Der Kellner stellte die Tassen auf dem Tisch ab.

Olivia betrachtete das Display ihres Telefons. Sie entschuldigte sich und stand auf.

Olivia kannte die Nummer. Merkwürdig. Sie lief ein paar Meter, entfernte sich von den sechs Tischen, die auf der Terrasse des Restaurants standen. Sie lief auf einen kleinen Hügel, von dem aus sie sowohl die Terrasse als auch das Meer in der Ferne sehen konnte, das inzwischen ganz im Dunkel lag. Schwarzes Wasser. Auf der Terrasse, im goldenen Laternenlicht, schenkte der Kellner Jan Kaunisto Kaffee ein.

Jan wirkte ganz wie immer, fast als hätte er gar nicht mitbekommen, dass Olivia aufgestanden und weggegangen war. Sie wusste nicht, was sie von diesem Mann halten sollte. Er machte einen ehrlichen Eindruck, er schien echtes, aufrichtiges Interesse für sie zu hegen, aber irgendetwas war faul. Sie hatte versucht, ihm eine kleine Breitseite zu verpassen, ihn gewissermaßen aus dem Hinterhalt zu locken. Aber als sie ihm auf den Kopf zugesagt hatte, dass er im Leben kein Mathematiklehrer sei, hatte er seelenruhig entgegnet, er sei im *Sommermodus.*

Olivia hätte den Anrufer jederzeit an seiner Stimme erkannt. Sie hatte den grauen Bart direkt vor Augen. Das konnte der Anrufer natürlich nicht wissen, er stellte sich vor: Reijo Pitkänen, der ältere Wachtmeister der örtlichen Polizeidienststelle. Olivia fragte, ob etwas passiert sei.

«Ich bin mir nicht sicher», sagte er. «Eigentlich wollte ich Ihnen diese Frage stellen.»

«Warum so förmlich?», fragte sie.

«Duzen wir uns?», fragte er.

Nun, du hast mich zumindest kürzlich geduzt, als du mich im Verdacht hattest, sexuelle Beziehungen mit Pyromanen zu pflegen. Duzen war in Ordnung.

«Gut», sagte er. Seine Stimme klang neutral. «Ich möchte mich dafür entschuldigen, dass ich zuletzt ein wenig unfreundlich war. Das war nicht meine Absicht. Manchmal gehört das dazu. In unserem Beruf. Deshalb rufe ich nun an, denn heute ist Folgendes vorgefallen: Wir fuhren bei dir vorbei, an deinem Haus. Wollten uns noch mal die abgebrannte Laube und die Sauna ansehen. Als wir ankamen, lungerte im Garten ein Mann herum.»

«Was? Wirklich?»

«Derselbe Kerl, der bei dir war, als die Sauna abgebrannt ist. Oder in Brand gesetzt wurde.»

Olivia sah hinüber zur Terrasse. Jan Kaunisto trank seinen Kaffee, ließ sich seinen Kuchen schmecken.

«Der Mann gab an, dass er dich habe besuchen wollen», sagte der Polizist. «Wir haben ihn natürlich gefragt, was genau er von dir wollte. Er sagte, dass sei eine Sache zwischen euch beiden. Was natürlich stimmen könnte. Wenn er denn die Wahrheit gesagt hat.»

Olivia starrte immer noch Jan Kaunisto an, der auf der Terrasse saß. Sie glaubte, auf seinen Lippen ein Lächeln zu sehen. Wenn er lächelte, sah er noch besser aus als ohnehin.

«Und deshalb wollte ich fragen, ob das den Tatsachen entspricht», sagte der Polizist. «Und falls nicht – ist dir am oder im Haus irgendetwas aufgefallen?»

Jan schenkte sich Kaffee nach. Sah zu ihr hinüber. Sie deutete mit dem Zeigefinger *eine Minute* an. Sie dachte an zehntausend Euro. Verdammt. Warum geriet sie in ihrem Leben immer dann, wenn sie etwas in Aussicht hatte, in ein moralisches Dilemma? Sie wollte doch nur ein Bad mit fließend Wasser. Sie wollte etwas in Ordnung bringen, was seit Generationen versäumt worden war. Sie war sich jetzt ganz sicher, dass Jan Kaunisto der Mann war, nach dem dieser Anwalt suchte. Deshalb hatte sie auf der Hinfahrt auch die *Landschaftsroute* gewählt, auf der immer viele Leute unterwegs waren.

Jan Kaunisto passte in jeder Hinsicht ins Bild. Die zeitlichen Abläufe. Er war direkt vor dem großen Feuer in der Stadt aufgetaucht. Das Feuer war gelegt worden, das hatte der Einsatzleiter der Feuerwehr bestätigt.

Olivia kannte sich mit Zündern und Zeitschaltuhren und dergleichen zwar nicht aus, aber sie vermutete, dass es ziemlich einfach zusammenzubasteln war, wenn man wusste, wie es ging. Jan hatte sich auffällig an sie herangemacht, hatte an ihr geklebt wie eine Klette. Jetzt erkundigte er sich nach Menschen aus Olivias Umfeld. Und er war kein Lehrer, so viel stand fest.

Das Einzige, was ihr nicht einleuchtete, war, dass er an diesen Ort zurückgekehrt war, nachdem er in ihrem Haus einen Mann ermordet hatte. Aber auch dafür gab es sicher eine Erklärung. Wer so verrückt war, jemanden umzubringen, war verrückt genug für alles andere. War es nicht so?

Olivia musste handeln. Jan hatte das selbst zu verantworten, er hatte sich sozusagen sein Bett selbst bezogen, jetzt durfte er auch darin schlafen. Er war gefährlich. Hinzu kam, dass dieser Anwalt ihr bereits zehntausend Euro ausgehändigt hatte. Sie hatte versprochen zu liefern, und er wollte den Namen des Mörders. Sie hatte auch sich selbst etwas versprochen, nämlich alles zu tun, um das Geld für die Renovierung zu bekommen. Es fühlte sich weder gut noch richtig an, aber dennoch. Olivia hatte gelernt, dass sie manchmal eine Entscheidung treffen musste, die sich falsch anfühlte. Damit etwas Gutes entstehen konnte.

Sie konzentrierte sich wieder auf die Frage, die der Polizist gestellt hatte. War im Haus irgendwas anders gewesen? Wenn sie davon ausging, dass die vergangenen drei Wochen die neue

Normalität waren, war eigentlich zuletzt nichts Ungewöhnliches passiert.

«Im Haus ist alles in Ordnung», sagte sie. «Abgesehen davon, dass es dringend renovierungsbedürftig ist.»

«Ja. Ganz recht», sagte der Polizist. «Ich meine, eine Renovierung könnte nicht schaden. Gibst du uns Bescheid, falls du etwas hörst? Falls dir etwas einfällt?»

Olivia wandte sich zur Seite, betrachtete den dunklen Wald. «Also, im Moment ist da nichts, was ich sagen könnte», sagte sie.

Sie verabschiedeten sich voneinander, wünschten sich wechselseitig einen schönen Abend. Olivia fischte die Visitenkarte des Anwalts aus ihrer Tasche, wählte die Nummer, wartete. Sie wurde auf eine Mailbox umgeleitet. Sie hinterließ eine Nachricht und kehrte zurück. Zu ihrem Dessert, zu einer Tasse Kaffee, zu Jan Kaunisto.

4.

Der Transport erwies sich als höllisch anstrengend. Leivo wog an die hundert Kilo. Er ließ sich dementsprechend schwer zur sandigen Fläche im Kiefernwald schleppen. Chico und Robin zogen an Leivos zusammengebundenen Armen. Sie kamen nur mühsam voran, und jedes Mal, wenn sie stehen blieben, um Atem zu schöpfen, kam der Wind, und sie spürten die Übelkeit.

Das waren die Optionen. Entweder ziehen und zerren. Oder Brechreiz.

Bei Lichte besehen, wenn Chico jetzt darüber nachdachte, fehlte dieser Teil in Robins Plan. Auch Chico hatte sich keine Gedanken darüber gemacht. Er hatte nur an die einzelnen Aufgaben gedacht und völlig vergessen, dass auch ein Transfer vonnöten sein würde. Jetzt, während dieser körperlichen Anstrengung, begriff er, dass genau darin schon immer ein Problem seiner Pläne bestanden hatte. Er hatte nie ausreichend bedacht, dass zwischen den Etappen eines Planes harte Arbeit zu leisten war. Dass, mit anderen Worten, das ganze Leben aus harter Arbeit bestand.

Seine Träume – er, mit seiner Gitarre, im Scheinwerferlicht – waren nur flüchtige Bilder, Augenblicke, und danach machte er sich wieder auf den Weg in irgendeinen Kiefernwald, um eine schwere Last zu schleppen. Das war dann das, was getan werden musste. Diese Erkenntnis ließ Chico mit einer merkwürdigen Mischung aus Dankbarkeit und Unruhe zurück. Die Emotionen verschmolzen, verwirrten ihn. Vielleicht war er Robin tatsächlich zu Dankbarkeit verpflichtet. Er war sich noch nicht ganz sicher.

Sie kamen an, endlich. In dieser ruhigen Sommernacht, im Schutz der Bäume, am Meer. Es war an der Zeit, Phase zwei des Plans auf den Weg zu bringen.

Sie zogen Leivo mit der einen Hand – in der anderen trugen sie die Spaten. Leivos Augen hatten sie verbunden, für den Fall, dass er das Bewusstsein wiedererlangen würde. Sie hatten ihn auch geknebelt, damit er nicht schreien konnte. Aber Leivo tat nichts dergleichen. Wenn ein Moment der Stille eintrat, wenn auch das Laub nicht raschelte, hörte Chico ihn leise schnarchen. Das beruhigte ihn ein wenig.

Sie zogen Leivo noch über einen steinigen Hügel, schleppten ihn runter zum Sandstrand. Als sie endlich am Wasser waren, begannen sie zu graben.

Wieder eine ungeheuer schwere körperliche Arbeit. Mühselig, anspruchsvoll. Sie nahmen Leivos Maße, nutzten dafür die Schaufelstiele. Leivo lag lang ausgestreckt am Boden. Jedes Mal stellten sie fest, dass das Loch noch nicht tief genug war. Ab und zu musste Chico eine Pause einlegen. Seine Arme brannten, seine Handflächen waren blutig zerkratzt, seinen Rücken konnte er nicht mehr durchstrecken.

Robin dagegen arbeitete pausenlos und in einem unwiderstehlichen Rhythmus. Minute um Minute rammte er den Spaten in die Erde, es erinnerte an das Zusammenspiel eines Kolbens mit einem Zylinder, exakt und effizient.

Endlich hatten sie eine ausreichende Tiefe erreicht. Chico zog Robin aus der Grube, auf die Sandfläche. Sie standen im Mondlicht vor der Grube. Leivo lag schnarchend einige Meter entfernt. Die Ausläufer der Wellen berührten die Ränder der tiefen Kluft, die sie ausgehoben hatten. Chico sah sich um, nach rechts und links. Öder, weiter Sandstrand. Niemand da. Dieser Abschnitt von *Palm Beach, Finland* war ein Naturschutzgebiet, selbst am Tag waren hier kaum Menschen unterwegs. Dieser Teil des Strandes war von beiden Seiten durch hohe Bäume geschützt.

Sie schleiften Leivo zur Grube. Drehten ihn um und platzierten seine Beine so, dass sie schlaff über dem Rand baumelten. Schon sackten auch die Unterschenkel ab, die Knie klappten ein, und Chico sah ein Problem auf sie zukommen, das er Robin erläuterte. Würden sie ihn einfach so in die Grube fallen lassen, würde er wie Gelee zu Boden gleiten.

Robin hatte eine Lösung. Sie befestigten ein Seil unter Leivos Schultern, Robin agierte nun gewissermaßen als Bremser, er ließ Leivo hinabsinken, in aufrechter Haltung. Aufrecht oder «erhaben», wie immer man das sehen wollte. Leivos Kopf lag schwer auf Robins Brust, er war völlig erschlafft.

Als Leivos Schuhe den Boden der Grube berührten, löste Chico das Seil, und Robin begann zu schaufeln, füllte die Grube mit Sand. Das ging schnell. Die Last, die Chico zu stemmen hatte, wurde stetig leichter. Eine Erleichterung, im wahrsten Sinne, seine Arme und sein Rücken wollten vor Schmerzen schreien.

Sie hatten nicht die Absicht, Leivo vollständig zu begraben. Nein, ihr Plan war in der Tat genial. Jetzt, als die Arbeit fast getan war, war Chico durchaus bereit, das einzuräumen. Sie machten eigentlich fast nichts, nur dieses Loch hatten sie gegraben. Der Rest würde sich von ganz alleine erledigen.

Robin füllte unermüdlich die Grube, der Sand reichte Leivo schon bis zu den Schultern. Jetzt begann jene Feinarbeit, die Genauigkeit erforderte. Robin ging auf die Knie und bat Chico, es ihm gleichzutun. Das fühlte sich unangenehm an, er wollte Leivo nicht zu nah kommen. Aber nun gut. Robin erteilte

Befehle, Chico gehorchte. Sie bedeckten Leivos Schultern mit Sand, schoben Sand auch gegen den Hals, jedoch mit Vorsicht. Es musste alles millimetergenau stimmen. Chico war gerade mit Leivos rechter Schulter beschäftigt, als Robin sagte, dass Leivo das steigende Wasser sehen solle. Robin riss das Klebeband von Leivos Augen.

Leivo, der bis eben gleichmäßig geatmet hatte, hielt still. Öffnete die Augen. Die sich unwillkürlich weiteten. Er sah zur Seite. Chicos Blick traf Leivos Augen. Weniger als einen Meter entfernt. Chico hatte seine Sturmhaube abgezogen, weil das Graben so schweißtreibend gewesen war.

Es war der Moment, in dem Leivo zumindest so viel begriff, dass er zu brüllen begann.

Glücklicherweise war er geknebelt.

Chico spürte eine unwillkürliche Angst, einer Ohnmacht nah. Er fürchtete, Leivo würde sich erheben, würde sich einfach aus der Grube herauskatapultieren. Aber nein, das tat er nicht. Er blieb, wo er war. Auch Chico verharrte an seinem Platz, ohne den Blick von Leivo abwenden zu können. Dann löste er sich endlich, stand auf. Schwankend lief er, bis er hinter Leivo war.

Leivo standen die Haare zu Berge, noch irrwitziger als sonst, in alle Richtungen. Er warf den Kopf hin und her. Chico dachte vage, dass dieser Kopf einer Ananas ähnelte. Einer verteufelten, höllischen Ananas. Leivo knurrte wie ein Löwe oder wie ein Hund oder wie irgendein frühgeschichtliches Wesen.

Jemand müsse die Spaten holen, flüsterte Robin. Die Spaten, die noch neben Leivo lagen. Weil er Chico schon gesehen habe, müsse er, Chico, sie holen. Chico sah Robin an. Sie entfernten sich von Leivo und von den Ausläufern der Wellen des Meeres, Schritt für Schritt. Dann blieben sie stehen. Chico ging durch den Kopf, dass er längst alles hätte verstehen müssen. Dass er hätte vorhersehen müssen, wie das hier enden würde. Er teilte Robins Meinung. Willigte ein, vor allem, um schnellstmöglich von hier wegzukommen.

Er lief also noch einmal ans Wasser.

Einer der Spaten lag direkt neben Leivo. Oder besser: auf Höhe von Leivos Kopf, da ja der Körper nicht mehr zu sehen war. Der Körper war unten, unter der Erde. Chico fiel es unter diesen Umständen schwer, sich Leivo noch als ganze Person vor Augen zu führen. Da war nur dieser böse, taumelnde Ball.

Leivos Kopf.

Der jetzt, warum auch immer, reglos blieb.

Chico zog den weiter hinten liegenden Spaten zu sich heran. Er ging um Leivos Kopf herum und nahm sich vor, auch diesen mit einem schnellen Griff zu packen. Er wich Leivos Blick aus. Er sah aufs Meer hinaus. Wollte die Hand nach dem Spaten ausstrecken, beugte sich vor, sah das Meer, auf dem sich das Mondlicht spiegelte, und seine Hand befand sich in der Nähe von ...

Leivos Zähnen.

Leivo biss zu.

Fester als jeder verdammte Hund. Entweder hatte sich der Knebel gelöst, oder Leivo war es gelungen, ihn aus eigener Kraft aus seinem Mund herauszuschieben. Egal. Leivos Zähne verbissen sich tiefer in Chicos Handfläche. Er versuchte, sich loszureißen, aber es ging nicht. Leivo knurrte, sein ganzer Kopf war in höchster Anspannung. Der Schmerz war fast betörend. Er schrie, obwohl sie vereinbart hatten, auf jeden Fall nur zu flüstern. Robin stand wie erstarrt in einiger Entfernung.

Mit seiner freien Hand wollte Chico Leivos Kopf wegschieben, aber wohin hätte er ihn schieben sollen? Sie hatten Leivo an diesem Platz festgemacht. Ihm fiel nichts Besseres ein, als zu schlagen. Er traf Leivo zweimal an der Stirn. Es fühlte sich falsch an. Wirklich unfair.

Robin kam ihm endlich zu Hilfe, aber es dauerte eine gefühlte Ewigkeit lang. Leivo verhielt sich wie ein Dobermann. Chicos Augen tränten, der Schmerz war kaum zu ertragen.

Robin hockte sich hinter Leivo, fingerte am Knoten des Knebelbands herum. Dann zog er Leivo an den Ohren. Chico schloss die Augen. Endlich, nach einer weiteren gefühlten Ewigkeit, schrie Leivo laut auf. Qualvoll. Er öffnete seinen Mund so weit, dass Chico seine Hand herausziehen konnte.

Chico sprang, ließ sich nach hinten fallen, richtete sich auf. Er wedelte mit der Hand, fragte sich, ob sie gebrochen war. Mindestens blutig aufgerissen. Chico sah, dass Robin Leivo wieder den Knebel anlegte. Mit einem festen Knoten am Nacken. Leivo wehrte sich, aber Robin machte es geschickt und kraftvoll, für Leivos Gebiss unerreichbar. Leivo zeterte, durch den Knebel drang wieder dieses beängstigende Knurren. Dann schien er sich zu beruhigen. Hatte er wieder das Bewusstsein verloren?

Robin stand auf, sammelte die Spaten ein und lief Richtung Wald. Chico folgte ihm, der Luftzug linderte ein wenig den pochenden Schmerz unter der Haut seiner Hand. Sie liefen im Schatten der Kiefern, einen anderen Weg als den, auf dem sie gekommen waren. Chico ging etwas durch den Kopf, etwas, das sie noch nicht besprochen hatten. Zumindest konnte er sich nicht daran erinnern, dass sie diesen Aspekt im Vorfeld besprochen hatten.

«Warte mal», sagte er.

Robin blieb stehen. Drehte sich langsam zu ihm um. Chico konnte sein Gesicht nur erahnen. Das Mondlicht schien wie weißes Gold, aber hier, unter den Bäumen, herrschte Dunkelheit. Chico wendete sich dem Strand zu. Im Mondlicht sah Leivos Kopf aus wie ein kleiner Gegenstand, der an Land gespült worden war. Chico sah alles deutlich, aber er wurde das Gefühl nicht los, dass etwas fehlte. Etwas Wichtiges, dachte er. Irgendetwas, das er noch nicht ganz zu Ende denken konnte. Dann begriff er. Er wendete sich wieder Robin zu, und gerade als das erste Wort aus seinem Mund drang, sah er einen Spaten, der sich seinem Kopf näherte.

«Sag mal, gibt es hier überhaupt Flut ...», sagte er und spürte einen heftigen Schlag, auf Höhe der Schläfe. Einen seltsam stumpfen Schlag, Chico schmeckte ihn auf der Zunge. Metall, Blut, feuchter Sand.

Vielleicht schmeckte er das auch erst, als sein Sturz endete, als er auf dem Boden aufschlug. Sein letzter Gedanke war, dass es ein ausgezeichneter Plan gewesen war. Abgesehen davon, dass er sich auf eine Prämisse gestützt hatte, die an diesem Ort wohl nicht gegeben war. Nicht hier, dachte er. Niemals.

Und dann dachte er noch, dass Robin nicht der hellste Stern am Himmel war, aber er war ein echter Freund. Oder etwa nicht?

5.

Alles in Ordnung?», fragte Nyman, als Olivia Koski an den Tisch zurückkehrte. Nyman fiel erst jetzt auf, dass er sein Stück Kuchen fast vertilgt hatte, während sie erst eine Gabel hatte essen können. Er fühlte sich ein wenig peinlich berührt.

«Warum?», fragte sie. «Ach so, das Telefonat. Es ging ums Haus.»

Nyman hatte den Eindruck, dass sie ihn irgendwie erwartungsvoll ansah. Wachsamer als zuvor.

«Hoffentlich nichts Unangenehmes», sagte er.

«Heute hat sich leider herausgestellt, dass die Renovierung deutlich aufwendiger sein wird als angenommen.»

«Das bedeutet dann wohl auch, dass es teurer wird?»

Olivia schwieg. Sie rührte auch ihren Kuchen nicht mehr an. Nyman ließ einige Sekunden verstreichen. Er versuchte, in ihrem Gesicht zu lesen. Sie wirkte ernst, zugleich unterschwellig aufgeregt.

«Sie interessieren sich also für meine Geldangelegenheiten», sagte sie. «Das fällt mir auf. Ich habe kein Geld. Sie haben sich die falsche Frau ausgesucht. Die ganze Zeit schon. Ich bin pleite. Sie werden keinen Cent von mir bekommen, weil nichts da ist.»

Nyman legte seinen Löffel auf dem Teller ab. Wischte mit der Serviette seine Mundwinkel ab, lehnte sich zurück.

«Ich möchte kein Geld», sagte er. «Sollten Sie Geld besitzen, will ich es nicht.»

Olivia starrte ihn an. Sie hielt immer noch ihr Telefon in der

Hand. Wenn es wirklich um die Renovierung gegangen sein sollte, war das ein reichlich spätes Telefonat gewesen. Nyman glaubte nicht eine Sekunde lang daran. Er vermutete vielmehr, wenn er Olivia jetzt so verändert sah, dass einer der Dorfpolizisten angerufen hatte.

Er betrachtete die Situation auch aus Muurlas Perspektive. Er war sein Vorgesetzter und Leiter des Einsatzes. Vielleicht würde es Muurla durchaus entgegenkommen, wenn Nyman allein agierte. Auf eigene Verantwortung. Manchmal machte man das mit voller Absicht. Man schob einen verdeckten Ermittler tiefer und tiefer in das Milieu hinein und sah dabei zu, wie er mühsam zurück an die Oberfläche kam. Dann studierte man die Ergebnisse.

Nyman hielt das keineswegs für unfair, er hatte das immer als eine mögliche Variante eines Einsatzes anerkannt. Das Beste daran war, dass in diesem Fall auch keine Grenzen mehr gesetzt waren. Nichts hielt ihn zurück. Er war frei in seinen Entscheidungen. Er konnte Dinge tun, die zu Beginn einer Ermittlung nicht in Frage gekommen wären.

«Sie möchten kein Geld», sagte sie.

«Nein.»

«Na ja, vielleicht auch nachvollziehbar», sagte sie. «Bei einem Betrag, der jenseits von zwei Euro liegt, hätten Sie Mühe mit dem Zählen.»

«Es besteht kein Grund, ausfallend zu werden.»

«Mein Gott! In der kurzen Zeit, die wir uns kennen, haben Sie nicht eine einzige Addition hinbekommen. Alles falsch. Die Berechnung der Preise, als Sie ein Brett leihen wollten, meine Zufallstheorie über Männer, einfach alles. Ich habe eben bereits gesagt, dass Sie kein Mathematiklehrer sind. Ich bin mir sicher.»

Er hielt ihrem Blick stand. Lauschte der Unterhaltung des Paares, das einige Meter entfernt saß. Er hörte nicht die Worte, eher den Ton, die Nähe, die die beiden teilten. Glücklicherweise war der Kellner gerade nicht in Sichtweite. Nyman legte seine Serviette auf den Tisch, schob sie unter seinen Teller. Er dachte nach. Das Haus musste renoviert werden. Das kostete. In der Küche wird eine Leiche gefunden. Die Sauna brennt ab. Plötzlich ist wieder Geld da.

Er beugte sich vor, sprach leise und freundlich.

«Olivia», sagte er. «Werden Sie bedroht?»

Sie musterte ihn wie bei ihrer ersten Begegnung im Kiosk, als er ein Surfbrett ausgeliehen hatte. Nahm Maß, schätzte ihn ab. Nyman registrierte, dass er zitterte. Das musste rein physisch bedingt sein, er hatte zu wenig angezogen. Hatte sich von der Meeresnähe täuschen lassen. Man fühlte sich erfrischt und war guter Dinge, und dann, wenn die Kälte kam, begriff man, dass sie eigentlich schon die ganze Zeit da gewesen war. Warum begriff er das immer zu spät?

«Wer möchte das wissen?», fragte sie.

«Ich.»

«Das höre ich. Aber ich frage mich, wer Sie sind. Ach ja, eine Antwort könnte lauten: Vielleicht. Vielleicht werde ich bedroht. Ich weiß es nicht. Wollen Sie mir drohen?»

Ja, diese Olivia hatte ganz sicher einen Einfluss auf sein Befinden. Eine bemerkenswerte Anziehungskraft. Diese Kraft spürte er ähnlich intensiv wie sein Zittern.

«Ich denke nicht, nein», sagte er. Bereute sofort, was er gesagt hatte.

Aber was sollte er sonst sagen? Sollte Olivia in die Sache verwickelt sein, war er in der Tat eine Bedrohung. Für den Fall ihrer Unschuld hingegen ...

«Das klingt übel», sagte sie. «Zu Ihrer Information: Die Polizei weiß nun über Sie Bescheid. Und ich weiß, dass Sie mir heute aufgelauert haben. Bei mir zu Hause.»

«Das dachte ich mir bereits», sagte Nyman. Er verspürte den starken Impuls, ihr einfach alles zu erzählen. Was hielt ihn auf? Olivia Koski, eine der Verdächtigen. Nyman ahnte, was passieren würde, wenn er ihr mitteilte, dass er ein verdeckter Ermittler sei. Es würde in ihr schnell eine Erkenntnis reifen lassen, nämlich dass er mit Hilfe von Betrug, Lüge und einer falschen Identität ihre Nähe gesucht hatte. Das klang einfach nicht gut. Keine gute Basis für ein weiteres Kennenlernen. Und genau das wünschte er sich. So viel musste er, bei Lichte besehen, zugeben. Er wollte ja ehrlich mit sich selbst sein. So weit war es also gekommen. Kurz vor seinem vierzigsten Geburtstag. Vielleicht war er ja gerade dabei, eine Wende einzuleiten, einen neuen Anfang zu finden.

«Wer sind Sie?», fragte Olivia.

Ihre Stimme hatte sich verändert.

«Ich bin kein Lehrer», sagte Nyman und beschloss intuitiv, aufs Ganze zu gehen. «Polizist.»

«Polizist?»

«Ja.»

«Ein Polizist namens Jan Kaunisto.»

«Nicht ganz.»

«Nicht ganz?»

«Jan Nyman.»

«Können Sie das beweisen?»

«Ja, das kann ich.»

Ihre Augen glänzten, hart wie Glas. Nyman rang mit den Händen.

«Ich kann es natürlich, wenn auch nicht gerade jetzt. Ich

trage hier nur den Pass von Kaunisto bei mir. Ich kann es später belegen. Ich brauche nur ein wenig Zeit. Und ein paar Antworten. Von dir.»

Er konnte in ihrem Gesicht nicht lesen. Er sah nur, dass es sich verhärtet hatte. Sie senkte den Blick. Sekunden vergingen, vielleicht vier oder fünf, und als sie den Kopf hob, sah er Ekel. In ihren Augen, auf ihren Lippen. Sie nahm das Kuchenstück in die Hände und warf es ihm ins Gesicht. Genau zwischen die Augen. Dann stand sie auf.

«Was glauben Sie ... was zum Teufel glaubst du, wer du bist?», fragte Olivia. Ihre Stimme überschlug sich. Nyman hörte die Verletzung überdeutlich heraus.

«Wenn du mit dem Ganzen nichts zu tun hast, wenn du unschuldig bist, kann ich dir helfen», sagte er.

«Unschuldig?»

Sie schrie fast. Das Paar am Nachbartisch wendete sich ihnen zu, Nyman spürte schnelle Blicke, dann konzentrierten sich die beiden wieder auf ihr Gespräch.

«Wenn du nichts getan hast ...»

«Moment», sagte Olivia, schwer atmend. Sie hob ihre Hand. «Einen Moment, ja? Lass uns kurz annehmen, dass du Polizist bist.»

«Das bin ich.»

«Ja, wie auch immer. Soll das heißen, dass du mich verdächtigst? Und was genau soll ich getan haben?»

Sie wartete. Nyman fiel nichts Besseres ein, als bei der Wahrheit zu bleiben.

«Mord. Totschlag. Brandstiftung. Möglicherweise bist du darin verwickelt.»

Olivia hielt noch immer ihre Hand in die Höhe, ihr Blick war unverändert hart. Nyman hörte das Rauschen des Meeres. Nicht das von einzelnen Wellen, sondern vom Meer als solchem. Seine Gegenwart. Schaukelten die Laternen im Wind?

Der Schatten auf Olivias Gesicht wanderte. Sie nahm ihr Glas. Holte aus. Schleuderte ihm den Rest ihres Weins ins Gesicht. Er nahm seine Serviette, trocknete sich ab. Die Gegenstände auf dem Tisch hatten nun bald alle Anwendung gefunden. Vorausgesetzt, dass sie nicht begann, mit Tellern nach ihm zu werfen. Selbst das wäre ihm lieber gewesen als ein überstürzter Aufbruch. Sie atmete tief ein und aus. Er hatte das Gefühl, dass sie etwas abwog, eine Wahl traf. Sie setzte sich, schwieg. Nyman gab ihr alle Zeit.

«Es würde einiges erklären», sagte sie. Beherrscht, aber immer noch wütend. «Warum hast du nach meiner Sauna gefragt, als in meinem Garten die Laube brannte? Warum warst du immer vor Ort? Warst interessiert an meinen Angelegenheiten. An den Männern in meinem Leben. Hast eine Rolle gespielt.»

Natürlich. Jetzt war es ausgesprochen.

«So war es, am Anfang», sagte er. «Aber es war dann auch sofort anders. In dem Moment, in dem ich dir begegnet bin.»

«Was war anders? Hast du mich von da an nur noch wegen Brandstiftung verdächtigt?»

Ihre Hand lag auf der Tischplatte, zwanzig, dreißig Zentimeter von Nymans entfernt. Er wollte sie berühren.

«Ich habe an dich gedacht. Mich wirklich für dich interessiert. Nicht für ... eine Verdächtige in dem Fall.»

«Kann man einer Frau etwas Schöneres sagen?»

Die Gewissheiten, dachte Nyman. Und die Ungewissheiten. Sie schienen sich schroff und unversöhnlich gegenüberzustehen.

«Eine Freundin hat mir gesagt, dass die Polizei ihre Ermittlungen niemals einstellen wird.»

«Das stimmt. Im Falle schwerer Delikte. Gewaltverbrechen.»

«Du sprichst tatsächlich wie ein Polizist.»

«Ich bin Polizist.»

«Ich hätte auf meine liebe alte Freundin hören sollen.»

«Wenn du unschuldig bist, hast du nichts zu ...»

«Hattest du eigentlich einen Zeitpunkt vor Augen? Also, wann hättest du mir denn mal mitgeteilt, dass du Polizist bist? Und was hast du vermutet? Hast du darüber nachgedacht, wie ich reagieren würde?»

Nein, dachte er. Es war eine neue Situation. In dieser Form hatte er das noch nie erlebt.

«Dachtest du, dass ich sagen würde: Halb so wild, macht nichts. Ist doch schön, jetzt fühle ich mich gleich sicherer, weil ich ja weiß, dass du spionierst, herumschnüffelst und mich anlügst.»

«Das wäre sicher nicht gerade der beste Einstieg ...»

«Bitte was? Einstieg?»

Nyman spürte, dass er errötete. Auch das war ganz gewiss während einer Ermittlung noch nie passiert. Seine Wangen glühten. Wo war jetzt der Meereswind? Warum kühlte er nicht? Er hatte das Gefühl, gleich mehrfach enttarnt worden zu sein. Entblößt. Als seien mehrere Schichten von ihm abgelöst worden.

Und das passierte ihm, der cool die Gesellschaft von Schwerkriminellen gesucht und gefunden hatte. Sauniert hatte er mit ihnen. War ruhig geblieben, als ihm ein Messer an den Hals gehalten und die Frage gestellt worden war, wer zum Teufel er sei. Und jetzt war alles anders. So war es. Ein Wendepunkt. Olivia Koski.

«Einstieg? Für uns? Du und ich? Eine Beziehung?», fragte sie. Ihre Stimme war so intensiv. Nyman spürte tatsächlich den Einstich von Nägeln auf seiner Haut.

«Ich weiß nicht, ob ich so gedacht habe», sagte er. «Ist ja irgendwie ein komisches Wort. Ich dachte einfach, dass ich dich gerne kennenlernen möchte.»

«Und *wen* hätte ich kennengelernt?», fragte sie. «Den, der du zuerst warst? Oder den, der du behauptest zu sein? Unter diesen Umständen müsste ich noch mal abwägen, ob ich ein Abendessen mit dir überhaupt in Betracht ziehen würde. Und noch was: Warum in aller Welt sollte ich in meiner Küche einen Menschen umbringen? Warum meine Sauna in Brand setzen?»

Nyman hatte keine Ahnung.

Es verblieben offenbar zwei Möglichkeiten, die wenig tröstlich waren und nichts gemeinsam hatten: Er konnte diesen verdammten Fall aufklären oder die Katastrophe perfekt machen.

6.

Robin sah ein Funkeln, in seinem Kopf explodierten Gedanken. Kleine, feine Knalleffekte, in schneller Abfolge. Er versuchte, alles zu vergessen. Vor allem das, was er gerade getan hatte. Aber sein Gehirn arbeitete auf Hochtouren, knüpfte andauernd neue Verbindungen. Er sah immer wieder Chicos Gesicht. Spürte, wie sein Schlag heftig durch seinen Körper geschossen war, bis zu den Handgelenken, den Fingern, den Fingerspitzen. Es gelang ihm nicht, das abzuschütteln. Auch wenn er sich wirklich bemühte.

Er rannte. Dann ging er einige Schritte. Rannte wieder. Im Mondlicht sah alles wie erstarrt aus. Als sei die Zeit stehengeblieben. Robin verschmolz mit der Umgebung, und immer wieder kam ihm das Bild vor Augen. Chico. Robin war sicher, dass Chico gesehen hatte, wie der Spaten auf ihn zuflog. Er hatte Zeit gehabt zu begreifen, was passierte. Dass Robin ihn niederschlug. Das fühlte sich noch schlimmer an als der Schlag selbst. Sein bester Freund. Und dennoch würde Chico verstehen, warum es nötig gewesen war. Es ging um große Dinge, Chico war nicht der Einzige, der noch Träume hatte. Auch Robin hatte Träume. Vielleicht nicht dieselben Rockstar-Träume wie Chico, aber ebenso wichtige, ebenso große.

Er würde Chico einen Brief schicken, in dem er alles erklärte. Wobei ... als er an dem riesigen neongrellen Schild mit der Aufschrift *Palm Beach, Finland* vorüberfuhr, wurde ihm bewusst, dass das nicht gehen würde. Das Schild sah in der mondbeschienenen Dunkelheit wie ein Röntgenbild der Version bei

Tageslicht aus. Robin hatte noch nie einen Brief geschrieben. Und Chico besaß nicht mal eine feste Postadresse. Falls Chico irgendwann ein Facebook-Profil erstellen würde, könnte Robin eine Freundschaftsanfrage senden. Nein, auch das klang irgendwie unsinnig und falsch.

Letztlich durfte sich Chico gar nicht beklagen, die Situation brachte ihm auch Vorteile. Es war Sommer. Chico würde im Wald nicht erfrieren. Er hatte einen sicheren Job, bis zum Herbst. Oder nicht? Was würde aus *Palm Beach, Finland* werden? Robin wollte nicht darüber nachdenken. Aber sein Hirn machte nicht, was er wollte. Wieder hatte er Chico vor Augen. Sein Gesicht, kurz bevor es von hartem Metall geküsst worden war.

Komischerweise war in dem Bild, das Robin sah, Chico nicht überrascht, nicht böse. Nicht wütend. Im Gegenteil. Er schien alles zu akzeptieren, als wäre er ... ja ... angekommen. Was bedeutete das? Sie waren nirgends angekommen, sie hatten eine Grube gegraben, für Leivo, sie waren geflüchtet. Und dann hatte Robin Chico niedergeschlagen, seinen besten Freund, mit dessen eigenem Spaten.

War es möglich, dass sein Gehirn überhitzte? Robin versuchte, sich zu beruhigen. Er zählte bis zehn. Aber dann kam ihm eine andere Zahl in den Sinn. Tausend. Das trug nicht zu seiner Beruhigung bei. Er musste sich den anstehenden Aufgaben zuwenden. Er suchte nach Worten. Wie würde er sein Anliegen ausformulieren? Was war zu erwarten? Was würde als Nächstes passieren? Doch die Beruhigung wollte sich einfach nicht einstellen, das Funkeln und die kleinen Explosionen in seinem Kopf nahmen eher zu.

Er war angekommen, stand vor dem Hochhaus, vor dem er so oft gestanden hatte. Er betrachtete seine Hände. Warum fühlte es sich immer noch so an, als würde er einen Spaten in den Händen halten? Da war nichts. Die Hände waren schwarz eingefärbt vom Graben. Seine Jeans, sein T-Shirt, die Turnschuhe – alles war verdreckt. Als hätte er stundenlang irgendwo in sumpfigem Boden gewühlt. Was ja gewissermaßen auch der Wahrheit entsprach. Es stimmte, und es war ein Ärgernis. Er hätte den Plan akribischer durchdenken sollen. Von Anfang bis Ende. Dann hätte er daran gedacht, dass er beizeiten seine Klamotten würde wechseln müssen. Vielleicht war das nebensächlich. Im besten Fall würde er sie in Bälde von sich werfen dürfen.

Das Kribbeln wanderte, von der Magengegend aus, durch seinen ganzen Körper. Dem Kribbeln folgte Wärme. Weiche Wärme, die sich wohlig in ihm ausbreitete.

Er versteckte sich hinter dem Schuppen, in dem die Mülltonnen standen. Auch wenn sich das irgendwie falsch und unanständig anfühlte. Sein Atem ging schnell. Verdichtete sich. Wurde schwerer, dann heiser und kratzig. Er straffte sich, zwang sich zur Ruhe. Lief von den Mülltonnen hinüber zu einer hohen Birke.

Er wollte sichergehen, dass alles bestmöglich verlief. Er wollte die richtigen Worte finden für diesen wichtigen Moment. Einen Moment der Entscheidung. Er murmelte vor sich hin, suchte das Fenster, hinter dem dämmerig rosa Licht brannte. Neea war zu Hause.

Holma war kein Freund von Überraschungen. Und an diesem Ort gab es entschieden zu viele.

Er hatte diese nackte Neea nun schon eine Viertelstunde auf

seinem Schoß auf und ab hüpfen lassen. Erst hatten sie sich in die Augen gesehen, dann hatte er sie ein wenig zur Seite gedreht, und Neea hatte geredet und geredet. Hatte mitgeteilt, dass sie sich ein wenig in ihn verliebt habe und dass sie bereits einen Undercover-Agenten angeheuert habe, der sich für sie umhören wolle, und dass sie einige Leute mit dem Hinweis auf die zehntausend Euro ein wenig in Aufregung versetzt habe. Holma wusste nicht recht, was er von alldem halten sollte.

Andererseits mochte er Neea.

Ihr Rücken war durchtrainiert und tiefbraun, der Schweiß glänzte. Die Pobacken, zugleich weich und hart, wie elastische Bälle, luden dazu ein, berührt zu werden. Der Körper war spiegelglatt, Haare trug sie nur auf dem Kopf. Und sie ritt gut, wenn auch ein wenig zerstreut.

Ihr Redefluss gab den Takt vor. Ihr Po schlug heftig gegen Holmas Becken. Dann wurde sie langsamer, und ihre Erzählung begann, sich in die Länge zu ziehen, und schließlich, als sie einen Gedanken zu Ende geführt hatte, saß sie reglos in seinem Schoß. Ihr Schweiß begann bereits, auf Holmas Haut zu trocknen, als sie ihr Werk mit einem Zucken und einer vorläufig letzten Schlussfolgerung beendete.

Dann war es endlich still, immerhin für einen Moment, und Holma wusste nicht genau, was er tun sollte. Er lag unter ihr, darum bemüht, seiner Aufgabe gerecht zu werden. Gewissermaßen weiterhin die solide Basis bereitzustellen für diese Aktivität, zu der sie sich gemeinsam entschieden hatten. Als er schon befürchtete, seine Manneskraft könnte weichen, legte Neea dankenswerterweise wieder los. Beflügelt von neuen, weiterführenden Gedanken. Von einem weiteren Monolog. Holma mochte vor allem die Phase, in der sich Neeas Gerede zu einer Art Geschichte verdichtete, in der Personen, Ereignisse, Zeiten verschmolzen und für Momente ein Ganzes bildeten. Da war sie leidenschaftlich und fand ein natürliches, angemessenes Tempo. Aber das war nicht von Dauer. Augenblicke später war alles wieder verworren und kompliziert. Wie sollte er sich verdammt noch mal konzentrieren? Das Ganze geriet zur Zumutung, sowohl oben, auf Höhe seiner Ohren, als auch weiter unten. Und es wollte nicht enden.

Es war wie ein Kampf. Ein Kampf in Zeitlupe. Er hätte keine Prognose abgeben können, wusste nicht, wer diesen Krieg gewinnen würde.

Natürlich wusste er, warum Neea so haltlos vor sich hin plapperte, er wusste, wo ihr Redefluss entsprungen war. Und warum sie ihre spärlichen Klamotten bedenkenlos in die Ecke gefeuert hatte. Zehntausend Euro hatten eine inspirierende Wirkung. Das war ganz normal. So funktionierte der Mensch, das wusste Holma längst. Wer zehntausend bekam, machte sich Gedanken, die mit Zahlen zu tun hatten: Was konnte man damit alles kaufen? Und vor allem – wie konnte man mehr davon bekommen?

Holma mochte das. Er genoss es, die Mimik der Menschen zu studieren, nachdem die Gier entfacht worden war wie ein helles Licht. Die Gesichter wurden schmaler, fester, es ähnelte den primitiven Reaktionen, die auch Hunger oder Wollust hervorriefen. Die Atmung wurde schneller, die Speichelproduktion nahm zu, die Leute schluckten laut, und – das war das Beste an der Sache – die handelten, ohne nachzudenken.

Eine Ausnahme von der Regel war Olivia Koski gewesen. Holma hatte ihr Gesicht studiert, als er ihr die Papiertüte überreicht hatte, aber er hatte keine Veränderung erkennen können. Das beschäftigte ihn, ließ ihm keine Ruhe. Sie hatte nach der Tüte gegriffen wie nach einer monatlichen Gehaltsabrechnung. Vielleicht hatte er ihr zu wenig geboten. Hätte er mit einer größeren Summe bei ihr entsprechend größeren Eindruck hinterlassen können?

Neea redete nicht mehr. Sie schwieg. Das gab Holma Gelegenheit, endlich die Führung zu übernehmen, das Tempo anzuziehen. Sowohl physisch als auch psychisch, in Gedanken. Wenn er die Sache richtig sah, hatte Neea einer oder mehreren Personen von den zehntausend Euro und damit auch von ihm berichtet. Das gefiel ihm ganz und gar nicht. Besonders missfiel ihm, dass Neea offenbar beabsichtigte, über die Rolle einer Subunternehmerin hinauszuwachsen. Wofür brauchte er die Frau eigentlich noch? Abgesehen von den kommenden drei Minuten?

Das Buch kam ihm in den Sinn, an dem er schrieb. Also, er schrieb natürlich nicht selbst, das wäre verschwendete Zeit gewesen. Auch Schriftsteller diktierten ja ihre Werke einem Sekretär oder irgendeiner anderen bebrillten Person, die prädestiniert dafür war, langweilige Schreibarbeit zu erledigen. Punkte und Kommas zu setzen und all das, was die kreative Arbeit eigentlich nur behinderte. Er musste in das Buch unbedingt noch ein Kapitel zum Thema *Führungsstärke* einfügen. Er war ein *Leader.* Von Natur aus. Willst du führen, dann führe. Großartig, dachte er. Genau so würde er es formulieren. Das war der Ton der Management-Leitfäden, die er im Gefängnis gerne gelesen hatte.

Neeas Tempo war inzwischen wieder schwindelerregend. Ihre Pobacken waren wie eine Nähmaschine, die sein Becken abklapperte. Im Zickzack. Das stimulierte seine Gedanken. Als *Leader* wird man geboren, deshalb denke immer daran. An deine Geburt. Er spürte ein Flackern, näherte sich dem Höhepunkt. In jeder Hinsicht.

Krampf, Entspannung. Krampf, Entspannung. Ja. Jetzt.

Er presste Neea fest an sich, dachte an die Kritiken, die sein

Buch in den Himmel loben würden, es war ein schönes Gefühl, schöner noch als das gerade jetzt, denn es würde ein Buch für jeden Finnen sein, gewissermaßen ein fünfmillionenfacher Orgasmus. Oder ähnlich.

Holma betrachtete Neeas Rücken.

Jedes Unternehmen verabschiedete zuweilen Mitarbeiter, die nicht mehr benötigt wurden. Im Bad oder in der Küche würde sich etwas finden, womit er diese Kündigung zu einem guten und genussvollen Ende führen konnte.

Er schob Neea von sich. Eigentlich warf er sie von sich. Ging ins Bad. Zog die Tür hinter sich zu. Er konnte nicht hören, was sie sagte. Vermutlich war sie wütend. Enttäuscht.

Aber der *Leader*, der Führer, dachte er, während er die Dusche einschaltete, hört immer nur auf sich selbst.

7.

Liebe oder Mord, dachte Nyman.

Er konnte weiter an seiner Mordermittlung arbeiten. Oder er widmete sich dem Versuch, sein Verhältnis zu Olivia Koski ins Reine zu bringen. Das eine schien das andere auszuschließen.

Nyman hatte das Gefühl, dass sein Gesicht im Laternenlicht glühte und frisch mit Farbe bepinselt worden war. Unangenehm. Olivia saß mit dem Rücken zur Laterne. Der Mond schien nicht hell genug, er konnte nicht einschätzen, was ihre dunklen Augen erzählten. Er hatte Plattitüden im Sinn. Simple Wahrheiten.

Ich möchte helfen. Wenn du in Schwierigkeiten bist, kannst du mir davon erzählen. Oder: *Möglich, dass ich mich in dich verliebt habe.* Du liebe Güte.

«Ich bin bereit, dir zu glauben», sagte er stattdessen.

«Du bist bereit, mir zu glauben? Wie bitte? Wie kommst du dazu, so etwas zu sagen? Du hast gelogen! Du!»

«Nicht in jeder Hinsicht.» Nein, das klang nicht gut. Er sprach hastig weiter. «Eigentlich habe ich kaum gelogen. Ich habe lediglich einiges verschwiegen. Oder mehrdeutig ausgedrückt. Oder aus einer anderen Perspektive betrachtet. Aus einem anderen Blickwinkel.»

«Auf Finnisch: Du hast die ganze Zeit gelogen.»

«Ich habe meine Arbeit gemacht.»

«Aha. Arbeit.»

«Damals, als ich einen Job zu erledigen hatte.»

«Und was ist es jetzt?»

Die Stunde der Wahrheit.

«Ich mag dich.»

«Mehrdeutig oder aus einer anderen Perspektive? Aus einem anderen Blickwinkel?»

Nyman glaubte, ein wenig Verständnis herauszuhören. Natürlich war sie wütend. Aber vielleicht war da ein Fünkchen Hoffnung.

«Wenn ich gewusst hätte, dass ich jemanden wie dich hier hätte finden können, wäre ich auch ohne Mord hergekommen.»

«Wie schön. Ich muss zugeben, dass du wirklich weißt, was Frauen hören wollen.»

«Das ist die Wahrheit», sagte er.

Olivia schwieg für eine Weile.

«Ich habe meiner Freundin von dir erzählt. Derselben, die sagte, dass die Polizei ihre Ermittlungen nicht eingestellt hat. Vielleicht hat sie mir angesehen, dass ich an dir interessiert war. Sie hat mich ermutigt. Ich frage mich, was sie sagen würde, wenn ich ihr erzähle, dass du sowohl interessant als auch Polizist bist.»

«Was glaubst du? Was würde sie sagen?», fragte Nyman.

«Vielleicht würde sie mir raten, vorsichtig zu sein.»

«Und?»

«Vielleicht würde sie mir auch raten, die Sache weiterzuverfolgen, wenn ich interessiert bin.»

«Das würde mich freuen», sagte Nyman.

«Und was ist mit dem Mord?»

«Ich bin sicher, dass du es nicht warst.»

«Natürlich nicht. Aber was hast du vor, in dieser Mordsache zu unternehmen?»

Nyman veränderte seine Sitzposition, legte seinen Unterarm auf die Stuhllehne. «Hat irgendjemand dich kontaktiert?», fragte er. «Kürzlich?»

Etwas veränderte sich in ihrem Gesicht. Kaum merklich.

«Du meinst, außer diesem Polizisten, der mir hinterherschnüffelt? Ich weiß nicht, ob irgendjemand explizit an mir Interesse hegt. Aber in jedem Fall gibt es Interesse an meinem Grundstück.»

«Von wem?»

«Jorma Leivo. Herr *Palm Beach, Finland* persönlich. Ich vermute, dass du ihn kennst. Er will das Grundstück erwerben. Zu einem Spottpreis.»

Warum wurde das in den Akten nicht erwähnt?

«Hast du das der Polizei mitgeteilt?», fragte er.

«Nein», sagte sie. «Es schien mir nicht von Bedeutung zu sein. Es ist ohnehin unwichtig, denn ich habe nicht vor zu verkaufen. Nicht jetzt. Niemals. Punkt.»

Leivo selbst hatte es natürlich auch nicht erwähnt. Nyman hatte ihn vor Augen. Sein Gerede über Entwicklung und Zukunft. Ein Redefluss, der Konzentration erforderte, wenn man herauszufiltern versuchte, was der Mann eigentlich im Kern sagen wollte. Nyman kam ein neuer Gedanke.

«Und dieser Kerl, der wie Patrick Swayze aussieht?»

«Kari Korhonen?», sagte Olivia. «Oder Chico, wie er heutzutage genannt wird. Aber der ist sicher nicht ...»

«Was hat er mit Leivo zu tun? Wie stehen die beiden zueinander?»

«Ich denke, dass Kari Angst vor ihm hat.»

«Was meinst du damit?»

«Mir fiel das auf, als ich kürzlich ihm gegenüber Leivo erwähnte. Er schien Angst zu haben.»

«Tatsächlich?»

«Leivo ist sein Chef, das könnte es erklären», sagte sie. «Chico ist nicht gerade die fleißigste Ameise auf diesem Planeten.»

Nyman versuchte, seine Gedanken zu ordnen.

«Gibt es noch andere? Hat Chico Freunde?»

«Einen. Robin. Er arbeitet im Strandrestaurant als Koch. Chico und er sind seit ihrer Kindheit befreundet. Unzertrennlich. Wie Brüder, Seelenverwandte. Du kennst die Redewendung. Arsch auf Eimer. Ich meine das nicht böse, aber als wir Kinder waren, haben wir sie als Arsch und Arsch bezeichnet.»

«Aha. Das ist ja ... böse», sagte Nyman.

«Ich fürchte, ich habe keine gute Entschuldigung», sagte sie. «Ich wüsste nicht, wie ich das anstellen sollte, ohne mich vor den beiden ein wenig bloßzustellen.»

Sie schwiegen. Nyman fragte sich, warum auch diese Freundschaft zwischen Korhonen und Robin nicht in den Ermittlungsakten vermerkt war. Vermutlich war die Antwort einfach. Irgendjemand hatte den beiden geraten, diese Freundschaft gegenüber den Ermittlern zu verschweigen. Jemand hatte ihnen eingetrichtert, was sie sagen sollten.

Und falls Chico vor diesem Jemand Angst hatte, würde er dessen Ratschläge befolgen. Hinzu kam, dass der Tote ein Fremder gewesen war. Es hatte keinerlei Verbindung zwischen ihm und Korhonen oder diesem Robin hergestellt werden können. Aber Nyman begann langsam, das Ganze in einem anderen Licht zu betrachten. Vielleicht musste man die verschiedenen Ermittlungsansätze miteinander verbinden. Eine wunderbare Mischung aus ehrgeizigen Plänen und purem Zufall. Am Ende war alles das Werk blutiger Amateure. Zumindest, wenn man sich das eben Gesagte und die Akte des Toten in Erinnerung rief.

Nyman sah Olivia an. Dunkle Haare, braune Augen. Ihr Gesicht im Schatten. Eine scharfzüngige Frau, die immer direkt und kompromisslos sagte, was sie dachte. Liebe oder Mord? Nyman kannte die Antwort.

«Möglicherweise bin ich derjenige, der sich entschuldigen muss», sagte er.

Jorma Leivo erwachte von seinen eigenen Schreien. Er fühlte sich verkatert. Nur zehntausendmal schlimmer. Er hatte Kopfschmerzen. Unerträglich, als hätte jemand etwas hineingebohrt, von innen und von außen. Er war so schwach, dass er nicht einmal seine Beine bewegen konnte. Ebenso wenig seine Arme. Er konnte sich nicht umdrehen, was war das für ein unbequemes Bett? Er konnte sich rein gar nicht bewegen. Ihm war warm und kalt zugleich. Seine Augen begannen zu brennen, sobald er versuchte, sie zu öffnen. Irgendwas war da, etwas Seltsames. Ein seltsamer Geschmack. Sand. Rohes Fleisch.

Dann kam die Erinnerung. Er öffnete die Augen.

Er sah das Meer, es glänzte im Licht des Mondes. Er drehte seinen Kopf nach rechts und nach links, soweit es eben ging. Niemand war da. Natürlich nicht. Er war am sogenannten «alten Strand». Ein Naturschutzgebiet, von keinerlei Nutzen. Eigentlich ein perfekter Standort für einen Themenpark und eine Shopping-Mall. Mit der Zunge begann er, den Knebel aus seinem Mund zu schieben. Er bewegte seinen Mund, seinen Kiefer, warf heftig den Kopf hin und her. Nach einigen Minuten fiel das Tuch endlich zu Boden. Er schrie. Besser: Er versuchte zu schreien. Sein Mund war ausgetrocknet, vermutlich vom Sand, er bekam keinen Ton heraus. Nur dieses tiefe Knurren. Wie laut konnte ein Mensch knurren? Nicht sehr laut.

Er musste nachdenken. Eine Lösung finden.

Er steckte in der Klemme, im wahrsten Sinne. So viel war klar. Ein herber Rückschlag. Aber er war Jorma Leivo. Er hatte schon Schlimmeres überstanden. Hatte Insolvenzen und Ehefrauen hinter sich gebracht, sogar beides zur selben Zeit. Er würde auch diese Situation überleben. Er versuchte, ruhig zu atmen.

Folgendes war passiert: Das Duo, das er für einen etwas zwielichtigen Auftrag angeheuert hatte, hatte ihn überfallen. Sie hatten ihn eingegraben. Er wusste auch, warum. Sie wollten ihn beseitigen. Die Flut sollte ihn beseitigen. Allerdings gab es hier weder Ebbe noch Flut. Das passte zu dem Duo. Doch, wirklich, das passte ins Bild. Alles, was diese Typen machten, ging daneben. Die falschen Gebäude explodierten, die falschen Leute starben, und wenn sie wirklich jemanden umbringen wollten, misslang es. Aber er war aus Überzeugung Optimist und sah die Dinge positiv. Die beiden hatten Elan, das musste er ihnen lassen. Energie. Eine gewisse Unbefangenheit. Imponierend.

Er musste Menschen, die eine solchen Leidenschaft einbrachten, einfach Respekt zollen. Die missliche Situation, in der er sich befand, zeugte von echter Fleißarbeit. Leivo hatte die beiden für faul und unbegabt gehalten. Weit gefehlt, das gestand er zunächst sich selbst ein und dann auch im Zwiegespräch mit dem Mondschein, der das Meer beschien.

Die beiden hatten ihn gewaltig düpiert.

Jan Nyman zauderte lange, aber am Ende fand er den Mut. Er griff über den Tisch hinweg nach Olivias Hand, nahm sie in seine. Sie zog sie nicht weg. Er hatte sich entschuldigt, hatte alles klargestellt, hatte gesagt, wer er wirklich war. Hatte die Hintergründe erläutert, hatte gesagt, was passiert war, wie aus einem das andere geworden war. Konkret und im übertragenen Sinne. Und jetzt waren sie hier, berührten sich.

Er suchte ihre Augen und fühlte sich ziemlich genau dreißig Jahre jünger, als er war. Vielleicht war das der Lauf des Lebens. Du hältst eine Hand und fühlst dich genau wie damals, als sich zum ersten Mal eine Tür geöffnet hat. Eine Tür zu einer anderen Welt. Und der Schlüssel war die Hand dieses Jungen oder dieses Mädchens, dieses Menschen, in den du dich auf dem Schulhof verliebt hast. Und dann, dreißig Jahre später, ist das Gefühl exakt dasselbe. Und es ist wichtiger als alles, was in der Zwischenzeit passiert ist.

Olivia schwieg. Nyman konnte nicht in ihren Augen lesen, er wollte es auch gar nicht. Trotzdem versuchte er es natürlich. Er hatte den Eindruck, dass sie sich entschieden hatte. Für irgendetwas. Er hoffte, dass es mit ihm zu tun hatte und dass es eine Entscheidung war, die zu seinen Gunsten ausfiel. So denken nur Verliebte, dachte er. Er hoffte, dass er die Stille aushalten würde, dass er nicht dem Impuls erliegen würde, sie zu brechen. Aber was sollte er machen? Er war Polizist. Ein verliebter Polizist. Er glaubte fest daran, dass Olivia niemanden ermordet und auch ihre Sauna nicht in Brand gesetzt hatte. Aber er war und blieb Polizist. In einer laufenden Ermittlung.

«Darf ich dich anrufen?», fragte er.

«Warum?»

«Einfach so. Wie man halt so anruft.»

«Aha. Warum fragst du? Musst du los? Bist du auf dem Sprung?»

«Ja, leider», sagte er. «Aber ... ich möchte dich wiedersehen.»

Olivia schwieg.

«Ruf an», sagte sie dann. «Ich zweifle nicht daran, dass du die Nummer kennst.»

War da Ironie in ihrer Stimme? Und wenn ja, war sie wohlwollend? Er wusste es nicht. Er musste tatsächlich los, für einen Moment bildete er sich ein, dass sein Leihfahrrad schon seinen Namen rief.

Nyman raste den Hügel hinab, legte sich in die Kurven Richtung Innenstadt. Er passierte das *Palm Beach, Finland*-Schild, das im Mondschein fast den Eindruck erweckte, dass es der Wahrheit entsprach. Dass alles wahr sein könnte, was Leivo von diesem Ort behauptete. In jeder Hinsicht. Tatsächlich ging Nyman dieser Gedanke durch den Kopf, während der langen Sekunde, die verging, als er an dem Schild vorüberfuhr. Vielleicht wusste Leivo mehr über diesen Ort, über dieses bemerkenswerte Ferienparadies. In jedem Fall dauerte es dieses Mal länger, bis Nyman das Schild hinter sich gelassen hatte, länger, als es physikalisch eigentlich möglich war.

Er trat in die Bremse. In der Ferne sah er schon den Geländewagen vor dem Häuschen stehen. Gut, dachte er. Leivo war zu Hause. Er sprang von seinem Rad, betrachtete den Wagen. Die Windschutzscheibe war eingeschlagen, der Lack zerkratzt worden. Der flache weiße Zaun, der das Haus umgab, war teilweise eingestürzt. Im Haus war es dunkel. Hinter dem Wagen lag ein Haufen Sand, mit Fußabdrücken und einer Spur. Als sei etwas vom Wagen weggeschleift worden. Nyman hatte Ähnliches in Afghanistan gesehen. Er wusste deshalb, was es bedeutete. Nicht *etwas*, sondern *jemand* war abtransportiert worden.

Ein Verletzter. Entweder willentlich oder gegen seinen Willen. Nyman folgte der Spur.

Sie verlor sich im Dickicht, wo auch das Licht versickerte, aber er fand die Spur schnell wieder auf dem sandigen Boden. Er lief durch den kleinen Wald und erreichte einen Strand, von dessen Existenz er nichts gewusst hatte. Am Wasser lag ein Ball.

Der Ball pfiff vor sich hin.

Nyman hatte nichts zum Trinken dabei. Er war nicht darauf vorbereitet gewesen, einen durstigen Kopf vorzufinden, der Schwierigkeiten hatte, sich verständlich zu artikulieren, weil er einen trockenen Mund hatte. Nyman sah im Mondlicht, dass Leivo mindestens einmal heftig am Kopf getroffen worden sein musste. Er konnte auch diverse weitere Schlüsse ziehen. Zum Beispiel, dass sich Leivo nicht selbst in diesem Erdloch eingegraben hatte. Das ließ sein Verhalten noch eigenartiger erscheinen. Er knurrte und gab zischende Laute von sich, doch dann, als Nyman ihm mitteilte, dass er Polizist sei und alles wieder in Ordnung kommen werde, lächelte er. Ja, er stieß sogar Laute aus, die an schallendes Lachen erinnerten.

Nyman stand am Rand des Wassers, wo der Sand fest war. Er ging in die Hocke. Es war irgendwie unangenehm gewesen, direkt neben dem Kopf zu stehen. Als stünde man neben dem kürzesten Menschen auf Erden. Er beugte sich jetzt noch tiefer zu Leivo hinab, konnte verstehen, was er sagte. Er fragte, wer ihn hier eingegraben habe.

«Kumpel von mir», flüsterte er. «Mögen Scherze.»

«Das hier soll ein Scherz sein?»

«In der Tat. Nicht das erste Mal.»

«Wo sind diese Kumpel jetzt?»

«Holen Sie bitte eine Schaufel?»

Nyman sah sich um. Der Strand war öde und leer, das Meer schimmerte silbern, der Wald war dunkler als das Dunkel höchstselbst. Natürlich log Leivo. Nyman betrachtete ihn. Er vermittelte nicht den Eindruck, sich in Lebensgefahr zu wähnen. Seine Haare kräuselten sich im Nachtwind.

«Gleich», sagte Nyman. «Wenn Sie mir sagen, wer Sie hier eingegraben hat. Und warum.»

Leivo sah aufs Meer hinaus. Schwieg.

«Sie befinden sich bis zu den Ohren im Sand», sagte Nyman. «Ich bin der einzige Mensch hier weit und breit.»

Leivo schwieg. Nyman ließ einige Wellen verebben.

«Das hat doch keinen Sinn», sagte er. «Sie wissen das. Wer? Und warum? Sobald Sie mir das sagen, hole ich Sie da raus.»

«Ist fein hier», sagte Leivo. «Ich warte dann auf meine Freunde.»

«Hier ist niemand. Niemand wird kommen. Ich wusste nicht mal, dass es hier diesen Strand gibt. Ich vermute, es ist ein Abschnitt des Naturschutzgebietes. Habe dahinten ein Schild gesehen. Wenn die Sache dumm läuft, kommt niemand hierher.»

Leivo hob den Blick. Die Ausläufer der Wellen rauschten leise. Vermutlich dachte Leivo über einige Dinge nach. Nyman wechselte seine Position, vom linken auf das rechte Bein. Es erwies sich als ziemlich anstrengend, in der Hocke zu sein. Er dachte vage an seinen bevorstehenden vierzigsten Geburtstag und daran, dass sich das Alter offenbar vor allem aufs Herz und auf die Knie auswirkte.

«Ich habe da einen Verdacht», sagte Leivo. «Ihr Nachbar, im Feriendorf.»

Aha. Von wegen Kumpel. Von wegen Scherz. Nyman dachte an den Mann mit dem BMW.

«Und warum hat er Sie hier eingegraben?»

«Er will das Feriendorf.»

«Was?»

«Palm Beach, Finland.»

«Warum?»

«Weil hier die Zukunft lebt», sagte Leivo.

Nun gut, dachte Nyman. Er hatte nicht vor, dieses Thema zu vertiefen.

«Sie haben ihn gesehen?»

«Ich habe gar nichts gesehen.»

«Warum glauben Sie dann, dass er es war?»

«Er hat mir Geld geboten. Ich habe abgelehnt.»

Nyman dachte an die fünfundzwanzigtausend Euro in der Mikrowelle. Vielleicht war an Leivos Gerede sogar etwas dran.

«Und dann?»

Leivo hob wieder den Blick. Wütend sah er aus. «Schaufelt mich ein freundlicher Polizist endlich aus der Grube raus.»

Nyman drehte sich um. Eine schöne Nacht. Der Wind strich sanft über seine Haut, der Mond tauchte die Szenerie in silbernes Licht: den weiten Strand, das wellige Meer, die stillstehenden Bäume, Leivos Kopf. Vor allem Letzteres. Dieser Kopf war wie ein merkwürdiges, recht vitales Kunstwerk. Nyman hielt sich wieder den Mann vor Augen, der Leivo zufolge das hier zu verantworten hatte. Ein Mann, der viel Bargeld mit sich führte.

«Seit wann sind Sie hier?»

«Schwer zu sagen. Meine Uhr liegt etwas tiefer.»

Guter Hinweis.

«Nicht allzu lange, denke ich», flüsterte Leivo. «Ich kam gegen zehn nach Hause.»

Nyman ging im Geiste noch mal seine Begegnungen mit dem BMW-Mann durch. Wenn der Mann zu solchen Dingen bereit war, dann ...

Er dachte an Olivia. Stand eilig auf.

«Holen Sie die Schaufel?»

Nyman sah Leivo an. In Finnland herrschte weder Ebbe noch Flut. Die Nacht war eigenartigerweise samtig warm. Nyman rannte zu seinem Fahrrad. Er war nicht ganz sicher, aber in seinem Rücken glaubte er das unverwechselbare Knurren von Jorma Leivo zu hören.

Robin versuchte, zumindest einen Teil des Sandes von seinem Shirt zu wischen, aber es war aussichtslos. Vielleicht auch egal. Er war willkommen, brachte Neuigkeiten, die von Neea ungeduldig erwartet wurden. Er hatte getan, was sie sich von ihm erhofft hatte. Das, worum sie ihn gebeten hatte – so hatte er es zumindest interpretiert. Er stand im kühlen Treppenhaus, atmete tief ein und aus und presste seinen Finger gegen den Klingelknopf. Niemand kam. Robin hatte Licht gesehen. Neea war zu Hause. Er wollte gerade noch einmal klingeln, als er hörte, dass innen die Zwischentür geöffnet wurde. Wieder vergingen einige Sekunden. Er vermutete, dass er durch den Türspion begutachtet wurde. Dann endlich öffnete sich die Tür.

Die Straßenbahn in Robins Kopf, die ohnehin schon auf der Überholspur unterwegs gewesen war, nahm noch mehr Tempo auf. Neea trug ein Kapuzen-Shirt und Jogginghosen und sah aus, als ob sie ... ja, als ob sie gerade Sport getrieben hätte. Gymnastik.

Der Flur war hell beleuchtet, aber Robin sah ausschließlich die Frau, die direkt vor ihm stand. Ihr Gesicht strahlte und glänzte, ihre Haare waren durcheinandergeraten, der Lippenstift war verschmiert, ein wenig Augenschminke klebte an den Wangen. Robin hörte das Rauschen der Dusche.

Robin betrachtete die Badezimmertür, die sich einige Meter hinter Neea befand. Er fragte sich, warum plötzlich die Dusche lief. Er hatte so viel zu erzählen. Hatte sich den Moment irgendwie anders vorgestellt. Aus irgendeinem Grund war er davon ausgegangen, wie ein Held empfangen zu werden. Dass er dann berichten würde. In aller Ruhe. Als würden sie am Lagerfeuer sitzen, als würde sie an seinen Lippen hängen. Aber jetzt war alles verwirrend und schwierig. Er verstand gar nichts. Sein Gehirn weigerte sich, seinen Dienst zu tun.

«Von Leivo ist nur noch der Kopf zu sehen», sagte er. Er hechelte, war plötzlich außer Atem. «Das Geld gehört uns.»

Sie sah ihn an wie einen Außerirdischen. Er trat ein. Schloss die Tür hinter sich. Wollte fortfahren, mit seinem Lagebericht.

Aber irgendwie war alles anders. Neea schien gleich in Tränen ausbrechen zu wollen.

Robin war völlig hilflos. Im Bad lief Wasser, jemand wusch sich. Ja, das Plätschern von Wasser, ein Mensch bewegte sich, in der Dusche. Er warf einen Blick ins Wohnzimmer. Ein schwarzes Jackett hing über dem Stuhl. Seine Gedanken formten sich weiter aus. Aus kleinen wurden große Explosionen. Der Anblick des rosa Schlafzimmers löste in ihm eine Eruption aus. Einen Vulkanausbruch.

«Hure», sagte er.

Er war von sich selbst überrascht. Neea schrie, verpasste ihm eine Ohrfeige. Robin geriet ins Wanken. Sein Körper war so erschöpft vom Graben, er verlor das Gleichgewicht. Er stürzte, suchte in dem schmalen Flur nach einem Halt, fand aber nur den großen Ganzkörperspiegel. Er fiel mitsamt dem Spiegel krachend in den Garderobenschrank. Der Spiegel zerbrach beim Aufschlag, Robin hielt ihn noch immer in den Händen.

Die Badezimmertür wurde geöffnet.

Ein Mann. Er trug einen weißen Helm. Nein, das war Shampoo in seinen Haaren.

Ein wütendes Gesicht, eine wütende Stimme.

Der Mann warf sich auf ihn.

Er strauchelte, rutschte aus. Robin hob den Spiegel an, das Glas an den Rändern schimmerte wie Eis.

Der Mann rauschte auf ihn zu, Robin lag am Boden. Er musste irgendwie diesen Spiegel loswerden. Alles war in Bewegung. Der glitzernde Spiegel, der Shampoo-Kopf.

Dann war alles still. Die schärfste Kante des Spiegels hatte sich in den Hals des Mannes hineingebohrt. Der Spiegel stand aufrecht. Die Spitze versank zusehends tiefer im Hals des Mannes. Der Mann stieß einen Laut aus. Robin fühlte sich an einen Wasservogel erinnert. An den Lockruf eines Wasservogels. Endlich stand der Spiegel still. Der Mann hing ein wenig erhöht, Robin war auf den Knien. Robin sah den Kopf des Mannes doppelt, oben und unten, gespiegelt. Die blauen Augen starrten ihn überrascht an.

Dunkles Blut rann an den Seiten hinab. Wie Ahornsirup, dachte Robin. Auf einer Waffel, die in einer schiefen Ebene hing.

Nyman näherte sich dem dunklen Haus. Der schwarze BMW war nicht zu sehen, aber er wollte kein Risiko eingehen. Er stieg von seinem Fahrrad ab und verharrte im Schatten, lauschte. Er hörte dasselbe Rauschen wie zuvor am verlassenen Strand. Ein Rauschen, das der Wind, das Meer, die Bäume und die in der Ferne liegende kleine Stadt erzeugten. Er wollte schon auf das Haus zugehen, als er noch etwas hörte. Ganz leise. Dann war es weg. Er wusste nicht, was es gewesen war. Vielleicht Kies, der unter Autoreifen geknirscht hatte. Aber er hatte kein Motorengeräusch gehört. Er wartete, aber es blieb still. Er lief auf das Haus zu.

Niemand erwartete ihn mit gezückter Waffe. Warum er überhaupt auf die Idee kam, wusste er nicht. Intuition. Er hielt es für denkbar. Er lief über die Treppe zur Veranda. Die Tür war abgeschlossen.

Er ging wieder nach unten, sah sich um, lief zum Nachbarhaus. Schon an der Treppe sah er, dass mit der Tür etwas nicht stimmte. Sie war wenige Millimeter, kaum merklich, aus den Angeln gehoben worden. Nyman ging auf Zehenspitzen die Treppe hinauf, an der rechten Seite, dort knirschte es weniger. Auch auf der Terrasse suchte er die Stellen, an denen der Holzboden seine Schritte schluckte. Nichts war zu hören. Er griff nach der Klinke, die Tür stand offen. Am Schloss waren keine Spuren eines Einbruchs zu erkennen. Er öffnete die Tür weit, lauschte dem tiefen Brummen des kleinen Kühlschranks. Er wartete, spähte in den Raum. Niemand schoss auf ihn. Niemand stürzte sich auf ihn. Er ließ seinen Blick kreisen. Niemand zu Hause.

Nyman trat ein, seine Augen gewöhnten sich schnell an das Halbdunkel. Das Mondlicht spendete Licht, drang durch den schmalsten Spalt in die Räume. Er ließ seinen Blick wieder wandern, alles war so, wie er es von seinem ersten Besuch in

Erinnerung hatte, mit Ausnahme eines T-Shirts, das zuvor nicht da gewesen war. Das Shirt hing über einem Stuhl, vermutlich zum Trocknen. Ansonsten hatte sich nichts verändert.

Nyman hielt kurz inne, dachte nach. Er ging in die Küche, nahm ein Geschirrtuch, das über dem Wasserhahn hing, bedeckte damit seine Hände. Dann drückte er den Knopf, der die Mikrowelle öffnete.

Die Mikrowelle war leer.

8.

Robin hatte niemals zuvor solche Angst gehabt.

Er beschleunigte. Raste weit jenseits der erlaubten Geschwindigkeit durch die schwarze und weiße Welt der Nacht. Seine Seele, sein Herz wollten platzen. Eine Hoffnung trieb ihn an: dass er rechtzeitig ankommen würde. Er parkte den Wagen, rannte den restlichen Weg, wich im Slalom den Stämmen der Kiefern aus, sprang über die felsigen Steine, hatte das Gefühl zu fliegen. Dann war er endlich da.

Chico lag auf dem Boden unter den Bäumen, wie ein Embryo, mit den Händen zwischen den Knien. Er sah aus wie ein kleiner Junge. In dem Alter, in dem sie sich zum ersten Mal begegnet waren und sich angefreundet hatten. Als sie ihren geheimen Club gegründet hatten, der außer ihnen beiden keine Mitglieder aufnahm. Damals nicht. Heute nicht. Niemals.

Er ging auf die Knie, hockte sich neben seinen Freund. Er spürte Tränen auf seinen Wangen. Das hier war schlimmer als alles andere. Diese Ungewissheit. Was hatte er getan? Was hatte er verbrochen?

«Was ... was ist denn?», fragte Chico. Er wendete sich Robin zu. Er blinzelte, schien das Bild, das er sah, scharf stellen zu wollen.

«Robin», sagte er.

Robin spürte ein Zittern, an seinem Mund, seinem Kiefer. Er wollte sich beruhigen, aber es ging nicht. Er hatte einen Kloß im Hals, eher einen Apfel. Sein Kinn bewegte sich, seine Augen tränten so heftig, als würde jemand ein Tuch auswringen. Chico richtete sich auf. Er hob seinen linken Arm, betastete seinen Kopf.

«Du hast mich umgehauen, mit der Schaufel.»

«Ich bin durchgedreht», sagte Robin.

«Lass mich raten. Neea.»

«Ich bin irgendwie ausgeflippt.»

Chico ließ seinen Arm sinken. Er stützte sich ab, richtete sich weiter auf, lehnte sich gegen einen Baum. Robin suchte Chicos Blick. Chico wich aus. Er schwieg.

«Ich bin vermutlich auch durchgedreht», sagte er dann.

Robin verstand nicht, was er meinte.

«Aus mir wird nie ein Bruce Springsteen», sagte Chico. «Niemals. Und übrigens bin ich Bruce nie begegnet.»

«Nicht?»

«Nein. Das war eine Halluzination. Deshalb habe ich auch nie gesagt, wo und wann ich ihn gesehen habe. Ich habe nur gesagt, dass ich ihm begegnet bin. Und du hast mir geglaubt.»

«Weil du es gesagt hast. Weil du mein bester Freund bist. Ich vertraue dir, verlasse mich auf dich.»

Stille herrschte im Wald. Der Wind hatte sich gelegt. Kein Rauschen säuselte in den Baumkronen. Robin setzte sich auf den Boden, Chico gegenüber. Chico hob den Blick.

«Bester Freund?»

«Mit weitem Abstand», sagte Robin. «Ich hatte nie einen besseren.»

«Wie viele Freunde hast du eigentlich?»

Robin starrte vor sich auf den Waldboden, auf das Dickicht. Tränen schossen ihm in die Augen.

«Entschuldige. War nicht böse gemeint. Aber du hast mich mit einem verdammten Spaten niedergeschlagen. Ich bin ein wenig sauer.»

Robin hob den Blick. Chico lächelte.

«Du bist mein bester Freund, Robin.»

Robin fuhr sich über die Augen, schnäuzte seine Nase. Er lachte kurz auf. Das, wovor er am meisten Angst gehabt hatte, war nicht eingetreten. Auch Chico lachte jetzt. Robin beugte sich vor, umarmte ihn. Dann brachen endgültig alle Dämme. Chico tätschelte seinen Rücken. Es fühlte sich gut an. Dann löste er sich aus der Umarmung, sie standen auf.

Beide sahen zum Strand.

«Wir können ihn da nicht lassen», sagten sie beide im Chor.

Sie nahmen die Schaufeln und liefen ans Wasser.

«Tretet näher», flüsterte Leivo.

Chico hatte Mühe zu verstehen, was er sagte. Seine Stimme reichte nicht allzu weit. Und Chico wagte es nicht, näher heranzutreten. Seine Hand schmerzte immer noch, ein Abdruck von Leivos Zähnen war deutlich zu erkennen.

«Nicht beißen», sagte er.

Jorma Leivo schüttelte den Kopf. Chico und Robin wechselten Blicke. Dann gingen sie neben Leivo in die Hocke. Leivo ließ seinen Blick wandern, von Chico zu Robin.

«Gute Arbeit», sagte Leivo.

Chico war nicht sicher, ob er richtig gehört hatte.

«Initiative. Innovation. Wille. Handlungsschnelligkeit. Ich vergebe die volle Punktzahl», flüsterte Leivo.

Chico suchte Robins Augen. Robin nickte beifällig.

«Ein kleines Minus für den Feinschliff», sagte Leivo. «Wobei das natürlich mir nun zugutekommt.»

Chico suchte wieder Robins Augen, Robin zuckte mit den Schultern.

«Du bist nicht sauer?», fragte er.

«Im Gegenteil. Ich bin beeindruckt.»

«Wenn wir dich ausgraben ...»

«Ich werde euch anheuern. Ich habe nachgedacht. Zu dritt können wir Dinge verwirklichen, die wir alleine nicht stemmen könnten. Gemeinsam sind wir stark.»

Chico schwieg. Jorma Leivo sah sie an. Chico fasste Robin am Arm, zog ihn einige Meter weg. Er sah aufs Meer hinaus. Robin folgte seinem Blick. Die Szenerie war zugleich schillernd und düster.

«Glaubst du ihm das?», fragte Chico.

«Einen neuen Job könnte ich gebrauchen», sagte Robin.

Eine überraschende Antwort. Nicht in erster Linie die Worte, die Robin aussprach. Sondern die Art und Weise, wie sie auf ihn, Chico, wirkten. Er hatte gerade erst begriffen, dass der Bruce-Springsteen-Zug abgefahren war. Unausweichlich und endgültig. Eigentlich schon seit langer Zeit. Auf den Gleisen war bereits Gras gewachsen. Er hatte es nur nicht erkannt. Er wusste nicht, wie genau es mit den Ereignissen der vergangenen Tage zusammenhing, welche Rolle der Kopfstoß mit dem Spaten spielte, aber er fühlte sich alles in allem deutlich besser. Von einer Last befreit. Träume konnten zuweilen schwer wie Blei werden, wie ein Hundert-Kilo-Rucksack, dessen Riemen einen würgten und lebensbedrohliche Striemen hinterließen. Loszulassen konnte dementsprechend wie die Entlassung aus einem Gefängnis sein. Der Gedanke führte ihn zurück, ins Hier und Jetzt.

«Ich werde vermutlich auch einen Job brauchen.»

Sie gruben. Jorma Leivo redete. Eigentlich flüsterte er, mit kehliger Stimme. Chico und Robin lauschten wachsam. Chico bemühte sich darum, genau darauf zu achten, ob sich der Tonfall änderte oder der Gesichtsausdruck oder ob ein plötzliches Schweigen eintrat. Nichts dergleichen passierte.

Als Leivo seine Hände bewegen konnte, reichte er sie ihnen, zum Zeichen ihrer Partnerschaft. Hüfte und Beine waren schnell befreit, die Stimmung war bestens.

Leivo wurde nicht müde, die beiden zu loben. Die Idee eines Überraschungsangriffs sei hervorragend gewesen. Sie besäßen echten *Start-up*-Geist. Er betonte insbesondere, dass dieser Ort auf innovative Menschen angewiesen sei, Projekte wie *Palm Beach, Finland* bräuchten Menschen wie sie und ihn. Sie hätten schnell und entschlossen gehandelt und sich als sehr flexibel erwiesen. Wenn Plan A nicht funktioniere, müsse man auf Plan B zugreifen können. Echter Unternehmergeist. Er ermahnte sie allerdings auch, ab sofort die Führung und die Feinabstimmung ihm zu überlassen. Der Feinschliff sei das alles Entscheidende. Ja, er redete tatsächlich wie ein Wasserfall, und das mit einer Stimme, die noch immer eher ein Flüstern war.

Leivos Körper hatte sich versteift, Chico und Robin zogen ihn hoch. Zurück auf ebene Erde. Sie stützten ihn. Leivo stand zwischen den beiden, seine Arme lagen auf ihren Schultern. Vor ihnen war die Grube. Tief und schwarz. Chico dachte vage, dass er in dieser einen Nacht mehr körperliche Arbeit geleistet hatte als in seinem gesamten Leben zuvor. Es fühlte sich gut an, auch wenn ihm alles weh tat. Seine Hände waren übersät mit Schürfwunden. Sein Kopf pochte im selben Tempo wie sein schnell und heftig pumpendes Herz. Aber er hatte wirklich etwas geleistet.

«Das Loch muss wieder aufgefüllt werden», sagte Leivo. Er löste seine Arme von ihren Schultern.

Auch Chico ließ los, aber Robin verfestigte noch einmal seinen Griff. «Eine Sache noch», sagte er.

Chico und Leivo warteten.

«Ich hätte eine Verwendung für diese Grube.»

Sie warteten

«So ein Kerl. Der hat mich angegriffen.»

Sie hievten die Leiche aus dem Kofferraum des BMW und falteten sie, so gut es ging, zusammen. Dann ließen sie sie in die Grube hinabgleiten und begannen zu schaufeln, etwa einen Meter frische Erde, das bezeichnete Leivo als offizielle Untergrenze. Er erwähnte auch, dass diese Risikoanleger oft aggressiv und unzuverlässig seien. Schönredner, die in Wirklichkeit feindselige Übernahmen planten. Niemals am langfristigen Gedeihen einer Firma interessiert. Letztlich waren diese Leute der natürliche Feind seriöser Unternehmer. Chico hatte keine Ahnung, wovon Leivo sprach, aber er verzichtete darauf, nachzufragen. Leivo lief herum und redete, er war in der Tat wieder der Boss. Chico stellte fest, dass ihm das durchaus gefiel. Er arbeitete gerne mit Robin zusammen, und er schätzte Leivos klare Ansagen. Leivo war verändert. Er verhielt sich ihnen gegenüber ganz anders, auch wenn er der Chef war.

Ein Chef, der seine Mitarbeiter wertschätzte.

Sie ebneten mit den Spaten die Erde und streuten abschließend noch feinen Sand darauf aus. Am Ende sah alles danach aus, als sei nicht das Geringste geschehen. Sie nahmen die Spaten und machten sich auf den Weg. Leivo ließ sich wieder von den beiden stützen. Er drückte sie ein wenig an sich, während sie dem Waldrand entgegenliefen.

«Chico, Robin», sagte er, sah sie an. «Ich habe das Gefühl, dass das hier der Beginn einer wunderbaren Freundschaft ist.»

Jan Nyman saß in seinem mondbeschienenen Häuschen und wartete darauf, dass das Telefon wieder ausreichend aufgeladen sein würde, um seinen Dienst zu tun.

An diesem Fleckchen Erde war es so still, dass seine Atemzüge wie der Motor eines Autos klangen, das sich näherte und entfernte. Vielleicht hatte Leivo gelogen. Durchaus möglich. Eher wahrscheinlich. Aber Nyman musste sich Gewissheit verschaffen.

Endlich ließ sich das Telefon einschalten. Nyman fand Olivias Nummer, rief sie an. Sie ging ran.

«Alles gut?», fragte er.

«Abgesehen davon, dass du ziemlich abrupt aufgebrochen bist?»

«Entschuldige», sagte er. «Ich dachte, dass ich deutlich gemacht hätte, warum ...»

«Ich wollte dich nur ärgern.»

«Ah, okay», sagte er.

Er wusste nicht, was er als Nächstes sagen sollte. Irgendwo war ein Rauschen, fern und gleichförmig. Vermutlich war Olivia im Freien. Vielleicht im Garten, mit dem Blick aufs Meer, das unter dem silbernen Licht des Mondes lag.

«Also ist alles in Ordnung», sagte Nyman.

«Ja. Absolut.»

«Gute Nacht.»

«Gute Nacht. Jan?»

«Ja?»

«Danke für den interessanten Abend.»

«Ja. Danke dir für ...»

Olivia hatte schon aufgelegt.

Nyman schluckte schwer. Er fühlte sich ein wenig angespannt. Zum Glück war bei Olivia alles in Ordnung, sie war in Sicherheit. Was war es dann? Was störte ihn? Was beschäftigte ihn?

Das Duo.

Der Surfer und sein bester Freund.

Nyman wusste, wo Leivo war. Den mysteriösen Nachbarn hatte er nicht angetroffen. Und wo war das Duo?

Er rief Dokumente auf, auf dem Display seines Telefons. Dachte darüber nach, was Olivia gesagt hatte. Kari Korhonen hatte keinen festen Wohnsitz. Robin lebte wohl auf der anderen Seite der Bucht. Er würde zehn Minuten brauchen, wenn er zügig radelte.

Das tat er, benötigte für die Strecke sogar nur sieben Minuten. Nyman fuhr durch die stille Stadt. Der letzte Abschnitt war ein schwach beleuchteter, unebener, sandiger Weg. Er verlangsamte, als das Fahrrad zu ruckeln begann. Das Schutzblech klapperte schon. Nyman hoffte, dass er das alte Mietfahrrad nicht zu heftig rangenommen hatte. Er sprang ab, einige Meter bevor er das flache Reihenhäuschen erreichte.

Die Wohnung war abgedunkelt. Entweder schlief der Koch,

oder er war unterwegs. Nyman vermutete Letzteres. Er sah sich um, aber da war niemand. Er fischte die Dietriche aus seiner Tasche und lief zur Tür.

Das Schloss war ein *Abloy Classic*, leichtes Spiel. Er brauchte kaum zwei Minuten. Er stand im Flur, lauschte. Es war ganz still. Er trat ein, achtete darauf, seine Schritte auf den Teppich zu setzen, nicht auf den knirschenden Laminatboden. Niemand war hier. Er hatte das dumpfe Gefühl, sich in einer Art Endzeitszenario zu befinden. Wie in diesen Filmen, in denen Menschen Auswege aus verödeten, zerstörten Städten suchten.

Er prägte sich den Grundriss der Wohnung ein. Überflog in Gedanken die Stellen, an denen etwas versteckt sein könnte. Egal was. Er atmete noch einmal tief, hielt inne. Dann zog er die Latexhandschuhe über, ließ die Jalousien herunter und schaltete das Licht an.

Auf dem Ledersofa im Wohnzimmer lagen zwei Mobiltelefone. Er ging ein paar Möglichkeiten durch. Er besah sich die Handys, beide waren in Betrieb. Beide erforderten einen Zugangscode. Er legte sie wieder aufs Sofa. Sie konnten interessant sein. Oder auch nicht. Falls sie absichtlich hier zurückgelassen worden waren, bestand die Möglichkeit, dass ihre Besitzer nicht lokalisiert werden wollten. Wie auch immer, es gab Wichtigeres.

Er begann mit seiner Arbeit.

Er ging schnell und behutsam vor. Schlafzimmer, Wohnzimmer, Kochnische. Er fand nichts. Am Ende untersuchte er die Mikrowelle, fand kein Geld. Nur ein mehrfach gegrilltes Würstchen. Es sah aus wie ein schmaler Ast, schwarz und rot. Er legte dieses mumifizierte Stück Wurst zurück in die Mikrowelle, sah sich ein weiteres Mal um und fragte sich, ob er alles in Betracht gezogen hatte. Hatte er alles angehoben und geschoben, hatte er alles bewegt, was sich bewegen ließ?

Er ließ seinen Blick durch den Raum wandern, zu den Möbeln, in die Ecken. Er wollte seine Frage schon bejahen, aber dann sagte er doch, im Zwiegespräch mit sich selbst: «Nein.»

Er ging zur Spülmaschine. Öffnete sie. Wäre fast in Ohnmacht gefallen wegen des Gestanks. Alte Milch in Gläsern. Diese Maschine wurde eher selten in Betrieb genommen. Er hielt den Atem an, sah sich das Geschirr an. Und dann stutzte er, ließ seinen Blick auf einem der Gegenstände ruhen.

Er wendete sich ab, fand in einem der Schränke einen Gefrierbeutel, den er nutzte, um einzupacken, was er gefunden hatte. Er legte den Gegenstand behutsam in die Tüte, verknotete sie fest. Als er ins Wohnzimmer ging, hielt er den Beutel ins Licht. Nyman betrachtete den Gegenstand sorgfältig, Millimeter für Millimeter. Sein Herz machte einen Sprung, als er an der Oberfläche blutige Fingerabdrücke entdeckte. So deutlich wie aus dem Lehrbuch. Insgesamt fünf. Als ob das noch nicht genug gewesen wäre, fand er an diesem patinierten Ding, das einer Gabel ähnelte, eine Gravur.

Samuel Koski.

Das Fahrrad glitt lautlos durch die Nacht, Olivia ließ sich treiben. Sie dachte, dass es manchmal so war: Es reichte vollkommen aus, sich einfach nur vorangleiten zu lassen, ruhig im Sattel zu sitzen und zu lenken. Dann kam man an.

Sie legte sich in die Kurve, dahinter öffnete sich der Ausblick auf das Feriendorf. Sie war noch zu weit entfernt, um Einzelheiten erkennen zu können. Der Mond schien wie eine riesige Nachtleuchte. Sie sah den Strand, *Palm Beach, Finland*, das monströse Schild, die Bürogebäude, die Strandläden. Und die Ferienhäuschen. Das Mondlicht nahm den Farben einiges von ihrer grellen Schärfe, aber sie sah alles deutlich. Die Nacht war vermutlich die wärmste dieses Sommers. Fast als hätte ein Umschwung stattgefunden, vor wenigen Minuten erst. Der Wind hatte sich beruhigt, legte eine Pause ein, und irgendjemand drehte am Thermostat, sie konnte es spüren. Auch das Meer war verändert, es schimmerte, glänzte, perlte.

Sie hielt inne. Hier war sie also jetzt, nach allem, was passiert war.

Und alles war ziemlich schnell passiert.

Als Jan Nyman aufgebrochen war, hatte sie kurz gewartet, dann war sie ihm gefolgt. Sie war keineswegs bereit gewesen, sich nur auf sein Wort zu verlassen. Sie wollte die Wahrheit erfahren, die Dinge durchschauen.

Nyman war im Wald verschwunden, auf dem Weg, der zum Haus von Jorma Leivo führte. Olivia hatte gewartet. Nach einiger Zeit hatte sich ein Wagen genähert, sie hatte ihr Fahrrad zur Seite geschoben und sich am Rand, unter den Bäumen, versteckt. Es war der BMW des Mannes gewesen, der behauptet hatte, Anwalt zu sein. Aber am Steuer hatte Robin gesessen. Er hatte am Straßenrand angehalten, hatte die Scheibe heruntergelassen. Er hatte geweint und seine Nase geputzt. Aus dem geöffneten Fenster war in hohem Bogen ein Taschentuch geflogen, fast vor Olivias Füße.

Offensichtlich war etwas passiert, etwas Schlimmes. Und wenn der Wagen nicht von dem Anwalt gesteuert wurde, sondern von Robin, mochte das bedeuten ... Olivia hatte sich an die Worte des Mannes erinnert. Als er ihr die zehntausend gebracht hatte, hatte er erwähnt, dass es noch mehr davon gebe, im Fall der Fälle.

Der Mann mochte ein Lügner sein, aber in diesem Punkt hatte er sicher die Wahrheit gesagt.

Sie hatte nicht lange gebraucht, um das Geld zu finden. Auch in das Haus einzudringen war leichter gewesen, als sie gedacht hatte. Natürlich war die Tür abgesperrt gewesen, aber Olivia hatte schon vor längerer Zeit festgestellt, dass Jorma Leivo dazu tendierte, mehr auf den äußeren Schein als auf die Stabilität der Strukturen zu setzen. Das Häuschen glänzte in strahlend neuen Farben, aber es war alt. Auch die Fenster waren alt. Sie hatte sich an einen Trick erinnert, den sie als Kind irgendwo gesehen und nicht vergessen hatte.

Sie hatte sich frontal vor das Fenster gestellt, die Seitenkanten des Fensterrahmens abgetastet und kräftig geschoben. Der Rahmen und das schmale Glas waren weich, porös und billig gewesen. Sie hatte noch einmal geschoben. Noch mal, noch mal. Dann hatte das Fenster nachgegeben, mit jedem Stoß deutlicher, der Griff war in Bewegung geraten. Zuletzt hatte sie ihr ganzes Körpergewicht genutzt, und das Fenster hatte sich krachend geöffnet. Nicht allzu laut, aber Olivia hatte gewartet und in die Stille hineingelauscht. Dann war sie hineingeklettert, hatte das Fenster verschlossen und sich umgesehen. Für einen Moment hatte sie gezweifelt, dann hatte sie beschlossen, wie ein Mann zu denken. Wo würde der BMW-Mann Geld verbergen? Sie hatte eine Weile gesucht, dann war sie fündig geworden.

Beim Verlassen des Häuschens war ihr ein Schönheitsfehler unterlaufen. Sie war einfach durch die Haustür hinausgegangen und hatte festgestellt, dass das Schloss defekt war. Sie hätte einen Schlüssel benötigt, um die Tür abschließen zu können. Sie hatte sie einen Spaltbreit offen stehen lassen.

Jetzt griff sie nach ihrem Rucksack und spähte hinein. Sie hatte das Geld noch nicht gezählt. Sie hatte auch nicht vor, das jetzt zu tun. Sie fuhr mit der Fingerspitze an den Bündeln entlang, tastete ab, wie dick sie waren. Es musste mehr sein als der Vorschuss, den ihr der Anwalt überreicht hatte. Es würde reichen. Für eine Komplettsanierung ihres Hauses. Wenn sie ein wenig mit dem Handwerker feilschte.

Olivia zog den Reißverschluss des Rucksacks zu und warf ihn sich wieder über ihren Rücken. Sie griff nach dem Lenker des Fahrrads, trat in die Pedale. Nach einer Weile glitt sie wieder voran, leicht, in der Schwebe. Sie musste nur sicherstellen, dass ihre Füße auf den Pedalen waren und die Richtung halbwegs stimmte.

Sie dachte an das Versprechen, das sie sich selbst gegeben hatte. Sie würde keinem Mann auf dieser Erde jemals wieder gestatten, ihre Geldangelegenheiten durcheinanderzubringen. Das war ein Versprechen, das sie halten würde. Und auch das zweite Versprechen galt: Sie würde ihre Villa renovieren.

Sie dachte darüber nach, wie sich Jan Nyman in dieses Bild einfügen ließ.

Das Fahrrad trieb sanft voran, Olivia lächelte.

Robin wollte fahren, und Chico wunderte sich gar nicht mehr darüber. Robin hatte begonnen, Verantwortung zu übernehmen. Chico erkannte jetzt in aller Deutlichkeit, wie sehr Robin sich verändert hatte. Er wuchs. Innerlich wie äußerlich. Seine Haltung hatte sich verändert. Sein zuvor ausweichender, unterwürfiger Blick war fest und selbstsicher, ohne überheblich oder arrogant zu wirken. Er sprach klarer und in jeder Hinsicht vernünftiger, mit neuen, treffenden Worten. Und das alles hatte er bewerkstelligt, indem er gewissermaßen an einem bestimmten Punkt das Steuer übernommen hatte.

Der BMW raste durch eine Nacht, in der die dunkle Welt die Kontur eines Skeletts anzunehmen schien, bevölkert von stillen, bösen Männern. Robin hielt sich an das Tempolimit, um kein Risiko einzugehen. Leivo hatte sie losgeschickt, hatte gesagt, dass er erst einmal eine Dusche nehmen und frische Klamotten überziehen werde, für ein Meeting am Morgen. Ein Meeting mit ihnen, er wollte ihnen seine Pläne vorstellen.

Sie bogen von der Landstraße ab, Kies prasselte gegen das Wagenblech. Sie befuhren eine von düsteren Tannen begrenzte schmale Straße. Sie erreichten eine Kreuzung, bogen auf einen noch schmaleren Kiesweg ab. Und noch ein weiteres Mal. Da waren sie wieder, am Teich, in der von steilen Hängen eingerahmten Sandgrube. Die Frontlichter des BMW leuchteten die Grube aus, während Robin langsam voranfuhr. Die Oberfläche des kleinen Sees glitzerte wie schwarzes Eis. Robin fuhr dicht ans Wasser heran.

Ein kleiner, tiefer Teich. Chico hatte mal gehört, dass ein Erdrutsch seiner Entstehung vorausgegangen war. Ähnliches hatte er im Fernsehen gesehen: Da verschwand die Erdoberfläche einfach in der Tiefe. Er wusste nicht, ob es mit diesem See tatsächlich ähnlich war, aber das war ja auch egal. Wichtig war einzig und allein, was dieser Teich verkraften konnte. Was er, gewissermaßen, schlucken konnte.

Robin wandte sich Chico zu. Das Gesicht eines Erwachsenen, tatsächlich. Chico schwieg, während Robin die Automatik in den Parkmodus stellte und den Motor im Leerlauf drehen ließ. Sie stiegen aus.

Chico ließ die Beifahrertür auf und lief. Er blieb einige Meter entfernt stehen, während Robin sich noch einmal in den Wagen hineinbeugte und die Automatik neu justierte: *drive.* Er hechtete aus dem Auto, das sich zuckend und stotternd in Bewegung setzte.

Der BMW verschmolz mit dem stillen Wasser wie ein riesiges schwarz schimmerndes Insekt. Zunächst horizontal, dann zusehends in einem steileren Winkel, bis schließlich die Kühlerhaube versank. Das Heck des Wagens ragte noch heraus, für eine Weile verharrte es in dieser Position. Dann schäumte Wasser auf. Ein Zischen, ein Blubbern. Dann erloschen die Lichter, und der Wagen tauchte ab. Bald war er vollständig verschwunden. Das gleichmäßige Blubbern dauerte noch eine Weile an, dann erstarb es. Der See ruhte still. Da waren nur noch die Sandgrube, der Mond, Chico und Robin.

Chico konnte seinen Blick nicht vom Wasser lösen. Sie hatten es tatsächlich zu Ende gebracht. Hatten einen BMW versenkt. Getan, was getan werden musste. Früher wäre das undenkbar gewesen. Sie hätten den Wagen mit den wunderbaren Ledersitzen und den vielen Pferdestärken natürlich behalten, ganz egal, welche Probleme ihnen das eingebracht hätte. Sie hätten nicht widerstehen können. Aber jetzt war ihnen genau das gelungen.

Chico verstand noch etwas. Noch etwas anderes war versunken. Eine Last, an der er schwer getragen hatte. Er erinnerte sich an etwas. Er hatte es gesehen, als er auf dem Beifahrersitz gesessen hatte, eine Zahl, auf dem Display des Wagens.

«Robin», sagte er.

«Mach dir keine Gedanken», sagte Robin. «Die Spaten sind im Kofferraum gewesen.»

«Daran habe ich nicht gedacht», sagte Chico. «Aber gut so. Nein, ich dachte an die Uhrzeit. Bald drei.»

«Was meinst du?»

«Es ist der 18. Juli. Ich habe Geburtstag. Ich werde heute vierzig.»

Robin drehte sich zu ihm um.

«Alles Gute», sagte er.

«Danke.»

«Wie wirst du feiern?»

Chico dachte nach. Er sah Robin. Den stillen See.

«Ich glaube, dass ich jetzt gerade feiere.»

«Aber nicht zu lange, oder?»

Chico verstand, was er meinte. Sie mussten los. Sie hatten einen langen Fußmarsch vor sich.

Aber das spielte keine Rolle. Die Länge und die Schwere des Weges waren unwichtig, denn es war der richtige.

9.

Jan Nyman dachte, dass Muurla vermutlich eines Tages wirklich eine Metamorphose durchmachen würde. Er würde zu dem Möbelstück werden, dem er so sehr ähnelte. Innerhalb weniger Tage hatte er sich eine Bräune zugelegt, die die Anmutung eines antiquarischen englischen Sofas noch verstärkte.

Er saß hinter seinem Schreibtisch, Nyman hatte gegenüber auf einem Plastikstuhl Platz genommen. Draußen flimmerte der erste echte Sommertag, Nyman trug nur Jeans und ein T-Shirt.

Er war mit dem Bus nach Helsinki gefahren, hatte einen Regionalzug nach Tikkurila genommen und war von dort zum Polizeigebäude gelaufen. Er hatte den sommerlichen Vormittag genossen, hatte das Gefühl gehabt, dass die Sonne im Takt mit seinen Schritten ihre Strahlen sendete. Sanfte, warme Strahlen waren es gewesen, aus einem wolkenlosen hellblauen Himmel. Niemand hätte es schöner malen können. Er hatte das Heu gerochen, das auf einem verlassenen Grundstück gelegen hatte, das Laub an den Bäumen hatte mit dem lauen Wind gespielt.

Er legte die Plastiktüte und den vorläufigen Bericht, den er im Bus geschrieben hatte, auf den Tisch. Nyman vermutete, dass auch Muurla die blutigen Fingerabdrücke auf der Holzgabel unschwer erkennen würde. Muurla hob die Tüte an, betrachtete den Gegenstand darin.

«Einiges können wir beweisen, sogar recht leicht», sagte Nyman. «Anderes hingegen nicht. Es sei denn, jemand packt aus. Und daran glaube ich nicht. Bisher hat niemand irgendwas gesagt, ich denke nicht, dass sich daran etwas ändern wird. Aber nun gut. Es muss in etwa so abgelaufen sein: Diese beiden Typen, ein Surfer und ein Koch, die Namen stehen im Bericht, werden angeworben, um einen Auftrag zu erledigen. Nämlich Olivia Koski das Leben schwerzumachen. Entweder, um sie dazu zu bewegen, ihre Villa zu verkaufen, oder aus anderen Gründen. Die Typen gehen hin. Sie sehen oder sehen nicht, dass schon jemand dort ist. In jedem Fall werden sie tätig. Ich vermute, dass sie im Garten standen und Steine geworfen haben. Und sie haben diesen Antero Väänänen getroffen. Das würde die eingeschlagenen Fenster erklären und auch das, was danach passiert ist. Die Steine waren weg, aber die verschwinden zu lassen ist natürlich einfach. Wie auch immer. Väänänen wurde getroffen. Die Kerle denken vielleicht, dass sie die Sache zu Ende bringen müssen. Ich bin in diesem Punkt nicht ganz sicher. Es kann auch andere Gründe gegeben haben. In jedem Fall gehen sie rein, führen diesen sinnlosen Kampf, den wir uns bereits aufgrund der Spurenlage hergeleitet haben. Für Väänänen geht die Sache übel aus. Einer der Typen nimmt diese Gabel da mit. Oder beide machen das. Ich habe keine Ahnung, warum. Das Ding gehört Olivia Koski, oder vielmehr gehörte es ihrem Vater. Und ihrem Großvater. Tatsache ist, dass daran Fingerabdrücke sowie Blut haften, ich vermute von Väänänen. Ich bin sicher, dass die Fingerabdrücke von diesem Koch stammen. Und Koch und Surfer machen alles zusammen. Wirklich alles. Ich vermute stark, dass sie auch das Feuer im Gartenhaus und in der Sauna von Olivia Koski gelegt haben. Würde mich nicht wundern, wenn wir den beiden noch nachweisen können, dass sie am Tag des Brandes irgendwelche Utensilien erworben haben, die sie für die Brandstiftung benötigt haben. Wobei ich nicht recht weiß, ob diese Sauna überhaupt von Bedeutung ist, abgesehen von versicherungstechnischen Aspekten. Unser Thema ist der Mord. Im Bericht habe ich notiert, wo die Tatverdächtigen leben, per Mail habe ich bereits Bilder der Wohnung ins Intranet gestellt, in der ich den Gegenstand gefunden habe. Ich übergebe also ab diesem Zeitpunkt mit der Bitte, die Ermittlung zu Ende zu führen. Im Bericht findest du alles, was nötig ist.»

Muurla betrachtete noch immer den Gegenstand in der Tüte, die inzwischen wieder auf dem Tisch lag.

«Und diese Frau?»

Nyman nickte, obwohl Muurla ihn gar nicht ansah.

«Olivia Koski. Sie spielt keine Rolle. Hat nichts zu tun mit dem Tötungsdelikt. Mit dem Tod dieses Väänänen.»

«Bist du diesbezüglich sicher? Du hattest Gelegenheit, sie näher kennenzulernen?»

Nyman hielt inne, dachte nach.

«Sie hat mit dem Fall nichts zu tun.»

Muurla hob seinen Blick. Seine Augen ruhten auf ihm. Sie schwiegen für eine Weile.

«Du hast angedeutet, dass die beiden Tatverdächtigen angeworben wurden. Wenn nicht von dieser Frau, von wem dann?», fragte Muurla.

«Ich denke da an Jorma Leivo, den Eigentümer des Feriendorfes. *Palm Beach, Finland.* Beweisen kann ich es nicht. Ich denke kaum, dass er eine entsprechende Aussage machen wird. Ein harter Knochen. Eigentlich muss man den Hut vor ihm ziehen. Ich habe ihn in einer Situation vorgefunden, in der ein anderer alles Mögliche gestanden hätte. Man hat den armen Kerl bis zum Hals im Sand vergraben. Als ich zurückkehrte, war er weg. Vielleicht war das Ganze tatsächlich ein Scherz, wie er allen Ernstes behauptet hat. Der Mann hat eine gewisse Ausdauer. Und Mut. Ein Hasardeur. Aber wir können ihm keine Beteiligung an dem Ganzen nachweisen. Wie du weißt, habe ich einige Informationen eingeholt bezüglich der Konten dieses Mannes. Wir wissen beide, dass das nicht ganz legal war, sodass wir es möglicherweise justiziabel nicht verwenden können. Ich habe aber ohnehin um einige Ecken gehört, dass die Konten im Großen und Ganzen unverdächtig sind. Leivo hat geerbt. Er hat in dieses Projekt investiert. Ich bin skeptisch, denke, dass wir ihn hier nicht zu fassen bekommen. Vielleicht geht davon die Welt nicht unter. Entscheidend ist, dass wir die Leute drankriegen, die Väänänen getötet haben. Gezielt oder versehentlich.»

Muurla schien mit Nymans Ausführungen gut leben zu können. Sein Blick wanderte beharrlich an der Holzgabel entlang, die in der Tüte lag. Ein Art Kratzgabel, mit vier Spitzen.

«Spielsachen können manchmal neuen Schwung bringen», sagte er. «Ich hatte eine etwas trübe Zeit, damals, bevor ich Leena kennenlernte, und einmal, als sie den Koffer unter ihrem Bett hervorzog und ihn öffnete ...»

«Entschuldige, dass ich dich unterbreche», sagte Nyman. «Aber ich habe da noch etwas.»

Muurla erwiderte seinen Blick. Er schien schon entschwebt zu sein, in andere, interessantere Sphären. Nyman wartete kurz, bis Muurlas Blick wieder an Schärfe gewann.

«Ich möchte Urlaub beantragen», sagte Nyman. «Oder nein, keinen Urlaub. Ich möchte vom Dienst freigestellt werden.»

«Aha. Wie lange?»

«Bis das Meer zufriert.»

Muurla kniff die Augen zusammen. Nyman erinnerte sich an etwas, das Olivia gesagt hatte. Dasselbe, was er seiner Ex erzählt hatte. Dass er, Nyman, keine Träume kenne.

Darüber hatte er während der Busfahrt nachgedacht. Er war der einzige Fahrgast gewesen, hatte öde Landschaften vorüberfliegen sehen. Dass er keine Träume hatte, bedeutete nicht, dass es nichts gab, was er wollte. Zum ersten Mal in seinem Leben hatte er einen Wunsch. Ein Ziel. Es war ein erstaunlich leichtes Gefühl. So fühlte es sich also an, wenn man begann, an der Verwirklichung eines Traums zu arbeiten. Dieser Moment, in dem aus einem Traum ein konkretes Bestreben wurde, war ursprünglich und glasklar und so wuchtig, dass er nicht nur den Traum in die Tat umsetzte. Er veränderte auch den Menschen als solchen. Und das schon lange bevor der Traum Wirklichkeit wurde. War das nicht letztlich der Sinn eines Traumes? Dass er uns veränderte? Das Leben veränderte sich erst, wenn der Mensch sich selbst veränderte.

Es galt, keine Zeit mehr zu verschwenden.

«Warum?», fragte Muurla.

«Surfen lernen», sagte Nyman. Das war die Wahrheit. Nicht die ganze, aber ein Teil.

«Ich dachte, dass du Surfen schrecklich findest.»

«Das dachte ich auch», sagte Nyman. Er legte eine kleine Pause ein, lauschte den Worten nach. «Aber ich habe mich komplett geirrt.»

Fünf Wochen später

Jorma betrachtete das Bild, das er selbst gezeichnet hatte. Er hielt es in einigem Abstand, hob es vor seine Augen, glich es mit der Umgebung ab. Ja, dachte er.

Er stand auf dem Hügel. Auf der einen Seite lag der Sandstrand von *Palm Beach, Finland,* auf der anderen der Kiefernwald. Er sah hinüber zum Strand, versuchte, den hintersten Winkel auszumachen. Er ließ seine Zeichnung sinken, sah die Anlegestellen, ein paar Segelboote. Das kleine Vereinshaus des Yachtclubs. Er hob das Bild, sah etwas viel Besseres.

Einen rosa Flamingo. Er würde etwa dreißig Meter hoch werden. Auf Höhe des Kopfes würde die Terrasse Platz finden, mit grandioser Aussichtsplattform. Bei gutem Wetter würde man bis Estland und Helsinki sehen können. Auf derselben Terrasse würde sich auch die höchste und beste Wasserrutsche Finnlands befinden, mit Loopings, die im Innern des Flamingos angelegt werden würden. Spektakuläre Drehungen, an den schmalen Beinen des Flamingos. Vielleicht wären sogar zwei Wasserrutschen angemessen. Die eine für die Kleinen, die andere für die Draufgänger.

Im Mittelteil würde eine weitere Plattform einen anderen, nicht minder beeindruckenden Ausblick bieten, aber mit neuen Attraktionen. Leivo hatte eine Cocktailbar eingeplant, im Stile von *Miami Vice.* Floridabunt. Weiße Ledersofas. Cocktails mit Sonnenschirmen, Strohhalmen und Fächern. Die Getränke könnten lustige Namen haben wie: *Sonny's Special, Rico's Arrest, Castillo Cool.* Rezepte schwebten ihm auch bereits vor.

Sonny barg reichlich hochprozentigen Whiskey. Einer, der den Dreitagebart sprießen ließ. *Rico* hatte Rum für die gute Laune. *Castillo* bevorzugte Wodka, eiskalt. Kälter als kalt, steif vom Frost. Trinken konnte man rund um die Uhr, denn entlang der Flamingobeine verkehrte ein Aufzug. Das angewinkelte Bein und die breite Flosse wären perfekt geeignet für die Sprungtürme. Wasserspringen. Auf der Ebene würden Energy-Drinks feilgeboten.

Leivo blinzelte. Ließ seinen Blick schweifen. Der Flamingo würde ein Wahrzeichen sein. Eines, nach dem sich das Land und der Zeitgeist sehnten. Mut. Die Kraft der Innovation. Offenheit.

Selbst die Fluggäste, die über die Ostsee flogen, würden ihn sehen können.

Leivo hatte das *Finlandia*-Haus oder sonstige steinerne Werke nie begriffen. Wo waren da Originalität und Einfallsreichtum? Wo war da das Besondere, das Überraschende? Wo waren die Farbe, das Leben, die Freude? Er musste nur seine Hand sinken und seinen Blick ein wenig zur Seite schwenken lassen, um all das zu empfinden.

Es war elf Uhr am Samstagvormittag. Alle hundertzwanzig Liegestühle waren vermietet. Ein Beachvolleyballspiel war in vollem Gange. In der Ferne war die Baustelle für acht neue Häuschen. Am Kiosk standen die Kleinen Schlange, um ein Eis zu ergattern. Jorma Leivo hatte recht behalten. Die frohe Botschaft war durchgedrungen, *Palm Beach, Finland* war in aller Munde.

Es mochte etwa sechzehn Grad warm sein, frischer Wind wehte, die Wettervorhersage kündigte weitere Abkühlung an. Ende der Woche sogar Hagelschlag. Wunderbar.

Er betrachtete noch für eine Weile das tobende Strandleben. Dann wendete er sich ab und widmete sich wieder seiner

Zeichnung. Er ließ sie langsam sinken, bis die Masten der Segelboote in sein Blickfeld hineinragten. Dann das Clubhaus. Dann die weißen Boote, die Anlegestellen. Die sein Vorankommen bremsten. Es waren rund zehn Boote. Einige Mitglieder des Segelklubs, drei oder vier, weigerten sich, das Grundstück zu verkaufen. Es waren nur Einzelfälle, aber ihr Widerstand erwies sich als beharrlich.

Leivo nahm sich wieder die Zeichnung vor Augen. Konzentrierte sich darauf. Drei oder vier Bootsfahrer wollten also verhindern, dass er seinen Traum lebte. Wollten, nebenbei bemerkt, verhindern, dass er Finnland mit seinem Projekt aus dem Sumpf der Wirtschaftskrise befreite.

Das war ganz und gar nicht in Ordnung. Diese Segler würden ihre Meinung ändern. Spätestens dann, wenn er ...

Er griff nach dem Telefon. Warf einen letzten Blick auf seine visionäre Zeichnung. Dann wählte er die vertraute Nummer.

Chico zog neue Saiten auf seine Gitarre. Er tat es mit Bedacht. Die Gitarre kränkelte. Seit seinem gestrigen Auftritt. Der Klang war weg, sie wirkte durch und durch erschöpft. Chico hatte sie hart bearbeitet, er hatte alles gegeben.

Gitarre zu spielen fühlte sich wieder so an wie vor vielen Jahren. Er sehnte sich, wenn er spielte, nicht mehr irgendwo anders hin. Träumte nicht von größeren Bühnen und schon gar nicht von irgendwelchen tätowierten, vollbusigen Frauen, die akzentfreies Englisch sprachen. Der Gedanke hatte ihn lange geplagt, nicht weil er sie wirklich hatte haben wollen, sondern eher deshalb, weil es sie niemals wirklich gegeben hatte. Wie so vieles andere, was ihn in den vergangenen Jahren beschäftigt hatte.

Als hätte er das vergessen, was er in seinen Händen hielt. Seine Gitarre.

Wenn er die Gitarre in den Händen hielt, hatte er nur eine Aufgabe: zu spielen. Es ging nicht um die Frage, was daraus folgen oder auch nicht folgen würde. Gestern, als er seine stürmische Zugabe beendet hatte, war ihm der Applaus, den er sich immer gewünscht hatte zuteilgeworden. Handflächen waren fest gegeneinander geschlagen worden, als Ausdruck echter Begeisterung.

Chico zog die oberen Saiten fester, als Robin auf der Türschwelle erschien.

«Ich habe mit Neea gesprochen», sagte er.

Chico sah ihn an. Wie oft hatte Robin ihn in letzter Zeit überrascht. Er schien täglich mehr zu können, täglich Neues zu lernen. Chico hatte beispielsweise keine Ahnung, wie es möglich war, dass Neea ihn heiraten wollte, sofort, auf der Stelle. Chico rätselte, ob es mit der Leiche zu tun haben könnte, die unter dem Sand, am sogenannten *Alten Strand,* eine letzte Ruhestätte gefunden hatte. Aber er konnte die Details nicht zusammenfügen, und Robin half ihm auch nicht auf die Sprünge. Egal. Es gab so viele wichtigere Dinge. Zum Beispiel, dass Robin seit einiger Zeit Chicos Manager war.

«Neea hat mit Leivo gesprochen», sagte Robin und setzte sich auf das Bett.

Chico löste seine linke Hand vom Gitarrenhals.

«Und?»

«Leivo wird uns rausholen. Wir bekommen den besten Anwalt, der mit Geld zu bezahlen ist. Der Anwalt meint, dass wir beste Aussichten haben. Das Ganze werde als fahrlässige

Tötung eingestuft. Das bedeutet, dass wir im nächsten oder spätestens übernächsten Sommer wieder draußen sein werden. Es ist derselbe Anwalt, der diesen Serienvergewaltiger aus dem zweiten Flügel innerhalb von drei Wochen auf freien Fuß gebracht hat.»

«Was will Leivo dafür haben?», fragte Chico.

«Er sagte, dass es ein paar Segelboote gibt, deren Segel, nun ja, ein wenig tiefer liegen sollten.»

Chico dachte nach.

«Da steckt vermutlich noch mehr dahinter», sagte er.

«Ich habe ihm gesagt, dass wir derartige Jobs gerne erledigen.»

«Klar», sagte Chico. «Vor allem gemeinsam.»

«Bro», sagte Robin.

Sie gaben sich High Five, imitierten ein Armdrücken, pressten die Fäuste gegeneinander.

Dann schwiegen sie.

«Morgen hast du einen Gig im offenen Flügel», sagte Robin. «Das Publikum da ist ziemlich gut. Neulinge. Promille-Fahrer, Drogensüchtige und so weiter. Sie mögen es, wenn es richtig rockt.»

Chico suchte seinen Blick.

«Wie hast du das auf die Schnelle organisieren können?»

«Ich habe ihnen gesagt, dass es rund um den Gig auch ein Grillfest geben wird.»

«Was willst du denn grillen?»

«Irgendwas. Mit meiner Marinade schmeckt alles, sogar eine Klopapierrolle. Die Marinade ist der Hit.»

«Das stimmt.»

«Das Motto des Abends ist *Bruce Springsteen Barbecue.*»

«Schon wieder?»

«Du bist in Bestform, wenn du Bruce spielst. Es ist, als wäre Bruce da. Wahrscheinlich, weil du ihm begegnet bist.»

Chico schüttelte den Kopf.

«Ich bin ihm nicht ...»

Robin hob einen Finger an seine Lippen. «Pssssst, leise», sagte er. «Ich habe es schon allen erzählt. Der erste Song deines Sets morgen ist *Working on a Dream.*»

Jan Nyman stellte den Eimer ab, setzte sich auf einen der Gartenstühle und blickte hinüber zum Haus. Die alte Villa sah ein wenig so aus, als wolle man sie in alle Richtungen auseinanderzerren. Nach oben, nach unten, zu den Seiten. Ein riesiges Erdloch war ausgehoben worden, an der Fassade fehlten Wandteile, das Badezimmer war komplett leer, im Beton klaffte eine Lücke. Aber alles ging voran, der Zeitplan wurde eingehalten. Nyman wusste genau, warum das so war. Er wandte sich ab.

Es war wieder ein kühler Tag. Hell, aber kühl. Wenn die Sonne in diesem Winkel schien, hatte er immer den Eindruck, dass das Meer sich aufwölbte und eine steile Neigung vollzog. Wenn er dann mit den Augen blinzelte und seiner Phantasie freien Lauf ließ, war es durchaus denkbar, dass bald die ganze Welt auf dem Kopf stehen könnte. Der Gedanke war Nyman nicht fremd.

Er hatte seit sieben Uhr früh gearbeitet. Jetzt war kurz nach fünf am Nachmittag. Die Überreste der Sauna hatte er bereits eingesammelt und entsorgt, Platz für das neue Fundament geschaffen. Dieser Aufgabe hatte er sich zuerst gewidmet. Was er danach alles gemacht hatte, wusste er gar nicht mehr. Tage kamen und gingen, Arbeiten kamen und gingen.

«Pause?»

Nyman drehte sich um. Olivia stand hinter ihm, sie hielt einen ziemlich großen Hammer in der Hand.

«Willst du damit andeuten», sagte er und nickte in Richtung des Hammers, «dass ich mir das besser noch mal überlegen sollte?»

Sie schwenkte den Hammer.

«Dahinten sind Bretter. Sie warten darauf, zu der Plane getragen zu werden. Dahinten hin, wo das Fundament der Sauna sein wird.»

«Wird sofort erledigt», sagte Nyman. Er wendete sich ab, blickte aufs Meer hinaus.

Er spürte Olivias Präsenz in seinem Rücken. Sowohl körperlich als auch geistig. So war es von Beginn an gewesen. Er hatte es eigentlich sofort begriffen. Fast fühlte er auch den kühlen Stahl des Hammers, der in Olivias Händen hin- und herschwang wie ein Metronom. Er wusste es, ohne es sehen zu können.

«Oder lass mich überlegen», sagte er. «Was wäre, wenn ich sitzen bleiben würde? Wenn ich keine Bretter trage und auch sonst nichts mehr?»

Olivia schwieg.

«Wenn ich nur hier herumsitzen und dir bei der Arbeit zusehen würde. Ich genieße den Sommer. Gehe surfen. Was sagst du dazu?»

Olivia schwieg.

«Ich habe übrigens dieses Brett gekauft, das du mir empfohlen hast», sagte er. «Ich weiß nicht, wie es möglich ist, aber es macht tatsächlich, was ich will. Wir haben irgendwie Frieden miteinander geschlossen. Gestern. Es trieb nicht mehr in die falsche Richtung.» Einige Sekunden vergingen. Dann spürte er Olivias Lippen an seinem Kopf.

Sie ging um den Stuhl herum, setzte sich neben ihn. Nyman wagte einen Seitenblick, sah sie im Profil. Die Nase recht lang, die Lippen spitz, die Augen braun. Hohe Wangenknochen, dunkle Haare. Er hätte sie lange so ansehen können. Vielleicht den ganzen Tag lang, der langsam und wehmütig zu verblassen begann.

«Vielleicht haben wir für heute genug geschafft», sagte sie.

«Und Esa?»

Nyman konnte Esa hören, er bohrte und schlug und hämmerte auf der anderen Seite des Hauses.

«Esa ist fertig, sobald die Arbeit getan ist.»

Er suchte ihre Augen. Pokerface.

«Er wird ja erfolgsorientiert bezahlt», sagte sie. «Wenn das Projekt voranschreitet, bekommt er sein Geld.»

«Richtig», sagte Nyman.

Das war etwas, das Nyman nicht näher unter die Lupe genommen hatte. Er hatte Olivia kein einziges Mal danach gefragt, woher das Geld kam. Er hatte auch nicht danach gefragt, ob sie von dem Geld gewusst hatte, das sein Nachbar, der plötzlich verschwunden war, in der Mikrowelle aufbewahrt hatte. Eine Summe, die erstaunlich exakt dem Betrag entsprach, den Esa Kuurainen für seine Arbeit in Rechnung stellte.

Nyman hatte die eine oder andere Vermutung. Aber er ließ diese Gedanken vorüberziehen, ebenso wie den Gedanken daran, unter welchen Umständen er Olivia ursprünglich kennengelernt hatte. Diese Umstände hätten letztlich noch mehr Anlass zu Grübeleien bieten können. Sicher, es hatte als Job begonnen, als verdeckte Ermittlung. Aber das spielte keine Rolle mehr. Er ließ den Gedanken hinfortgleiten, in die Kronen der Bäume, wo der Wind ihn nahm und mit ihm über das Meer reiste.

«Leivo ist in letzter Zeit ausgesprochen freundlich zu mir gewesen», sagte Olivia.

Nyman schwieg.

«Seitdem er mich zur Leiterin der Strandwacht befördert und mein Gehalt angehoben hat, fragt er mich sogar ab und zu um Rat. Gestern erst.»

«Tatsächlich?»

«Ich wollte gerade nach Hause gehen, als er kam und mich fragte, welche Hobbys der Präsident des Yachtclubs hat. Der wiederum ist ein guter Freund meiner Freundin, Fräulein Simola. Leivo meinte, dass er ihm etwas zum Geburtstag schenken will.»

«Tatsächlich?», sagte Nyman. Er hörte aufmerksam zu.

«Ja», sagte Olivia. «Und bevor du jetzt irgendwelche Warnungen oder Ratschläge aussprichst: Ich kann gut auf mich selbst aufpassen.»

«Das weiß ich doch.»

Nyman fragte sich eher, welche Konsequenzen das für ihn haben könnte. Hoffentlich nicht das, was er befürchtete: Er hatte Muurla um eine Freistellung vom Dienst gebeten und das auch genau so gemeint. Die Arbeit, der er hier nachging, vom frühen Morgen bis zum späten Abend, fühlte sich besser an als alles andere seit langer Zeit. Zumindest fast besser als alles andere.

«Ich habe morgen Frühschicht», sagte Olivia.

Nyman wandte sich ihr zu, legte seine Hände auf ihre Schultern. Sonnengebräunte Schultern, erstaunlich muskulös. Er streichelte sie. Die Wärme ihrer Haut drang unmittelbar durch seine Fingerspitzen bis in die Magengrube.

«Dann sollten wir zeitig zu Bett gehen.»

Sie lächelte, strich sich eine Haarsträhne aus den Augen, ließ sie wieder an ihren Platz fallen. Nyman mochte das.

«Schlafen», sagte sie.

«Ich meinte eher: Zeitig ins Bett gehen.»

Sie beugte sich vor, küsste ihn auf den Mund. Nyman sog die Berührung in sich auf. Sie war immer ein wenig anders. Warm, heiß, kühl, schwer, federleicht.

«Esa wird vermutlich noch eine Weile im Bad beschäftigt sein», sagte sie.

«Löblich. Lass uns nach oben gehen.»

«Das Schlafzimmer ist neben dem Bad», sagte sie.

«Wir sind ganz leise.»

Sie küsste ihn auf die Wange, flüsterte: «Wann warst du zuletzt leise, wenn ich so etwas gemacht habe?»

Ihre Zunge strich an seinem Ohr entlang.

Wäre Nyman in der Lage gewesen zu träumen, hätte er davon geträumt. Aber er konnte es nicht, und das war ohne Bedeutung, denn das hier passierte wirklich.

Weitere Titel von Antti Tuomainen

Die letzten Meter bis zum Friedhof

Palm Beach, Finland

MIX
Papier aus verantwortungsvollen Quellen
FSC® C083411
FSC
www.fsc.org

Das für dieses Buch verwendete Papier ist FSC®-zertifiziert.